《蘇州全書》編纂出版委員會 編

· 芝庭詩稿　芝庭文稿

蘇州全書

甲編

古吳軒出版社
蘇州大學出版社

圖書在版編目（CIP）數據

芝庭詩稿；芝庭文稿 /（清）彭啟豐撰．-- 蘇州：古吳軒出版社：蘇州大學出版社，2023.11
（蘇州全書）
ISBN 978-7-5546-2148-6

Ⅰ．①芝… Ⅱ．①彭… Ⅲ．①中國文學—古典文學—作品綜合集—清代 Ⅳ．① I214.92

中國國家版本館 CIP 數據核字（2023）第 102206 號

責任編輯 周　嬌
裝幀設計 周　晨 李　璇
責任校對 黃菲菲

書　　名 芝庭詩稿　芝庭文稿
撰　　者 〔清〕彭啟豐
出版發行 古吳軒出版社
地址：蘇州市八達街118號蘇州新聞大厦30F　電話：0512-65233679
蘇州大學出版社
地址：蘇州市十梓街1號　電話：0512-67480030
印　　刷 常州市金壇古籍印刷廠有限公司
開　　本 889×1194　1/16
印　　張 87.5
版　　次 2023年11月第1版
印　　次 2023年11月第1次印刷
書　　號 ISBN 978-7-5546-2148-6
定　　價 600.00元（全二册）

《蘇州全書》編纂工程

總主編

劉小濤　吳慶文

學術顧問

（按姓名筆畫爲序）

王　芳　王　宏　王　堯　王　鍔　王紅蕾　王華寶　王爲松　王衛平
王餘光　王鍾陵　朱棟霖　朱誠如　任　平　全　勤　江慶柏　江澄波
汝　信　阮儀三　杜澤遜　李　捷　吳　格　吳永發　何建明　言恭達
沈坤榮　沈燮元　武秀成　范小青　范金民　茅家琦　周　秦　周少川
周國林　周勛初　周新國　胡可先　胡曉明　姜　濤　姜小青　韋　力
姚伯岳　馬亞中　袁行霈　華人德　莫礪鋒　徐　俊　徐　海　徐　雁
徐惠泉　徐興無　唐力行　陸振嶽　陸儉明　陳子善　陳正宏　陳尚君
陳紅彥　陳廣宏　黃愛平　黃顯功　崔之清　張乃格　張志清　張伯偉
張海鵬　葉繼元　葛劍雄　單霽翔　程章燦　程毅中　喬治忠　鄔書林
賀雲翱　詹福瑞　趙生群　廖可斌　熊月之　樊和平　劉　石　劉躍進
閻曉宏　錢小萍　戴　逸　韓天衡　嚴佐之　顧　鄉

《蘇州全書》編纂出版委員會

前言

中華文明源遠流長，文獻典籍浩如烟海。這些世代累積傳承的文獻典籍，是中華民族生生不息的文脉和根基。蘇州作爲首批國家歷史文化名城，素有『人間天堂』之美譽。自古以來，這裏的人民憑藉勤勞和才智，創造了極爲豐厚的物質財富和精神文化財富，使蘇州不僅成爲令人嚮往的『魚米之鄉』，更是實至名歸的『文獻之邦』，爲中華文明的傳承和發展作出了重要貢獻。

蘇州被稱爲『文獻之邦』由來已久，早在南宋時期，就有『吳門文獻之邦』的記載。宋代朱熹云：『文，典籍也；獻，賢也。』蘇州文獻之邦的地位，是歷代先賢積學修養、劬勤著述的結果。明人歸有光《送王汝康會試序》云：『吳爲人材淵藪，文字之盛，甲於天下。』朱希周《長洲縣重修儒學記》亦云：『吳中素稱文獻之邦，蓋子游之遺風在焉，士之嚮學，固其所也。』《江蘇藝文志・蘇州卷》收録自先秦至民國蘇州作者一萬餘人，著述達三萬二千餘種，均占江蘇全省三分之一强。古往今來，蘇州曾引來無數文人墨客駐足流連，留下了大量與蘇州相關的文獻。時至今日，蘇州仍有約百萬册的古籍留存，入選『國家珍貴古籍名録』的善本已達三百一十九種，位居全國同類城市前列。其中的蘇州鄉邦文獻，歷宋元明清，涵經史子集，寫本刻本，交相輝映。此外，散見於海内外公私藏家的蘇州文獻更是不可勝數。它們載録了數千年傳統文化的精華，也見證了蘇州曾經作爲中國文化中心城市的輝煌。

蘇州文獻之盛得益於崇文重教的社會風尚。春秋時代，常熟人言偃就北上問學，成爲孔子唯一的南方弟子。歸來之後，言偃講學授道，文開吳會，道啓東南，被後人尊爲『南方夫子』。西漢時期，蘇州人朱買臣負薪讀書，穹窿山中至今留有其『讀書臺』遺迹。兩晉六朝，以『顧陸朱張』爲代表的吴郡四姓湧現出大批文士，在不少學科領域都貢獻卓著。及至隋唐，蘇州大儒輩出，《隋書·儒林傳》十四人入傳，其中籍貫吴郡者二人；《舊唐書·儒學傳》三十四人入正傳，其中籍貫吴郡（蘇州）者五人。文風之盛可見一斑。北宋時期，范仲淹在家鄉蘇州首創州學，並延名師胡瑗等人教授生徒，此後縣學、書院、社學、義學等不斷興建，蘇州文化教育日益發展。故明人徐有貞云：『論者謂吾蘇也，郡甲天下之郡，學甲天下之學，人才甲天下之人才，偉哉！』在科舉考試方面，蘇州以鼎甲萃集爲世人矚目，清初汪琬曾自豪地將狀元稱爲蘇州的土産之一，有清一代蘇州狀元多達二十六位，占全國的近四分之一，由此而被譽爲『狀元之鄉』。近現代以來，蘇州在全國較早開辦新學，發展現代教育，湧現出顧頡剛、葉聖陶、費孝通等一批大師巨匠。中華人民共和國成立後，社會主義文化教育事業蓬勃發展，蘇州英才輩出，人文昌盛，文獻著述之富更勝於前。

蘇州文獻之盛受益於藏書文化的發達。蘇州藏書之風舉世聞名，千百年來盛行不衰，具有傳承歷史長、收藏品質高、學術貢獻大的特點，無論是卷帙浩繁的圖書還是各具特色的藏書樓，以及延綿不絶的藏書傳統，都成爲中華文化重要的組成部分。據統計，蘇州歷代藏書家的總數，高居全國城市之首。南朝時期，蘇州就出現了藏書家陸澄，藏書多達萬餘卷。明清兩代，蘇州藏書鼎盛，絳雲樓、汲古閣、傳是樓、百宋一廛、藝芸書舍、鐵琴銅劍樓、過雲樓等藏書樓譽滿海内外，彙聚了大量的珍貴文獻，對古代典籍的收藏保護厥功至偉，亦於文獻校勘、整理裨益甚巨。《舊唐書》自宋至明四百多年間已難以考覓，直至明嘉靖十七年（一五三八），聞人詮在蘇州爲官，搜討舊籍，方從吴縣王延喆家得《舊唐書》『紀』和『志』部分，從長洲張汴家得《舊唐書》『列傳』部分，『遺籍俱出宋時模板，旬月之間，二美璧合』，于是在蘇州府學中槧刊，《舊唐書》自此得以彙而成帙，復行於世。清代嘉道年間，蘇州黄丕烈和顧廣圻均爲當時藏書名家，且善校書，『黄跋顧校』在中國文獻史上影響深遠。

蘇州文獻之盛也獲益於刻書業的繁榮。蘇州是我國刻書業的發祥地之一，早在宋代，蘇州的刻書業已經發展到了相當高的水平，至今流傳的杜甫、李白、韋應物等文學大家的詩文集均以宋代蘇州官刻本爲祖本。宋元之際，蘇州磧砂延聖院還主持刊刻了中國佛教史上著名的《磧砂藏》。明清時期，蘇州成爲全國的刻書中心，所刻典籍以精善享譽四海，明人胡應麟有言：『凡刻之地有三，吴也、越也、閩也。』他認爲『其精，吴爲最』，『其直重，吴爲最』。又云：『余所見當今刻本，蘇常爲上，金陵次之，杭又次之。』清人金埴論及刻書，仍以胡氏所言三地爲主，則謂『吴門爲上，西泠次之，白門爲下』。明代私家刻書最多的汲古閣、清代坊間刻書最多的掃葉山房均爲蘇州人創辦，晚清時期頗有影響的江蘇官書局也設於蘇州。據清人朱彝尊記述，汲古閣主人毛晉『力搜秘册，經史而外，百家九流，下至傳奇小説，廣爲鏤版，由是毛氏鋟本走天下』。由於書坊衆多，蘇州還産生了書坊業的行會組織崇德公所。明清時期，蘇州刻書數量龐大，品質最優，裝幀最爲精良，爲世所公認，國内其他地區不少刊本也都冠以『姑蘇原本』，其傳播遠及海外。

蘇州傳世文獻既積澱着深厚的歷史文化底藴，又具有穿越時空的永恒魅力。從范仲淹的『先天下之憂而憂，後天下之樂而樂』，到顧炎武的『天下興亡，匹夫有責』，這種胸懷天下的家國情懷，早已成爲中華民族精神的重要組成部分，傳世留芳，激勵後人。南朝顧野王的《玉篇》，隋唐陸德明的《經典釋文》、陸淳的《春秋集傳纂例》等均以實證明辨著稱，對後世影響深遠。明清時期，馮夢龍的《喻世明言》《警世通言》《醒世恒言》，在中國文學史上掀起市民文學的熱潮，具有開創之功。吴有性的《温疫論》、葉桂的《温熱論》，開温病學研究之先河。蘇州文獻中蘊含的求真求實的嚴謹學風、勇開風氣之先的創新精神，已經成爲一種文化基因，融入了蘇州城市的血脉。不少蘇州文獻仍具有鮮明的現實意義。明代費信的《星槎勝覽》，是記載歷史上中國和海上絲綢之路相關國家交往的重要文獻。鄭若曾的《籌海圖編》和徐葆光的《中山傳信録》，爲釣魚島及其附屬島嶼屬於中國固有領土提供了有力證據。魏良輔的《南詞引正》、嚴澂的《松絃館琴譜》、計成的《園冶》，分别是崑曲、古琴及園林營造的標志性成果，這些藝術形式如今得以名列世界文化遺産，與上述名著的嘉惠滋養密不可分。

維桑與梓，必恭敬止；文獻流傳，後生之責。蘇州先賢向有重視鄉邦文獻整理保護的傳統。方志編修方面，范成大《吴郡志》爲方志創體，其後名志迭出，蘇州府縣志、鄉鎮志、山水志、寺觀志、人物志等數量龐大，構成相對完備的志書系統。地方總集方面，南宋鄭虎臣輯《吴都文粹》、明錢穀輯《吴都文粹續集》、清顧沅輯《吴郡文編》先後相繼，收羅宏富，皇皇可觀。常熟、太倉、崑山、吴江諸邑，周莊、支塘、木瀆、甪直、沙溪、平望、盛澤等鎮，均有地方總集之編。及至近現代，丁祖蔭彙輯《虞山叢刻》《虞陽説苑》，柳亞子等組織『吴江文獻保存會』，爲搜集鄉邦文獻不遺餘力。江蘇省立蘇州圖書館於一九三七年二月舉行的『吴中文獻展覽會』規模空前，展品達四千多件，並彙編出版吴中文獻叢書。然而，由於時代滄桑，圖書保藏不易，蘇州鄉邦文獻中『有目無書』者不在少數。同時，囿於多重因素，蘇州尚未開展過整體性、系統性的文獻整理編纂工作，許多文獻典籍仍處於塵封或散落狀態，没有得到應有的保護與利用，不免令人引以爲憾。

進入新時代，黨和國家大力推動中華優秀傳統文化的創造性轉化和創新性發展。習近平總書記强調，要讓收藏在博物館裏的文物、陳列在廣闊大地上的遺産、書寫在古籍裏的文字都活起來。二〇二二年四月，中共中央辦公廳、國務院辦公廳印發《關於推進新時代古籍工作的意見》，確定了新時代古籍工作的目標方向和主要任務，其中明確要求『加强傳世文獻系統性整理出版』。盛世修典，賡續文脉，蘇州文獻典籍整理編纂正逢其時。二〇二二年七月，中共蘇州市委、蘇州市人民政府作出編纂《蘇州全書》的重大決策，擬通過持續不斷努力，全面系統整理蘇州傳世典籍，着力開拓研究江南歷史文化，編纂出版大型文獻叢書，同步建設全文數據庫及共享平臺，將其打造爲彰顯蘇州優秀傳統文化精神的新陣地，傳承蘇州文明的新標識，展示蘇州形象的新窗口。

『睹喬木而思故家，考文獻而愛舊邦。』編纂出版《蘇州全書》，是蘇州前所未有的大規模文獻整理工程，是不負先賢、澤惠後世的文化盛事。希望藉此系統保存蘇州歷史記憶，讓散落在海内外的蘇州文獻得到挖掘利用，讓珍稀典籍化身千百，成爲認識和瞭解蘇州發展變遷的津梁，並使其中藴含的積極精神得到傳承弘揚。

觀照歷史，明鑒未來。我們沿着來自歷史的川流，承荷各方的期待，自應負起使命，砥礪前行，至誠奉獻，讓文化薪火代代相傳，並在守正創新中發揚光大，爲推進文化自信自强、豐富中國式現代化文化内涵貢獻蘇州力量。

《蘇州全書》編纂出版委員會

二〇二二年十二月

凡例

一、《蘇州全書》(以下簡稱『全書』)旨在全面系統收集整理和保護利用蘇州地方文獻典籍，傳播弘揚蘇州歷史文化，推動中華優秀傳統文化傳承發展。

二、全書收録文獻地域範圍依據蘇州市現有行政區劃，包含蘇州市各區及張家港市、常熟市、太倉市、崑山市。

三、全書着重收録歷代蘇州籍作者的代表性著述，同時適當收録流寓蘇州的人物著述，以及其他以蘇州爲研究對象的專門著述。

四、全書按收録文獻内容分甲、乙、丙三編。每編酌分細類，按類編排。

(一)甲編收録一九一一年及以前的著述。一九一二年至一九四九年間具有傳統裝幀形式的文獻，亦收入此編。按經、史、子、集四部分類編排。

(二)乙編收録一九一二年至二〇二一年間的著述。按哲學社會科學、自然科學、綜合三類編排。

(三)丙編收録就蘇州特定選題而研究編著的原創書籍。按專題研究、文獻輯編、書目整理三類編排。

五、全書出版形式分影印、排印兩種。甲編書籍全部采用繁體竪排；乙編影印類書籍，字體版式與原書一致；乙編排印類書籍和丙編書籍，均采用簡體横排。

六、全書影印文獻每種均撰寫提要或出版説明一篇，介紹作者生平、文獻内容、版本源流、文獻價值等情况。影印底本原有批校、題跋、印鑒等，均予保留。底本有漫漶不清或缺頁者，酌情予以配補。

七、全書所收文獻根據篇幅編排分册，篇幅適中者單獨成册，篇幅較大者分爲序號相連的若干册，篇幅較小者按類型相近原則數種合編一册。數種文獻合編一册以及一種文獻分成若干册的，頁碼均連排。各册按所在各編下屬細類及全書編目順序編排序號。

芝庭詩稿　芝庭文稿

〔清〕彭啓豐　撰

據蘇州圖書館藏清乾隆刻清增修本影印，配以南京圖書館藏本。

提要

《芝庭詩稿》十六卷《芝庭文稿》八卷，清彭啟豐撰。

彭啟豐（一七〇一——一七八四），字翰文，號芝庭，晚號香山老人。清長洲人，彭定求孫。雍正五年（一七二七）狀元。授翰林院修撰，入直南書房。後官至兵部尚書。晚歲歸鄉，主講紫陽書院。卒謚文勤，祀吴郡名賢。藏書萬卷。善應制文字，著有《芝庭先生集》等。

《芝庭詩稿》《芝庭文稿》合爲一部，錢陳群爲之作《芝庭詩文集序》。《芝庭詩稿》十六卷，前有王鳴盛序、黄永年序、趙大鯨序。收録彭氏所作古今體詩，以時間爲序，起自康熙五十九年（一七二〇），迄於乾隆四十二年（一七七七），時間跨度近一甲子。《芝庭文稿》八卷，收録彭氏所作賦、頌、條奏、序、記、碑、傳、志銘、墓表、行述、雜著等，範圍廣泛。彭氏生逢康乾盛世，其人又才思敏捷，早歲登第，聯捷會元、狀元，入直南書房，數充鄉試考官，品評天下學子，加之官居多職，晉歷樞衡，見多識廣，故其詩文大氣磅礴。錢陳群贊其『所爲詩文俱有家法。詩典則恬雅，深得温柔敦厚之旨，文筆與年並進，宗法在昌黎、南豐間』。趙大鯨譽其詩曰『浩浩渾渾，味藴淵涵，而氣體標舉，雖不拘一格，要皆有性情流露其間，卓然成一家言無疑也』。王鳴盛亦云其诗爲『天地之中聲，國家之和氣』。詩文中頗多彭氏親歷之事，亦有反映當時民間百態、名人交往及社會、政治等情況，頗具文學價值、史料價值。

《芝庭詩稿》《芝庭文稿》自清乾隆間初刻後，又經數次增修、續刻，各版本卷數不一。本次影印以蘇州圖書館藏清乾隆刻清增修本爲底本，配以南京圖書館藏本。原書框高十八・五厘米，廣十三・五厘米。

芝庭詩文集序

古之論世美者或曰無忝爾祖或曰必復其始大率如孔安國歐陽生之於經姚察之於史董仲舒之於文學王羲之之於法書其術業之相承

有足述也如楊震曾孫於彪袁
安之於隗漢之荀陳唐之蕭
杜其名位之相嬗亦足稱也
國朝文治蔚興宗工輩出而
海內言理學科目者則必舉
長洲彭氏云大司馬芝庭彭

公務承　其祖訪瀛　先生推闌
高曾以來居敬窮理之學蘊
隆積厚鍾秀毓祥年二十
餘即以南宮廷對連擢第一
入詞林科名之盛與先生後
先接武昔人以鳳皇芝草先

靦爲快而貽于繼世萃於一家是則薦紳所艷羨而不可必得者而公乃處之若忘抑然自下論者謂其磨礲浸潤德器渾成亦克肖前人有自来也既与予同趣

禁近同佐秋官相於最久自
非奉使於外持節秉衡則
直次公餘未嘗不聯茵接
席退而晰疑攷古共抒所見
性〻心契莫若公後校士兩
浙行至婺州携予集讀之

竟三四日不休玉序予詩謂
可与吾禾文苑諸公相伯仲
予愧不敢當然不可謂非相
知之深者矣猶憶康熙乙酉
丙戌间
聖祖時巡江东访漁先生已乞

身在籍
特起爲檢校全唐詩官亨甫
竊冠以所業謁先生於里
第辱先生進而教之爲語以
力學持身之要中心謹識不
忘竊謂宋王文正不志溫飽

明羅文恭不榮一第彷彿
遇之也曾不三十年獲與公
同館稱莫逆交兩人復以次
懸車予則年臻耄耋公亦
齒邁古稀嘗塗逅至紫陽
講席士之遊其門者服其

教亟欽仰其祖考之清芬相
與登衣言之堂則典型具在
覽東壁之亭則奎畫重光也
公諸子之職翩翩起官中外
有聲恪守庭訓惟謹公性尤
嗜學居恒書史不去手所爲

詩文俱有家法詩典則恬雅深得温柔敦厚之旨文筆与年並進宗法在昌黎南豐間置之荆川震川兩家集中如月印川如車合轍昨歲辛卯祝

擬入都偕入香山高會公堂乞予序至是申前約甚殷予卧病頹唐未有以應獨念公与予交契之久微予無以得公之真即令祖先生之言論風旨其親炙而能道之

者之無幾人在也曰追憶七十年來四世交契之雅且述其祖孫間所以不愧科名者以爲學者勸是爲序

嘉禾同學弟錢陳羣時年八十有八

鳴盛吳之鄙人也於芝庭先生為鄉里後進又為小門生曰得徧讀先生之詩私幸平生瓣香於是得所宗主輒為之手胼口沫優柔怡愉而不能自已竊嘗論之荀卿以為詩者中聲之所止後之為詩者苟無以養其心志正其風骨而窅渺憭戾襍出乎么弦孤韵以自鳴其異皆倍乎中聲者也樂記有云治世之音安以樂其政和然則中聲者固存乎其人之所自得而和樂之旨則又視乎其遇有非人之所得自主者先生生中吳秀絕之鄉奉祖父南畇惕齋兩先生之緒言承襲清華伏讀

賜書養根竢實本深末茂乃始分其藹葉以發之於詩此其所自得者為冣深又適際　國家氣運極盛之時早登上第晉歷樞衡出則皇華行邁延攬名勝品第去流入則近　光飫　德論思密勿雍容揄揚此其所遇為冣隆蓋其人其地其時與性靈學殖交合輻輳而成先生之詩今試觀集中諸作春容大篇金鏗玉應雝雝乎長離之一鳴而共命之交響也安有穿穴嵬瑣而托於險澀者乎星軺所指模山範水超凡入聖遺貌追神飄飄乎咽三危之瑞露而掇五色之靈根也安有廹隘卑

而遁於膚辣者乎益先生之詩天地之中聲國家之和氣也中與和合而卓然上追正始文章之大宗繫焉一切偏材偽體莫得而驂駕者矣唐自開成大歷以後詩多頹促破碎宋南渡来若書坊陳起所刊江湖小集與夫九僧四靈月泉吟社諸家亦多噍殺之響彼皆不得遇其時而才分又有以限之此鳴盛諷詠公詩而悄然有感於治世之音之信非偶然也若夫先生之立朝行已中立不倚矯然如白圭振鷺斯先生之為人即先生之所以為詩者歟鳴盛稱詩十餘年未有所得而先

生通懷樂善援而進之臭味中每摳衣奉席諮稟商榷接引無倦有知己之言故敢於編摩之次妄舉樂記荀子二言為是說以附於末簡茲乾隆十九年冬十一月二十一日小門生嘉定王鳴盛頓首謹撰

座主芝庭彭先生刻其所為古今體詩若干卷以授永年曰為我讀而序之先生奉使持文衡半海內所至江山之奇勝無弗覽入則儤直

禁廷荷橐簪筆以黼黻太平為職凡館閣賡唱之篇雍容爾雅山川懷古登覽即事抒懷之作比興悠遠情深而文明不為鉤章棘句而渾灝自然先生之詩世固多知之者先生試禮部及

廷對俱第一時年甫二十餘其心澹然如弗有待承明久漸躋卿寮其額粥然若弗勝迨視學兩浙貳於司寇理煩處劇泊乎有百官萬務疏水曲肱

之思論人才學術憂深慮遠皇皇然望古如不及也今詩中往往見之昔羅文恭嘗言及第時見吳中魏莊渠莊渠曰達夫有志不以一第爲榮默默終日絕口不及利達事私心悚然不敢汲汲名位以負知己自聖賢義理之學罕留於人心薦紳士大夫滔滔而未知所止先生德器渾成不煩人力沖澹若無不輕吐露其枋用也蓋

兩朝聖明特達之知遇於一去凉凉然也世之稱先生者曰文雄曰詩伯于先生之人豈亦有能知之者哉歸熙甫言李元禮郭有道生此世必無人

知貴之者有如恭簡文恭非出於其去毋亦混混
一世相接已夫先生令以侍太夫人陳情里居永
年來吳得盡讀先生大父侍講公遺書歎先哲流
風近世于公庶見之公以及第第一人年甫強仕
退休林下垂三十年其南昀詩稿古音雅節感發
性情於羅文恭尤曠代相感於是見先生之家義
理之淵源其濡染如此而非余之阿其好也江右
門人黃永年謹序

序

同館彭芝庭先生超穎過人少歲即以詩名吳中丁未春相見於京師讀其詩予輒歎為能成一家言既而南宮第一臚唱又第一入直

禁廷揮毫珠玉而先生之詩傳誦輦下矣憶是時余僦居宣武坊與先生寓齋密邇晨夕賡唱忽忽垂二十餘年此二十餘年中同赴

乾清宮試者五壬子同典滇南試事辛酉余視學江右先生以典試來次年先生又視學吾浙既先後以外艱歸里服闋又各以將母陳情家居時通

問訊屈指中朝士大夫官游踪跡合而暫離離輒復合始終不相睽隔如吾兩人者恒不數數覯是則讀先生詩冣多且早者莫如余知先生之詩之深者亦莫余若也今先生裒集篋中詩刊存十之三屬余序之余惟先生天才横發少與吴中壇坫相角逐又能濡染家學含咀道腴於漢魏六朝唐宋元明諸大家之詩靡不窮其派别而析其指歸長而侍承明備顧問兼以輶車四歷雲樹江山之助俯仰開拓故其所作浩浩渾渾味藴淵涵而氣體標舉雖不拘一格要皆有性情流露其間卓然

成一家言無疑也今
國家右文崇雅先生以博麗之才鼓吹明盛道揚
休美宜乎後塵之士讀是集者如披球琳之府攬
鸞鳳之儀駭掉眩慄而莫窺涯涘也豈非詩學之
幸歟余雖衰耄將擊壤而歌太平之日月遥相賡
和於六橋煙靄間也仁和同學弟趙大鯨序

芝庭詩稾目錄

卷一
古今體詩一百十一首
卷二
古今體詩九十九首
卷三
古今體詩一百廿八首
卷四
古今體詩一百十二首
卷五

古今體詩一百五首
卷六
古今體詩一百五十首
卷七
古今體詩一百三首
卷八
古今體詩九十六首
卷九
古今體詩九十八首
卷十

古今體詩八十八首

卷十一
古今體詩一百二首

卷十二
古今體詩一百三十一首

卷十三
古今體詩一百十二首

卷十四
古今體詩一百六首

卷十五

男紹讜
紹觀
紹咸
紹升校字

古今體詩一百三十七首

芝庭詩稾卷一 庚子至丙午

長洲彭啓豐翰文

述懷四十韻

端居發遐想懷古思先民先民去已遠當代觀人
文吾吴百年来彪炳列薦紳堯峰汪編修琬掉文鞅勁
筆迴千鈞西堂尤檢討侗富才艷寒碧韓尚書菼標清新研
溪惠太史周惕風骨峻既庭宋學博實穎醞釀醇諸公金閶
彥不染世垢氛明廷儀鸞鳳繡陌行麒麟藝林植
根柢名山著經綸微言台高駕異響實畢臻盟壇
阮亭老新城王尚書夢寄漁洋濱鴛湖移棹至朱檢討彝尊

之選詩稾卷一　　一

横山卜居鄰 嘉善葉進士燮

權衡正變體揚蹤風騷津餘波澄綺麗高格增嶙峋轉眼忽雲散迴飈拂芳塵榛苓矢遥慕花月雲良辰歸藏吴山麓宿艸明青燐文星有時霣璇源詎終堙嗟余生既晚訪舊含悲辛汲古絕修綆褰人之家珍文章千載事悠悠與誰論比者訂古歡疏華雜前陳孰研詩律細別裁僞與真或負磊落姿淋漓泣鬼神相期韻囊脫聲華邁常倫雲鵬易垂翅涸轍難縱鱗提旦取青紫故人長賤貧離家哀王粲草元嘲子雲箕張任揚簸讒說騰紛紜世人乖嗜好賤玉而貴珉雷鳴

有瓦釜成風無郢斤妍媸須自鑒名實相為賓莫
采春花縟而忽秋實芬詩篇雖小技於道亦足尊
大塊發噫氣平地揚風輪皇墳有述作盤咼迹未
湮導河自積石窮山尋峨岷滔滔障狂瀾莽莽開
荆榛誰為老識路脫羈韁難馴終期大雅作吾輩
無沉淪

獨漉篇

獨漉於野水深漸轂漸轂尚可坐見折軸河流湯
湯欲濟無梁豈翳無梁舟楫先亡芃芃者稻生彼
周道猗蘭雖芳當門鋤早騏驥伏櫪不如駑駘鳳

皇遠舉鷹鸇猶猜詎不懷進需時無競井渫用占
王明有慶

寒女吟

明月窺閒房佳人起徬徨自言貧家女不學鉛華
妝荆釵為首飾布幅為襦裳曉霜裁紈扇夜火織
流黄妙巧發機杼爛奪天孫章借問鄰氏女羅綺
紛成行戲罷不理曲妝成但薰香瓊樓多顧盼玉
幣陳高堂而我常寂處帷燭無輝光媒氏不踵門
百兩何時將常恐歲序易春花萎秋霜三復行露
詩禮義慎周防

橋上曲

淥波瀲灩春塘滿萍荇參差㶉鷘暖橋上行人微步遲香塵遠引彩雲散回身照影似鸂鶒却憎桃花人面紅歲歲韶光如畫裡含情不語向東風

采菱曲

家住白蘋洲菱花十里秋侵晨采菱去牽荇青瑶流解一蘭橈汎容與香袂飄飄舉鏡裡照修容風前吹細語解二昨日采紅蓮持贈想夫憐未解蓮心苦貪看菱花鮮解三隔浦芙容花片片落秋水日暮芳草愁蕭瑟西風起解四小姑本無郎女伴自成鄰霜

華飄風霧鬢腸斷采菱人五解

楊柳枝詞和宋玉才韻

蔓迷山店拂澄潭送別思攀卻未堪春雨杏花零落盡一株惆悵在江南

藕小門前永日攀莫愁湖邊灣復灣欲問前朝歌舞院鞦韆淡霧鎖銅鐶

絲絲金縷剪裁工漠漠飛花逐轉蓬走馬章臺舊時路纖腰空妒楚王宮

阿摩堤上綠成叢曉罥輕烟暮惹風搓得鵞黃籠薄靄尚餘媚眼望離宮

凝碧愁眉欲斷魂濛濛細雨濕花村長板橋頭相
送霧誰呼桃葉與桃根
白公堤畔乍飛綿三月微陰澹似烟宛轉肯隨金
勒騎輕盈都上木蘭船
酒旗颺處日西斜棖觸深閨眺望賒一種多情易
摇落陌頭夫壻已離家
郵亭野店盼還同畫舫珠簾揔倚風宜愛柔穉縈
客思爭憐飛絮繞樓中

關山月

明月秦時影關山漢地營迴臨沙漠冷孤照柝殺

清吹笛三更夢橫戈萬里情遥憐擣衣婦望月憶長城

陌上桑

初日秦樓麗柔桑綺陌春使君五馬立遥見執筐人玉劍攀枝動香羅覆䕃新柰間非有約歸及飼蠶辰

劍池歌

青嶂圍空湛靈入重泉波冷蛟龍泣闔閭墓槨錮三重寶氣沉埋劍鋒澀憶昔干將鑄不聲陽文陰縵騰烟煴截鴻奔駟休足數一揮晉鄭迷三軍自

逌虎踞銷炎景龍化深淵秋夜警月来浄影照潭空雲起奇峯嘘辟冷蒼松老幹蟠虬螭嵌崖拂蘚存古碑顔公使筆如使劒芒寒色正隂飊馳戱花池邉花如玉吴王井底漾寒渌中有稜稜出匣姿吹光遠射山之麓轆轤殸靜我獨過青蛇黷黕挂薜蘿塚中之人如更曉顛與説劒歌長歌

滄浪亭長歌次歐陽文忠公原韻

子城西南勝地偏吴儂漫咏滄浪篇滄浪人去已千載長吟遠望亭翼然高棟凌雲聳堆昇曲欄臨水縈玦環高木蕭疎消夏暑襍花映發爭春妍游

魚舞藻尾撥剌幽禽啄木觳啾喧蘇公在日不得志江湖夢遠棲雲烟郊原忽聽鐘磬發僧寺共結香火緣笭箵挂腰伴釣叟楸枰對奕來棊儔嫋嫋風生奩鑑影娟娟月上清溪邊輕舟野服與時適雨露蓑笠雲犂田濯纓濯足歌一闋滄浪之水清且漣回頭仕宦付塵夢五湖竟泛烟波船慶歷年中遭擯棄負謗浪費公紙錢永叔寄題景如畫都官酬咏情相憐鷗鷺閒眠欣得地榆槐高蔭仍忝天長留詩卷示後世勝刋碑碣沉溪淵我生向往自弱歲荒岡徙倚跛脚眠亭子依然懸舊額虛堂

遺像瞻年年題名剔盡碧蘚浣北碕舊蹟人爭傳

秦淮襍詠八首

秦淮閑汎木蘭舟寥落情懷付水流清簟疎簾縈
曉夢淡烟微雨報新秋

玉樹清歌事已遥吳綾新曲進長宵傷心天寶宮
人盡猶剩梨園説往朝

朱門行馬半依稀坊築中山繞棘圍凴吊故侯留
邸第燕飛還認舊烏衣

燈船鼓吹石城遊月下笙歌沸酒樓自撥琵琶彈
煞尾昔年邀笛未風流

佳麗烟消舊苑名紫金山翠歷臺城承恩寺裏雲房護疑有金燈照夜明

雨花桃葉水潺湲燕子新箋別淚潸名士東南多口語不教擠擯到虞山

紅粉南樓領教坊掌書偏識禮空王秦淮怨別新詞好贏得人傳鄭妥娘

蕭蕭秋柳鎖紅橋不耐西風半已凋枉向莫愁湖畔住愁情如許幾旹消

燕子磯晚眺

千尺危磯揷江口懸崖磔裂勢欲走清秋石骨露

嶢巘憑闌四顧浇愁酒長天空明雲氣高送目千里窮纖毫昨夜颶風起鯨浪萬工何處藏輕舠楚尾吳頭俱在眼時清不覺長江限那能揮扇附名流但滞青衫淚痕潸回看虎踞與龍盤落日無聲湧紫瀾元武湖中秋雁集景陽樓上晚烏單鳳皇高臺如隱几頃刻餘霞散成綺金支翠羽光怪多月明人在清江底

弘濟寺

江近巖嶂寒雲深寺門鎖入院不逢僧娑羅花香墮崩谿見天倪清風散塵堁初地鑿舟梯高旻倚

磊砢懸崖石笋尖撒手蓮花朶冥契惛無言雙趺何處罣

秋夜渡江

晚趂平潮一葉横迷濛煙樹隔蕪城江空練影青蓮句露湛金波謝脁情岸濶蛟龍吟夜笛林高鸛鶴起秋報此身未踏三山頂漫向秦淮問舊京

東林行

道南脉溯楊夫子正嘉以來書院起端文忠憲講堂新海内名賢共仰止由来黨禍擯清流僉壬布網横戈矛搢紳駢首丁陽九流血圜墻神鬼愁誰

為三朝刊要典蠅營蟻附詞洪恣石工欲碎黨人碑彗星下掃陰陽沴濂洛淵源心証徵頤廚姓氏有光輝砥名勵行留遺直成仁取義覘全歸巍巍祠宇亐河口空堂風月親師友止水清泠湛碧壺龍山突兀瞻前後吁嗟淅黨彼何人門戶紛持勢灼薰道學封疆竟誰守淄澠黑白昔年分

周忠介公竹榻歌

清門凜冽霜風早長劒峩冠麗秋昊貞筠六尺絕埃塵遺製依然作家寶吾鄉忠介直節儔蕭齋浩氣虹光連高望長吟每危坐署門謝客久孤懸自

從就理身遺珍音塵閒寂户畫扁蒼梧竹老淚痕斑不隨刦壞英靈顯別有茅菴識舊題筆鋒遒整小雲栖清忠坊峙金閶路過客躊躇爲悽悽

宋磁水盂歌爲顧秀野太史賦

蟾蜍會貯方諸水譜識宣和未遭燹古錢荇葉蝕花斑纍纍出土無泥滓神物沉埋閱歲時於今鑿沿宛得之腹空圓月侵几案色潤黃雲霞研池一時珍重比彝鼎每試宣毫光炯炯鴟夷滑稽那足倫壺中九華庶堪竝閬邛太史雅唱酬小山桂樹集中秋彷彿妙嚴尋古蹟前身金粟檀風流

題吳小仙雙松醉道圖

松林障子畫手稀獿髯石骨形㝡奇畢宏韋偃去已遠小仙潑墨何淋漓蕭梢忽見凌雲起雷雨交垂龍虎死悄然朢我深山中萬壑濤聲滌塵耳松下丈人似謫仙岸幘箕踞臨風前玉浮一醉三千年仙童揮扇招我去回首雲林杳無處

雨霽過韓十一祖藝湖亭

俯瞰水澄碧當筵酒暈紅人耕犁鏵雨船泊釣絲風隔岸明朱塔平疇卧彩虹重聯詩社樂北郭素心同

晚蟬

雨後涼蟬嘒嘒鳴綠槐踈柳不勝情數聲斷續風飄遠一樹微茫夕照明落葉漢宮歌曲苦行人驛路暮愁生心知飲露全高潔不羡朝冠繫翠纓

蠹樹

中逵有嘉樹葉繁子離離蝤蠐齧其根螻蟻窟於兹香心既枯殞勁節旋離披秋風昨夜厲摧折壓編籬昔為霜前果今為爨下炊江潭楊柳樹搖落同嗟咨撥本害枝葉非關斧斯之攀條感生理栽培須乘時莽蜂戒後患詩人不我欺

題雲響圖

并係以詩

誰能刺船之海東群烏飛集鳴天風誰能撫絃望一室衆山皆響窮玲瓏伯牙少文各瀟洒物化往往成仙翁仙翁所居乃在匡廬峯紫霄仙靄浮空濛手揮五絃寄遐想泠然清響昭羣聾初疑流泉出三峽又如萬壑喧長松蓊然白雲生足底得非

雲峰水石相撞舂祖生貌古方兩瞳心閒手敏調絲桐瀟湘雲水渺難接天地濶遠神明通清溪鬼谷來怳惚顚闐三疊聲淙淙嶶音桀發曲未終飄飄便與仙子從廬山面目看如畫抱琴且謁蓬萊宮

琴川舟行

春波瀲灎小檣通白鳥雙飛柳曳風朝暮山光變深淺通靈畫筆屬王蒙

登虞山由辛峰亭至虞仲子游墓

扁舟泛尚湖嵐翠時隱見支筇登北麓始識虞山

面連雉界崎嶔窈林藹葱蒨松幹涵春滋苔紋襯
幽茁孤亭峙卒嵂凴檻四顧徧指點拂水莊隱隱
懸匹練古檜護仙靈雲深七星殿湖山甲明秀疊
盡開婉孌文物盛昔年吴會多俊彥仲雍讓德高
言偃文學先井墓猶未荒俎豆永書院何来莫邪
城鑄劒習攻戰不如敦詩書風淳俗自善頗珍名
山藏編摩秘篋衍

揖青亭懐尤西堂先生

水石蕭閒鸞鶴栖遠峯横碧夕陽西聲華一代鴻
詞選騷雅千秋樂府題曲渚良辰曾集社南邨舊

侶慣扶藜升堂彷彿音塵在天上脩文路不迷

南園懷古三首

茂苑繁華緬故都廣陵分帥盛歡娛釃流積土山如畫清暑迎仙水繞隅搒醉花開留語燕合圍樹老聽棲烏錦衣照耀笙歌地宴罷賓僚漏咽壺

慶歷詩人賦謫居雲烟變幻景清虛貯来風月酬無價吟潯滄浪樂有餘亭傍蹂林鳴好鳥舫開明鏡戲遊魚山僧野老同舒眺望愛漪漣照綺疏

橋號飛虹映碧波寒光堂側石嵯峨西湖有恨空回首南郭尋春且放歌枯樹婆娑祠屋圮秋風蕭

下稻田多子城略彴逶迤路憑弔遺蹤策蹇過

月夜謁韋刺史祠

明月涼如水遺祠儼郡齋蛛絲縈畫戟蛩響語空
階五字推高韻千秋見雅懷紙窗塵夢醒何處鬧
官蛙

郊外晚眺訪沈碻士袁籲尊不遇

遠樹翳沙洲歸雲斷堞雉野航如飛鳧亂點斜陽
裏越陌訪陶村尋幽疑角里有德自成隣避喧回
遠市藝圃托泳游陂塘映清沚遥聞吳江上楓落
商飈起騁望凝暮愁孤懷憶彼美何處款荊扉渺

渺阻鮮水

羅浮蛺蝶歌

葛仙遺衣何年化化向海山鉄橋下幺鳳俄看倒挂形仙蠶未退暖房舍有客好事攜歸来纖緗什襲不忍開萬里香風随遠度三更蘧夢何時回江南二月花信早蝴蝶成團舞衣好雪繭蠕蠕待候温不逐軽盈戀芳草一朝雲錦抒天章嬋娟手格金籠藏紈扇裁来月下影蛾眉學淂宮中妝繪入丹青倩好手雖合神光未經久林花半落共蹁躚緑裙已壞遺塵朽朱明仙洞隅神州謡詠脩眉不

禁愁頤托漆園徵栩栩溪轁文采隱羅浮

金石行贈徐龍友

雲雷盤旋寶鼎陳座設彝器羅周秦六書正譌辨蝌蚪大小篆法文彬彬南州高士每鍵戶奏刀勁力剞霜鍔縱橫盤蹴鐫鑿古方旋圓折陰陽均淩雪軒中成印譜頤荅以後無其倫舊傳雕刻為小道寡聞渺見古法湮大巧堪嗤倕斲指徐君何以全天真知君詩篇堪不朽追逐韓孟筆有神曾摹嶧山相斯篆更讀石鼓岐陽文豪士襟情驚四座清門文采張吾軍不道雕蟲壯夫恥世上藝事徒

紛紛

清明日南園晚步集字成句同沈碣士徐龍友何子未施研貽

雨散烟生柳岸荒，鐘聲微度近昏黄。豪華如夢看朝露，佳景催詩送夕陽。陌上曲殘春半謝，樓頭人去感尤長。低徊同眺青山色，紅艷空憐歸路香。

初夏泛舟秦淮

清江淥蔚藍，瓜蔓水方渙。新雛燕剪輕，飛絮柳絲亂。偶趁蘭橈旋，似聞桃葉唤。金粉消六朝，掩映歌樓幔。冶城迷荒墩，定林築山半。節候值清和，芳蔬

滿江岸向夕溯潯溪愁心寄旅館

遊鷄籠山至靈谷寺

古隷聽鷄鳴宮人候車駕潮平元武波山連漫舟
下華林鳥道長紺宇晨光射消沉感陵谷誌公衣
歸化西望孝陵原石麟吼長夜十廟鬱楓林行人
幾悲詫

謁明孝陵二首

鍾山雲樹鬱蒼蒼馳道如弦繚苑墻往日風雲真
際會至今陵寢有輝光赤符已換炎精散隆準重
瞻日角昂草昧英雄誰得似漢家高廟在咸陽

守冢黃門已白頭黍離麥秀感悠悠昭陵石馬嘶風夜王室銅駝泣雨秋奏表通天空悵望吟詩灞岸更淹畱斜陽欲落寒烟碧十里山陵萬古愁

觀蒔二首

昨夜雨霏微平疇水浸長黃鳥鳴高枝烏犍耕沃壤誰歟解顏勸播種挈偕往耒耜志辛勤蓑笠亙偃仰踈踈揷秧針㴲㴲畈田響順時占鮮作流膏在井養

閒泄近十畝索居在南園芳草翳苔徑綠柳遮柴門掠波燕剪撇聒耳蛙聲繁觀化愜物性良苗培

其根秉時望先畬力田長子孫遜隨沮溺儔嘉尚
矣弗諼

五月三日虎邱澹香樓即事

古寺石為磴岑樓雲作山携尊逢午日瀹茗欵禪
關塔迴烟霄外帆移窓岫間朋来自湖海振藻動
人寰時沈綸舟杜雲川兩太史適至
雜罡軒楹敞憑闌樹影侵金精懐霸業花雨淨禪
心四顧臨無際三泉汲更深歌聲拍銅斗競渡滿
湖陰

競渡曲

烱光浮碧湖波遠楚客揚靈去不返綠色纏絲續命長江心鑄鏡開奩晚望夫君兮水潺湲飛龍翩翩駕湘沅哀笳發處簫鼓喧旌旗倒影中流翻誰家畫閣臨芳芷笑語風輕墮江水横塘忽散采蓮歌一片斜陽可奈何

咏史二首

天孫機畔譜霓裳傾曲風流獨擅場羊侃由來迷儛伎季倫何事餙彫墻銅山未鑄身遺餓兎苑初開迹已荒眼際乗除增百感相看幕燕墮華堂

白首江湖作散人忽投漠北遠覊身琅璫夜動天

常黯魑魅朝遊地不春拊並幾曾歌頌豈因風空
自憶鱸蓴江南若有招魂所為告巫咸上玉晨

苦熱行

火雲燒天烈日紅祝融張蓋鞭赤龍天公坐我炊
甑裏煎熬四壁無清風目林忽恐勢焚燎耳井常
憶聲潺湲南荒火山望不極流金鑠石將無同道
旁暍者相枕藉此豈調爕乖天工大官招涼據上
座冰綃竹簟三兩重人間有地避炎暑臺上無風
兮雌雄君不見三伏不雨愁吳儂坂田龜坼河渠
空耕農負水向隴畔饁婦載筐行日中年來朔方

亦恒燠禱請無計廻蒼穹我心苦熱更苦旱午夜不寐憂忡忡

宋南園吏部卒於會寧賦古詩輓之

雪山陰飈捲沙漠西寧城頭旄節落秋旻昨夜隕使星烏啼魂斷蓮花幕憶公異相當封侯風雲未展經世猷清聲素重銓衡掌壯志翻爲絕域遊月寒板屋靜刁斗雪滿征輪運糧糗籌邊憔悴白髮生羽扇空搖身竟朽君不見玉帳牙旗節鎮雄屯兵歲久無成功寧知丹旐青楓暗忍覩黃沙白骨崇漢家馬援雖堪比壯士陳安亦相似力勤王事

死從軍不屑丁寧顧娉子萬里經行路竄多飄零旅櫬恨如何西州策馬慟欲絶遥聞隴上起悲歌

北郭訪徐幼文宅

四傑聲華動禁廷百年寓宅托郊坰賓王繫獄悲西陸揚子談經剩艸亭荒圃雨蹤生蔓草女墻月暗照流螢堪憐舊侶同時盡江上吟魂更杳冥

春仲同人讌集秦淮水榭

飛觴水次溯風流淡沲春光豁眼妝楊柳東風江上棹杏花細雨酒家樓題襟未換青衫舊戴笠空緘錦字投休向秦淮論往事六朝金粉不勝愁

鐵簫吟留别惲掐長

鐵崖先生有鐵笛君今洞簫正似之銀絲錯縷鍛雞鐵吐音寥亮吹叅差仁聲作奏聽嗚咽清商繚繞踈林徹須臾變化雄武聲石破雲穿鐵皆裂問君何為奏此不平鳴自言崎嶇廿載遊燕京筆墨橫飛罕收拾文酒跌宕攄豪情偶從友官過鑄此鐵簫成古来幾人能引鳳依稀還托鈞天夢伍相吹簫吴市闤子淵作賦漢宮誦如何冷落滯風塵搔首問天天懵懵當筵月出流清光露彩泛艷傾華觴俠客高歌君倚和聲聲激楚思慨慷彷彿使

我遊赤壁潛蚪起舞江茫茫聞君度曲三太息明日河梁忍輕別

游仙詩六首

巖扉深鎖閉靈關地肺雲根窈湫閒漁父無心迷洞水劉郎有恨隔蓬山書傳金簡通消息名列丹臺記往還待得雲將一舉手天門咫尺不須攀

赴宴瑶池晷刻長飈車羽蓋各飛揚麻姑擘脯擎觴暖子晉吹笙擫笛涼風響珊珊摇玉珮月華艶艶舞霓裳鈞天縹緲餘音在下界無因跭鳳凰

酒肆相逢日影斜華胥入夢向誰誇駐年不服靈

飛散好景虛開頃刻花燕化羅浮惟剩履鶴歸華
表已無家星壇獨夜三薰沐煉得黃金煑白砂
曾思謁帝著青裙琳篆琅函仔細分石髓靜持師
季主籃輿前導禮茅君白羊常伏生秋草赤鯉無
波浸水雲掃藁山童笑多事漫勞辟穀費辛勤
淮南雞犬飛升日藪桂幽人淪謫時圯老未逢祠
石早壺公雖遇跳身遲休因斧爛看棋倦便使珠
遺結珮宜寄語華陽學道侶支梨火棗與心隨
吸露餐風導引徽體輕新換六銖衣疊鱸不向山
中隱乘鯉應從海上歸十賚瑶珍藏秘籙三全禀

鑰鴻靈璣莫疑凡骨非仙器家本籛鏗族胄稀

甸田三章

頌減賦也雍正三年　詔減蘇松浮糧四十餘萬爰為詩以當頌

思樂甸田在湖之濱畛畷無數窊隆適均零以湛露霣以岱雲龐洪德澤流於無垠滋液滲漉我后之仁

揚州之田稱下下官田賦繁民力寡辛苦輸將自勝朝纍纍積壹無能捨　天子曰咨問司農頻年軫念惟蘇松貸爾積逋弛爾正供偕爾婦子同時

雍

老農聞　詔歌且泣官租特減卅萬石饑者得餔勞者息向年吏胥頻下鄉責絲糶穀不得償今年努力輸將早大家小戸逋租少若勤撫字糴煩苛更煩官清無襍耗

洞庭橘枝詞

洞庭仙種間丹黄萬顆金丸噀玉漿不遇滿林霜落後新苞未許摘来嘗

甪里村邊蓺圃寛傍簷高下爛霞看木奴歳取千頭種租税何曽到縣官

妾家東山怨別離郎行萬里卜歸期門前綠樹無
顏色只羨雙雙橘子垂
吳孃舊唱竹枝詞行徧東山聽橘枝淮南結實已
化枳不信郎心無變時

輓徐龍友

王粲離家日劉蕡下第年蹉跎驚鬢雪飄蕩入蠻
烟冤化羅浮蝶霜凋幕府蓮牙生相識少欲輟舊
琴絃
憶昔追遊日城南步屧回尋春裁麗句翫月撥新
醅嵇阮名空在山河邈正哀明年花發處幾度哭

君来

西山探梅絕句八首

梅樹初花香滿枝霏霏晴雪綴踈籬維舟多傍還元閣身罣籃輿鎮日宜

花氣湖光杳不分查山銅井翠氤氳離奇可愛蕭踈柏一路尋芳到董墳

上陽村裏日熹微錢家嶴中花片飛海内幾人留雪爪漁洋真境覩依稀

高閣佳名號六浮風帆點點聚沙洲檀園詩畫歸塵劫花雨鬘陀續勝游

姑射仙人縞素姿掃殘粉黛照琉璃湖山月色清
無滓樓閣參差望裏疑
翠巘高低浸碧虛家家種植樹扶疎暗香疎影兩
奇絕底事逋仙不卜居
名園幾處作荆榛僧寺雲房亦化塵惟有南枝成
古逸年年清貴得詩人
幽香拂袖撥春醅澗響泠泠百道廻芒屩已尋香
雪海瘦節直上萬峯臺

秋柳四首追和王阮亭先生原韻

淺綠輕黃揔斷魂却看憔悴映千門章臺惹恨西

風影灞岸凝愁落照痕玉笛那堪吹出塞銅鐶猶
自鎖前村紅樓眺望多棖觸極目飛蓬不忍論
渚蓮紅斂點清霜舞羅煙絲倒曲塘減盡翠眉慵
對鏡飄殘金縷倦開箱纖纖腰袖空憐楚濯濯風
姿舊姓王梁苑隋堤半蕪沒明年移植永豐坊
憶昔春花點客衣而今景物已全非板橋流水行
人暮蘭蕖桃根蕩槳稀三帀暗驚烏夜宿一行早
覩雁南飛攀條最有青衫淚李固袍新領莫違
風風雨雨最堪憐黃葉村中籠碧烟種向金城愁
寂寞吹從玉管思纏綿蘭成蕭瑟悲今日張緒風

流憶少年待得新夷依舊發江南春色旨無邉

夜上穹窿

聞鐘谷口暝振策躡徑暗踈星綴華燈絶巘捕青漢寒月吐二更湖濆明如旦却顧淩翠微遥睇接仙觀金闕環玲瓏玉樹映璀璨緬懷赤松遊期結采芝伴黃鶴招不來白雲翳欲散萬籟歸空山天鷄叫夜半

咏明史二十首

白駒場卒霸東吴困守平江之遠圖黃葉風吹都市寂齊雲樓畔聽栖烏

城高只見燕南飛瓜蔓誅夷禍莫違養士卅年惟
卓敬更看御史映緋衣

漢北親征沙磧荒平戎製曲劇悲涼翠微岡畔巡
遊地千古雄心邁漢皇

北狩黃沙陷六師也先要賂滯歸期如何小像沉
香刻不悔蒙塵土木危

奪門復辟事堪吁筮兆仝寅讖適符少保功高存
社稷朝衣棄市竟何辜

一編大學進瓊山勤政親賢識御顏十八年來恭
儉主悲歌中夜感朝班

閹人剗恣逞誅鋤望絕清流盡剪除未見東陽三
揖退祇傳康海一籌紓
大禮紛爭大獄興尊親無據統相承濮安往議倫
常正璁萼何人說沸騰
黃白金丹欲証仙宮中齋醮禱長年空言鎮鹵符
元貺更詫承華出醴泉
鈐山津要恣鯨吞炎灼熏天勢燎原夢裏壘樓覆
米卅那能款段出都門
楊公請纓受降城僅守延綏拒敵兵可惜樞臣俱
被戮長城已壞與誰爭

閣臣迫逐上牛車東廠重為具獄書堪歎江陵柄
朝政褊衷忮刻十年餘
全河南徙勢懷襄漢築宣房筞未良一綫漕渠通
輓運季馴功績在淮黃
礦稅紛紛騁繹騷熙豐手寔竭脂膏西洋瑪竇梯
航遠粤省珠池開採勞
槖棍輕生事絕奇提牢讞獄潟情詞風顛二字虛
成案國戚陰謀洵有之
庸醫療疾試金丹三尺寧為可灼寬自古春秋重
嘗藥彌留那得寢門安

移宮忽兆噦鸞灾選侍披幃咄咄来幸不垂簾貽
女禍幾同入井起嫌猜
茄花委鬼豫成謡榜掠圜墻恨未消吴市休驚緹
騎走五人授命氣淩霄
中官督師計差池已喪潼關四萬師催戰羽書如
絡繹尚書伏劔等偏裨
平臺御政本英明一柱難支大厦傾冦警中原軍
餉缺宮隣金虎竟何營

[illegible]近言書卷一

門人秦禮嘉錄

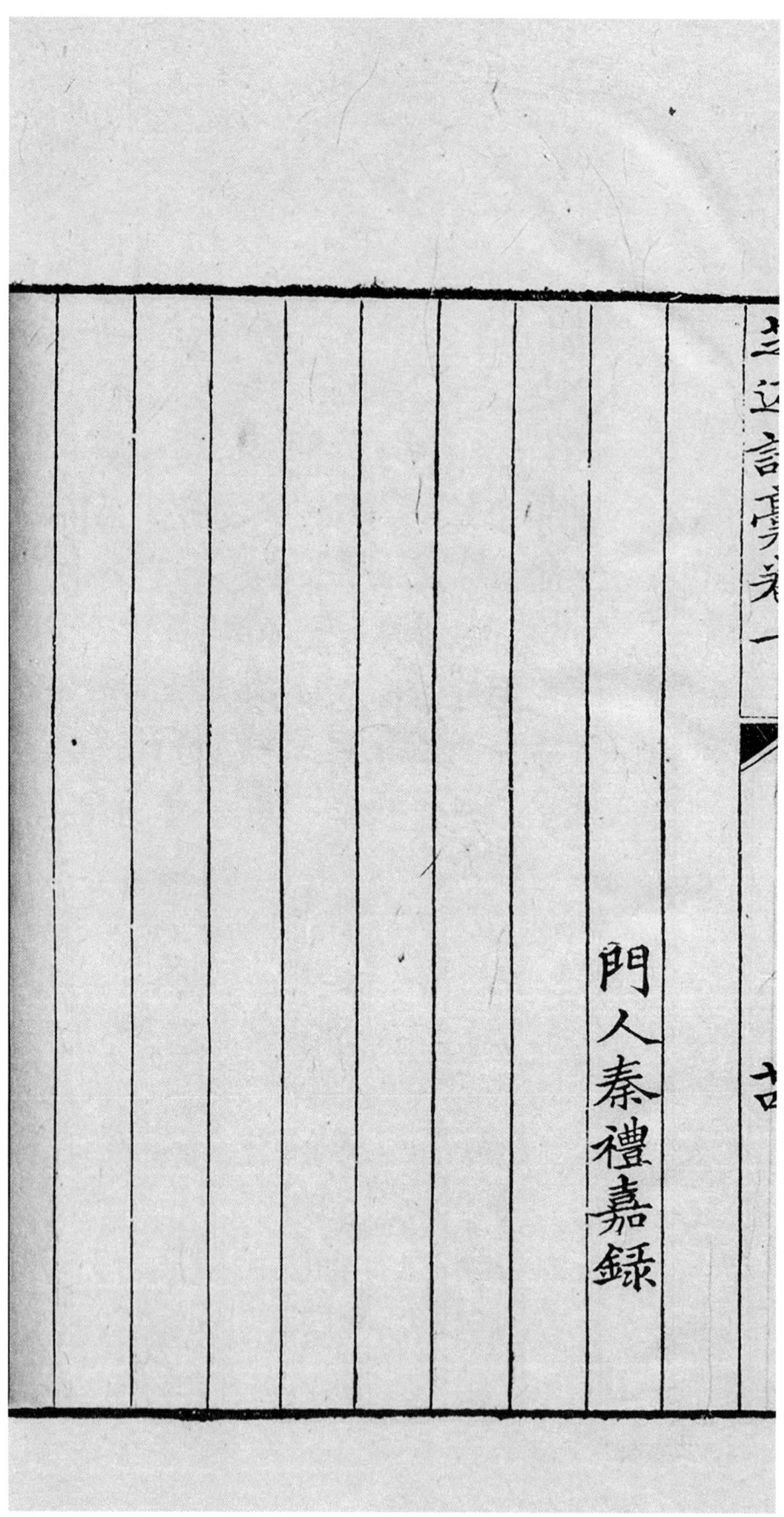

芝庭詩稾卷二 丁未至辛亥

長洲彭啟豐翰文

初發舟夜泊虎邱

白公堤畔維舟住明日掛帆千里去灘殺月色雨無情家是離人腸斷處鄰舟吳儂唱竹枝竹枝聲裏怨兮離從今聽罷山塘曲換聽黃河遠上詞

平山堂

邗溝水西注平山卧荒岡罨畫依故國竹木羅修廊風帆去不極沙鳥隨低昂梅開土山白艸綠江洲芳彈指憶儒翁風流敞虚堂文酒恣談讌槖屐

紛成行髯公懷故知三過增悽惶龍蛇動畫壁寂寞烟雲蒼掐顧隋家堤青蕪湍雷塘豪華有時盡文雅獨不亡席帽感知遇當代誰歐陽東皇花信早泥飲傾壺觴

秦郵夜泊

珠湖三十六紆迴月映波流似鏡開國士無雙人宛在誰能酹酒向高臺

水柏平堤對古祠貞心如石不遷移黃昏繫纜神鴉噪肅肅靈風捲畫旗

渡河

朔風吹白雪一葦渡黃河慷慨澄清志艱難行路歌奔流亂凫鴈逆浪蹈黿鼉涉遠從兹始湯湯極目多

謁嶽廟

雄鎮臨東兖高峰峙岱宗黃河流泱漭日觀秀芙容突兀崇三殿崔嵬建四墉隆儀脩袞冕秩祀設鐘鏞碧瓦寒翔鳳瓊樓曉躍龍燎燃朱火炯香繞白雲封鬼物丹青護神威甲盾重虡檐初映日殘雪尚餘冬古栢清陰合喬松翠黛濃前朝留舊蹟

昭代慶時雍正直通呼吸寅清薦辟琮何當淩

絶頂芝檢覔靈蹤

禮闈紀事二首

春冰迨泮躍龍年曠典新　恩丹詔宣上苑日華
紅杏發郊畿芳草緑楊眠青衫乍壯揚鬐色綾餅
光分燒尾筵特展試期咸飽德共欣放牓豔陽天
兩廊燈静辟籠紗勇士銜枚戰不譁二使星馳夾
棘院十行雲爛自　天家寒迴賜火裘添被香溢
官厨鬻沸茶自此冲霄鶯出谷華林玉署茁瓊花

春晝日陶然亭即事

春歸人未歸閏歲早成夏芳艸連青郊游絲墮野

馬拄笏看西山同籍傾尊笑熱氣繞觚稜宮殿輝碧瓦近盼慈仁寺夕陽青松下縞紵謝榮名風浴心陶寫登高滯客鄉灑酒淚盈把

洗象行

午陰波影闌門直玉河遮柳炎天逼銀鞍流蘇絡繹来日中洗象城壕側金吾前導引隊重森森鹵簿岌岌容浸探溪澗黿鼉宅仰映斜陽駝背峰都人夾道讙呼勢象奴控引無繩繫鼻捲濤翻態絕奇斗然起立威尤熾當年習戰昆陽城猛如虎豹奔輣營滍川盛溢雨如注百獸股栗神人驚於今

生本南荒國馴来天廐金堦側時清罷聽鼓鼙鳴
王會虚陳纓絡餙　聖朝貢物息遐方不貴秦獅
與越狼豹房閉閑虎圈寂伏日惟傳洗象忙

寄懷陸學起

燕臺木落凉飈起明月空庭淡如水風物他鄉歷
九秋故人悵隔三千里憶昨秦淮兩度遊一尊日
暮醉樓頭散槩意氣同蘭臭剌燭烟雲付水流方
期行藏揔一轍詎意河梁分袂別贈行惠我新詩
篇寫盡纏綿還哽咽昔君驅馬黄金臺献賦未售
凌雲才薊門蕭寺留題徧獨抱書囊榮蹇回人生

遇合苦不早予亦青衫幾潦倒王粲親蒙　特達知天街始識風光好海内同心有幾人憐君契濶滯江濱陽春調高和者少高山曲奏賞亦頻方今天閶開蕩蕩五年三聽黄金榜機雲才藻軼人羣置身合在雲霄上飛蓬落葉感秋深何日題詩共素襟今夕鳳城涼月朗清光分照故園林

秋海棠詞

垂絲吹散西風起鮮妍掩映秋光裡回首東風欲斷腸夜深花睡無人理著雨霏微枝下垂嬌嬈還在未開時朱唇酒暈鮫胎盞翠袖香烘金縷絲正

綠翻紅蕖舒卷花痕有淚斑溪淺蝴蝶雙飛宿好枝懷人不見愁難展美人斜倚曲闌干欲倩丹青畫亦難秋晚紅妝易零落土墻陰下幾回看

石鼓歌追和東坡先生原韻

星精墮地開子丑獵碣流傳自周叟陳倉既往鳳翔移靖康又向燕京走逼視寒芒常射目形摹古篆難銘口字傳三百三十四彷彿偏傍識前後其餘齾缺難具詳藨公尚云遺八九珊瑚錯落鳳蟠柯碧樹扶疎蟲蝕柳摩挲節角量臼科斠律文章貫星斗蚑鼉斫斷露瘢痕蔓變魖鐫鑿竆窞神肘飄零

兵火幾千秋真僞何能辨苗𦬊天公訶護殆加意
神物亘古罕與友即肴篆體史籒為斯隸氷文皆
乳轂六書區別湧紛紛昌不尋茲辨蝌蚪前朝真
蹟多漫滅古意蒼涼問者考之罘片石青艸埋嶧
山荒碑黃犬嗾纍纍十鼓獨巋然鐘鏞竝陳亞瓚
卣自從吉日朝諸侯重覲辟雍奏矇瞍大書深刻
留岐陽辟如禹碑存岣嶁車攻馬同無侈詞雅頌
清音意良厚尼父刪詩偶失收後賢考古來某某
元和博士空吟哦薦於太廟夫何有　盛朝文教
被宮墻陳設豆籩弛棫杻儒臣自許比夔龍法物

奚憂棄芻狗不偕賁鼓並考擊會應圖疇畫奇偶當年裹載須駱駝袛令屹立櫺門首圜橋觀者如堵墻無憲樵童来擊掊傳聞焦山有古鼎蛟龍下瞰不敢取矧茲鉅制存鴻都一洗從前風雨垢紅文綠字燦昭垂琬琰天球共珎守討蒐遺文補殘缺鐫磨金石期不朽中興大業聿煌煌由上無如石鼓壽

題黄山圖二首

卧雲峯

三十六峰嵐氣陰一峯獨卧撐青冥滃然萬頃向

空起須臾斂淨山容青仙人於此結茆屋獨坐孤巔敧遐目衣裳侵冷不覺寒朝看雲飛暮雲宿

破石松

黃山之松天下稀亭亭偃蓋多離披破石岡前天一綫十圍倒影形更奇松根裂石洞見底松枝覆嶺橫參差遊人見枝不見榦榦藏山腹撐孤危溜雨蒼皮不剥蝕叅天黛色餘春姿屈蟠有如藤竹杖偃走髣髴蛟蛇馳一朝雷雨忽相失巨靈擘石盤根移從來神物有變化千年入地誰能知携節若過黃山頂還從犖确尋松脂

玉堂對雪和趙學齋前輩

凌霄地迥絕埃塵徧洒瓊霙六出新鳳沼有花皆皎潔瀛洲無樹不嶙峋氷壺映處人如玉蓮燭歸來色借銀誰是梁園詞賦手唫成白雪鬭陽春

上元夜西苑作

西園侍從上元辰雪淨風微月碾銀萬影平鋪鴛瓦夕九枝倒映鳳池春山河眺望樓臺迥燈火光華氣象新清漏迢迢娱賞地暗塵隨馬到城闉

海淀寓直和劉延清前輩

玉泉氷泮水拖藍氤氳雲開鏡啟函此地山川應

絕勝春光不獨在江南

開徧山梔爛熳枝枯楊稊發未垂絲已過上巳流
觴會還怯春寒轂雨時

青驄嘶入路傍花鞭影臨風拂曉鴉行過曲闌橋
畔路瀛洲縹緲接仙家

都城花事説豐臺壓土濛濛結騎来何似禁園春
色好千紅萬紫落還開

西爽朝朝擁翠鬟原来野性喜看山三春退食嬾
韜筆空玷紅雲玉案班

西苑食櫻桃作

上林朱實露華鮮首夏嘗新萬顆圓盤薦舊曾榮
賜食鶯含今合佐歌筵金丸照眼光頻瀉火齊盈
筐色欲然還憶野人相送日江南早麥滿平田

倣宋人端午帖子詞

昌符令節紀天中麗景門開喜氣同長日蓮花遲
漏滴黃龍彩仗轉薰風

五時花氣吐芬芳萸英新抽玉砌旁更説菖蒲能
益壽紫霞初進萬年觴

清曉封章進九重珠囊永契在瑤宮宸心自有無
私鑒不用江心百鍊銅

萬樹連雲上苑陰直廬親切五雲深相看榴火當陽令長抱蒲葵向日心

夜坐

松竹參差静掩關一遶水石漱塵顏踈風影動林梢月宿雨涼生檻外山飲露翠緌身自潔印苔雪羽跡重閑宵来清景同禪寂只恐鈴聲索草還

憎蠅

都城六月暑氣蒸飛蟲變化𣪠薨薨蛙鼓蚕雷種類别止樊止棘来青蠅貧家醯醬僅一甕羣嗜鑽破紙幾層大官烹鮮列鼎俎附羶醜向華筵登適

從何來客有訶揮之不去人屢憎呼朋引類勢轉盛營營恰似讒言騰詩人刺譏良有以大造生物安足憑南郭居士性嗜潔慣飲蟬露囊螢燈紅塵冉冉僦居此青蒼紛集交嘗甞粉辟點涤遺漬汚熏灼怕見朝陽升或云寒威物所憚座上常設一盌冰細推物理多慨息殄兹醜類夫何能佇看白雨灑秋令紛紛墮地爲蟻陵

酬陸學起幷詢沈碣士程玉生

停雲落月摠相思珎重瓊枝千里馳遥憶江湖清興發運租船上獨唫詩

渡沈吟詩老益工經年南望斷飛鴻名山著述應
無恙黃葉邨中夕照紅
五經三箧記紛綸綺歲驚看藻思新借問謝庭蘭
玉樹何年移傍鳳池春

出郭

出郭纔知暑氣涼黃塵飛淨隔高梁數間僧舍出
清磬十里野花聞暗香綠樹慣留行客住青山終
笑馬蹄忙星星火銚煎茶熟病渴還思一盌嘗

題宗伯吳七雲先生晚香圖

昔吟晚香句今見晚香圖芳馨可折亦可佩古人

令人意豈殊霜天百卉盡摇落獨有黃花伴寂寞欲教歲暮節彌堅但得幽貞自堪托秋山翠爽秋水清白雲靄靄天半橫東籬獨坐會心遠披襟習習涼颸生長當對此花容淡無限秋光經一攬還餐落蕊可延齡流泉佐飲挹清泠拈人養性正如此欲辨忘言觀妙理採華忘實彼何人春陽艷發桃與李

荔支

嘉樹南海蕃芳名荔支獨帷蓁蔌冬寒火齊迎夏燠焜煌錦繡林照耀翡翠屋或名與化紫或號江

家綠或紅如赬珠或白如寒玉或明如水晶或薄如綃縠沁齒沃瓊漿破殼滿腴肉臙脂點點新香霧霏霏覆上林多異果爲能與比族葡萄西域来名瓜哈密熟津液潤不如造化各清淑此種曾繪圖辨品嗜益酷一日離本枝三朝色香縮真成糟粕餘薄味猶堪鬻何不移根栽生理良易感賦性近高寒甘脆固不辱我顛遊三山嘗新譜重續堆盤照眼明非云飽口腹

聞鴈

曾於江瀨聽哀音此夕長征動客心燕嶺風高聲

乍起龍荒月滿影初沉天涯憶遠書封帛空外驚寒響急磧南去失羣休飲啄稻粱肥處弋機深

兩載

兩載繫華簪詞垣傍禁林山深皋鶴唳砌靜艸蟲吟月下成孤影天涯動遠心遙知故園裏松菊滿秋陰

崇川施一山吏部輓詞

早辭藤署到林邛卅載青山對白頭獨抗風塵槩張邴細研詩律短曹劉晨星歷落終沉海夜壑淒涼不繫舟遠寄生芻輓耆舊東莊應即是西州

崑山王素巘前輩輓詞

抽簪學道豈浮沉冉冉桑榆急景侵三徑杜門高士跡扁舟訪舊故人心鹿城風雨悲秋夕槐蔭蕭疎落月陰孔李交情今有幾白雲南望一沾襟

雪中入直

新年淑氣盈天家繽紛五出飛仙花淩晨趍朝入左掖覆階照路生光華金水虹梁鋪白練觚稜鴛瓦堆銀砂恍疑未央月有耀暗聽長樂鐘無譁千門萬戸淂清照且喜三白呈休嘉含花告豊布融澤盈尺消沴滋芳芽時清載筆類枚洲獻賦不效

梁園詞臣心須比太微潔皜皜寧洪纖塵瑕玉珂多少擁帚騎東華門外衝泥沙

遙題沈碣士靈巖山居

卜宅依山近幽栖抗迹溪邨墟如甪里罨畫共雲林閉戶祛塵務著書長道心緬懷三徑迹藂桂滿清陰

拂蘚留題徧還看勝迹重琴臺臨石几屧響和霜鐘倚樹吟黃葉開門對翠峰詩人墓何處指點白雲封詩人張永夫墓在山下

風雅今誰匹真登作者堂雲烟揮翰墨金石壽琳

瑯幼婦碑争讀潛夫論獨藏名山非暇逍千古事

傍徨

葑水經年别燕山落日餘孤雲懷一鶴遠道遺僊

魚問訊期敢好心情歎索居他年掛帆便相訪話

樵漁

余宜愛家羨門先生南園詩風調纏綿感賦

二絕

愁挂吟蒐春滿城南園飛絮客心驚重聽陌上花

開曲無限孤帆細雨情

芳艸斜陽句宜工仙翁歸去思匆匆都將三月南

園景付與輕塵短夢中

錢譜圖　雲山相國爲司農時所繪

周官圜法九府宣漢家平準輸緡錢方圓取象陰陽全大小悉合子母權轉圜利用千萬年天龍地馬流如泉青蚨有神去不還古錢纍纍散如煙金銷火燄珠沉淵白撰赤仄名空傳誰與繪譜工且妍訪尋古製斑斑然大刀鑣形末環連金錯肉好鈎婉圜五銖開元民所便大輪厚廓制不愆榆筴鵞眼爭相緣截幣裁紙讖輕猥鱗差螭縮以次編內自中國外于闐無脛而走絡繹聯紅文綠字青

銅塡宛然工治新磨鎸太乙下視蛟龍纏天府什襲光欲燃由来泉志百品先要令工商利貿遷寶泉設局王路平僞造有禁森市廛銅山鼓鑄無私專煌煌大文星日懸均節九式播八埏精思突過工倕前司農經國才且賢制作之源視此篇

古刀行

干將不作歐治死利器飄零向燕市銜環明月裏銀裝淬刃清光照秋水我觀款式不記年售以三百青銅錢懸諸座右色黯黮有如俠客在我前白虎司金秋氣送雲虹照地精芒動古物有靈不易

逢相投會作酬恩用吁嗟乎人生當為百鍊剛毋令繞指之柔折鋒鋩

賦得雲近蓬萊常五色

中天佳氣護卿雲錦燦凝成五色文鳳閣龍樓多縹緲金柯玉葉總氤氳九重瑞彩瞻天近三島晴光入座分太史年年書景慶函關望氣湧前聞

遙瞻閶闔近蓬萊靄靄仙雲拂戶来一朵紅文輝日月萬重紫氣結樓臺乍疑寶鼎祥烟合還似天章織錦廻糺縵久聞賡復旦千官忭舞覲昭囬

汴梁懷古

黃河洪漭舊京荒過客還思古大梁風起吹臺人
已散烟銷艮嶽事堪傷銅駝再見生藩府玉馬何
當憶靖康落日寒烟多悵望憑高何處是嵩邙

直宿

宿鳥紛飛暮長楊掩豹關漏傳丹禁裡月上翠微
閒星斗依天近周廬列衛閑侍臣初病起心戀點
朝班

題鄖景何同年九龍山翠畫幅次東坡煙江
疊嶂圖韻

君家近住九龍山嵤湖放艇凌蒼烟層巒疊巘常

在眼中流廻望龍宛然山亭夜照孤墖影棗学名勒中冷泉沿岍酒香待帰客隄林樵唱聞平川叅差樹蔭巔崕裡崩欹石勢軒櫺前新犇初蒸陽羨雨春風占斷江南天書畫船中劚好古元家四種墨妙妍展圖髣髴寫奇勝九龍欲下耕芝田懸知出窄山水縣還似讀書松桂年吾家洞逺臨震澤七十二峯形秀娟若教籠合煙雲勢便擬高枕溪山眠多君皴染大癡筆清境直逼㢠源儗寫贈同心當蘭蕅辦香清閟袪塵緣昨夢山靈解招我對

畫長詠逍遥篇

題座主沈端恪公傳經圖

薪傳繫一綫大道須隄防吾師探理奥直躋程朱
堂嚅嚌得真契繭絲析微茲五經何紛綸四座陳
珪璋不爲鞶言鮮惟貴篤寔將德宇露光霽清塵
羅縹緗槼誨垂後嗣式穀貽謀臧嗟余感知己兩
載依門墻徘徊仰高山步趨遵周行俄驚梁木壞
遺緒神黯傷執經懇弟子洒淚空淋浪斯道如日
星展圖耿不忘

題畫

丹楓新染葉初飛不斷明霞映翠微度嶺瀑泉喧

潄澗入林松露暗侵衣閒攜竹杖看雲起自結茆亭待鶴歸點筆秋容無限好褰裳何處扣岩扉

讀施愚山先生詩

王風義當陳大雅殺未寖吹萬沸蟲吟廻瀾志凛凛江左宛陵儒秀氣寔孤稟含章潄靈府司契謀雕鎪朗玉戛清音氷壺傾墨瀋松靜帶漪流潭空涵鏡暉鍊冶無緇磷超心絕倫品時評比聖俞名流盡斂衽伊人既云邈悠悠空歲稔生晚欲論詩常恐謡詠噤遺編一披讀如挹沆瀣飲渺渺敬亭雲餘霞猶散錦

題徐澂齋前輩奉使琉球詩集

徼范四海大九州三十六島環琉球指南有路重洋修倬哉汗漫稱壯遊光華　玉册頒瀛洲虹霓影射黃龍舟靈風應候翻旗斿嗚笳吹角喧中流歸墟渺渺天吳愁牙檣衝動海市樓碇下鐵網珊瑚鈎姑米葉壁峙上游針盤一線捩柁收日輪燒浪三更幽矗山魚背沉且浮百靈恍惚潛深湫毫毛性命輕浮漚鶩駛共凜垂堂憂溟程不與江湖侔木華作賦遺雕鎪今看照燭然犀牛使臣偉望壓輩儔蜺旌前導擁八騶　皇圖輯瑞呵護稠禮

成和氣歡心投帰裝篇帙盈唱酬如遜貝闕攜珠
璟墨花飛浪捲不休東藩域外分金甌璽書三賚
綿千秋扶桑日邊覲冕旒蓬萊館裏騰歌謳球陽
樂府彈箜篌流傳海國風華遒當年歸船停虎邱
傾城歎羨瞻星郵中山傳信紀載裒藜光掩映琅
函紬元辰萬國朝螭頭貢使羅拜述舊由　熙朝
文獻聃與周解經作傳同逵劉皇華詩篇重詢謀
頒書萬本宣遐陬後生詠歎心悠悠望洋蠡測猶
掬坏鯤鵬擊水壯志優燕雀處堂空啁啾何時移
情豁雙眸乘槎遠追博望侯

客舍

客舍同浮舫栖壓近廢畦露寒瓜蔓落樹老野禽栖秋色丹楓外夕陽翠岫西鄰翁灌園罷塒栅散豚鷄

題張南華畫洞天清景四幅

胥口曉渡

弭棹湖瀆霧未收銀房玉柱隱沙洲東西對峙鍾靈窟上下空明湖碧流漁唱數聲初出水樵風雨岸送歸舟五湖有約吾爲長心事真堪狎野鷗

石公奇勝

巉嵒一綫響驚霆奇勝天然劈巨靈石竇歸雲浮
太白虹梁飛雨灑空青琪花惹蘚纏蘿密羽蓋蹁
躚控鶴停若使米顛來下拜恕將袍笏叩林垌

水亭訪友

消夏灣頭暑氣微風亭四照水侵扉歌殘白苧青
山在採罷紅蓮落日歸柳岸維舟塵不到蓉裳襲
佩願寧違幽情從此拋纓組更喜風淳雞犬稀

包山精舍

蒼蒼數里蔭長松磵户潺湲幽韻重雲外翠微天
際寺花間清梵夕陽鐘僧寮慣結名山社洞府曾

題上界封欲伴劉根起仙宅不教猿鶴笑凡蹤

冬夜夢歸覲省覺而成句

漏永頻將燈燼挑還家千里夢迢迢斑衣遊子心增戀鶴髮雙親淚未消落日南園扶短杖春江遠浦蕩輕橈風塵囬首偏相隔又聽雞聲逐早朝

題春曉讀書圖為趙學齋前輩

穠華烔景滿湖山桃李東風識舊顏今日春深鳳池上清吟堂在碧霄間

藜火光中共校書當階紅藥爍吟餘故山桂樹攀援客遥羨聲華賦子虛

賜筆墨恭紀二首

牙管當年月給雙盈箱湃
賜映瑤窗雲中運畫
圓無頗象意懸鋒健獨扛載筆久慚陪柱史生花
夕夢照銀釭鼠鬚麟角休詫異五色才思不羨江
天都石液潤雲腴貢入蓬萊世所無已覩一丸龍
脊映更攜十笏豹囊俱漢丞舊事喻糜貴畫史新
評點漆殊灑地若成蝌蚪字萬言道德盤金壺
恩賜御書東澗野泉添碧沼南園夜雨長秋蔬對
聯恭紀
琉璃匣啓墨紋新次第揮毫逮近臣書譜不知天

縱事超驤草聖已稱神
日月舒華雲漢回祥光飛舞下蓬萊追思祖澤承
恩沃曾拜　先皇翰墨來康熙癸未乙酉臣祖定求兩蒙賜御書
一泓碧沼少塵侵東澗潺湲逸竹林添得源頭生
長意　恩波更比野泉深
家住南園小隱栖何由好句入　宸題滄浪一夜
霏霏雨春稼秋蔬種已齊臣家在南園故址縈帶田疇澗沼賜句恰合
驪珠十四得雙聯共道榮光夜燭天可得家園娛
侍彩斑衣分染　御爐烟
賜觀新製闕里祭器恭紀

吉蠲隆聖祀製作本 皇誠鎔笵冬官織輝煌禮
器名數逖今損益式秉古章程辨物宗周典齋心
達 孔楹豆登偕爵獻簠簋並鉶呈鏤彩光含碧
浮金篆吐英爲鑪均甄治昭質本同清貴重齊瑚
璉華文燦玉瑛椒馨和醴酌壺濯潔粢盛麟跡祥
應見龍蹲制未更群工三禮習百度一時貞蠡測
欣瞻盛良模雅頌賡

上以天旱詔議獄減刑留漕備賑恭紀二首

雲漢憂民咨儆深宏開湯網禱桑林天屯膏澤仁
終沛 帝恤祥刑德本欽籥動圜扉弛棫繫涼生

氷井散炎祲蒲葵向午薰風扇調燮恒賜化作霖
畱艚檄令戒中途銜尾河干接舳艫損益歛紓關
國計豐荒儲備秉　宸謨移文不假藴耆請恤隱
如披鄭俠圖江左浮糧裁減後更看渥澤叠沾濡

賦得因風想玉珂擬試帖體

畫省依清禁深宵動遠風鳴珂應早集待漏此時
同披拂龍旂外飄揚鳳闕中響疑揺蹀躞聲似戞
玲瓏渺渺銀河白熒熒燭燎紅垂紳人語肅肇盖
曙光融側聴渾無寐凝思凛在公總因趨直近欵
曲寫微衷

賦得張琹和古松

踈松陰裏撫瑶琴三疊初張古趣深澗水調簧音互荅月林穿影響疑沈靜聽天籟袪凡籟獨覔禪心証道心欲識愔愔絃外味峯青江上是知音

題杜雲川前輩麐湖詞隱圖

身近城南韋杜天皐禽清唳九霄傳紅牙金縷吟情在花雨紛飛鬬句妍

九點烟鬟落釣磯蕙香波影漾荷衣十年依約江南夢曾共扁舟湖上歸

得卞舟之書郄寄

薊門烟樹碧雲流雙鯉緘書悵阻脩漫道思君似
江水潮生瓜步達吳洲
昔年同眺南園景君獲重遊我未歸借問樓前手
種樹拂簷應得抱成圍

和元人十臺懷古詠

姑蘇臺

館娃宮畔有高臺畫棟雲楣已刼灰終古青山形
勝在一聲白苧艷歌哀烏啼廢苑彫黃葉麋走荒
郊印碧苔今日百花洲上棹月明獨趂暮潮迴

章華臺

按劒章華逞志驕霸圖無復誦祈招樓臺月下葳嫣舞環珮風前鬬細腰望祭荒山餘塊土歸魂秋雨泣寒潮積材壘觀須臾事三楚繁華已盡消

朝陽臺

十二巫峰檻外青仙娥縹緲想遺形雲衣漠漠鴻朝去雨跡瀟瀟猿夜聽蒼桂丹楓宮闕冷蜺旌翠蓋夢魂停雕輦宋玉原多諷賦罷髙唐事杳冥

黃金臺

昭王築館禮賢心舊址淩雲構百尋駿骨已埋臺下土齊城曾易掌中金薊門寶氣光凝紫易水悲

風響未沉燕趙行人多慷慨天涯吊古一沾襟

戲馬臺

楚漢雄雌未決時重瞳據險逞英姿彭門環合山千仞泗水奔流天四垂此日臺前空戲馬他年垓下泣亾騅宋公九日重臨眺猛士詩人醉酒卮

歌風臺

芒碭雲龍百戰功還鄉置酒泣英雄歌聲激越震淮楚車駕淹留感沛豐威拓中原真衣繡心懷猛士竟藏弓灞陵風雨瀟瀟夕遺恨千秋樂未終

望思臺

茂陵老淚濕秋河思子宮成悵恨多鳩里銜冤由迫蹩壺關進説已蹉跎歸来空盼湖城寐博望誰教賓客過更笑長生台巫蠱柏臺仙觀漫嵯峨

銅雀臺

鄴下繁華繐帳塵漢家土貯魏宮春風翻金雀觚稜動雨洗銅花碧甃新千載綺羅俱作燼百年歌吹屬誰人臺前欝欝西陵樹愁殺分香賣履身

鳳凰臺

天濶臺空鳳影閑簫聲疑在碧霄間不知太白騎鯨去猶望僊人跨鶴還酒盡豪情傾六代詩成秀

采映三山遥看白鷺飛前浦洗盡浮雲一解顔

淩歊臺

南國金輿事樂遊簾櫳碧樹隱層樓幾年伐荻新洲起百尺淩歊別苑周姑孰暮烟官舍晩當塗橫郭碧江流寢園行殿今何在遠望湘雲動客愁

夢遊五嶽歌

酌元霜沆瀣之醴衣五銖輕舉之裾振靈壽九節之杖乘蜺旌芝蓋之車運花照灼天柱見日觀仙掌朝霞舒太行恒山北極鎮登封嵩岳中央居嘈嘈天樂響神景謖謖松籟鳴綺疏雲旗廻兮迷恍

惚玉京邈矣行虛徐琪花瑶草滿澗砌白鹿元鶴盈堦除碧城十二閶闔曉俯視八荒户闥餘欲向蓬萊恣游戲飈輪瞬息行躊躇五岳真形練精魄好持絳節朝天都丹臺日月懸無極元谷萌芽返紫壺依然白雲化空盡名山朶朶夢蘧蘧

中秋對月擬游仙詩

亭亭芝蓋映晴雲渺渺星河入夜分鳷鵲建章澄皓影鷲峯桂子共氤氲

冰輪出海翠煙收徧照神山十二樓誰弄玉簫騎鳳翼凌風一夕到瀛洲

宫築良常近太清雲梯千丈倚雕楹滿空星斗朝
元嚴無數霓裳羽隊迎
虹橋如彩殿如銀仙府清虛不著塵滿院霏霏落
金粟影娥池畔悟前身
神光疑有更疑無紫霧龍鸞似畫圖星使乘槎分
遠照蓬萊海水不曾枯
鰲禁羣仙曳珮珂坳堂杯水貯山河應將心鏡空
明相譜入天宮辟月歌

冰壯

朔風吹凜冽大澤冰峩峩篙工斷舟楫僕夫喧鐸

馱臨河借冰載曠望琉璃坡堅凝不可鑿涉遠知
無佗形同野航受影類篷帆過顧頵孤踐足行沂
獸渡河乘車戒折軸臨淵畏盤渦似茲濟人用康
免勞者歌經制比成杠通涉憫負戈順時彰王政
利載亦足多

芝𨑨詩稾卷二

門人秦禮嘉錄

芝庭詩稾卷三　壬子至乙卯

長洲彭啓豐翰文

宋熙寧壬子清明眉山蘇公看花錢塘吉祥寺後三百年為明洪武壬子楊基孟載在西江省掖清明花開追和東坡之句小引云為後三百年張本今雍正十年壬子已六百六十年矣四方文士集於京城之怡園獻花賦詩雖古今人不相及其為韻事則同也

人世清明能有幾花開況是逢壬子風流寂莫付天涯再覩金盤花似綺眉山學士與眉菴好句留

題三百年看花對酒俱如昨蓬鬢霜華絶可憐後之視今猶視昔逝水流光過六百刧從金粟悟前身拈取天花布瑶席何来絡繹彩牋投勝事城南續舊遊邀看爛熳三春暮暗惜紅芳一夕収借問園林誰是主落英自向簷前舞欲起名賢共醉歌微塵殘夢分今古我欲携觴後會来春歸風雨為花催鄉心更憶南園樹前度吟春躑躅田

閏五月三日奉　使滇南出都和趙學齋前韋

閏夏征軺早遣行關山迢遞紀初程五雲彩色西

南麗萬里星槎河漢明金馬高峰迎遠馭碧雞仙
吏導前旌難忘禁直聽鐘漏柳暗郵亭繫别情

自金臺驛走馬之定州

星秣戒遥邁侵旦馳平原寶土氣猶紫扶桑朝已
瞰古戍壘多廢危樓堞僅存慶都堯封舊蟋蟀憂
思殷坂田見龜坼藝黍何由蕃猶憶長官檄不為
催科喧我方事行役道上薇可飱況得採風俗時
時駐行軒王程迫六月郵騎更三番何異投林鳥
倦翼猶飛翻燈火定州郭望望日已昏馬首我安
託明月挂前村

邯鄲盧生廟題壁

清都栩栩夢初回白晝昏昏人又来一自盧生驚
覺後千秋歌舞歇叢臺
華胥風景舊曾諳槐國功名戰亦酣欲與仙翁借
高枕片時清夢到江南

柳蔭

滏陽門外柳暑月正陰濃路轉碧雲外人行翠浪
中新蟬嘶晚照瘦馬信長風不是金城種依依惹
恨同

磁州道中

南行漸入中原路溢水迴環沃畦互汨汨鳴泉決有聲陰陰夏木森無數雨餘初蒔秧針匀水面遥看臺笠聚柳塘烟暖牧烏犍荷港沙明飛白鷺土厚泉香澤潤鍾經行宛有江南趣征鞍役役走輪蹄暫倚涼風蕭散處

湯陰謁岳鄂王廟

孤臣故里土花斑忠孝名標霄漢間武略夙嫻心許國強弓親挽陣如山英風尚想黄龍飲遺恨難追雪窖還此日神祠遺碧草長教父老淚痕潸

渡河至滎澤

九曲黃河天半來炎雲倒影浪崔嵬漫看亭障人爭渡直走夷門聲若雷空說戰場臨廣武那知故道築龍堆阮公長嘯憑高處西戒中分擊楫迴

葉縣謁光武帝廟

白水蒼茫雄雉飛中原神器有專歸赤心推置輿炎祚天表尊嚴識絳衣附翼攀鱗推佐命井蛙社鼠詎知幾荒祠剩有森森栢徙倚虛檐瞰落暉

南陽訪武侯故里

龍臥碧山岑荒廬草色侵空傳秉耒迹想見出師心磊落隆中業淒清梁父吟前岡望西蜀愁絕大

星沉

襄城拜李元禮墓

士林争望斗山尊頽洛清流刷濁渾一代楷模扶氣節千秋師友重淵源名高八顧三君侶身陷黄門北寺寃今日墓前松謖謖停驂何處是龍門

襄陽曲

孤亭峙峴首遥望武昌城舊識襄陽樂今知漢水清

月明解珮渚雲染緑蘿春游女大堤上凌波羡洛神

征帆過洞庭長軺赴宛洛不解烏夜啼但道估客
樂

露氣迷津樹江行趁曉晴新歌拍銅斗羨酒近宜
城

荆州懷古

宋臺梁館刼塵餘萬里關河壯邑居郢曲遏雲傳
逸響渚宮凝碧對幽墟霸圖終古悲銅狄名士當
年比鯽魚堪歎仲宣能作賦登樓未克散欷歔

澧州作

經行澧浦吊湘纍照水應將佩玦遺蘭芷一蕺蕭

又雜懷芳寫入楚騷詞

武陵江樓即目

千山南去欝巑岏六月飛濤畫景寒帆影一窓雲樹碧江天無際坐中看

臨流欲薦楚江蘺招屈亭前競渡遲百雉如墉波似鏡然犀應得照湘纍

沅江名果佛頭柑猶俟秋林霜後探更乞江陵千樹橘筠籠裏載到江南

楚郡炎歊最不禁登樓三日散絺襟東西雲矗奇峰起急電江心劃浪深

遊桃源洞

凌晨渡朗江小憩上巖阪游雲導壼谷緑蘿纒翠巘昔聞福地名未覺洞天遠幽澗屈曲流篬筤萬竿偃消消石奔雪巉巉户横樓閣道春時花落紅去不逐翠羽呌鈎輈靈苗匝芝菌亭欹棊局空湫滑蘚痕損三兩古黄冠重扉更深鍵羨兹塵跡稀自識幽栖穩雲中雞犬喧物外山川窕何事悵迷津祇悔學仙晚

辰陽江上立秋和趙學齋前輩

朝辭枉渚夕辰州旅館空堦玉露流雉堞平呑沅

岸綠簾旌半捲楚江秋詩成湘瑟推高韵笛奏龍吟動客愁欲採芳荃搴杜若鷓鴣聲裏夢扁舟

筒車

江南水車類桔槔楚中筒車制更牢風輪圓徑尋丈外編竹為版機自操聯綿絡角趁鴉陣呀啞聲裏翻秋濤驚看夾澗左右送坐令平地成深壕楚人智巧善壅激不教暵旱憂忉忉沅陵麻溪多有此注田戽水功不勞莫令漢陰丈人見機事機心笑爾曹

初入黔題玉屏山舍

鑾雲繞隔楚山西欲問牂牁路尚迷衹為遐方通
驛使遂教荒箐徧黔黎巗城鑿險連銅鼓雪浪奔
流下架溪暫洗征塵屆秋爽日斜愛聽竹雞啼

山行清景

細草幽花滿地斑藤梢石角碍人還凉風回激東
西澗落日平分上下山

相見坡前竟日行浮青點黛幻雲生捫蘿歷盡岡
巒險寂歷邨烟問宿程

飛雲巖

呀然洞啓石樓分霤寸輪囷葉葉芬燦發蓮華呈

寶月紛垂纓絡見慈雲列仙遊戲蓬瀛島上界迴翔鸞鶴羣天向黔陽闢奇景爛霞五色墮無垠

黄平州題驛壁

家苗打鼓賽農神捆載盡是香稻秔生苗斑衣鈇襟襘撻如麖麞穿棘剃銀環飾耳羽挿髻和歌跳月吹蘆笙昔聞鬼方滯陰雨今来晴霽過黄平汲泉不向馬鬃嶺窺洞還當訪徑亭徑亭洞在州北二十里

黄平早發望道左諸山

清旦發郵程濛濛濕雲厚渾如汗漫遊豁然解鎖紐緣險窮攀躋升高得平阜俯瞰萬山尊列狀無

不有高低判陰陽列坐配牝牡勇如虎豹蹲駿似狻猊走几案列我前劒戟森我後尖峰露峕崿凹形掘窠臼布卦畫方隅斜巒連田畝峩峩雄雞冠纖纖金鳳首南達重安江水滙土囊口嘗聞黔省誌山形頑而醜似此清景佳荒徼見非偶身在亂雲堆衆峰皆培塿自過偏橋来香稻滿釜缶欲窮天末山當待播州柳

葛鏡橋

蒼崖裂斷壁巉巉麻哈江深挂翠巖路引層梯文石峻梁横絶澗彩虹銜風吹寒淥波為鏡日射秋

英點睒衫幾度捫霄疑歷漢何人姓字路旁鐫

平越望高真觀觀內有張三丰禮斗亭

縹緲三丰影仙靈此暫栖風雷藏洞闕星斗傍簷低不見翔瑶鶴猶聞鬪石犀蠻荒詑奇蹟徑擬躡丹梯

牟珠洞

牟尼吐靈光藏珠洞天閟窺隘窈而深穿竇曲以邃懸崖碎繽紛凝乳滴成器高聳建塔幢飛揚舞旗幟靈獅狀蹲踞巨鼇負贔屭錯落張屏帷陸離燿金翠角鬛相撐披珍貝具陳倫洪陽比險巇林

屋讓瑰麗我性嗜探奇不辭然炬至忽聞水湯湯
大風起幽隧恐驚神龍眠返步迷顧視天工與地
靈黔中詑奇異願燃智慧燈書此仙洞記

七夕旅館

矮垣新覩月痕垂烏鵲無聲蛛罥絲聽罷擣衣縈
遠夢拋殘紈扇起涼飈關山萬里靈槎度牛女三
更銀漢移欲傚柳州題乞巧蠻溪佳節有誰知

白水河觀瀑布

安莊驛路窮攀援麻哈江流束峽懸亂藤怪木互
樛嶱毒霧四塞長橋邊天山石傾壓一角上有素

練縈飛泉昔傳野兕作窟宅今見驪龍睡深淵晶簾重疊勢縹緲瓊瑰錚戞光澄鮮濛濛故為縣雨態霏霏尚作餘波漩太白坡仙不到此蠻鄉奇景埋荒烟獠奴㸑女閒憩息迎風銅鼓聲遥傳我来眼界恣軒豁渾同渴驥奔長川經行隨處蹋飛蹻飽看銀河落九天

斗狼箐

昨宿白石崖飛雨如萬箭淩晨上嶄巖泄雲横匹練丹絶倚青冥生開峇㟧面囧龍含牙張蹲虎閃目眴石狀既嶢崎林木復蔥菁豫章合抱材藤蘿

互田纏峉箐接綿連白日半隱見齗齶怒噬人行陣列鬪戰猛趧走千盤灣環通一綫僕夫挽綷前走馬墮崖轉哀猿聲正淒飛鳥翮已倦郤傾臨深湫側足神為顫居氓兩三家左袵衣破穿饋餉遣丁男飢饉少下瞸旅次感秋霜愁生鬒髮變

庚戌橋行

攢峰峉箐新開路役使虹霓豁烟霧趧避盤江鐵索橋功同南海萬安渡華坊屹建標歲年馬蹄雜遝無陂偏披榛鑿石非常事休比詩人丁卯傳

滇南秋興四首

巖疆天闢古梁州迤坦郵亭照石虬偶遇象奴通
譯貢遥聽牧犢趁蠻謳烏龍箐裏樵封徑白爨邨
中稻滿篝營壘已平山寨靖元勳猶説穎川侯
秋露無霜暖翠匀五華臺畔草如茵花光競發千
枝豔天氣長留二月春石筍排空曇樹植螳川倒
瀉鉾蓮新雕題此日繁華滿却恐登臨愴客神
青蛉絶域寄離思萬里迢迢雁到遲莊蹻何年通
益部漢家從古鑿昆池夷酋漸改牂牁俗佛國能
翻貝葉辭見説金沙騰寶氣月明洱海夜光隨
新都通客對斜暉金齒蠻鄉遊侶稀滇海曲中吟

絕艷竹枝聲裏苦思歸白綾醉墨拋歌扇黄葉飛蓬冷鐵衣楊用脩垂髫時賦黄葉詩知名及在滇諸夷多以精白綾乞書只有麗江酬唱好玉龍山色照松扉麗江木公恕讀書玉龍山與用脩相唱和

試院題壁和學齋前輩

沉沉魚鑰鎖雲關虬戶崇基築半山不爲紅紗迷隔縠秋光如鑑照心顏

金馬峰臨百尺樓西京繪寫石鯨秋直將天上銀河水瀉作昆池九派流

新傳渙汗到南中文體須教陶冶工午夜掄材憑點筆簾波露湛燭光紅

金粟霏霏一樹開絳霄朶朶五雲堆不知佛國殊
香度别有優曇獻瑞来

高章之制府張時齋中丞吳敬齋學使招集
海天閣同趙學齋前輩賦

牙旗影静百花鮮瓊圃霞明列絳筵羅綺深遮高
舘麗宫商間發碧波漩庾樓風月舒清嘯蓮幕賓
僚擘彩牋同矢葵心懐　北闕萍逢何幸在南天
澹雲不散露華清客裏良辰徧送迎秋圃藝香紛
紫綠暮山臨檻半陰晴探奇不畏重岩險欵别休
辭柏盞盈此度量材来萬里欣瞻玉節峙長城

發昆明留別祖餞諸公

傾城餞送使卓還月旦心情道左開祖帳尚開苹䜩宴離歌已繞碧鷄關長亭晚照初程暮重席春風後會慳回首昆明山色好西南天濶邈難攀

十月朔楊松驛題壁

結構杠梁十月交行厨信宿問山庖漸枯澗水渟巖竇半落霜林露鳥巢磴道盤空凌鐵索籃輿冐雨度雲梢天寒極目邨墟景野積荍粱屋覆茅

雨行

路暗黔陽箐雲迷關嶺遥亂山危嶪嶪暮雨黯蕭

蕭列炬燃長阪奔流觸小橋比聞風鶴警符檄下深宵

途中苦雨至鎮遠喜晴

黔中非漏天歸程滯陰雨泥滑上坡陀險步無平土濕雲封華嚴未遑窺洞府黃絲雨脚垂不見晴旭吐行行至偏橋雲開日卓午苗洞近市廛香稻湍山塢迴首相見峯人影微可數僕夫足力繭轉訴崎嶇苦鎮陽趁水程笑豁行無阻

登舟過灘

灘似龍湫急舟同鷁首飛蠻江行役使水宿得遄

歸乘迅爭惶恐憑高仗武威漢武威將軍劉尚征蠻用百夫曳舟篙

聲衝石骨路繞五溪圍

黔江道中

微雨黔陽泊安江石寨嵬青青湘竹湍歷歷楚帆

開諸葛征蠻駐昭靈擊楫迴重吟杜陵句濁酒勸

深盃杜詩黔陽信使應稀少莫厭頻頻勸酒盃

沅州夜泊

夕陽江上楚峰青鼓枻西来此暫停木落遠聽風

屑瑟波寒長憶芷芳馨扁舟信宿戍漂泊客思淒

清托杳冥騁望汀洲人不見湍江燈火散繁星

靈溪吟二首

滔滔舊識武溪深跕跕飛鳶霧氣侵今日清霜下林樾靈溪兩岸聽羌吟

石壁無梯古屋懸橫厓艇子掛歷儀飛仙可度人不到欲駕飈輪悵望遲石壁上有古屋數十間艇子一具

將至武陵

再至仙源路西風落木森紉蘭湘客思縱棹武陵心天濶雁聲遠水寒魚影沉經旬蓬艇泛衣染綠蘿陰

襄城留別劉芳草同年

跋馬襄城道來尋太史家橘林垂晚實梅影動霜
花屏迹開三逕幽探富五車殷勤把尊酒明發又
天涯

五載河梁別寒宵剪燭親晦明思老友風雪感征
人公幹吟詩健淮南服食新春明還有夢催動鶴
書頻

渡河即事

浩浩茫茫揚風沙舟人邪許聲喧譁氷凌峩峩架
山至天色慘澹轟雷車玉龍騰驕卧腹澤天吴贔
屭藏深窪蒲帆初開不得進篙艣半折河之涯垂

堂自古有深戒叱馭前往無咨嗟我昨南轅今北轍冒寒衝曉星程迫長軺已踏險巇平問渡何愁僵凍裂指頤雲連廣武岡汴京帶礪全無缺欲測河源星宿深還同博望乘槎客朔風千里動地寒明日河干欲飛雪

夜投臨洺驛館

每因短景促征鞍土銼炊薪一宿安落月疎燈荒店閉西風鼓角戍樓寒關河萬里人歸遠風雪三冬歲漸闌趙北燕南沙浩浩計程今已近邯鄲

觀真定龍興寺大佛像

龍興佛香閣崔巍青雲端象教顯顯若西方峙大
觀金軀高七丈立地莊嚴看神木浮頻水冶銅鑄
沉檀在宋開寶時宏麗靡弗殫已遭靖康劫銷鋒
尚能完吾道重周孔中天耀雙丸如何佛氏教恒
河涉漫漫庶幾歸清淨智慧生喜歡我憑法輪轉
萬里停征鞍茆亭息屝屨茗椀忘飢餐霜鐘破遥
碧極目燕山寒

白海棠歌

座主勵文恭公手植海棠二枝扵庭每當
春敷榮紅雲爛熳六子秋喪歸故里樹花

忽繁白蕚如雪令嗣衣園鴻臚屬工繪圖門下士賦詩誌感

金風蕭瑟鳴漣樹黯淡春花一枝吐西州有淚想英靈圖牒平泉紀培護奇事争傳粉本觀亭亭玉立傍闌干欲從草木徵靈異淚染生綃不忍看憶昔雙枝經手植生意婆娑幾迴識高燒銀燭照新粧晝錦紅雲爛顏色喬柯遥接午橋莊共盼為霖歲月長如何老圃花繁日忽覩松門歸旐揚物類無情也悲咽迴門縞素顏如雪鉛華帶雨枝半踈黛幌籠烟朶堪擷囬首平津舊日恩吹噓弱植笑

言溫門生白首乖初願墓木蒼烟愴客蒐江潭剩
有蕭疎柳風吹月峽常垂手不附成蹊桃李陰結
契松喬古歡久尚書台斗燦騎箕槐蔭葱蘢似舊
時汲將躑躅攀條淚重咏甘棠勿翦詩

分校禮闈次壁間王東白韻 明萬歷庚戌總裁

重闈風靜廣庭深分席遥瞻奎壁臨蓮炬經宵開
宿霧杏花幾樹放春林傳衣想像題黄絹鬭藝分
明試綠沉氷鑑敢云迷五色較量評薦証初心

送海昌陳相國予告歸里二首

坦坦沙堤不動塵東門祖餞耀 絲綸關河人望

調元宰几杖天全輔世身文獻百年聃史舊林泉
一曲鑑湖新欲知碩德朝端重璀璨煙霞　賜老
臣 御賜林泉 碩輔匾額
黄扉回首坐春風朝野咸瞻八十翁身退名高今
世獨先憂後樂古人同午橋邸墅追裴令洛社衣
冠似潞公遭際　熙時全出處不疑遵渚有飛鴻

恩許馳驛歸省出都作

一疏陳情切承　恩許暫回天心憐寸草子道補
南陔朔吹催歸急燕鴻逐隊来幾年違祿養目斷
舞斑萊

曉望東嶽

曉日昇東海芙蓉點翠屏雲連齊魯白松覆岱宗青封禪書猶襲磨崖碑可銘吾廬洞達上遥望隔空冥

高郵雨泊

夾岸蘆洲映短籬空江潮落景迷離幾年不到秦郵泊腸斷孤蓬細雨時

瓜步守風望金山作歌

廣陵城頭燈火微趂潮疾下昏黄歸江南只隔衣帶水挂帆便欲淩雲飛忽聞刁騷風色惡浪花蹙

鼓吞鯨威萬斛龍驤泊深潴一葉漁艇掀前磯金
山樓觀瞥在眼塔鈴粥鼓聲依稀中泠泉畔石峭
崿妙高臺上雲崔嵬坡仙昔日幾留宿而我登眺
終相違江空茫茫人待渡天寒獵獵風吹衣寬夢
催程到鄉國簡書御　命趨漣闈涉險無驚仗忠
信不須漬酒江神祈明朝風穩趂潮去江澄早挂
扶桑暉

歸舟詠懷二首

風帆一片挂鬭愁葉落蒼茫望遠洲烟合河橋停
畫鷁歌聞水調逐輕鷗廣陵玉樹昔曾艷瓜步寒

潮今作汊江上故人勞問訊斷雲古渡重淹留秔稻中田集雁鴻飄蓬江上狎漁翁漲痕半露浮梁圮霜氣初澄野岸空鐘動遠沉山店月林疎斜颭酒旗風扁舟好和坡仙句黃葉村莊有路通

草堂雜興四首

閒雲薄壼檐霤霤拂戶入慈烏懷反哺靈鵲舊巢葺場圃霜苗稀墻根露花泣感昔離家時烟雨蒼茫集羨彼南園老終年荷蓑笠

身世本疣贅勞形蹈緇塵衡茆貽小築佳尚思先民蔚菰藝田廣榆柳覆屋薪城南近尺五非為耽

隱淪清芬不終替懷哉攬涕頻
漣前五色芝輝映椿萱樹明發會睽離疾疹隔呼
籲雙鯉緘書黄鵠無飛羽昕欣傾日葵竟得陽
光照三復来諗詩由賡頌　皇路
喬木蔭數畝平疇繞孤村野人披徑出積雪封柴
門問年非豐稔粗足供晨飧比鄰釀初熟鷄黍風
還敦他年觧纓絡庶幾卧邱樊

東吳棹歌八首

家住江南杜若洲湖波如鏡碧於秋門前依約紅
欄外芳草斜陽無限愁

烟景穠華曳苧蘿燈殘月暗聽吳歌年来飽掛輕
帆穩未識江頭風浪多

去年水長浸苔痕衰柳枯荷滿蓽門今日野航閑
泛霧淺灘還認舊漁村

魚竿魚網托生涯沽酒歸来樂事賒絶勝秋風羈
客夢蓴鱸味美漫思家

路入山塘花滿籬盈盈滴露媚朝曦而今花擔来
街市暗覺紅芳減舊時

別懽萬里起離憂欲問歸期隔九秋為倩津頭楊
柳樹與郎繫住木蘭舟

夾岸青山鏡裏移畫橈牽荇蕩參差鷓鴣飛去碧
雲冷猶唱一聲白苧詞
連朝雨濕烟霏霏客子天涯今乍歸不用犁鋤買
農具爲儂早製綠蓑衣

題沈立方寒江釣雪圖

溟濛江上山淅瀝江邊樹重陰沍川原太虛照輝
素蕭寥閉重門漭瀁迷四顧何人展絲綸垂釣忘
日暮名自選樓傳曲從郢中度皎潔一塵無賞心
別有慕我從江北來踏雪三山渡披圖對古歡羨
笠儼如故佇咏幽蘭篇續賡梁苑賦

張南華同年過訪出眎黃山遊草

去年君向天都遊，奇峰六六孤節搜。文殊院裏看雲海，始信峰前攬碧秋。今年我作南歸客，剥啄柴門得三益。方瞳古貌帶烟霞，畫篋詩筒貯几席。看君坐嘯潑墨濃，真欲騎鯨駕飛龍。脚底茫茫濕烟霧，手中矗矗朝芙蓉。蓬窓剪燭如夢寐，零雨晨風得良會。幽情准擬辦芒鞵，凡骨何能脫埃壒。吾生有涯亦無涯，青天搔首逸興遐。大鵬横舉斥鷃伏，此意還當問南華。

舟過梁溪留别杜雲川前輩

蓉湖日暮繫輕橈江店臨岐別緒遙白髮晨星扶大雅素心夜雨話良宵香山携杖身逾健剡曲行舟興轉饒無論林巒與館閣清吟揔合和雲韶

清江浦早發

弭櫂清江復遠遊陸程初發大堤頭草枯白雪三冬暮氷合黃河萬里流時聽朔風悲曠野却因南雁寄鄉愁茫茫指向鍾吾道野戍荒雞叫未休

臘月下旬入泰安境

我行過淮南霜風吹飛霰紆迴入山左晷短侵歲宴氣吹黍谷温晴轉雪峰見蒙陰看涪茶汾陽先

治佃蔬菜茁新芽纖蘭比東緗土銼息征塵春飯充客膳父老樂堯天兒童歌夏諺忽憶江鄉間梅柳容乍變椒盤獻高堂夢魂有餘戀旅次餞殘臘暫憩勞人倦

除夕題平原客舍

人生本似郵亭客况復年從客裏過古壁殘燈明乍暗空涯落葉掃還多吳霜渾欲侵愁鬢魯酒無能助短歌歲晏漫言堪息駕車塵彌望滿關河

早行遇雪次東坡書北臺壁韻

撲帝霏霏縞素纖占年不覺氣森嚴幾人高卧愁

封徑到處空迷咏撒鹽皎積瓊絲飛曠野寒凝氷
拄挂重簷欲登高阜瞻天闕已失青山馬耳尖
凍翻寒雀噪晨鴉馬逐銀杯帶逐車佳節空思浮
栢子故山應已放梅花東君灑潤占盈尺南陌炊
煙簇萬家漫欲披榛尋履迹僕夫問路繞三义

送宮詹習護芸師歸覲

輕裝早上潞河車鄉思遥隨候雁賒衰柳長堤歸
轍遠渾流九曲挂帆斜鼎台接席榮朱紱陔養闗
情補白華為頌衡湘能得士絳紗高座楚雲遮

送莊書石同年出守永嘉

專城新命建麾幢，迢遞神京指越邦。此去仁風傳海國，先看清節暎甌江。心涵止水澄無翳，筆灑甘霖健獨扛。話到先型遺愛在，一時報最鎮無雙。書石曾祖凝宇公嘗為永嘉令。

選騷舊詠謝公詩，華蓋雲深春草池。雁蕩寵峯探勝景，永嘉孤嶼攬幽姿。共傳海嶠臨名郡，可歎繁華減昔時。積穀山前標治績，欝林載石未稱奇。

初秋沈歸愚徵君過訪

藤笈奚囊鎮自隨，鶴書催赴白雲期。三秋風雨懷歡會，五字河梁又別離。余奉使将往江右。落葉影前迎輿

氣凉蟬聲裏誦新詩山中桂樹年年約夢落靈岩
洗硯池

過獻縣贈邑令

治近河間第牽絲抱古經苗穮六月雨隄衛九河形龍腳垂雲黑蝗羣食葉青使君勤省斂衝暑出郊坰

高唐道中

河因鳴犢紀周環墓訪華歆孔道閑車轍不知來往幾歌聲原在有無間夕陽古墖臨州治旱穫平田隔魯山表海尚餘瑰偉士只今風俗半疲孱

嶧山碑

祖龍煽炎威刻石埋山土誅夷及六國封禪徧齊魯詡德垂千秋論功邁三五丞相事刀筆諛辭奉驕主紛紛倒薤披纍纍隸書祖欲讀口如箝細詳手畫肚縣令為我言此碑玷山塢塵垢閱滄桑掊擊遭樵斧棗木傳刻肥形摹製非古轀輬骨已寒上蔡身為虜誰知焚書雲更駭坑儒侮鑑深貽毀鏨鑱削神鬼怒不如遡周宣鴻文存石鼓

月夜宿徐州賦黃樓歌

黃樓十丈高崔巍羽衣吹笛仙人来世無坡仙五

百載攓簾誰共啣清杯我来問渡乍落日微風送涼一蒿開須臾月色照瑶席凌雲展眺何奇哉亂山如馬奔泗上黄河怒吼聲轟雷昔時城浸亂鶩鴨萬夫畚鍤難築坏屹建新堤存故道掃除粉壁消雰埃千年清河息風浪一角蒼翠涵亭臺君不見放鶴招鶴坡仙曲鶴飛一去不復回雲龍山人渺何處沉吟月下搔首空徘徊只有詩人無猛士江東龍虎争望神仙才

宿州懷古

雲氣遥連百戰場烟消濉水迹荒涼鑿堤緬想東

門道守冢空思大澤鄉一涉荇離懷古渡誰知芒碭鬱真王彭城西下陰陵路羽矢平填吊北邙

經靈壁縣境有懷謝星伯先生啓豐鄉舉房師

道左猶留蔽芾棠音塵早已返閭鄉天涯欲採芳蓀薦正值中元暮雨涼

瓜田謠

瓜實離離四野被之偕我亞旅抱蔓而歸青門種瓜東陵故侯爰輸官稅力作無偷螢飛扵野三秋不雨瓜子雖實瓜心則苦

合肥曉霽

金斗城邊衝曉行濕雲半捲數峰晴稻畦濔濔清流潤荷港田田白鷺明暑氣漸消襟袖爽秋光入望馬蹄輕江南詞客吟情好不睹盧江小吏迎

自龍眠至太湖

樹密雲深隔綠溪登登樵徑闢町畦公麟老去仙靈在何處山莊不可栖

皖公積翠照江東天柱龍湫一綫通欲訪丹臺飛不到玲瓏樓觀落杯中

修篁鳴佩響珊珊列岫參差擁髻鬟不信喬公無故宅秀英婉約在人間

松毛櫟葉間青蒼石溜泠泠漱澗涼犖确郵程誰
辨路小池驛後接楓香
太湖泱漭望非遥楚尾吴頭逐去潮瀟岳迴看廻
雁過潯江更待鯉魚朝

琵琶亭晚眺

臨江亭榭欝嵯峨九派潯陽檻外過帆影微茫銜
落照笛聲幽怨激滄波天涯易下青衫淚商船争
傳白紵歌待得新涼明月上蘆花蕭瑟更如何

經行廬山下口占四首

自渡潯陽去匡君抗手招煙雲生萬古松桂閟前

朝秀歷黄巖瀑雄吞溢浦潮鬚眉望五老側徑斷
行樵
雙劒峰如削香爐日出雲石梁三峽險瀑布九天
聞碧樹蘢葱古懸崖凹凸分支節試行藥芝草鹿
成羣
亭觀欝蘢蓯晴飛雪作虹玉簾拖似練珠沫濺從
風遠望層層合廻看面面同溪聲廣長舌不斷水
淙淙
一派銀河落千秋太白詞開元棲隱處蘇子獨遊
時疊嶂參差裏飛仙汗漫期不教磨衲葦古斷白

雲帷

試院煎茶歌

豫章試院日送建德觀井水煮茶因倣東坡詩體

廣莚風靜雲如綺梧葉階前飄桂蘂縱橫文字盈萬餘詞源倒吸西江水吏人日汲清泉供眯眼增明差可喜石銚星星火乍温茶烟細細風初起霞脚軽翻蟹眼紅乳花香泛蝉膏髓焦唇燥吻一啜餘拄腹撐腸亦何似我謂文心似水心較量深淺窮朝昏文心濃淡别酸塩水味清冷洗塵滓萬斛

徐傾珠沫逢一泓如鑑澄源裏剖竹應倣東坡翁
凌風斜倚玉川子

寄懷趙學齋前輩於楚南試院

銀河影淨天逾迴砧杵聲愁夜未闌憶昔三秋題
鉚字那知萬里跨征鞍離情遥望雲深樹藻思長
唫澧有蘭分得團團一片月照將江楚試樓寒

九日集東湖用謝康樂戲馬臺韻

東湖帶西江晴捲千堆雪亭觀影玲瓏風潭漾澄
潔況對黃菊繁及玆題糕節流光感逝波後遊思
前哲南浦落霞明西山晚峰鈌望遠意蕭條擷芳

心和悦吹帽笑佳辰萍逢冠盖列佩玉與鳴鑾歌舞聲已闋何年帝子靈閣畔停仙轍（時滕王閣燬于火尚未修葺）勝景不可常離筵悵將别日暮登高臺不辭足蹇劳

行次九江驚聞八月二十三日　哀詔

江波吹浪蹴雲根望絶呼旻落日昏湘竹有斑滋血淚蒼梧無路泣愁黿蹇脩難報天門祝謁帝空思陛語温縞素戴塗傳過客正逢風雨滿山村

雨中發潛山泥滑難行作禽言紀之

泥滑滑路欹碕愁殺早行人征車不得發霧冥冥

雨凄凄猿狖嘯鵂鶹啼荒山足藹增愁疾不辯失
路迷東西
行不得也哥哥我今到此其奈何龍蹤不覆太陽
照月離于畢占滂沱雲暗蒼梧路綿聯接九疑天
門高高陳陛辭長相思遠別離

恭撰
世宗憲皇帝輓詞六章

穹昊璠輝掩綿區素節臨呼天悲日近動地凜淵
況萬國均成服三年永遏音曾聞返　龍馭指示
去來今

河洛通淵思羲墻覲懿徽乾元寰宇運離照九重
輝建極消偏黨沉幾燭隱微　綸音昭寶訓恭已
想垂衣
乙夜封章覽丹鉛批答明鑒形周蔀屋舉念為蒼
生宥眚矜疑獄蠲租憫戍兵尚遺寬大　詔遠近
為吞聲
誠發天心協明禋至治馨鏡光呈碧水珠斗貫黃
星不貴遐方貢惟期兆姓寧頻年賡瑞牒式煥九
如屏
何意升遐信偏從旅路知皇華方祇役遠道滯還

期怙冒穹蒼覆汪洋漏澤滋乘雲　帝鄉遠遱絕

小臣思

孤蹤知遇獨橐筆侍朝朝　龍駕攀宸極雞聲夢

早朝風烟悲禁柳霜露泣寒蜩捧日心常繫西歸

魂幾消

歸戍曲

途中見撤田戍卒感而有作

從軍赴漠北道遠逾歲年秋風傳羽書一夕歸山

川悠悠旗幟颺喧喧鉦鼓傳挾纊裝鎧甲征鞍挂

繡鞭父老問無恙相見淚漣漣憶昔出門時里長

名戍邊分作長城骨郡計鄉閭旋歸來如夢寐籬落生墟烟籍中諸故人纍纍趂墓田感荷　聖主仁息戰休戈鋋丈夫死疆場生還亦偶然所喜邊塵靜王路均蕩平從兹聚骨月八口無棄捐憩駕會城邑長歌東山篇

芝進詩稾卷三

門人湯烜錄

芝庭詩稾卷四 丙辰至己未

長洲彭啓豐翰文

寒食日寄家鄉故人

城闉月落曉星稀樹色含青露漸晞天為禁煙籠薄霧節逢改火換春衣盤陳麥飯心如寄草長松門人未歸郤憶龐公方上冢賣餳聲裏叩柴扉

題翁朗夫春篷聽雨集

濃柳暗前村濕雲堆不起君乘五湖舟来泛滄波裏擊楫理篇章經行路迤邐詩成澹蕩間山光落篷底展鏡開畫圖滄茫揔烟水

君家澄江滸，我家䱐水頭。聞名不相見，溯洄隔汀洲。絡繹傳新詩，孺子能誦謳。想當得句初，閒心狎輕鷗。吟成雨聲中，滿紙春雲流。

題吳冠山同年相湖讀書圖

黃山積蒼烟，相湖橫匹練。松竹環青蔥，魚鳥互隱見。主人坐書龕，清暉照巾弁。文采動承明，幽思凝餘戀。散帙邈林巒，貯景歸几硯。悠悠誦徽音，夙齡慕哲彥。展圖有會心，天機靜遊衍。他時會面難，佇立看雲卷。

題張晴嵐太史藕香書屋圖

碧闌干外波如鏡翠盖紅粧揺萬柄芙容倒影水天澄桐槐陰轉炎塵淨此處仙垣傍　賜園棹舟有路引仙源田田珠露光初綴冉冉紅雲朶欲翻主人清簟消長暑筆灑天花花欲語垂簾清坐八窓開佩結荷囊衣襲紵芳蘭蘅杜滿前汀花映波心澹自馨素絲不斷午風穿秋意未來人獨醒誰歟涉水蕩歸楫采得蓮花并蓮葉煙中似聽櫓咿啞白鳥驚飛與波貼我憶湖鄉天一涯水花環繞隱君家披圖欲贈採蓮曲彷彿扁舟過若耶

送王艮齋前輩典試滇南

掄選初元會才名壓衆儔蘆溝尊酒别滇首萬山
遊盛夏星軺駕鄉雲瑞采流湛衡氷鑑澈博物錦
囊收優鉢曇花現螳蜋温爇秋銘勳鑱石壁得句
燿珠璆疊咏皇華什觥消旅館愁查通霄漢斗人
托鳳麟洲余昔慙膺使君今重置郵人材羅杞梓
風俗切咨諏長願戈鋋靖休貽金齒憂南中多紀
載綏遠兆鴻猷

趙北口秋柳

地界燕南走馬遥紅欄掩映碧雲條千枝踈影臨
官道一種離情似灞橋荷鏡溶溶涵淺水荻花漠

漠罥輕舠漁村昔日婆娑地風黲黄塵葉半凋

得鄉音

逆旅還家夢經旬得報書江空鴻雁阻雨澇稻粱踈計國虛籌展憂民愧俸餘問程曾道坦行役未趑趄

趵突泉

名泉七十二趵突傍城隈暖日常飛雪晴空遠吼雷灤源探不涸濟洑現成堆渴馬奔崖飲神龍拔地来珍珠同噴薄金線引瀠洄炯炯澄虛沼消消淨碧苔擲梭鮫淚湧涵鏡月華開照影袪塵滓爲

霖廣化栽原田資宿潤蔬甲起枯荄玉梵憑闌繞銀缾汲綆迴地鑪烹活火風咼颺輕埃古意看題石名流待把杯青山銜素景白雪憶鴻才吏愛薰泉潔民依菊井培清遊秋晼晚孤眺坐徘徊一酌芳甘味斜陽客思催

大明湖詞

明流綠淨繞菰蒲涼荻蒼蒼荷半枯儂本滄浪垂釣客問名恰是濯纓湖

鵲華雙峙映秋山曉鏡蛾眉擁髻鬟歷下古亭臨北渚鷺鷗千點浴溪灣

碧波收潦杜蘅香素舸凌風玉笛凉瀟洒古仙来往共名流皁盖尚飛觴珍珠漱玉潺湲湧白苧青藤觴詠稠蘋末晚風清容思滿湖都載碧雲秋

謁雙忠祠（祀巡按御史長洲宋公學朱、歷下知縣蒲州韓公承宣）

潔向明湖薦白蘋靈祠碑覩峙嶙峋雙懸日月昭忠孝一死兵戈泣鬼神隔代明禋常肸蠁同時戰骨尚青燐歸元想像騎箕化巡遠芳名久不泯

望岱四首

天半岧嶤震岳尊諸峯羅立拱兒孫齊州九點横

青黛海上雙九吐曉昏帝子霓旌肇日觀仙家靈杖叩天門寒星拂檻晴霞爛幾度丹梯手欲捫遥閶闔呌天雞冉冉雲衣咫尺迷陰霽忽分呈變化混茫中斷露端倪驂鸞玉女凌貞嶠跨鶴青童躡紫霓極目扶桑青未了杜陵得句九霄題封禪曾聞駐六龍金泥玉簡禮從容烟横五時明霞幛翠挂雙崕避雨松闕里雲生新畫棟岱宗柴望秩黄琮山靈望幸呼聲應視草神功有舊蹤琳宫高拱碧霞君連葉芝莖薜荔耘霄寸便興霖雨潤氤氲暗引異香熏東遊蓬島乘青靄北望蒼

梧盼白雲思攬八荒愁躑躅凋蕭天氣已秋分

望華不注

遥看秀色拔林坰點黛單椒入杳冥岞崿㡿牙雲
際矗鮮榮蓮朶低陰停周圍鐵騎思前事瀠繞華
泉驗水經客裏秋高近重九清吟興欲泛滄溟

題顧小崖太史古香小照

不隨時艶競仙班澹澹霜華識瘦顔一榻白雲留
半樹四圍流水繞三間孤芳晚節冰霜古幽韻雙
清心迹閒我向江南尋素侶參横月落夢家山

題汪芋堂唫秋圖

四序凜素秋金商發清響大造一遽廬軒窻足偃仰耿耿抱幽懷渺渺矢孤徃篇章性所躭朗咏愜心賞神遊太古初興寄青冥上夜深不能寐明月窺書幌

瓊枝挺海蘐秀色淩芝田有美不自耀結根托貞堅淮南賦招隱小山桂連蜷一彈絲桐叶知音緬嬋娟衡佩採秋寔含芳謝春妍樹立自千古毋事悲華年

書吳梅村詩集後

翟錦江花字字妍芙蓉麗日映澄鮮婁江繼得西

崑格想像簪花趙少年

金源故老有遺山文獻中州孰與班一種江南哀
不盡西園桂樹雨中攀

泗水秋風家國悲寒燈擁髻語淒其呻唫猶勝雲
山老漫向西湖譜竹枝

仲春過萬柳堂二首

路指沙堤好問津廉公別墅隔紅塵青蕪尚剩含
烟柳褭㞋重思脩禊人峻嶺崇山多古意斷橋流
水送新春步隨芳草尋詩去清露堂前藉作茵

城東遊騎寂寥過十畝滄洲渺碧波地近平泉環

綠野歌翻驟雨落新荷不愁祖帳辭京輦每望輕帆掛潞河咫尺頓增千里思携壺買醉莫蹉跎

皇新庄早發和介受兹侍講韻

黃幔雲連翠罘停神京西去近郊坰五更行殿傳清漏萬點明燈映列星馬驟駸駸馳道疾雞鳴喔喔隔林聽宵衣不待升東旭曉發微茫辨遠形

房山過賈閬仙墓

句為敲方妙人因瘦乃窮斷崖封蘚字古冢起松風學佛名甘晦微官遇未通有靈應識我鞭影挂詩筒

扈蹕恭送

世宗憲皇帝梓宮歸　泰陵敬述二首

泰寧山翠鬱成堆晃耀紅門午位開六馬風雲陳拱衛百靈星火照崔嵬隆恩浹壤尊親戴純孝三年典禮該瞻望龍旂同雨泣攀髯侍從有餘哀

朝暮慈烏幕殿隨郊原步送路逶遲乍濡春露龍岡濕正值清明衮紼垂晝角停吹傳過客金輿壼返望如疑易州一路潺湲水凍解和風未化澌

送顧小崖侍講致仕歸雲間

鶴骨支持作散人帍頭吟嘯得天真誼隆舊學輝

芝逕詩稾卷四

葱照。恩授新銜襲錦茵未向玉山謀小築應從金粟印前身潞河一輛輕車送草綠青門不動塵

中秋夜集南華寓齋

廉纖微雨濕苔紋凉襲絺衣客思紛金粟遠飄仙掌露銀盤高掩太清雲風前絳蠟人千里畫裏幽香景十分明月不來虛幌倚柝聲隔巷幾回聞

那禁佳節客愁生高唱凌風遣渭城奩匣暗收圓鏡影霓裳空妬舞衣明相逢輦下多知己回首吳門聚友生夢到虎邱山月上鐵花秋冷坐深更

恭和

御製題王諤豐年農慶圖

銅雀鳴秋穗芒落知稼軒中晴宇廓繪寫豐登頡粟多太平景象連村郭打稻聲忺驅犢閒山農樵唱荅潺湲人歸落照炊烟外秋在丹楓白露間是時稱觥介眉壽婦子熈熈娱八口力田幸不負三時況逢渥澤覃九有人物林泉揔化機　天章朗咏賁金閨從知寶稼祈年意常在祁寒暑雨時

重九前一日集錢勉耘同年寓齋觀南華秋山遠眺圖

閏秋楓林初變紅亭皋摇落霜華濃黄菊題詩待

章綬白衣送酒思陶公預恐重陽作風雨喜窺簷
月壓彎弓早知蠟屐無多緉悔不杯醆浮千鍾旅
思渾同辭幕燕鄉書盼斷南飛鴻主人靜者心獨
妙墨痕瀟灑煙雲重詩侶往還尋巷北素心酬唱
來墻東散仙展卷寫林麓彷彿倪瓚兼王蒙樹杪
蕭森帶秋色烟嵐平遠含春容茆亭高瞰飛鳥外
斜陽在山薄下春若有人兮送遠目天清雲淡悠
閒同玉河橋邊躡跡柳慈仁寺裏攀枯松君不見
詩人猛士如龍虎浪花高捲黃樓空歌聞黃雞白
髮唱賦罷暮雨珠簾中薄寒中人須七發廣陵觀

濤拓心胷為憶吳山逢九日鬭秋蟋蟀鳴金籠商聲懔慄變草木物理榮悴分雌雄明年今日如強健應踏江南千萬峯此詩此畫須記取高齋夜半照徹滄江虹

題謝梅莊侍御軍中學易圖

塞垣流落諫臣星兩鬢蕭疎手一經剥復不知時序換氷開初夏柳舒青

凛冽風霜備苦辛韋編微蘊續傳薪須知折角談經者原是批鱗折檻人

移居偶成

別開清曠掃軒除，家具相將不滿車。細灶爐香添漏永，招延明月映窗虛。燕栖有幕聊稱賀，鳩拙無巢少定居。不敢擬同楊子宅，長貧并癈一牀書。

蕭閒頓覺旅愁寬，迴首三秋白露漙。連夜鏡光清似水，幾家擣練響增寒。關河揺落鄉音迥，霜雪飄零歲序闌。不寢頻聞金鑰動，六街塵静思漫漫。

答叙典仲兄寄懷詩四首

雁行天遠一書馳，七字清吟芳草思。烟浦每移楊柳棹，霜天更醉菊花巵。田園收穫占時稔，筆硯生涯感數奇。藉報高堂眠食健，南雲漠漠望經時。

苦憶南園有舊莊一篙新淥近滄浪禽聲上下花繁砌樹影東西月落墻機息漢陰携甕汲徑開蔣詡擷蔬香丁寧留得耘鋤地休報歸来松菊荒

賓鴻嘹唳向南征節物他鄉管送迎自分三休署居士不緣一第負書生从衆秋水蒙莊意壼滯周南太史名想到梧桐深院静夜窓掩映讀書檠

十年金馬漫回旋未卜長安居易年爨火待炊方朔米飄風難换沈郎錢茹蔬方厭羔豚飫擁褐何須狐貉鮮此味阿兄能領畧氷霜鍊得寸心堅

冬夜詠懷和汪謹堂前輩

書城圍坐擁寒袍香靜東籬解和陶半榻月涼人影瘦千林風緊雁聲高愁添潘鬢星霜換學就匡帷點勘勞門外車輪無剥啄素心欣得近醇醪

天涯漫作故園嗟歲月原如赴壑蛇藜照餘光高玉局稻經新輯話農家時脩明史成復輯農書柝鳴深巷挑燈蕊凍合壺檐兆雪花十載柯亭推哲匠清吟聯綴墨痕斜

元旦朝賀

壽康宮侍班恭紀

春回綵仗簇鸞旗紫殿歡聲繞玉墀八表同賡元

日頌九重親祝　萬年禧銅龍景靄雲呈縵寶鼎
香清篆裊遲　聖孝雞鳴勤視膳閤門繡帖藹重
帷

上元前二日　賜園翫月同侍直諸公

上林欣借樹清景翫良宵石骨漱初淨氷池凍未
消地移三島勝春聚五雲饒烟際星球矗天邊火
樹遙鏡光連太液練影亘平橋峯嶺皆穿漏樓臺
欲動搖金莖寒有暈玉宇靜無囂烏鵲移高樹魚
龍咽暮潮華燈新欲放仙侶會相招儤直同簪筆
彯纓竊珥貂青綾携被冷犀角和香澆燭影臨書

幌松聲響玉簫欲偕鶯出谷還待柳舒條遥漏聽
何近雲韶奏未調聯吟催短什傾酒酌長瓢在鎬
同遊豫歡心洽百僚

耕耤禮成恭紀

時頒九扈重民天稽古章程　帝耤先韶景行春
當二月茆檐沾澤已三年蒼龍順動乾行健黛耜
滋培解作宣力穡艱難遵　祖訓靈壇祈貺矢精
虔
陬日農祥瑞氣融屏書無逸重康功司徒撰器勤
民早京兆陳鞭履畝同柳葉未舒鸞仗外杏花初

吐繡旛中時巡鑾甸賡遊豫父老歡聲應協風

觀耕臺畔颭青旗禹甸犂来播穀宜春樹人家煙

靄靄土膏泉脉雨絲絲綠疇盡裏平無際總犗馴

来順不知　睿製憫農兼勸穡重翻三十六禾詞

露湛神皐綺陌盈先農禋祀潔粢盛早徵華黍由

庚應自見雙岐九穗呈勸稼書編周太史豳租詔

續漢東京願隨擊壤齊民後永慶豐登徧八紘

臨雍禮成恭紀

天衢秩秩指宮墻門啟櫺星俎豆光夾道槐陰新

欝翠重簷鴛瓦煥離黃

昨見明禋格上丁更諏吉旦薦維馨禮脩釋奠虔
三獻教在親師闡六經
泮宮親見蒞鑾旂上巳晴暉映德輝小大從公彰
吉藹渾如列曜會璿璣
宸章絢爛麗銀鈎參化功能洵莫儔若揭秋陽會
滄海始知天地正同流
無言盥獻達精誠玉豆雕籩閟兩楹殿上罘罳皆
煥彩壁中絲竹恍聞聲
黼座親繙玉笈開圖書苞蘊燦昭回　天心條貫
中和業不用崆峒訪道來

六堂化雨早霑濡彝訓遵循徧八區別有　賜書
賷異數　琳瑯揷架耀鴻都
司成特設阜比席弟子皆修束帶容經義分齋兼
治事更　教簪筆賦三雍
闕里當年覩慶雲穹碑高燭耀奎文昇平纘緒鴻
猷集芝、產銅池鼎出汾
緇帷槐、露灑青襟廣扇和風育物心丙夜勤探洙
泗緒三、春溥洽杏壇吟

清明後一日郊行口占

觸緒春明二月天柳絲桃綬各爭妍踏来芳草初

鋪若醉行輕陰作禁烟好景最憐過百六閑園何處送秋千分明一片雲山近可得飛塵淨眼前

初夏海淀閒眺訂同人為西山之遊

御宿池南碧草生槐陰密幄有餘清時當初夏雲峰矗地近西堤輦路平柱笏每看巒氣換投林空羨鳥飛輕明朝准倫登山屐先向流泉歌濯纓

玉泉

青龍橋南滴蒼翠繫馬來尋功德寺暫見飛流濺雪泉似從仙鉢洗肥膩細者如珠大湧輪龍脣螭首漱湍新垂楊倒影初收網水荇翻風不掩鱗間

道泉經稱上品甘比醍醐瓊液飲十晦清瑶樹遶堤雜佩泓澄花勝錦石闌天半帶垂虹掩映離宮碧巘中佳名既與湯泉並溉物能興霖雨功玲瓏踈鑿依山趾蘿髮沙痕鑒清泚芙蓉行殿避暑莊長年流出昆明水

甘霖溥降

特召廷臣　圓明園泛舟即事恭賦

雨餘清暑淨纖埃優渥欣聞徧八垓祇為　熈時同樂愷故教長日預追陪珍禽睍睆隨旌舞文藻參差引棹來一泒玉泉新漲滿田疇霑潤及根荄

上林風涼畫圖工倒影樓臺萬象中秀簇方壺瞻眺遠　恩深太液泳游同涼颸拂處榆槐綠綺浪翻時菡萏紅麗漆天垂光瀲佩作舟還重濟川功宵旰殷懷若雨暘川原矚目悅時康臣隣一德觀元化清閟三霄覲　帝光繞楫鳬鷖淡容與忘機鷗鷺共遊翔欲知圖繪豳風意早盼黃雲稻隴香十年珥筆侍彤墀碧漢金莖湛露滋披拂薰風曾奉　詔乾隆丁巳夏試薰風自南來詩霑濡甘雨又乘時蓬瀛勝景身方到山水清音聽始知天上招涼鎮無暑晝長刻漏轉遲遲

分校京闈和同事諸公

鎖院風光京邑同依然分舍住西東諸公總是登瀛侶三試初看皓月中短綆井闌深汲注疎櫺燭燼晃朣朧獨憐染袖青藍筆零落江花逐曉風

落葉四首和南華

漣柯一夕響颼飀雲墮蕉窓思逼秋情似別離辭故主景緣蕭瑟動新愁蟬鳴漢苑歌偏苦楓冷吳江水自流獨倚疎籬支短策霜天容易白人頭

蘿屋淒清自掩關巉巗露處見前山夢隨流水孤村遠詩在秋風落照間樵徑人歸聲颯颯雲廊鐘

無影明月隨轉蓬踪跡渾無定生意婆娑未忍攀憶從湖上泛清波覔跡柴門野燒多嫋嫋微風移桂棹淒淒衰草掛漁蓑懷人最妬羌中笛送客爭傳醉後歌若問荒郊麋鹿走梧宫響屧感如何故園松菊未荒蕪蒲柳飄搖歲易徂稚子候門空掃徑僧寮結社助煎爐鴈銜斷葦霜華冷烏宿寒巢月影孤曾記千林深淺色蕭騷迴薄迹難摹

題嵩茂承前輩奉使安南圖

方輿迢遥亘萬里交趾古郡名曰南越裳馴雉通職貢重譯向化　皇仁覃垂衣嗣統方二載特宣

丹詔封璽函麒麟繡服耀章采于闐帶玉腰横
參使星熒熒燭霄漢掃清煙瘴平峰巒近臣中秘
著威望世家喬木同梗楠重如天球肅彝鼎瑩如
利劍抽鋒鐔亮符英蕩發郵遁遠陟衡嶽臨湘潭
伏波祠前訪銅柱至今餘烈威丁男采風載筆備
顧問象胥通語蠻音諳波斯異香樹三丈交州纈
繭綿八蠶粵裝裹載無異物矢心清白寶不貪圖
寫雲山往来路勝遊歷歷資雄談羽旗拂拂擁騶
從望塵絡繹奔驂驔　王化懷柔大無外小邦風
俗陋乜八斯還朝稽首對休命皇華霄雅詩歌三穆

如清風應有頌蕃宣四國君能堪

孟春十四日祈穀壇陪祀

吉旦諏次辛精禋孚帝載勾芒初奉塗條風散陰晦月輪照靈壇雲蓋張鼗鼙燎薰炳燭紅洪頤偃旌黛啟蟄兆農祥祈年占報賽青陽逵陳根跋行靡不逮瑞穰洽烟熅紫氣升沆瀣從官紛趨蹌松林曳珂佩元祀訂樂章受釐比郊配湛恩浹羣生屢豐徵保乂

賦得旗亭吹笛近元宵和鄒督齋先生承露堂分韻

酒帘風颭綠楊梢畫鼓鼕鼕景物饒初捲珠簾迎
月上遠聽玉笛隔林飄芳筵共醉梅花落綺陌閒
看竹馬驕記取吳閶好風景春城絲管沸良宵
爭傳火樹矗煙霄吹徹新聲凍未消影試華燈春
艷艷塵翻翠幙漏迢迢誰家太乙燃藜焰幾處行
歌擫洞簫指點雲亭人襍坐繁星隱見燭光搖

花朝即事和南華

曉鏡朝暉攬物華春明如畫近仙家烟痕深淺方
籠草露氣陰晴欲釀花舊護藥欄開小徑新移桃
種長靈[illegible]曼陀天上紛紛散羯鼓無聲日半斜

芝庭詩稿卷四

料峭輕風度幾朝良朋佳會未逍遥杏園蹀躞嘶驄馬柳陌笙歌鬬舞腰幾擔好花過柰卷一篙新綠漲平橋憑君寫出江南景客裏飛觴共此宵

暮春遊南淀偶成

遲日清和候微塵淡淹天長楊芳苑草平隴暮春烟絮點客袍輭風吹野帽偏翠雲連萬頃回望靄葱芊

帝里饒林壑西山撲面迎回鞭頻有戀信步不知程石磴飛虹影雲蘿出梵聲終年矜挂笏偏動故山情

題畫

依稀脩禊碧瀾時萬縷垂楊雨似絲鏡澗清流斜岸轉窓壼小閣片帆遲草生芳徑苔侵屐人語書堂綠映帷指點煙波生象外忘機猶作羨魚思

題曹以南登岱圖

日觀浮雲彩天風浴海濤眼明下界小身踞衆峰高阮籍聲相應陳登氣自豪詩成建安骨橫槊舊推曹

嶽嶽吾曾到扶桑渺日邊千年封漢栢九點指齊烟誰寫乘槎影爭看振策先飄飄身世外展卷意

茫然

甲子雨

晨興又見陰雲起積潦泥增逢甲子農家諺語亟堪愁只恐禾頭生兩耳今年豫省起沉波官舍田疇巨浸多關心賜雨誰調爕食祿微臣媿媕婀

送陳和叔之楚南

金臺酬贈盡瓊枝一片停雲千里思珍重芳儕佩蘭芷臨風好寫楚騷詞

紛披雲錦江郎筆映座風流庾杲蓮文滌江山更相助登樓添賦仲宣篇

我行曾過楚江潭澧浦涔陽夢裏諳相送隨君秋月遠鷓鴣聲裏憶江南

送張少儀南歸

客踪遊已倦挟策暫言歸葭菼露初白芙蓉水正肥因風懐故國惜别戀斜暉指點雲山近征帆落釣磯

誦君落葉句客思滿長安白雪文章賤秋風行路難季鷹方斫鱠東皙更栽蘭吾道存知已侯門休倚彈

秋心詠物四首

抱葉身輕著空濛淡碧烟影飄晨露下聲咽暮雲邊薄鬢添新翼華纓謝舊緣那因摇落後蜕去竟成仙

螢

自緣明耿耿能照路茫茫化草原無腐流星暗有光古堤燃作火壺牖聚成囊風雨縱教晦飛寧向畫堂

蟋蟀

動物經時變知幾耳自休苦吟偏近砌客思揔驚

秋唧唧勞長嘆悽悽送遠愁金籠閑貯久觸鬭亦何求

絡緯

肅肅鳴莎羽蕭蕭落晝簷牽牛花露重金鳳月痕纖紛緒難為理流梭苦自拈中閨憐織婦衣共晚雲添

九月五日遊卧佛寺同蔣恒軒學士鄂壺亭侍讀

前朝兜率宮今為壽安寺沉檀供香像鏤金露瑰異色相本来空坐卧亦何義金碧映璇題鐘鼓鳴

法器丈六見化身千年瞑覩視娑羅植秋陰巖壑
飄涼吹振策及蕭晨偕友尋初地西山多高墳碑
碣尚留字陵谷有銷沉法輪無廢墜願餐蔬笋供
竿頭乞指示

退翁亭小憩

退谷幽栖亭影横五華寺下水源清来時不及櫻
桃熟野鳥驚飛人獨行

香山永安寺

秋浄山露骨黄葉随風飛寺門浮霜氣鴨脚菓正
肥直上来青軒四顧羣峯巍松陰多偃盖流水濺

客衣蟾蜍石已化丹井夢感稀纍纍中貴墓斷碑荒草圍頭陀繡古甃碧殿涵翠微風景歎閒寂孤懷對斜暉

過碧雲寺

夾道松杉指碧雲内璫名姓紀前聞山中羊虎雕闌卧冢内蟾蜍野火焚青史至今悲鼎沸荒丘終古嘯狐羣西山不改青青色長聽鐘聲送夕曛

恭和

御製登盤山天成寺江山一覽閣二首

奇峰競作崆峒勝紺宇松林杳不分馬度懸崖千

仞合龍盤飛雨半空聞東迴滄海濤聲壯北護燕關樹影紛地軸微茫歸佛界長留　寶翰麗星雲

紫蓋峰高晴色迥谽谺百折破空分諸天影靜中盤見靈谷聲喧上界聞鯨石瀑流爭灑激劍臺松翠鬱繽紛今朝駐　蹕崔巍際導引磨崖度白雲

駕幸南苑大閱恭紀四首

閱狩　鑾輿出九重布昭神武控提封禮隆吉日循宵雅典重周官届仲冬偃月旌旂羅陣法淩霜組練壯軍容共瞻清蹕臨南苑饗士先垂雨露濃

連天鼓角殷轟雷駿驖揚旌颯沓回昨日陰雲凝

大野今朝霽色麗高臺森嚴扈旅屯千騎合鑾龍
韜控八埏自此車徒常教撰軍門細柳靖黃埃
靈囿方看雉兎肥天山早說卷戎衣網開一面敷
仁澤制合三驅耀武威常以蕃昌占阜物偶因校
獵肅行圍　勅幾更切垂堂戒弭節從容馭六飛
詰旦四鑣道再除都人額手望鑾旗岐陽萬古誇
雄駿漢苑長年頌樂胥賜重挽強榮禁旅　恩深
挾纊飽天厨小臣願進車攻什不學相如賦子虛

寒吟絶句和南華

何須樹拂更拈鬚一卷黃庭熟誦時獨擁寒爐披

綮被十年夢醒未嫌遲

六街塵動走雷車魚鑰沉沉待旦初氷署祇須供

翰墨太平寧奏萬言書

故人揮手去鵷班高卧滄江天假閑喜得報書筋

力健扁舟竹笠訪湖山

蕭閑永謝達官過葉落枝横乏斧柯最喜寒鴉来

噪晚紙窻月上夜如何

瘦石硿研凍樹横翛然古意畫難成看君未了輸

贏局日日棋枰敲子聲

清嚴棐几散仙家索畫催詩靜裏譁閑説故鄉風

景好嫩寒江店放梅花

芝涯詩稾卷四

門人湯烜錄

芝庭詩稾卷五　庚申辛酉

長洲彭啓豐翰文

人日立春寄沈歸愚龐常時同汪謹堂吳君菴兩學士齋宿院署

新年七日春始廻青陽應律斗轉魁天街霜氣曉猶重邀勒東風不肯来占年自古重人日紀閏且喜當恢台去冬三白報霑足葭琯飛動囬枯荄祇今餘寒雖凜冽已聞萬戶喧春雷忽憶故鄉當此日草堂促句爭銜杯畫鼓鼕鼕竹馬戲綵毬滾滾旗旛開依稀風景如夢寐官家歲月空徘徊清齋

祇爲齋禋祀仙侶三兩欣追陪瀛洲亭邊散步去氷池皓月無纖埃夜聞更漏轉深院坐看明影過古槐擘牋幾人得聯唱擁衾默坐愁寒灰 帝京熙和春似海可惜仙卉難栽培江南山店踏殘雪便覺花信頻相催爲訊靈巖老詩叟探春盍寄一枝梅

上元筵宴侍班恭紀四首

麗景芳年換離宮曲宴開華燈輝繡帖爆火引春雷帳舞階前列簫聲天上迴外藩隨忭賀齊捧萬年杯

碧沼猶凝凍條風已送春金莖傾露渥玉盒鬪時
新象衍魚龍隊香氳綿繡壓光華映珂佩陪讌逮
詞臣
鰲山屏障列朶殿曉雲晴鳳集星橋迥龍銜火樹
明門喧角觝戲村聽打毬聲揔是昇平景壺天覽
八瀛
璣上春星轉窗中花眼含新　恩懷賜綺乾隆戊午宴詞
臣特
賜蟒綴舊事紀傳柑香案雲邊捧驪珠月裏探頻
將踏歌句流美到江南

正入光明殿觀鼇山燈

軒鏡光明達紫宸龍雲絢采物華新移來海上三山月照徹寰中萬户春赤鳳翱翔枝是寶巨鼇贔屭闕皆銀渾如畫裏屏風景添得融和絳蠟匀

送大司馬尹公總制川陝二首公爲啓豐丁未房師

元樞統制倚方殷晝戟朱茵重策勳分陝袞衣輝日月總戎玉壘護風雲山川險要連三省霖雨霑濡被八垠　宵旰早紓西顧慮籌邊處處起耕耘井野雍州是漢京黄河浪捲塞雲晴三峰華岳高擎掌千里巴江永洗兵路國天人應服遠裴公聖相亦行營無由簦屩隨旌從惟頌皇華道左榮

得翼武弟家書云往山中祭掃口占郤寄

夢繞湖濆拱舊丘岡巒葱鬱長松楸年年寒食橫塘路細雨垂楊泊小舟

述祖循陔志不違廿年捧硯淚霑衣墓田每恐荒蕪合華表重占化鶴歸先王父止菴公辭世已廿一年

春明也自作清明薄霧籠陰更弄晴裂帛湖邉人上冢關心愁聽杜鵑聲

歸覲前年拜　紫綸入山風雨度蕭辰何當雪後探梅萼更待秋風賦采蓴啓豐以癸丑冬請假覲省掃墓

俎豆新添子姓行家規每歲重烝嘗流光暗度黃

塵海四十馳驅髩已蒼
南雲驛路思無限春草池塘夢易醒珎重家山脩
肹鬣踈松常伴柳條青

折柳行送宮賛錢勉耘同年假還婁東

燕京四月春方暮柳色青青挂高樹長條踠地最
有情濃陰遮斷前行路病裏芳春冉冉過那堪送
别聽驪歌心憐飛絮隨風舞目斷高樓夕照多忽
憶江南烟景好汀洲夾岸迷芳草繫得蘭橈喚渡
遲颿来野店抽帆早羨君安穩計歸程拋却紅塵
步屧輕鰣魚入饌楊梅熟不用蓴鱸動客情婁江

帶水崑山欉瀰迤溪田繞花竹憑君折柳寄相思

東風吹夢江臯綠

奉南沙前輩因令嗣樹峰編修寄歸　賜茗
汲慧山泉飲之賦詩紀事次和二首

九峰御翠捧　宸箋奕世叨榮撤院蓮珍襲龍團
携禁掖清娛鶴髮映林泉氷甌雪泛詩逾澹香乳
風飄體欲仙陽羨春芽應少色　黄封今在竹鑪
邊

迢迢水遞染巴箋灧灧雲腴泛玉蓮　天上由來
須貢茗寰中難得傍名泉韻諧石鼎松風響雲護

青山綠鬢仙少日移舟頻到處夢寬猶在水亭邊

徐澂齋前輩輓辭

文苑名高紀汗青東吳耆舊歎飄零藜光此日虛然照海國當年識使星筆格珊瑚猶耀采榻塵總帳已沉冥楓橋夢斷扁舟泊草綠依稀問字亭

晚荷

一般清沿濯漣漪何事花開獨後時冷艷尚疑仙子珮秋波已入楚臣詞懶將雲錦分天藻悵隔晶簾滯水涯冰果堆盤収不到黄螺結寔故應遲

香遠亭亭野客娛移從太華見根株迷濛月瀨搖

清淺窈窕雲窗澹有無半落紅衣愁曉鏡暗拋翠
蓋弄明珠西風一樣添離恨擢秀何妨早晚殊

牽牛花

苞含七夕影離離樂圃曾看結子遲碧漢分星照
涼夜金風牽蔓上疎籬

題金汝白同年小清涼山房圖

風清夾巷槐街路露索離宮隱脩樹小築幽居地
自偏主人退直簾扉暮指點西山列髻鬟朝來拄
笏日看山清涼牓額丘壑畔炎塵不到真蕭閑縱
横書帙盈棐几滿眼秋花三徑裏不聞車轍遠轟

雷但覺門庭清似水百年陳迹訪繁喧海淀東西各有邨陂陀誰認風烟里圖畫空存米氏園十餘年閒思舊事尚書休沐幾廻至桃蹊李徑盡荒涼獨有槐陰尚涵翠過眼煙雲朝市多偶然寄迹泛萍波紛紛襬襶黄塵客讓爾高眠且嘯歌

勵文恭公歸窆　賜阡愴舊抒懷三首

當年嶽立領朝紳未届稀齡白髮新廊廟一時資柱石尾箕千載上星辰中朝司馬名尤著當代歐陽鑒特真示疾逍遥聞曳杖山頹木壞黯傷神

每過槐街一愴然龍門入座見高賢韋家經籍傳

遺篋諸葛桑株有薄田舊　勅豊碑懸碧漢新
恩加祭賁長筵春明淚盡西州路只為知音撤瑟
懸

騷雅遺編見别裁升堂風月幾徘徊瓣香自展生
芻奠幽窀相期築室來翁仲夕陽沉北隴杜鵑春
草向南陔山邱感慨情何極往事聯翩賦八哀

秋日有懷沈歸愚庶常

乞假金門節序更蒼葭影裏雁南征江湖風雅推
高格廊廟韶韺識正聲仙鷁晚移秋浦淨雲亭朝
啓翠峰晴著書具備千秋業不獨才名重兩京

重九前五日陶然亭登眺

踞勝臨無地孤亭望遠開夕陽沉四野秋氣滿高臺白菊荒荊蔓黃蘆捲絮堆城南尋勝侶吟眺且徘徊

易水歌

落日滿塵土清流恨終古燕都慷慨有餘風拔劍悲歌氣尚雄當年燕丹能好士感激荊卿入秦死筑已破劍不鳴惟有易城水長聞嗚咽聲連城照乘爲國寶堪歎英雄盡枯槁試看易水亂流中影照黃金臺畔草

隨　駕謁

泰陵侍班恭紀二首

自閉　元宮鎖寂寥百神拱護萬靈朝星揺珠斗瞻　天近雲暗蒼梧望　闕遥疊嶂路深環吉壤寒更氣肅歛塵飈橋山弓劍攀追切晃朗金燈照從寮

翠華五度上陵來易水清流萬壑回　法駕特勤銜感慕層巒周眺更徘徊新松栽後青成蓋秋草萎時燎作灰今日　隆恩門外慟淒涼尤結舊臣哀

湖南巡撫馮損菴中丞輓辭

素旐来湘楚青冥隕使星甘棠歌説茇大樹感飄零軍旅頻紆策旂常待勒銘西南推柱石褒　詔卹英靈

黔洞烽烟静湖湘又誓師飛鳶愁瘴霧化鶴偃旌旗采芑躬行役量沙計出奇勤勞關國事靡盬至今悲

列戟推崇閥傳經重世家芳塵遺羽扇誄冊責黄麻事業丹青炳風烟墟墓嗟流藴歸白馬鼓吹咽鳴笳

意氣雲霄奮交情金石親代峰紆悵望朔吹劇悲辛清白貽孫子精誠格鬼神大招歌楚些嗚咽徧朝紳

賜橘

錫貢盈苞浥露漙分甘　勅賜燦盈盤每懷嘉樹生南國也並瓊漿飫大官仙觀井旁看異種洞庭霜後憶餘酸江潭秋色靈均頌剩有丹心映歲寒

光明殿瞻欝羅蕭臺　明嘉靖時建

神京玉蝀明朝暉旁有樓觀高巍巍登豐門啓複道闡光明殿宇臨王畿雕闌白石映雪澄上界珠

旒閟重闈寥陽寶翰湛露晞勾陳肅穆護袞衣太
乙晃朗翽羽旂焚香虔禱志不違尺五帝座真相
依轉思何年壯飛翬宮中齋醮事禱祈青詞讀罷
鸞鶴飛步虛縹緲聲依稀此事由來青史譏海上
神仙去不歸空存圓殿盤璿璣軒皇輦道驂雲騑
俯視下界如絡繹芝壇鐘動琅函緋雲開寶籙烟
霏霏小臣齋肅存幾希太清一氣響應微欲賡天
保畏天威永覲日月升恒輝

題姚範治同年春帆歸省圖

春江渺渺津亭路夾岸啼鶯選芳樹五雲仙關為

馳書一片晴帆停問渡聞道慈闈倚望殷抽簪准擬遂南雲畫圖寫出鄉心切二月春深蕩縠紋縱陽江畔饒花柳龍眠秀色環前後珂里聯鑣侍彩衣北堂捧斝斟春酒當年綵筆賦閑居皖口吳閶奉版輿祗緑愛日抒融洩不為投閒返遂初長安幾人捧檄喜輸君決策風塵裏劇憐去就兩徘徊百折衷腸似流水

西谿草堂梅花圖歌為沈椒園太史賦

窵窱西谿路幽絕梅花萬樹堆香雪篔簹低亞縞袂蓬螺髻参差玉屏潔此中合有幽人居四照亭

開洞碧匲茗碗細煎禪榻畔屐痕踏破早春初知
君香沁吟襟裏瘦影仙葩正相似九英射日照迴
廊三弄傳聲韵流水昨夜東風吹面遲故人溪上
寄瓊枝扁舟竹杖閒来往圖畫猶存煙月姿自從
官閣吟詩好花信催人愁易老何年準備草堂資
占得湖山竟孤造我家山繞太湖濱十里梅花鋪
作茵茆屋三間舊曾葺白雲冉冉待歸人

瀛洲亭種柳　和學士鄒春齋先生

玉堂風月影依依瀹茗裁花事總稀特向柯亭培
美蔭分明柳汁染新衣

青瑣千門匼匝開新詞不唱舊章臺陌頭治葉寧相識生自靈和殿上来

萬栁堂前脩禊辰風流歇絶付前塵江南詞客腸應斷縹緲蓬山種樹新

十年栽木計良難驗取柔稊醮碧瀾莫與三槐比高下淩雲只待後人看

白傅髙吟劇有情風前玉笛弄清聲官曹笑說閑無事魁宿堂中栁宿明

豐臺賣花詞

豐宜門外接花畦掩映垂楊好鳥啼欲得花光穠

艷足還須細雨濕春泥

殿春朶朶靄晴暉金作盤盂玉作團風遞遠香来別墅短轅人醉折花歸

擔子紛紛朝暮来一叢艷色照莓苔誰輸十戶中人賦老圃荒凉已刼灰

膽瓶着得幾株春簾幙深遮十丈塵榮落每因時節換看花不逮種花人

書熊孝子傳後

順治五年逆臣南昌總兵金聲桓叛孝子熊迎龍奉父避難途遇賊以身翼父曰寧

殺我賊刃之剜其左目即昏斃恍惚見有
活之者既蘇憶其形貌則給事吳莊介公
也公以甲申殉難蓋忠孝相感云

昔聞赤眉賊戢兵姜詩里又傳趙文楚能感盜驚
跪遭亂攖危鋒吾憐熊孝子奉父避荊榛以身翼
刃匕綠林方跳梁屠人如犬豕左眼已被剜分將
軀命委烏鳶啄人腸青燐照野鬼忽覩靈旗翻甦
救孝子起是為給事公殉難甲申紀幽明本相通
忠孝原一理重看尸骸生未即溝壑死平居內行
完色養奉甘旨負傷刃瘢痕猶覩血淚泚成仁豈

偶然記述付柱史

書馬文毅公彙草辨疑後

遼陽馬公雄鎮官粵西巡撫康熙甲寅叛將孫延齡附逆吳三桂以兵脅降公不屈拘囚四年罵賊而死闔門殉節者四十餘人當幽禁時取列代草書校勘釐正名曰彙草辨疑凡十二卷曾孫日炳得於煨燼中屬紀其事

君不見平原書法如印泥漁陽突騎先誓師又不見文山繫獄歌正氣杜鵑啼血厓山祠風流翰墨

屬餘事干城名教神扶持卓哉扶風公慷慨支傾危幽囚在一室彙草著辨疑點畫鈎勒衆法備蟠拏飛動手腕馳鋒稜磅礴帶劍氣纖素重叠含霜綎髙樓崔嵬虢擊笏星辰照矚兕夜窺賊㦸薰天兵燹灕同捐百口陰風隨可憐蛛絲蠹竹簡文孫掩卷長嗟咨褒揚 國史邮典煥紀載宗乘芳名貽英雄末路多蹉跌降箋僞劄人爭嗤乾坤蟠互耿忠烈墨痕碧血何淋漓好留此草示模範長照萬古丹心垂

遊玉泉山

石罅名泉出芙蓉映碧山宮墻分內外流水自潺湲瓊液噴成沫清瑶帶作環前湖臨裂帛漁網聚溪灣

西堤晚步

人在孤雲倦鳥間晚霞横抹玉泉山渡船落日猶維岸僧寺鳴鐘自閉關宛似江村圖畫好那知輦路控鞭閑涼風消暑祛塵思待到月明遲未還

堤柳曲

官道種楊柳昔年此分手堤上柳成陰堤下人囘首

馬首路迢遥千絲復萬條白楊號古墓風雨黯蕭
蕭

景州懷魏君弼大司空

本朝名臣魏蔚州公堪與之相匹儔一疏挂冠遂
嘉尚十年持節宣鴻猷廉静不貪真性足卷舒自
得神功収閑雲一片太虚碧誰知後樂先民憂

德州旅店與蔣恒軒少宰分道誌别（時少宰使浙江）

數日王程同曉發葦岍蟲聲叫秋月明朝岐路各
西東四牡駪駪判楚越君持玉尺羅珊瑚錢塘明
秀天下無吏部文章澄水鑑翰林風月湛氷壺我

行再至西江路待洗雙眸銘烟霧選勝寧教踐夙緣搜奇却恐重来誤江水懲懲别緒長鄉心迢遞下潯陽豫章高閣珠簾捲遥憶西湖桂子香

謁亞聖廟

七雄擾兵戈説士掉口舌卓哉孟夫子守道崇聖哲一綫尼山傳私淑志早決泰岱比巖巖秋陽同烈烈鄒邑孔道旁嶧山峰矗列入廟必肅恭崇宇新輝潔霜松幹参天古檜陰積雪石柱孼棟梁梁罳網户闌殿無蝙蝠飛碑有虫蟓蠹源流紹洙泗封壤陋滕薛守祠奉春秋停車許瞻閲嗟哉道左

人利名為羈紲混入楊墨儔詎存人禽別悠悠帳
馳驅壯心恥萎苶大道炳中天薪傳庶不絕束髮
誦七篇斯義日星揭

韓庄閘待渡

行盡山左程漸入江南路河魚出網鮮魯酒沿岍
酤帆檣自北來征馬屢南顧月落戍亭空荒鷄叫
前渡

郴泉謁漢高帝廟

隆準何年覲冕旒荒祠彷彿紀春秋山連芒碭雲
龍合社近枌榆禾黍稠父老尚能邀賜復功勳初

不貸誅劉良弓高鳥今何在庭樹無風也解愁

徐州渡河

楚漢兵爭地河流吼不休千堆翻白浪五丈捲黃樓編栁堤將潰炊烟甑欲浮我憑舟楫濟萬目軫民愁

宿州東門有感

飄零風物古隋隄百戰場空日又西欲上東門舊時道蛙鳴澤國草萋萋

經靈壁縣境謝星伯先生舊治也愴然有感

昔年飛鳥地今成西州門夙抱國士知未能報公

思生芻何處奠棠樹森成郵于役兩經過吟詩當招魂催程迹屢換感舊思弗諼時值中元節俗鬧盂蘭盆歲祲寡婦哭流民邨落喧為賦春陵行賢宰今何存

臨淮

兩壩巨浪拍晴空鐵索連船駕作虹閘道年年新漲起居民慣避堞樓中

山雨歎

四山悲風聲怒號排空巨浸穿城壕平土頓增尋丈水車馬欲濟無輕舸吏人頻說公無渡待得天

晴覔行路哀哉居民釜甑浮家室流離向誰訴

將至桐城

濕雲初捲化朝烟夾路松篁欲障天重洗螺峰添
黛色丹青好手倩龍眠

層巒開霽豁心顏北峽單椒幾曲灣萬樹陰中清
澗響潺湲相送出重關

阪田高下布階梯夜雨霏微潤一犂最愛白沙環
秀嶺馬行岸崿淨無泥

過桐城良弼橋呈宗伯張葯齋先生

橋名良弼近沙堤驅馬東門累石齊鴈齒津梁通

利涉龍眠膏雨溥蒼黎側聞比屋沾新澤欣覩平泉煥舊題翠樹連雲綿列岫田看壯峽衆峰低

停驂郊外寂無譁士望前旌擁絳紗頻向瓊宫操玉尺恰經梓里詠皇華桂開鏡裏三秋月楓染山中萬片霞出奉
恩綸歸省墓矢將忠孝格天家

渡九江望廬山

何處江流九派分古亭落日水沄沄影摇舴艋迷前浦聲咽琵琶隔暮雲忽覩青山臨郡郭遥瞻秀色揷秋雯今宵夢落懸崖側那得相隨猿鶴群

入廬山

一出江州郭浮雲湧翠峰匡君尋舊約假我一枝筇

名勝絶塵寰清溪路幾灣何須分上下滿目是廬山

題東林寺三笑堂壁和王文成公原韻

昨夢仙山拾瑶草今過東林清景好萬竿脩竹淨無塵四壁青山常不老佛界原無興廢衰寺僧寥落講堂開十八名賢已長逝千秋坡老不重来鴻留雪爪幾回首欲就黄花酌斗酒世間勳業揔浮雲惟有風流堪不朽羅漢高松陰滿庭迦陵好鳥

浴沙汀齋廚人散午鐘寂天際香爐朶朶青

出廬山

側嶺橫峰到處逢籃輿染盡白雲濃經過可惜匆匆甚回首依然蘿徑封

打鐘掃地事蹉跎五百僧房閒住多何處廬山真面目破参還欲問東坡

中秋前二日貢院對月

捲幔清光近碧霄氷輪將滿映今宵高看飛閣新雲棟（時滕王閣新修）遠挹長江湧暮潮桂窟暗香飄午夜風檐殘燭盡三條齋心鎖院思前度恐有遺薪問

爨焦

百花洲公宴即事

名湖百頃劚清嘉公暇登臨興寄賒檻外芙蓉涵水鏡杯中黃菊照秋花遏雲逸響沉南浦捲雨踈簾送落霞為補重陽鋪盛宴獲邀旌節出官衙

賓主東南冠盖逢仙靈窟宅白雲封銀瓶滿酌笙歌勸繡旆迴風隊舞重湖岍翠煙遮曲渚寺門黃葉映孤峰情殷怕聽驪駒唱兩度飛鴻印客踪

維舟南昌城下留別學使趙學齋前輩

四㕓高閣峙江濆祖送行程袂乍分天遣衝飈阻

歸棹人如旅雁惜離群凄凄暮雨遮山色涔涔寒煙隔浦雲水滙潯陽流不盡夢迴剪燭思紛紛

入歸宗寺次蘇子由韻

初從隘口遠聞鐘凝盼金輪第一峰疊掛玉簾風灑雪頂懸鐵塔鶴巢松右軍親捨安禪宅佛印長留怪石供勝地初尋行脚健明朝更踏碧雲重

歸宗寺雨坐

金輪峰隱講堂空寒雨蕭蕭萬竹叢欲識禪宗心印在無言香散木犀風

萬杉寺

慶雲賜額倚巑岏飛閣華鯨足壯觀詎識萬杉非舊植空留一鉢設齋壇峰巒削壁如將壓風雨空堂自覺寒待訪三分泉畔路蘚碑題碣已凋殘

開先寺觀瀑布

九霄銀河半空落落向雙劍之峰前鶴鳴龜背屹相向馬尾如線百道懸上疑陰雲挂絕壁下看素練奔深淵日光曜采金爍爛鮫人織綃五色鮮驚風掣斷忽不下飛毬捲雪来空天人言瞬息有萬狀每從畫障觀湲潺自渡九江神夢往苔封鳥道懸攀緣今来初冬細雨後笙簧聒耳流涓涓老僧

拈點手持鉢調伏三昧歸枯禪笑建古亭號漱玉獨開生面惟青蓮端明吐語巧刻露南宫巨筆揮如椽霜颸雨雹不剥蝕異葩怪卉呈鮮妍匡君雲衣動冉冉翩然邀我来聽泉龍潭深處不可見衣袂寒冷愁裝綿胸中詎有泉萬斛文瀾變態多洄漩待得晴明開宿霧青軿細裊香爐烟

王文成公紀功碑

虎騰龍躍挂丹梯一戰功成撒手題莫笑書生無偉業廬山片石並浯溪

三峽橋

轟雷震危厓積雪飄飛霰車聲鬬千兩臨橋欲轉戰樅金似鼓鳴扼吭環峽轉橫縱既紆迴噴沸復幻變儼如歷瞿塘舟行同激箭震掉不自持側足神為顫積石溜可穿跳波掣驚電高吟緬二蘇劉嶂排空見

玉淵潭

玉淵有神龍潛伏九地底値茲風雨中鱗甲蟄欲起飛瀑撼松林疊石成隈𡽱水行坡坨間浪湧車輪裏神物狀幽曀白晝鑒清泚蘚滑足難踐潭深目迷視毛髮皆森寒魚蟲咸避徙誰為玉帶留石

梁鑾齒齒

棲賢寺

昔賢讀書處乃在匡山麓高僧来結廬譜入傳燈録神龍藏深淵靈獅坐佛屋簷下宿白雲巖頭溅飛瀑每聞風雨聲堂空隘回薄應真顯全身圖張二百幅（許虎頭筆金方伯所施）舍利現寶光窣堵藏顆粟（閣上藏舍利十二粒）當年赤眼師大放光明目（赤眼禅師智常）我欲翻偈語未能逆凡俗儒佛同誕登棲賢愜幽獨相送出禪關翠影揺松竹

商寶意太守同遊諸名勝贈詩二首次韻酬

之

桐音難辨豫章材選勝欣看沓嶂開漱玉亭邊臨石坐落星巖畔泛槎來青蓮高詠堪題壁白鹿遺踪緬育才若比君家越山秀何如天姥與瓊臺

星渚相逢寥泬天遥瞻五老聳雙肩直將峰劍収行篋擬炷香爐揖上仙雲護籃輿排欲墮雨傾銀漢下無邊珠林記取茲遊勝拂蘚裁詩瀹茗泉

晚宿南康望落星石同商寶意太守

聞說郡樓上天清聆瀑聲今宵風雨暗隔岍戍燈明星化匡廬石潮歸彭蠡城欣逢賢太守啜茗話

平生

重經秀峰寺喜晴

松門石磴隱層梯古寺雲關路不迷今日匡君掃烟霧瀑流雙挂彩虹齊

袖染香爐一片雲夢迴空翠落紛紛出山還記来時路谷口鐘聲杳不聞

遊東西二林

寺廢猶憐古幽尋不覺遥蹤鐘聲寂寐篩竹影蕭蕭石塔閒雲宿僧房落葉凋飛鴻留爪迹重返虎溪橋

踏石徧嶇嶔招提覆午隂東西分梵界上下揔香林舊社塵封久新池影漾深風流緬東晉蠟屐想招尋

訪張文端公五畝園

緑野繞山城平泉號故里結搆崇自然邱壑洵為美竹尾嘯鸞音松篁韻流水曲廊映層隂脩舘帶清淵堂存篤素名淳風被桑梓承　恩賦遂初龍章照綈几勳猷媲臯夔眉壽齊園綺喬木長風烔堂構累基址想見百年心高風起仰止望望龍眠峰雙溪碧雲裏

臨淮晚渡有感

戍樓半圮日西徂淮水長流已決渠里井斷烟無蓐食城濠問渡阻柴車月寒荒岍蘆中雁星照洪波網底魚即次難尋濠上樂長官何計奠民居

宿連城和壁間韵

歸經淮楚路蒼茫目斷江南雁幾行霜點敝裘知候冷月凄客館聽更長門前黃葉隨行跡畫裏青山似故鄉誰向郵亭頻潑墨句含風雨寫愁腸

遊雲龍山至放鶴亭

炎天一宿黃河岍遥望雲龍在霄漢今来入冬已

浹旬山容蒼蒼風景換木葉盡脫露孱顏草堂舊址苔痕斑支筇鼓勇足稍倦憑軒小憩神頓閒山僧延我酌新茗如飲醍醐塵夢醒心依初地最上乘身造孤亭凌絶頂孤亭四面窗櫺開詩人名士幾徘徊雲飛別岫依然在鶴去千年何日回是時斜陽欲西落黃河滔滔捲城郭平臨繡陌偃長虹俯矚茆岡聳虛閣翻思當年玉局翁曷不西返我眉峰雲龍山人此招隱神仙遊戲乘鴻濛俯仰茫茫判今古客裏江山誰是主黃花辜負九秋期十月清霜踐塵土雲鵬斂翼等閒鷗身世功名一葉

浮好著羽衣吹笛坐不須沽酒澆羈愁

過兗郡泗水橋

東郡南樓迹已空繞城臨水亘長虹文瀾澄徹一天映道岍源流千載通磬石湧浮青兗貢甕書誰發魯王宮六年兩度經過此闕里雲烟瞻望中

東平道中

峗山高與瓠山齊漢代藩封蹟不迷青嶂荒烟碑岌岌綠疇古冢草萋萋剪桐沃澤名長在賜斂松門日又西鄉是人非古今慨洛陽陵闕望增悽

陳思王墓

埋玉地堪疑音塵寂若斯應劉同不作騷選獨標奇梵唱魚山杳君王洛水思才高名八斗争誦建安詩

黄石公祠

博浪飛椎誤陰符一卷傳寧知圯上老重見穀城邊遺廟啼山鳥神旗認古仙赤松歸去後黄石渺雲煙

茌平懷古

凍雲遥結魯連臺能却秦軍十萬迴談笑竟歸滄海去城中玉貌脱塵埃

提給淳于善諧稱冠纓索絶醉曹騰齊人掉舌尋常事奚似東方譎諫能火色鳶肩自不侔新豐逆旅漫遨遊薦賢倘之中郎將後代何人識馬周

過任卭吊邊公大綬

瀛海茫茫起炯霧長途棲宿征驂駐偶憑逸史吊邊公米脂首發蚩尤墓千鋤揮斷鬼骨青一箭能踣逆賊仆身探虎穴歷崎嶇斧躓當前此無懼餘生幸脫破巢危竟縱封狼走盤互飛厭莫救鞏洛亡精誠泣向蒼梧訴燕都義士忠勇俱易水風悲

氷壑洄惜不任公百萬師潼關自毀金湯固冐祚難酧悈復心坵墟尚見神靈護壁燈明暗照殘編展讀嘻吁為驚怖

芝庭詩稾卷五

門人錢塘蘇新録

芝庭詩槀卷六 壬戌至甲子

長洲彭啓豐翰文

新城道中和壁間咏柳詩

道旁柳色乍含春拂面東風暗撲塵記得去秋吟望處寒鴉落照送歸人

杏園又見曲江春蹀躞聯翩颭陌塵欲換青衫染新色闗情最是擔囊人

上元夜宿河間富庄驛

行役逢佳節途經五壘平隔年畿輔稔元夜月華明竹馬迷塵市銀蟾照彩棚滹沱沽酒客薄醉聚

村氓

經行徂徠山下

望望雲煙連泰嶽，行行村落近徂徠。田間流水聲初響，屋後山光翠作堆。松磴已無殘雪映，柳條猶待曉風開。閒尋守道躬耕處，憑向荒原弔草萊。

宿遷早行

荒村投宿曉明發，整衣裝人踏五更月。鴉翻一樹霜，角聲飄近遠，戍火逗微茫。何處項城舊隄，高極目長。

桃源道中口占

廿日王程喜趂晴今朝馬首濕雲迎沿河揔是沙
爲岸遥聽風高白浪生
邨墟寥落斷朝飧淮北饑民乞食喧花發江南空
有信不知何處覔桃源

風雨渡黄河

人説公無渡余偏馬欲東浪高春漲雨帆背石尤
風河曲沙堤軟淮陰草舍空籌時虛使節一葦遜
艨艟

金山寺雜咏

第一泉

泉脉通山骨江心得地靈不須桑苧飲清味識中泠

佛印禪院

宋代傳心印雲房蹟尚留辯才同解脫沙界幾春秋

妙高臺

雪浪奔無際朝暾吐復吞我来高頂望霄漢手親捫

江天一覽閣

萬里来岷江千峰下鍾阜天光俯涵空雄勝壓九

有

玉帶橋

贈帶留遺躅橋新似白瑶端明仙佛主題句滿金焦

西来閣

老桂閣前朝香林多古意誰令南國人頓悟西来義

浮玉亭

隱見金碧光玲瓏樓觀影夜来沙鳥驚炬火江心炳

金山寺墖

絶頂峙浮圖憑闌瞰飛鳥倒影照中流蛟龍獻神寶

歸舟曲

淮北氷始泮淮南柳巳青登艫看風色帆去不曾停解一暮過秦郵路絮雲雜絲雨繫纜露筋祠神鵶歸廟宇解二春光逐水流滑笏一泓油梅花官閣放消息在揚州解三憶得十年事乞假承　恩賜渺渺涉江津駸駸馳驛使解四官河路較長重喜話蓴鄉瀠洄吹細浪平遠覩山光解五鷗鷺住閒閒雲炯渺

瀰瀰河豚已過時刀鱭初出水解六漁鼓鼕鼕響吳音別有腔計程春夢曉先已到吳江解七

過靈巖山下

巧匠山根斲白雲丁丁聲響隔林聞蘿封石洞迷幽徑墖隱珠宮半夕曛繁艷消沉思故國洞庭縹緲想夫君春袍依舊年年綠拾得香釵弔古墳

晚泊虎山橋

光福墖影如虎尾雙虹倒飲澄波裏漁舟三兩蕩輕橈欸乃一聲雲墮水橋邊古木橫槎枒老松偃蓋盤修蛇沙漵湖光啟奩鏡玉屏山色返照斜西

崦分流幾回漩石屋嫏嬛時隱現他年准泛五湖
舟築室歸耕息遊倦

上巳後一日嘉禾道中

別却吳州至秀州垂楊踠地綠桑稠鴛湖處處多
芳草蠶市家家近畫樓但得祓除占節序寧誇觴
咏續風流射襄橋畔重回首風幔高褰不少留

錢塘懷古

吳越東西霸主家興亡轉瞬事堪嗟鴟夷夜雨飄
靈瓦羅刹秋濤捲白沙駛舶龍頭看出沒飛甍雁
齒鬬繁華鞭山空費秦皇力瘞壁無由鎮海涯

錦衣玉座渺湖雲南服雄藩策上勳錫券特頒銅虎節射潮重整水犀軍清波古廟聽寒汐紫陌繁花醉落嚬睇視千秋表忠觀幾人繫馬讀遺文

汴京南渡事偏安空有高峯屹嶫看德壽宮中梅石古太清樓上畫圖殘駝埋廢棘冬青老蛩語荒林秋壑寒閒過掖門尋舊苑鳳凰山色照雕闌

長堤偃卧曲如虹道是蘇公繼白公花柳六橋凝翠黛雲烟三竺展屏風總宜園裏歌聲遠不繫船邊鏡影空十錦濃華易消歇只今疏濬想前功

栖霞碧血草離離狐兎潛踪杜宇悲鐵騎雲馳追

北斾石麟雨泣向南枝一家忠孝孤墳在千載神
姦鑄象垂後代籌邊愍司馬衕寛西市有旌碑

清徹詩篇遠俗囂墓前松竹影蕭蕭生来梅鶴成
閑逸去後湖山竟寂寥簫鼓競喧春社樂鈿車慣
騁玉驄驕誰知雅尚巢由躅路覓孤山問野樵

出湧金門泛舟至聖因寺

春風吹縐湖波綠移棹衝烟漱寒玉鏡中翠黛靚
依稀橋外長虹卧空曲三月纔過百六春半晴陰
處澹芳辰絲垂弱栁籠雲重錦簇夭桃著雨新韶
光滿眼湖山裏鶯當笙歌花作綺龍泓一道走風

篁，駐蹕離宮仰天咫勝景今爲香積林鉢池一勺印澄心挹取文瀾三折秀水仙祠下奏清吟

湘湖夜泊

蕭山東去山陰路鏡裏天光漾修樹迴風吹起紫蒓香柔艣鳴榔聲不住初夏清和縟景鋪楊梅紅綻映青蒲若教賀老移舟入應把湘湖換鑑湖

越中雜句

卧龍蟠屈鎮東陲古塚凄凉夜月悲不道浣紗人已去山形依舊現蛾眉

往事休論越絶書土城都巷迹何如只今采葛山

前路浣水新絲好織裙
碧珪映月長盈尺甲盾凌霜棲五千王業霸圖皆
易盡仙家別有太元天
赤堇高峰斂氣賒精鏐價豈比鉛華鑄成傳自歐
治子何似干將與莫邪

渡娥江至梁湖驛

晨霧収空江一葉破烔碧依然窈箐深未覺危橋
窄川靜息驚濤碑沉炳靈魄俗歌河女童事類靈
均厄配享有朱娥芳名並史册山狖聽啼聲飛鳥
隋修翮椗柁越中行蒼茫海天白

望四明山

四明山高二百八十峰五峰秀絶青芙蓉道書傳是丹山與赤水石樓石鼓聲淙淙星辰日月光隱見虚窓窈窕環玲瓏鹿亭樊榭冠林藪銀蘭香草森蒙茸誰能入山采靈藥神仙窟宅幽且重剩有肩吾題句在不知雪竇何年封縱教方士工繪畫何能跨鹿騎蒼龍我過娥江来甬東蓬舸遥睨潑黛濃天傾東海望不盡曦陽浴浪升高舂緬懷四明有狂客長謝珪組支孤筇鬱兹奇境靚恍惚良遊綿邈安得相追從

甬東使院作

遥峯天姥對危樓大海迴瀾一郡收影落月湖蟠紫翠光摇蛟島起龍虬四明洞覽蓬壺勝三萼紛披綺藻流漫比成連心賞切瑶琴無韵亦清幽

謁禹陵二十韻

玉帛陳王會衣冠護翠微登封隆陟配底定仰崖巍疆理垂千古平成奠九圍黄熊先有痛赤壤豈無饑薏苡吞占夢輴樏足踐胼自臏昆命協長惜寸陰晞鑄鼎神奸辨藏書宛委稀儉忘黄屋貴神馭白雲歸林木觀無改桐棺葬不違一舟龍化速

千畝鳥耘肥明德垂綿遠英靈息禱祈豐碑同嶽麓御藻映皇闈鬱律封層嶂蕭森挂隙暉早登三品貢同協五絃揮鶬蹟芒芒甸新宮肅肅威赤珪騰寶月羽仗耀龍旂隧設熊羆守祠來蝙蝠飛時逢江海靜政溯典常依空石痕猶在梅梁迹已非陳詞遙拜手聲教想垂衣

南鎮

雄封屹峙與山齊作鎮岧嶢聳會稽畫棟靈光森甲盾赤珪寶氣護虹霓喧喧賽社笙竽會寂寂陰廊鼯鼠栖閒道六陵遺迹近冬青何樹不凄迷

鴛湖竹枝詞

韭溪渺渺映斜陽十里蘋花郭外香艇子移来驚鬬鴨不知沙岍有鴛鴦

傾脂河畔板扉開跨水為樓映鏡臺橫玉一聲秋寂莫窺簾三五月徘徊

金銘寺裏塔痕存猶有鐘聲報曉昏莫道亭荒樵李蹟東南白苧別成邨

月波樓下酒旗偏長水三姑賽廟仙欲按東堂詞譜妙露荷珠綴早涼天

江湖載酒別情多青草如煙水縐波一自詞人消

歌畫秀州誰譜洞仙歌

瀟湘烟雨滿樓頭只少螺峰列四周借得沈珪九墨樣遠山描向畫屏収

登道場山

雲峯矗峙城西南松陰百步遜危巖盤旋曲磴引脩步逶迤初地招幽探訥僧刱建道場整何山對面疑驂驔峯尖一塔出雲表吳興勝景粧鏡函震澤迷茫散野鶩遥山蜒蜿眠春蠶華嚴寶壇屹巨牓軍持汲井開茆菴釋子出迎習吳語迴廊人寂鐘聲龤涓涓清泉照瑶席譞譞修竹搖花龕昔賢

比擬王侯宅禪機詩境何曾參即非王局前身印

到此還當証瞿曇

中秋吳興使院對月

氷輪高映大羅天聲靜前溪影倍圓香界乍飄丹桂麗文瀾分照白蘋妍風清午夜雲無葉燭跋虛廊暈有煙試看弁峯蒼翠色秋澄應泛五湖船

紀事十二韻

聞道江南北洪波漫巨川楗堤崩版築旅舍斷炊煙雲水沉菰米秋風蕩葦廛淮陰胥溺及邗上亦騷然 颽陛宵衣切 綸音先甲懸使臣持羽檄

星駕宿河壖渙汗紆三策疇咨計萬全方移隣省
粟豈靳大農錢敷土寧無備回天自有權謭材慚
食禄軫念切祈年側聽哀鴻唳還唫碩鼠篇穹蒼
多闓澤何以起顛連

西湖秋泛

澹澹蘆花瀫浪微段家橋畔問漁磯秋来真識西
湖面檀板無聲畫舫稀
山容浄洗翠螺峰脂粉殘粧落鏡中剪得芙蓉紅
已褪湍湖吹急鯉魚風

靈隱寺

百道潺湲瀉翠峰參差疎竹與蒼松飛來絶壁翻
靈鷲倒影深潭吼玉龍梵界人天聽說法鐘聲今
古話禪宗西来誰識真如妙空覩莊嚴象教供

玉泉觀魚

偶入清漣寺游鱗觀化生散齋看聚食吞餌本志
情一勺江湖適方池荇藻横誰知濠上樂俯檻鑑
虛明

遊韜光寺二首

踏石穿層磴雲林有梵家清潭平檻湧宻竹半樓
遮鷲嶺昇朝旭龍濤捲白沙初冬楓葉晚猶見九

秋花
巢塢棲山寂金蓮座上生雲屏三竺繞波鏡兩湖
平阜錫高僧迹聯吟白傅情何當明月夜来聽讀
書聲

登吴山眺望

吴山高踞東南隅左臨長江右瞰湖千家鱗萃闤
雉堞萬瓦櫛比旋金鋪江濤浩淼聚商賈風帆出
没如飛鳧興亡吴越揔在眼伍胥毅魄猶喑嗚錢
王强弩射潮落宋帝白馬連宵趨幾度荒凉悲故
國只今歡樂成康衢歲時羊豕賽大社神祠簫鼓

迎靈巫嵯峨白石聳雲搆　宸章鰲負螭蟠圖亭
名大觀真第一仙踪化鶴疑有無龍飛鳳舞天成
勝雪浪銀山指顧粗觀濤八月能療疾我来已晚
初冬徂覆嶺楓林染紅葉登場稻種収黃蘆有美
堂前標秀采萬松嶺側芠榛蕪長風森然翠旗列
我欲驂鳳朝紫都一時清眺娛遠目征鴻天外去
住孤明日鳳山門外路扁舟江上栖菰蒲

桐江舟行

小邑如蓬島桐君蹟可攀舟行一江月人對萬重
山樹影亂峯裏秋聲空瀨間誰披富春卷倚艦弄

潺湲

嚴灘登釣臺作

桐江秋老烟波寒孥舟直上嚴陵灘灘多石瀨漱齒齒水清見底廻鶩湍松杉蒙茸摩夾嶂雙臺斗立巑岏上釣竿欲拂紫虹霓細鱗隱露澄波漾漢家勲業蓄雲臺故人抗節卧蒿萊獨着羊裘志瀟洒動揺星象影徘徊真人握符兆白水狂奴故態偏如此不教吕尚比投綸還似巢由為洗耳我識先生氣節尊能令東漢俗還淳鳳皋鴻飛等寥廓元纁束帛同緇塵朅来肅拜瞻祠宇蒼巖碧樹臨

江滸清風峻節繼者誰惟餘山色同千古

訪方干故居

繫纜桐江學釣魚白雲遥護隱君居詩篇冷徹三唐後姓氏芳流一卷餘不替子孫留寸地相傳耕鑿墓皇初子陵灘下嶢巖石猶有餘清照碧虛

七里灘

兩崖壁立漱驚湍松翠楓丹送早寒道是有風纔七里無風真覺上灘難

木落風高猿夜吟由來越客有歸心不堪更向西臺望讀罷離騷淚滿襟

橘山橘枝詞

碁枰山畔橘林稠朱實離離萬顆收野老不知嘗妙菓湍船裹載到杭州

香味酸甘霜信催山農不計幾時栽羅浮迥在雲霞際那得仙家墮種來

衢州使院雜題

閩越吭喉一道通巖城虎踞勢爭雄却看峻嶺仙霞外遠滙支流瀫水東晝省尚傳開府舊戟門不改建牙崇天文分野臨牛女久靖烽烟息戰攻

姑蔑城頭近越邦危磯百尺水淙淙偏裨勇鬬烟

同盡古墓英靈嵎可扛壁壘至今森部伍江山千
古擁旌幢却看險要天成勝落日悲風勢未降
南渡名臣劇可悲兩登上宰值危時寃魂炎海飄
氛焰孤櫬常山屹古碑偃月尚堪誅檜佞焚黃我
欲弔湘纍騎箕天上星辰在青史斑斕涕淚垂
閩粵妖氛逞陸梁策勳昭代紀文襄羽書捷布馳
猿鳥帷幄神謀贊廟堂手障一方擎砥柱身遮兩
浙靖欃槍至今橐矢昇平久猶望霓旌下繡裳

爛柯山

青霞標洞天武坪涉沙渡篁篠杳然深山椒豁然

露飛梁雲霧橫蜷石蝃蝀亙廣室如砥平延袤引修步韜隱隅壓罥升喬屢回顧一枰猶未終世界已成故斧柄爛從風樵客歸迷路此理非渺茫愚人自不悟崢嶸歷高峰飛泉寒澗洄飄風汎殘葉蒼雪覆春樹丁丁伐木聲隱隱石坪聚仙靈何處逢空山起遐慕

登八咏樓

地擅東陽勝樓因郡守名四聲飄韵遠八詠映星橫雉堞浮新翠雲楣敞曉晴徵歌余倦聽送目又長征邑令欲設讌樓上余辭之

縉雲道中望仙都山

道書洞天標括蒼仙都近在乘雲鄉高峰揷漢流見底圖經誌載非荒唐曾聞軒后巡遊至馬跡龍髯何所寄丹成鼎藥不知年駕返雲軿尚留地海天一氣歸鴻濛上聖道與元化同如何玉簡登封代欲覓蓬萊到海東昔年少文圖五岳風御瑤臺亦堪樂客程今日過金華叱石迷離空犖确偶思松下飯胡麻服食身輕歲月賒只看樵客攜鑱具不見仙都道士家迷濛曉霧衣裾濕潺湲石溜溪聲急纔覩花開洞口春俄聞雷震驚龍蟄此處猶

傳吏隱山志歸臺畔有題瀨尋幽且坐窪樽石絕壁摩雲不可攀

過桃花隘

直上青雲嶺當關隘逼天虎蹄巉石印猿飲倒枝懸細路淩層折繁花照薄妍時清屯戍堡鑿險想當年

三嵓洞

洞壑當峰結杳冥三嵓勝景甲南屏空搖匹練垂簾白倒入澄潭列障青法雨亂飛窓暗濕林花半謝戶常扃傳燈好悟聲聞義雲在高天水在瓶

石門山

湍水下青田石門雙闕立松栝輪囷生磵道紆廻入遥看宿雨飄近見微風濕憩霧架雲亭剪草施欄苙積雪傾數囷墜珠霏千粒繽紛幾洄漩跳躑難収拾坐酌茗椀清起讀碑文澁謝公昔山棲亭館已修葺晞髮向陽阿褰裳招客揖沉冥山水心知樂散紆悒游眺今復佳折麻贈莫及方舟待重来講舍訂時習春草紛紫苷龍蛇起潛蟄長吟飛瀑篇層崕峙岌岌

東嘉雜題

海風吹雨一時生十日濃陰不作晴華蓋山頭花
鳥寂占晴惟聽鷓鴣聲
飛霞臺榭女城間窈窕峯巒妙可攀欲訪謝公遊
屐勝烟霞高寄在東山
羅襦錦繡耀康莊拂拭機絲鬬俗妝孝女鷄鳴便
成布只今人說浣紗坊
繼響唐音號四靈一編風雅振東濵溯源誰似東
嘉守刻露能開山水形

過江心寺

鰲背懸孤嶼禪林古意多寺存雙窣堵人上小盤

陀鐘磬雲中發帆檣檻外過海潮流不盡正氣激哀歌

登大觀亭

謝池春草思依依突兀孤亭峙翠微蜃幻樓臺迷遠目蜃蟠城郭敞晴暉空中縹緲吹笙韵望裏蒼茫化鶴飛畫棟棲雲人獨立掛帆海國儼驂騑

馬鞍嶺

嶺界東西谷紆迴路險難雲迷三里霧天飾五花鞍直下如升甗回頭幾屈盤此中人迹絕那得着鞭看

上四十九盤嶺至能仁寺

昨宿芙蓉邨今上丹芳嶺徑紆筋竹交寺巘飛泉冷陟巍退後怯窮幽赴前猛捫蘿屨褰裳倚磴復引領四十九盤高松楠倒涵影濕雲掩蒙茸層巒呈幻景遂造古能仁鐘魚發清謦緬懷永嘉僧道場廢難整火焰峯欲然碧霄菴更靜澗水流淙淙蒼茫問前境

大龍湫歌

東甌夙稱山水窟西谷龍湫最奇絕濤奔百丈下銀河簾挂千重噴素雪翻從凹井挂高空隨向天

風經曲折如毬如布迭彌漫非霧非烟歘明滅聲疑鐵騎走空壕影似蒼龍起神穴遊人佇立向潭外亂灑襟袍凜寒洌頃刻盤桓百換形忽歸亭畔難輕別犀牛獅子瑞麃眠天柱剪刀卓筆列百二峰巒朶朶尖欲往尋之路嵂崒哀禽叫樹聲慘悽伏獸投林狀蹩躠却顧能仁認去蹤緑蘿蒙密流泉咽

登靈巖尋龍鼻水

靈巖屬東谷更值靈峰西游雲動冉冉扶我上層梯一峰何端嚴天柱不可躋雙鸞矯逸翮玉女簪

明笄石丈抱僧拜鏡架尖峰齊展旗忽飛揚屐雲洞欲迷谽谺露岝崿凹凸分高低古寺廢荆杞鑿丫如羆栖指點龍鼻水抉薜看留題蒼龍振鱗甲黑脊垂虹霓一吼滴珠露九垓潤蒸黎詩標回道人鑱石如書乩陰風生萬壑冥冥雨凄凄

至靈峯靈異亭遂造羅漢洞

緊絆芒鞵行一月凝繪山骨遺山膚我生未窮鴈宕勝指錐窺管慚墟拘靈異亭邊久駐視維摩幻影成化區靈芝呈秀茁石笋鳳皇飛舞然香爐三賢五老屹相向鬬鷄蹲虎名絕殊覆船捲螺尤瑰

詑丹筌象牙如彫塗就中最靈羅漢洞低眉合掌光明鋪諸峯森然角且峙虛谷響應聞歌呼心胸磊落神景契絶壁欲下愁猿狐嫏嬛出入非世境袖中攜得雁山圖

遊石梁洞

名山多石梁古屋架雲棟前望老僧巖怪石如迎送陰雲濕不飛好鳥時一哢已踏嶮巇峯還窺杳冥洞轉筊行脚僧醯鷄伏深甕

宿大荆口號

冥搜雁蕩訪龍湫魂夢眞探洞壑幽竟日樵人尋

路去深山佛子煮茶留
十八名藍已半欹天開明秀石嵜危戍亭界在嶄
巖畔飛瀑垂簾濕畫旗

自台州起程雨行口占

大固山前首重回東巡滄海望蓬萊濕雲漠漠峯
腰吐急雨冥冥澗底來
山田一半已栽秧荷笠農家日正忙憐却僕夫泥
路滑米珠難得飯盈筐

寧海過陳長官墓

肯將身殉黎民命履畝銘恩有故碑今日催科誰

似虎衣冠羞拜長官祠

拜方正學先生祠

瞻拜先生故里門儼從青史畀忠寃新綸不草兩朝詔古井空埋十族寃化鶴精靈棲畫栱卧龍岡嶺枕荒原緱城剩有雲孫在千載行人聲暗吞

泛舟入麯院荷風處

暑風吹徹朝霞爛裏湖水滿平隄岸一鏡紅雲開畫圖千片錦裳鬭璀璨輕揺柔櫓入湖心緑沼雕闌映淺深笑靨宛如人獨立淩波真似曉粧臨亭古意思君子渺渺湘皐襲芳芷淨植無妨荇帶

牽清香遠拔汙泥滓蕩漾真看暑月宜沿隄密柳午陰遲歸舟不折蓮心苦學製荷衣理釣絲

由放鶴亭至林隱士墓

沿湖轉山麓踏莎破土梗亭空鶴不飛樵歸晝長静呼吸飲湖光神清骨自冷先生風節高後賢常引領我欲汲寒泉一弔孤墳影拂蘚讀殘碑白雲度前嶺

遊淨慈寺觀雷峯塔

山門清曠傍林坰陳迹淒涼此獨經剎宇已傳雷刼火杉松猶帶宋朝青峯廻萬象驚巉削水吸孤

霞入杳冥湖上精藍最深靚勝幡今日劇飄零

六月同常履坦中丞集西湖

政暇停官牘臨風動畫橈平波湖岸濶涼吹暑塵消樹影遮三竺蟬聲曳六橋知公心似水荇藻映青瑶

萬柄荷香裏扁舟湖上移靜参君子愛香繞楚臣思燦爛摇紅錦清漣淨緑池臨風懷太液侍宴折連枝

覇業論吳越賢蹤緬白蘇隄成横玉帶鏡遠寫蓬壺但喜桑麻潤寧須絲竹娛天然覩真景山外鶴

飛孤
風雅時親訂旌麾不動塵捍潮堪變俗觀稼早勤
民暑月懷氷映清樽暢飲醇吳儂幽意愜憶采五
湖蓴

自錢塘放舟至石門

野塘風靜晩蟬鳴凉雨初過爽氣生向夕擣衣聲
正急秋帆重泊語兒城
畫鷁重來星乍周白蘋香潛水濨濨南湖秋色蒼
茫景飛去鴛鴦起暮愁

范蠡湖

金明寺後水生波斷梗浮華憶苧蘿粧鏡青埋猶弔影繅絲白潔尚聞歌五湖此去烟波濶一棹雙携月色多霸越平吴皆往事只今鷗鷺滿溪莎

登望湖亭

儂本五湖客來上望湖亭平臨千頃白側瞰半規青日落蒲帆卸秋澄岸芷馨前廊碑碣斷風月户深扃

吴山秋望

青松磴道轉層岡都會由來擅古杭萬户雕甍皆麗碧雙湖繡陌已鋪黄魚龍畫偃平潮汐雁鶩秋

深寬稻粱若問南朝行殿跡斷碑荒草臥斜陽

將至山陰

昔過炎威熾今來秋氣深風高鑑湖曲月朗蕺山岑踈柳搖平岸寒蟬咽暮林千巖猶未陟枕上夢嶇嶔

讀倪文正公年譜

河岳星辰曜緯靈白蓮深壎草痕馨孤忠諸葛同心赤正氣文山並汗青當日烏程懷隱嫉同時潼浦讓先型蘭臺剩有遺編在諭祭榮光燭杳冥順治十年有諭祭文

過桐廬順風抵建德

風便舟行疾于鳥千山晴向船窓遠回頭已過七里瀧釣臺高峙秋林杪

孟冬舟行嚴灘見楓葉流丹波光湛碧恭和

御製落葉詩六章

榮枯消息問何由風信園林逝不留兩岸有霜寒達曙一灘無雨碎翻流常憐客路經山驛轉覺初冬似暮秋極目亭臯生遠思即非蒲柳也含愁

點染猶疑二月紅踈踈已覺湍林空陳根可戀同浮梗踈影無依類轉蓬客夢萬山驚遠籟故園三

徑畔寒風化工回首穠華在桃李芳容覽鏡中
聲咽涼蟬漢苑心塞垣彌望感秋深平沙白草天
低蓋斷岸枯楊山半陰鴉帶夕陽人欲返雁飛荒
磧路難尋高原野燒痕猶在萬騎駸駸動曉音
飄墜無端寄託殊韶華暗換只斯須抹餘霞彩深
還淺洗却猩紅有乍無北去逐塵隨走馬南來匝
樹繞棲烏東陽太守風流減攀折依依感舊株
子夜當歌喚奈何離愁每向客亭多人行隴首雲
俱淡帆卸滄江水不波虛牖玲瓏憐瘦影回飈淅
瀝撼驚柯此時送別兼懷舊耿耿星辰隔絳河

自古文人易感秋樹猶如此豈忘愁一聲初下揺
虛幌千片紛披繞客舟楓障蒼茫閒憶杜桃花開
謝毎思劉拈來可悟蕭森象幻跡真同大海漚

龍游晚泊

潺湲一路石巃嵸兩岸惟聞水碓舂紅葉倒翻籠
薄暮清流寒沍値初冬不知姑蔑留荒塚空指龍
邱隱翠峯蘿蔦船中還信宿推篷斜月影溶溶

永福寺登浮圖

窣印重開選佛場何年孤塔建輝煌四虛啓牖臨
無地九級燃燈放有光寶婺明星朝佛界赤松仙

靄映禪房高標真踞雲霄上飛鳥翻愁隨渺茫

薛徵君生白郵示一瓢詩集却寄古風并懷沈歸愚學士

雁聲墮寒林雲影翻堦砌雙鯉緘新詩一瓢泛天際韋孟並清踈溫李同姸麗瑶華見素心鉛槧訂幽契况有刀圭術足壽人間世南園久荒蕪北郭頻歎逝聞君搆芳圃花紅兼竹翠珪組等浮雲軒冕同疣贅如何比鄰居嘉覿猶遲逮聞聲輙溯洄雅尚托言志寄語瘦吟翁惜别金門袂桃李雖成蹊榆槐已改燧何當卜歸來同鼓滄浪枻

星見行

黃昏有星明爛爛形類攙槍掃河漢尾燭寒芒西陸垂光同壁月中天散　至尊下詔求直言天官星歷何所論共言占步在兖郡水灾恐溢黃河源豸冠忝職心耿耿　宸躬旰食虔脩省元夜華燈飭暫停庶徵暘雨頻祈請吁嗟宋公三言能愛人尚能徙熒惑於他辰何況我　皇浩蕩敷陽春彼蒼垂象原至仁

剡溪舟行

平生雅愛孔淳之剡曲山川鏡裏移春樹參差浮

岈遠布帆層折入山遲没篙水漲添三尺抽筍林深茁萬枝竟日瀟瀟烟雨濕寒雲千叠山在新昌縣望猶疑

百步溪過紫陽觀

崇觀天台路層霄巨牓懸雲霞生户裏劔舃化溪邊丹竈留真訣瑶函契别傳潺潺百步水編筏渡晴煙

天台道中有懷仙跡

靈境分明有路通龍鬚蘿蔓茁蒙茸寒流倒挂餘蒼雪初日遥昇嘆赤虹石髓不逢增渴疾金丹未

就欠神功凝思雙澗寒巖勝擬駕飈輪印爪鴻

賦天台十景詩

石梁瀑布

曇花亭隱石梁灣飛瀑銀河倒挂閒若與龍湫鬬
奇絕不教靈境詫廬山

瓊臺夜月

雙闕參差紫翠重月華清影上高峰仙翁採藥今
何處丹竈石床空自封

赤城棲霞

萬朶明霞籠翠嶂四時赬色麗丹樓飛軒成蓋玉

京上不似荒原野燒秋

桃源春曉

洞口桃花萬樹鮮溪邊珠瀑一簾懸仙踪自在人間世欲渡金橋却惘然

寒巖夕照

鵲橋初架鶴飛廻鬼琢明巖巧匠開想見寒山留舊衲雲房深鎖洞天隈

雙澗觀魚即國清寺

一路松雲幽澗重游魚策策水溶溶五峯矗立大天上七塔風鈴報午鐘

華頂觀日

蓮花峯踏萬重蹈東望滄溟海日孤便欲臨風登
絶頂山河大地豈糢糊

螺溪釣艇

溪流宛曲聚仙螺釣艇浮來似擲梭明月蘆花秋
後景仙槎擬泛小銀河

斷橋殘雪

寒光一片徧空寥萬木杈枒凍未消欲向浮梁覓
仙徑山深何處遇漁樵

青溪落雁

荻花叢裏水容寬曲曲青谿雁羽單歷亂沙痕人不見漁歌欸乃碧天寒

過淨名寺

蒙密松杉路精藍別窈然烟霏四時雨珠瀝一簾泉色相空諸妄人天結淨緣欲窺新月洞行飯得安禪

寄題飛泉寺

戴辰峯頂逼霞天僧侶鋤雲種玉田一路瀑流開晝嶂不知何處是飛泉

渡甌江抵永嘉郡

天遠海東頭江清似一甌半帆晴日晒兩岸午潮収春草隨時綠飛霞逐水流揚舲謝公興兩度寄沙鷗

解纜甌郡候潮至江心寺和壁間韻

中流孤嶼宛蓬萊雙塔高懸阜作堆隔岸斗城笳吹静一江晴浪布帆開風流謝守名鐫石忠義文山氣湧雷可惜雙林頹廢久摩挲樟樹客重來

舟中翫月

鷁首凌風乘夜開四山蒼翠壓崔嵬月明夜半人聲寂惟聽潮聲隱隱來

石門觀飛瀑

書堂結搆石門灣飛瀑凌雲下碧闗珠玉九天看噴礴蛟龍十丈瀉潺湲欲窮峰頂藤蘿密小憩僧房鐘磬閑春晚綠陰濃似幄試茶人坐水亭間

訪王梅谿讀書處

學士才名久擅場珠宮何處訪書堂海天一角繁華郡猶唱新詞十八香

過青田懷劉誠意伯

青蒼山水邑名世有孤墳靜夜觀天象中原贊帝勳留侯堪作侶諸葛許同羣粳稻南田勝猶聞事

種耘

芭蕉甘露

仲夏樹團陰庭花紅照灼拂檻有芭蕉當户時掃掠巨籜正扶踈菁英忽吐萼其中蜜如飴漿寒羡不薄三霄露乍溥十酒味初護止渴類金莖瀣膏裹青箬將無天降祥炎日不乾爍午倦慣攤書新泉茗堪瀹葉底鳴涼蟬枝頭噪乾鵲枕簟北窗安涼雨忽然作鄉思在南園瀟洒見山閣有客來愉愉苔痕破寂寞感兹緣縟繁秋風不摇落寄跡雖偶然吾廬欣有託

北山雜咏

葛嶺

仙翁鍊丹地鶴化近靈竺白雲染翠嵐踈鐘出幽谷何處寒碧軒窗搖萬竿竹

栖霞嶺

穹然如夏屋巨石相倚開暑遊寒徹骨大風從空來堪笑秋壑愚抉剔汚莓苔

妙智菴

登閣禮佛龕入厨煮茶鼎小坐得安禪一覺塵夢醒樓前雙桂開妙義真無隱

金鼓洞

雲房印苔痕瑶草當堦長一卷誦黄庭人静披鶴
氅不聞金鼓聲但聽清泉響

白沙泉

一泓渟白沙方井瀉原隰酌以長頸匏不用轆轤
汲山僧煑新茶清風来習習

黄龍洞

昔有無門僧龍随卓錫至磴谺斧劈開重淵恐失
墜藤蘿滿徑陰松筠倚天翠

飛来峰

靈竺忽飛来巖壑擅奇美古洞何玲瓏瑩滑絢青紫層華吐秀萼疊浪皺文綺林木挂猢猻土膚縈葛藟無風自陰寒如入深澗底兹山傳韞玉鐫鑿傷骨理探幽蹋步行回首碧松裏

觀蘇文忠公書表忠觀碑

崇坊屹峙表忠觀下馬廟門白石瑑錢王功德永湖山學士文章爛雲漢當年奮鋋起羣雄不因望氣勞築宫至今一方尚歌頌歸来陌上香車逢王侯穹爵膺圭組忠義扶持自千古錦衣挂樹竟何存鐵券丹書空復覩惟有豐碑耀水湄風神奕奕

並羅池龍翔鳳翥眉山筆兵燹曾無剝蝕時

錢塘江觀潮二十四韻

江勢涵天濶鼇山東浪奔百川傾滂流三折乍騰翻夜月虧還滿朝暾吐復吞砰磕疑雨作霹靂似雲屯蕩飈趨羅刹奔騰捍海亹挂蜺形蜿蜒突騎走喧喧遥望城垣矗深疑地軸掀亂山環越角險勢扳吴根强弩紛争戰金鉦響伐啍浮天寧有際捲雪散無痕慘淡靈胥怒莊嚴古廟尊鴟夷肴抉目貝闕泣寃魂白馬歸沙苑朱旗偃戟門都人震雷電士女聚岡原劈箭来帆舶迎潮賽黝賁心驚

緑礐硞膽折絶攀援噓噏通陽照消沉變曉昏三秋方豁目七發愈愁煩牲酒酬神潔黿鼉跛浪渾自從澄碧映不見濁流歎澤溢滄溟廣仁綏億兆繁陽侯移窟宅川后息鯨鯤寺塔浮晴翠炊煙帶遠邨願言緜福祚砥柱鎮乾坤

虎跑寺

古名大慈定慧寺唐宋以來著圖經泉從地湧甘似醴二虎跳躍真有靈橋畔藤蘿覆蒙密沙中石溜奔寒汀僧廊檐宇搆曲折翼然有亭虛不扃下窺深井窅無際鬚眉一鑑餘清泠紺泉上映蘚文

緑斜陽黯黯風冥冥松枝然火啜新荈匏尊屢汲水在瓶老僧謁客病初起歷數興廢殊伶仃我來雅愛幽寂趣端明翰墨如晨星蠲除煩渴醒塵夢宦遊幻寄同蓬萍何當重來尋舊跡無論匆遽輿須停

虎跑泉和蘇文忠公原韻

清泉觱沸貯寒香露滴空堦候乍涼虎跑尚疑山石破龍吟惟聽澗聲長一泓鑑澈苔侵漬八角洄漩鏡印方神物光芒難彷彿老僧閒話品茶嘗

秋晚至西湖

半丹楓葉照清流閒貯金籠蟋蟀収剪得芙蓉風
颯颯紅裳揺落不勝愁
東依柳浪撈残荷西去觀魚唼碧波行過三潭停
不得移船聽唱採蓴歌
山門老樹古松枝別岫飛來遠近疑滿目秋陰衫
袖裏冷泉亭上立多時

雲栖寺

凌晨過梵林町畦繞江滸五雲矗千仞濛濛霧作
雨榛莽闢蛇徑僧房聚蜂塢蓮池昔脩真誅茆能
伏虎超塵結淨因脫屣袪煩苦何事香火緣往来

僧房午酌茗坐蒲團飛泉入軒戶屋後散炊烟雲中響樵斧陰陽催短景韜晦息聞覯六時鐘磬寂山深仍太古

芝庭詩稾卷六

門人錢塘蘇新録

芝庭詩稾卷七　乙丑至己巳

長洲彭啓豐翰文

西溪雜咏

西溪山莊為華亭張容川封翁別業鑿池壘石亭館幽邃植梅數百本桂樹成叢春秋佳日翁輒鼓櫂来遊乙丑春予使事告竣肩輿過訪時翁已遊道山兩月矣因賦斷句十六章標其名勝并誌傷逝之意云

樂山樓

岑樓貯深塢山容恰當户人去山蒼蒼烟嵐自朝

暮

抱孫居

竹寔已騰鳳桐枝復生孫相看掌上弄英物比瑜琨

天霞軒

天半蔚朱霞夕陽堪晚眺坐對遠山横鐘聲来樹杪

一枝巢

畫棟葺安巢飛燕栖深幕悟得蒙莊理一枝亦可托

撚花書屋

去歲花光好照眼媚晴晨今年花自發不見折花人

筏喻

但得慈航渡應知火宅涼漁郎問津處秦晉閱滄桑

皆春閣

三春弄晴曦香氣籠薄霧翠羽聲乍喧雜花生芳樹

自得泉

傍沿得清源分泒疏法乳天然活火煎一泓淨無土

嘉植亭

繞簷植嘉木西徑長清陰共知松柏搽不受雪霜侵

竹西草堂

四壁琅玕動虛堂翠影橫颼飀天籟發歌吹不聞聲

古香亭

幽香凝鼻觀分韵自孤山流水古松外瑤琴三弄

閒

臨流草堂

倚檻濠梁並悠然樂意舒放生人究在唼藻聚文魚

放鷴亭

禽鳥樂餘閒開籠放白鷴虛亭臨四面縹緲碧雲灣

聽松菴

松風豁雙耳聲聞義俱寂未是華陽樓經幢對彌勒

嘯月

清嘯風生户挍帷獨坐時竹深篩亂影夜靜月来遲

花宇

穠華堆豔雪春色徧芳洲開落成今古花神亦解愁

自錢塘至吴江紀行

細雨霏微送客槎輕帆已遠武林城三年詎有菁莪植慰謝青衫隊隊迎

一夜東風到石門榜人歌襍竹枝喧纜看薄霧籠

朝樹又見曦陽罩遠村

南湖春水漲痕低空憶雕樓烟雨迷別郄秀州離
思切鴛鴦飛去草萋萋

吉水濺濺近釣磯樸園花事報芳菲飄殘梅萼子
初結網得銀鱗味正肥

夜深風緊促歸舟隱見垂虹水亂流記得廿年風
雪裏冒寒沽酒上岑樓

山中掃墓

路遠橫塘棹不停春雲如染曳林坰西山平遠依
元墓胥口蒼茫近洞庭節屆禁烟花點白人逢寒

食柳揺青還家時祭三年事故國猶疑夢裏經峯藏雲塢五湖湄鶴化鵑啼感物悲待表崇岡希永袝擔依丙舍愧羲之趍庭喜值高堂健上塚重瞻舊蔭垂欲訪支公報恩塔忽逢泥雨阻山埤

淮陰晤漕帥顧公飯於古香亭口占誌别

邪許聲中巨艦排古香亭畔識官齋天公三日東風便千扇春帆盡渡淮

重臣清節似冰寒輸輓官艘計慮殫一箸菜羹脫粟飯蒼黎從此飽盤餐

曉過泰安和壁間韻

高踞徂徠是岱宗兒孫拱揖丈人峯海山日出摩蒼碣巖壑風生動古松遥禮碧霞依北極深藏金策待東封曾抒雄睠齊州志欲刻亭雲紀舊蹤

過趙北口

迤曲紅欄十八橋風沙淨處玉驄驕依稀水國漁村景三兩輕舟繫柳條

蒲香水暖值清和閣閣蛙聲動渌波聞說畿南興水利沿堤隙地稻田多

恭和

御製柳絮元韻

長條攀去故遨巡蕩漾飛綿點碧津旖旎纔當三
月暮差池怕鬥十分春含情不耐風前笛照影疑
窺鏡裏塵若向天涯問歸客江南薊北總愁人
似有仍無只著稀碧空幻影認全迷氊鋪糝徑皚
皚爾絮起因風冉冉兮澹蕩本依陶令樹蕭閒原
認白公堤舞筵恐被紅裳妬一雨廉纖蹈作泥
韶華荏苒鬢成霜早上瓊筵與玉堂不為別離多
躑躅那因宛轉笑輕狂粘天布地柔無力入幕穿
簾靜不忙知道青萍難驟化硯池點染亦何妨
輕陰漠漠雨霏霏沾濕難將玉塵揮軟比木棉雲

氣暖伴將桐葉綠陰肥靈和殿裏人猶在灞水橋邊花自飛起落無端成變化一時吹被萬人衣

點綴青苔掃不窮紙鳶相逐上高空質縈澹泄隨流水身被陽和扇曉風深惜棲鳥傳樂府閒看撲蝶趂兒童悠揚罥得罘罳近映帶瑤階芍藥紅

黑龍潭禱雨詞

盧師山下古龍湫雲氣陰陰蓄竇幽安得伏龍騰爪鬣徧興霖雨潤　皇州

雩祭郊壇幾告虔祝融火傘熾當天詩人軫賦黎民什董子虛成緐露篇

三庚入伏候遲遲水殿涼風扇赤曦欲把虎頭沉井底乘龍左耳不應痴

共知災青屬臣工五夜偏勞廑聖衷屏翳料當慙廢職西郊膚寸灑溟濛

香山

香山十八盤重岡谽遐視上有古道場香爐形具備下藏蝦蟆泉清涼洗肥膩前年策馬過柿葉陰覆地于今鑿丹梯金碧重建奇雲烟不改色松竹頓清異分曹啓事歸蹀躞踐泥漬回首玉泉山龍鱗柳銜翠

題介受茲侍讀野園圖

綠雲濃接上林間退直攤書靜閉關荒圃數弓依白水短墻一角露青山

誰著倪迂淡墨圖一卷石與半枯株就中置得琴書榻不數平泉金谷娛

采石磯頭校士餘夢回別業有藏書清涼山逕離宮近幾度揮毫賦子虛

華林曾借一枝棲別去經年路易迷恰踐故人三徑約露葵霜韭野烏啼

新塘墓田詩

啓豐自乙丑冬遭椿庭之變跣奔歸里煢煢在疚泣不成聲謹遵古人幽居戒詩之例久斷吟咏戊辰禫後經營負土丙舍呻吟慟傷陟岵乃為新塘墓田詩

號泣向原野負土銜深悲雲深岵嶺迷欲陟將安之灑淚原田水百折訴衷期三年卧苫席泣血不成詩祥禫將告終始覩宅兆綏啼烏呌夜月杜鵑鬧滿枝纕絰未忍換思親十二時

昔日趨庭闈未及謀松檟悽悽陟隴心望望西山下一編手澤貽葬經乃親寫詎占宅兆吉適在新

塘野湖波既瀠洄草樹亦幽雅清明人擔筐禁烟
喧祭社上塚須及時濺淚如珠瀉
陽山高不極芙蓉開屏障金精起堆阜鳳翥遠
向俄驚風雨来迷失舊時狀陰晦奪晴明號呼助
悲愴一朝閟窀穸百年虚昇養丙舍未經營明堂
迴蕭曠在疚痛終天没身永相望

初夏遊支硎山

花落春歸綠蔭濃停舟曲港曳笻當溪碧草搖
輕扇對鏡青螺墮遠峯駘蕩雲衣粘袖潤崚嶒石
骨覆簷重盤陀空谷依稀在待訪高僧入定蹤

由天平山至功德院遂造白雲泉寺

吳山多綿延天平宂嶒萃萬笏拱屏嶂一峯號卓筆絕頂窮攀躋巖洞閟深窈鬼臂撐崢嶸縈盤入幽泓百頃開荷田中央拱廟室儼覩垂紳象左右為輔弼肅拜范公祠巍煌耀星日義田固無恙碑觀尤傑出曲磴峙孤危靈湫頊相失手斟白雲泉松風響蕭瑟

夜雨宿文硎禪院

中峯雲氣合微雨洒初更佛火隔林照源泉穿竹鳴一僧歸靜院半偈悟浮生欲控文公鶴翩然上

玉京

過總持林德雲菴

闍黎隨分足幽棲山脚連塍日半西蘿薜倚門雲乍覆薝蔔滿架鳥空啼田園世業供香火齋鉢閑身任品題虎异獅峯皆幻象芒鞋踏霧莫沾泥

夜渡太湖

誰云六月息暫作五湖遊暑氣消清浪仙踪狎白鷗三更斗漸轉千嶂樹皆浮我欲凌風去鴟夷可得儔

石公山

湖心點青螺湖口水砰湃維舟上巖坂石公最奇怪一拳蒼玉堆萬態雲衣灑巀嶭臨廣潭陰噎通沆瀣列嶂削成梯浮梁畫作卦當闕虎豹蹲裂地蛟龍掛歸雲攤巖深一綫逼天隘我隨老僧探欲下米顛拜天公巧雕鏤赤日流圖繪如何艮嶽移半遭兵燹壞嵐光嵌玲瓏水樂鳴韻瞶頓令心神寒且扶足力憊雲隱幷峯高山連吳越界向夕起漁歌臨風荅清唄

暘塢

曲抱屏巖似玦環一村成塢總依山初陽曙色鳥

鳴樹臨水漁莊人聚灣林屋洞天蘿逕古石公僧侶椊盂閒維舟谷口逢樵客塵世桃源即此間

消夏灣

灣遶湖潯翠作堆高低畦畛踏香埃槐榆美蔭蟬聲噪今日真因消夏来

白苧涼生古調殘離宮避暑水雲寒蓼花灘畔西風起空憶穠華倚檻看

大小龍渚

老龍騰雲化為石硆砑露出鱗爪迹嵌空四柱砥三門陽侯波臣不敢擘跳踠龍子飛躨跜戲弄湖

波挽樹枝夜来月出珠光湧俯視羣山龜與鼈

夜宿石公菴

觀空得自在石竅本玲瓏亭際露新月湖光祛暑風濤聲殘夢裏松影夜窗中伏虎天台路禪心証朗公

尋林屋洞

洞天三十六林屋標第九幽邃禹書藏森嚴靈威守翠雲覆金庭綠蘿封洞口始進似虵行繼入如蟻走堂房漸廣深鐘磬列左右乳竇滴成珠仙芝産同玖遥聞波浪翻地脈穿孔厚羅浮與巴江洞

達經行久躊躕不得前萬古陰陽剖蝙蝠撲松烟
闕門鑠元壯惆悵蹄隔凡半扃不可叩我來值炎
蒸病暍蔭榆柳小憩頓清涼如脫械與杻石髓未
易逢桃源果何有尋幽人踵至題名記某某默証
左神公學仙在離垢

邑山寺

羣峰匝四圍重澗滙空曲翳日有長松含烟多翠
竹佛幢建何年祖庭系相屬鐘樓頹不整精舍葺
新築經翻貝葉文人製水田服林程付粉本梵課
聲斷續緬懷通隱者盍向此中宿吾意本逍遥炎

天苦煩燠顚共白雲僧晚涼憩嘉木

毛公壇遊仙詞

福地緘封古篆文漢家遺觀繞氤氲經幢丹竈不知處惟見松風響白雲

絳氣應肴徹紫霄宿因解后列仙招石羊成隊能眠起喫盡山中巨勝苗

茹芝餐朮幾春秋紺綠生身洞壑遊若得毛公飛控術函關無事問青牛

林深猿寉隱相呼獨坐瑤壇守祕符七十二峯都露碧還知五岳有眞圖

秋日遊怡雲山莊贈陳瞻亭

西郭橫雲水自流葯房蘭棟葺居稠元龍湖海非無志蔣詡園林不獨遊翠竹亂篩虛閣影紅蓮斜颭曲欄秋風深緬憶堯峯叟招隱詞成桂樹幽

中秋登文星閣

城南閒眺上丹梯似御罡風撒手題雙塔仰橫平檻外好山多崎曲欄西氣清商昊諸天迴香繞奎垣列宿低舉目枌鄉多勝景廿年京雒夢淒迷

賦得細雨騎驢入劒門題淮安太守許青嵒畫冊

褒斜蜀道層雲掩咫尺峨岷峰萬點一闕碧落控雄圖雙劍青冥凌絶險渭南老子跨征鞍書劍飄零襆被單壯志功名在梁益横矛射虎向南山丈夫蹭蹬不稱意漫比詩人作遊戲那知劍閣陟崖嵬渾同灞岸行吟地使君當年入蜀岡襟情灑落氣慨慷雨灑征塵暗崖谷偶摹圖畫寫行裝君不見錦江波浪連天注出峽黄牛自朝暮待得相如擁傳來諭蜀文成馳露布

己巳元旦偶成

藹藹晴雲斗柄迴喧喧爆竹引春雷欣依萱室樹

觴奉愛倚茆檐繡帖裁
玉案前頭侍從行滄江迴首邈嚴廊榮光高燭鸞
殘燦特炷城南一瓣香
衣冠先世肅威儀想像椿庭淚暗垂磐石少時承
祖蔭稱孫今復解含飴
半百流光衮樂頻廿年塵梦曳朝紳桃符換帖人
非舊菜甲堆盤節又新
署門寂寐鳥閒關偶向南園步屧還欲識新年閑
適趣紙窗竹屋寫溪山
西磧已聞梅萼放東臯又見草痕侵卷舒任意將

芝庭詩稿卷七　十三

迎息只誦堯夫擊壤吟

入春陰晦未獲入山探梅悵然志感

去冬臘月春光早梅萼舒英不自葆今春風雪轉聯綿玉篴吹殘花信杳潭東潭西勝地偏畫舫籃輿来絶少凍雪凝寒隨別溪泠香狼藉飄芳沿東皇有情亦淚滋世事無竆悵枯槁可惜南枝第一仙孤標寂歷增愁擣典衣準擬備遊資擔酒未能舒欝抱非予怯不赴山靈占時會待陽和曉

二月九日新塘橋祭掃遇雨

靉靆春雲蔽不開絲絲細雨濕條枚尋郎未信封

瑩吉上塚仍銜陟岵哀嫩柳添愁纔作縷夭桃含淚欲成灰几筵虛薦松楸裏華表靈依首重回

盆荷盛開草堂遣興

何必蓮塘十里紅試看盆沼見天工低徊翠蓋翻踈雨澹沲紅粧逐曉風衣上明霞原不著鏡中豔質本來空踈簾高捲清無暑遠聽菱歌南浦同

涉園為陸闇亭太守題

一水遶城隅名園景足娛置身濠濮似托迹輞川俱疏鑿真呈巧經營不斵迂鬱林曾載石移置別成圖

十畝開新築垂虹映畫橋片帆齊過檻春水半平壕每值鶯花候時聞歌吹饒羊求凡幾輩三徑此相招

吳會名園勝風流數辟疆君今營獨樂逸興滿滄浪宦巡蠶叢路歸思蓴菜鄉井亭新創後日為灌畦忙井亭事見元城語錄

葑水同舟泛婁江足穩棲拂簷高柳暗隔岸野禽啼種樹年難老看花眼易迷飛鴻印爪迹粉壁有新題

幽蘭獨開一枝清韻繞座為誌二絕

空谷猗猗翠葉稠芳叢一本獨清幽無風自覺衆香聚有露深憐三徑秋

國香應得伴江離蘭麝同熏讀楚詞何事所南不畫土循陔到處有餘思

邗邱燈船詞

桂香撲鼻酒盈缸淨徹琉璃照水窗畫舫今排花市容紅燈倒映碧流雙

清輝艷影兩徘徊雲母屏風水次開身似廣寒宮裏坐驪珠萬點燭龍来

蘇州新曲自揚州蘋末微風兩岸秋贏得隣船爭

解纜不教狎客鬭清謳

一到中秋景倍妍遊人来自第三泉淡雲不散微瀾湧皓月初升氷鏡圓

蘭陔堂壽讌詞

猗蘭茂兮青青滋九畹兮芳馨拂霏靡兮顏常潤挹沆瀣兮秋不零

松偃蓋兮蔭莓苔芝吐英兮燦瓊瑰惟有江魚堪入饌更看萊彩勸銜杯

機絲紡績伴寒蘗舞隊歌聲燭影明砌畔芙蓉凝玉液籬邊黃菊綴金英

北堂瑞氣徵多壽王母瑶池駐輦久十年一度熟
蟠桃永歲霞杯常在手

田家晚秋詞

無風無雨過重陽昨夜籬邊墮曉霜新築泥塲平
似鏡早收稻種貯盈箱
秋社何如春社喧閑看旭日散鷄豚家家種得枌
榆樂惟祝牛宫長犢孫

碉工草菴夜宿清閒閣

草菴臨碉工湖尾泊舟尋略彴水初涸貿當風自
吟一龕明佛火小閣靜禪心行脚高僧逝雙松非

故林

招隱園雜咏園在洞庭東山南麓前明王文恪公所築

紅睡軒

薄妝媚春暉，夜雨臙脂濕。睡深人不知，落紅倩収拾。房櫳閉高館，莟裛土花澀。

垂楊池館

池上垂楊春，鬧弄掃愁帚。東風吹麴塵，故園傾樽酒。花信報芳菲，柔枝亦耐久。

擊壤草堂

耕鑿土風淳，卜築軒楹廣。元輔歸東山，烟霞挹西

爽父老話桑麻熙時娛擊壤

蒼潤樓

黿峯作畫屏太湖照軒几巒谷靄蒼蒼蒹葭漾瀰
瀰倚檻矚歸樵夕陽亂紅紫

停雲峯

移来太湖石幻作停雲峯蒼然玉一堆秀色披芙
蓉仙掌高不落洞口閑雲封

麗草亭

芳草緑於烟萬花燦如錦名園到處佳藉地鋪作
衽春夢繞池塘清吟供墨瀋

飲月亭小憩亭係席元功建

湖光長對此亭開乘月還須良夜來贏得道人磐石坐慣餐沆瀣飲霞杯

縹緲樓望縹緲峯作歌

身登縹緲樓神瞰縹緲峯罡風吹上羽翮閬奇景潑黛烟光濃危樓斜徬々麓逶迤湖𢧵翳菰葑對面青螺出雲表蓮花熖熖攢芙容皃鷗輕泛亂沙鳥蜿蜒騰躍起燭龍為問緑毛老僊去何處但見猿猻絕辟巢雲松去年曾向西山宿躋巔有額無孤節今來隔湖悠遐矚臨風置酒開心胸石公

晩照怪峯出多嶺歸樵幽徑封便思逍遥棄塵世玲瓏古洞追仙蹤難期靈藥換凡骨只看佳景呈初冬橋林垂實楓樹老漁船遠唱蒲帆重天然圖繪眼中須記取幻雲變態一失俄難逢

題艤舟圖明王滌之園館王文恪公為記沈石田為圖

築室向洞庭高蹤息塵鞅烟霞遞晨夕軒窓足偃仰有屋穹如舟臨流恆孤賞非無利涉心風塵正勞攘洪濤駭砰訇急楫懼飄蕩塊然守故廬坐挹山氣爽胸吞千頃波月掛中天朗偶繪艤舟圖遥情寄雲上華倩石田翁記由守溪丈奕世葆縹緗

清光照林莽我来問遺踪景行深嚮徃重摹震澤
徧坐卧發遐想

周芸齋先生旌孝坊落成賦古詩二十韻紀
之

閶門石巖巖胥江波浩浩當年緹騎来奮擊鬨輿
皂閹黨熾方張清流禍難保孤忠殉圜扉毅魄埋
荒草有子矢復仇十指血枯槁弃䟽竄貼黄排閶
闔籲天討贈䘏慰幽魂公道維未造至今書篋中血
痕映謄稾如鬪寶劍鳴怳睹長虹掃吁嗟孝子坊
建立何不早旌揚待　盛朝綽楔麗晴昊吾吳衣

冠列易逐狂瀾倒先賢徐司空直節同皓皓西塘鬱孫墳豪謀佔神道誰挽曾陽戈竟刈瑯琊稲徐念陽公墓道被豪謀佔搆訟經年周氏子孫有從中分肥者清門有子孫芳名宜自寶踽步遵周行日晚薦蘋蘩家貯燼餘編展讀舒懷抱我祖重闡揚通家門贈縞先王父嘗序燼餘集又詠西郊行懷古欲坊今免令愁心擣

題商寶意降麻圖

蓮華本清淨妙相無顏色孰號人天師變化顯千億有女鬬蛾眉孅姿巧裝飾阿香轉雷車姮娥羞月蝕得非祟及妖寔乃猴與蜮巍巍首座尊兀兀

蒲團仄針顆舍利子晶瑩徧西域大智現寶光辮才無眩惑散髮誦維摩合掌參古德廻風捎雲旗作使展神力一覺萬緣拋諸妄滅頃刻我聞鬼子母磨牙人作食誰咠肩巡羅頓令厓熖熄會叩居士禪脩羅戰昏黑群鬼舞邪揄心印歸靜默三皈與五戒世人渾不識

觀袁綯尊印譜并題抱甕圖

秦碑易衆木字體多紛紜漢法鑄金玉古式追皇墳鐘鼎羅欵識鬲甗敦黃雲稽古精鑒別端在摩挲勤斯事獨推袁大雅卓不群緐簡列參差縱橫

辨合分六書既正譌洵足張吾軍訂交廿載餘屏
謝塵世氛渺渺鮮溪水閒閒薜荔耘三徑喜重訪
一編話斜曛示予抱瓮圖息機固所欣緬懷漢陰
老抗迹招隱君會看菰蘆宅寶氣騰丹文

芝庭詩稾卷七

門人淳安方卓然録

[illegible][illegible]言[illegible]卷一

三

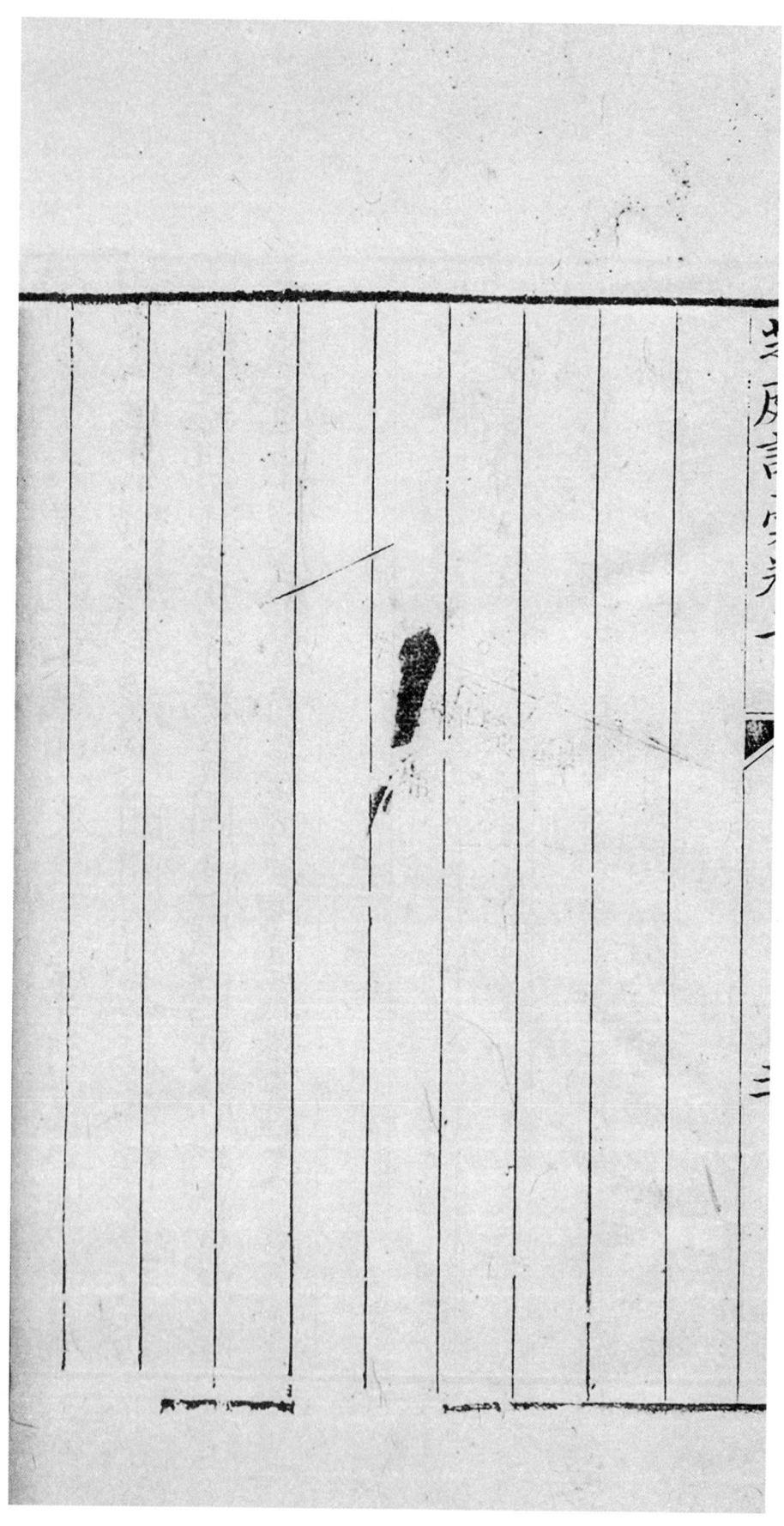

芝庭詩稾卷八　庚午

長洲彭啓豐翰文

司徒廟古柏行

青芝山下蜿蜒走四樹叅天列左右髣髴精靈動鬼神蒼茫叢薄成岡阜那識文離鬱磊砢郤看天矯排鎖紐縶藤纏縛攫髯奇怪石崚嶒龍甲厚還聞雷斧劈空庭突身傾敧蔭廣晦司徒遺廟枕湖濆碑碣摩挲半殘朽畫棨黷淡蒼鼠棲古塚悽涼石麟吼夕陽欲落烟冥冥人世那同柏子壽

自吉雲亭至六浮閣

孫亭四照開憑闌豁天宇奎畫帶晴霞妙峯環衆嫵名境隱漁洋寒香散幽圃遂登百尺樓湖光堪眺俯長蘅留舊題後人爲葺補杏棟幾成塵燕泥誰拾取只有詩人踪姓名足千古

萬峰臺

湖口亂雲堆層崕樹杪削穴須攜竹杖徑上萬峯臺踞頂真奇絶淩風亦快哉靈威招手處遐睎且徘徊

潭東潭西

潭山東西聚村落居民種樹繁華蕚梅橋附接桃

李根終歲生涯此堪託南國清香水竹間西墻瘦影烟雲閣探芳恰趁早梅開萬樹瓔姿映叢薄吾家先世卜龍沙銅井峰頭望歸鶴居民雅尚太古風行客閑携春酒酌莫向山塘問買花桑枝粧點多纏縛

遊鄧尉聖恩寺、

鐘聲出梵林香氣靄雲屋相傳鄧尉居八景照嵓谷丹崖繪朱霞翠閣隱修竹混茫面重湖奇奥藏半腹絕頂眺洞庭諸山悉俯伏古德萬峯僧道場甃興築深塢綴花須僧房似蜂宿梅雲方爛熳祇

園繞芳馥竪拂四宜堂循廊五雲覆神獅湧海波
螺髻新朝沐法界俯徹塵六時合掌祝

登梵天閣眺望

松風謖謖還元閣岑攬湖光入梵天光福塔邊青
嶂合雨花橋畔白雲連三春芳草迷幽徑千樹寒
香悟靜禪偶爾逍遙布金地徹披圖畫挾飛仙

題程氏逸園

拓地三十畝種梅千百株閣有清暉映臺因騰嘯
娱修竹拂簷隙蔎桂羅庭隅主人敦雅尚卜築臨
具區應接全本真品藻皆吾徒緊維琳瑯供巖與

縹素俱薛蘿既成徑猿隺如可呼水光與山色何必輸西湖

白雲山房夜宿

喧喧畫舫傍湖邊借得山房信宿眠牕外白雲和冷豔樓前飛雨灑晴烟夢尋蝴蝶迷香海吟繞蟠螭吊墓田若得抽閑高卧穩只愁未辦買山錢

穹窿遊仙詩

高峙城西冠衆峰鬱蕭臺畔五雲封岧嶢鳥道翔黃鶴縹緲仙靈侶赤松鼎新鑈煉丹晨湧日壇稱朝斗夜鳴鐘仙扉巖𡼖依然在箬笠浮来杳不逢

珠宮瑞靄列星低萬象森嚴映紫霓空際羽章馳絳簡池邊靈藥合刀圭清齋不負元科約賜額曾從絶巘題曲折風門半山路若教塵客絶攀躋

靄靄浮烟俯太湖靈巖對面峙浮圖即看碧草春風散誰似昇仙古洞孤蘚壁斜侵蒼鼠竄雲雞高戛夜猿呼天風吹袂舒長嘯躡磴無須竹杖扶

昔歲朝真覲紫宸幔亭仙籍記分明葛翁本自家句漏孫綽何緣賦赤城金鑰石函應代啓琪花瑤草摠知名廿年蠲屐登臨懶逸興還當似尚平

茅蓬

箬帽倚峯垂茅蓬傍巖宿中貯讀書臺漢儒留遺躅涓涓法雨泉齋廚引飛瀑山僧注茶烟修竹簇濃綠會叅不二門沐香嗅薝蔔

積翠

松聲和泉殼翠陰襍珠雨小菴翳薜蘿天晦日未午稍喜地平夷招提可指數梵吹出叢林飛花繞雲塢伊蒲饌足供水田衣可補蓮漏禮六時穆然見太古

入栝花寺

鍾吾山徑麓栝花開道場尊宿此卓錫晉歷示微

茫無量功德水皓月深清光影堂今闃寂風幡自
飄揚維摩空妙諦祭罷增感傷去厺踏烟蘿一巖
清磬涼

送歸愚少宗伯遊黃山

蓮花峯頂臨千仞飛蜀矼前瞰萬松豈為逍遙尋
采藥似聞濟勝賴扶笻於顏已入香山侶吟興還
追太白蹤歸自小心坡下路快從雲海盪心背

春分日雲山道中柬郡縣圃孝廉闇谷庶常

二月春分後和風剪柳齊落英清澗底畫幛夕陽
西禊節如重會琹川有舊題綠波春草思到處惜

分携

昭明讀書臺

白雲招帝子烏目啓書堂乍踐苺苔徑如聞汗簡香風流藴騷選文學盛蕭梁講肆于焉近無虞為鞠場

前觀察使程光鉅築卓爾亭於虞山之北并疏泉脉顔曰蒙泉有疏泉貯落月掃石歇歸雲之句因括其勝景兼以誌感

依山鑿澗翠巖新地與招真觀作隣點綴苺苔三徑古紆廻講舍四時春鶯啼草長逢今日流水落

花思古人宦迹本如鴻爪印孫雲不散尚湖濱

致道觀瞻七星檜

上清真觀禮沉冥古檜移来役六丁爍列星羅朝太乙驚看雷斧劈空青垂垂纓絡多呵護森森雲房半鑠扃龍氣蜿蜒霞散彩山城彷彿見英靈

初夏遊平山堂

蕪城葦岸極蒼茫結構華堂踞蜀岡柳色半黄遮几榻江光如練接帆檣龍蛇古篆封苔蘚歌吹香塵醉錦觴客裏送春兼弔古竹西亭畔草猶芳

試看嘉祐留遺蹟真愜淮南第一觀歷亂風帆與

沙鳥依然鑿翠復流丹文章不共烟雲模觴詠還隨鄭序闌修稧紅橋久寥寂負瓢何處就吟壇

棲靈寺小憩同敏脩上人觀第五泉

棲靈古寺平岡隅清梵閑劫閱規模鈴鐸半空翻怖鴿法筵廣座供醍醐高僧出迎持靜偈手提一串牟尼珠自言焦山住十載飛錫来此如飛鳧隋唐往事盡蔓草獨留初地開平蕪廣陵豪家喜施捨朱欄石甃縱横鋪清泉涓涓號第五軍持汲罷供茶罏一桁平臨江浩淼三山指點烟糢糊千載瓣香師永叔雜才弟子愧髯蘇

洛春亭殘牡丹

洛下移名種維揚更逞嬌春歸雲易散花落夢偏遥叅破禪心寂遲教香豔消後時開芍藥靡景逼丹霄

過東園

雷塘樵牧剩荒邱瞥見東園竹木幽曉雨輕塵縈弱柳春蕪碧汻點閒鷗隔江帆影樽前落深院花光眼底收八詠舊題叅妙悟搴簾愛上几山樓程午橋前輩有東園八咏

宿遷夜泊

淮泗分流地橫牽一纜過扁舟澄夜月迸浪走黃河氣盡江東業魂消父老歌思鄉更懷古旅枕夢偏多

由鍾吾驛泊魚集

水驛迢迢弱纜牽平疇蛙鼓勢喧闐時當結夏團穲綠屋盡沿堤少爨烟鷗鳥傍人間避網河魚上市不論錢經行淮楚蒼茫地那得中流自在眠

遊南池

任城風物好倒影落虛池撫景宜初夏題名瞰古碑圓荷新漲滿喬木夕陽遲因憶明湖泛濟南名

士隨

太白樓

騎鯨僊已去觴宴有高樓樹色微茫合河聲日夜浮題詩多過客貰酒散煩愁采石磯頭月分輝共戲遊

南旺分水廟

汶水滙百泉泰山艮高趾龍脊為中分擘波劃清泚緬懷利濟功神物會鍾此雷電合晦明決瀦浮青紫我欲朝　帝京北流去如駛直指滹沱河一瀉促千里漕航蓬桅集閘口閉尺咫方知舟路難

未得凌風起大易繫坎窞愁人辨行止披襟散鬱

陶晚飯柁樓底

待閘遣悶

河聲噴激閘中流灘岓高低滯客舟可惜任城良夜月不曾沽酒上高樓

青青麥穗綴扶踈白鳥翩翻掠似梳鎮日柳林維纜住湖光如畫颭芙蕖柳林閘東偏安居湖中多菱藕

明霞蘸水墨痕多淰淰魚鱗動碧波柳外居民成市集葦青沙白聽漁歌

齊魯皋原近水涯憫農望雨此時皆但看美蔭分

榆柳罕聽中田閙鼃蛙

斷垣廢壘不分明綠暗河津蔓草生記得昔年殘夢裏一鞭落月過東平

泊臨清

渡口帆檣集喧喧夢易醒夜涼依碧樹水淨見踈星河曲隄多轉漳流廟有靈何當乘夕浪一瀉赴滄溟

五月一日德州道中

岓似彎弓帆半卷燕齊分界河橋轉往年馱驛夢中讙今日舟行湘簟展行縢拾取舊絺衣渴吻還

憂日漏暉艾虎靈符風俗異天中佳節話依稀

楊柳青五解

楊柳水邊樹青青翠帶長舟行方暑月消受晚風涼

撲面黃塵起愁眉醮綠漪誰言估客樂飄泊共天涯

回首桑園鎮紆迴丁字沽絮飛渾不奈萍化亦堪娛

鴉噪夕陽村燕飛常貼水人從小集歸摇曳青帘市

逢背經旬宿離情河上歌北船向南下送客此間
多

夏日出廣寧門口占

玉河水滿匝清陰汗濕絺衫暑氣侵愛向柳陰看
浴馬停鞭嘒嘒聽蟬吟

扈　蹕謁

昭西陵

孝陵　孝東陵

景陵恭紀

王氣鍾盛京福基祚長白長驅山海關威惠統蠻

貊端拱奠金甌鞏鎮為神宅形勢何雄奇金城曲
盤辟窈然開屏嶂陡爾森劍戟蜿蜒蔚龍盤軒翥
翔鳳翮著草崴呈祥馬蘭露滋液齊媚嗣徽音奕
禩紹王迹一德邁軒羲四方會玉帛吾　皇仁孝
心明禋孚廟祏每歲工　陵来及茲秋成隙　恩
覃湛露深慕與秋霜積雍肅典禮成繼授　中宮
冊告祭瑟馨香人天共昭格小臣陪豹尾稽首天
閾闢石馬嘶秋風金燈照永夕微忱會可展天高
聽不隔

恭和

御製涼元韻

蟋蟀鳴堦候乍涼從行衛士卸絺裳西風已肅呼鷹榭白露微霑牧馬場野際疎燈流火宿林中空翠起嵐光　睿吟觸緒關民物　行殿更籌報漸長

恭和

御製桃花寺偶題元韵

緑霞千樹惜春過吟賞秋光落葉多香界暗飄金粟露野田競進玉山禾瀑泉樹杪鳴仙樂佛髻窓中列黛螺歷級儼登霄漢上離宮天際逈如何

瑶島風光目擊存旃檀香裏遡祇園長敎點石成心印不用拈花贅語言峭辟苔衣開畫幛踈林果實佐芳樽經旬霽旭披雲霧詰旦應探曲澗源

恭和

御製半天樓元韵

仰睇忽訝手捫天身踞岑樓萬景全路絕緣梯翻宿鳥風迴列禦挾飛仙軒窗盡攬三壺勝凹凸齊收九點烟上界離塵空色相不須花雨散諸禪

恭和

御製曉遊天成寺元韻

逶迤疇陌䄂芝蘭草露侵衣不覺寒百道泉飛清且冽兩峰天鑿仄逾寬浮圖高峙翔靈鷲小閣淩虛宿翠巒仰覩磨崖　宸翰灑山靈應愜豫遊歡

恭和

御製憩古中盤精舍元韻

中盤上下景齊收歷磴捫蘿選勝遊小憩雲房凝靜籟半酣紅葉映清秋

岧嶭松風翠幾重梯空鳥道欝丰茸遥看雲外籃輿度也許羣官著屐從

下方遥望路層層鎮日惟看雲霧騰東澗迴環萬

松寺一泖澄徹記遊曾

御製烟郊行宮作元韻

恭和

郊坰亭午换新晴爽氣迎秋隔仗生漠漠輕烟低覆野依依踈柳澹含情潞河漲水浮橋渡畿輔来年帶瀆耕回首西山疑暮靄馬頭詩思寄閒評

御製過蘆溝橋元韻

恭和

神工架鼉梁白石狻猊製倒影宛虹垂立極巨鰲治豈惟濟涉功實為鎖鑰計滔滔桑乾流歲歲田

疇易烟樹五雲深梯航萬國致幾度　翠華臨
至尊親閱貺每懷水利與深明宣洩意今年固安
邑偶告金堤潰守土之先籌　宸衷勞措置因埶
固綢繆居民奠廛第萬騎發清秋百靈歡動地凛
乎馭朽心坦然遵路義

恭和

御製過拒馬河元韵

岸沙依水潤秋草帶烟萋立馬看新景臨流覓舊
題淀分三角注山接五迴低羽騎乎橋渡都人夾
道徯村壚開野店澗曲護高隄恰喜寒潭淨斜陽

古渡西

恭和

御製四賢歌元韻

古人有言始自隗魚水合契寧勞媒師事友事非
臣陪辛自趙至衍西来昌國合兵疆土恢猗歟四
賢志事偕制勝不藉譎計纔十年之計待木裁縱
橫捭闔交疑猜龍虎啖食何劇哉七雄併吞需奇
才燕昭擁篲愜士懷伐齊能郤强鄰灾絶勝談天
逐齊諧督亢之圖何年開後来壯士勇自裁擊筑
慷慨歌聲皆與四賢較真其儕當時覇業縱睽乖

至今猶誦千金臺

恭和

御製新月元韵

秋空流素影霜氣釀初寒芳桂稀徵見仙蓂次第看繒雲晴後斂珠露夜深團乍挹涓涓淨清光拂羽鑾

恭和

御製雪浪石疊蘇東坡韻

銀河秋捲列宿屯崢嶸北嶽推宂尊何年飛石自空晴神鬼呵護連朝昏定州雪浪或類此郡守移

置鷲山村斲骨巉巗出天匠衝濤濵洞激海門一
卷秀色倩畫手千年古物憑詩魂玉局仙翁快吟
賞摩挲得句穿雲根作銘刻石久不壞至今猶露
雕鐫痕天吴罔象時隱見黑章白質供討論玲瓏
堪匹仇池穴位置合借玉女盆離宫幸得邀　宸
賞斑璘蘚色披圖存

恭和

御製九日幸旺泉導醴亭登高元韻

商飇振林木凉空落葉稠時維九秋節除道杠梁
修巡方邁三輔穡事登西疇常山阨要地勝迹堪

訪求源泉發新潤藩籬依道周跳珠想圓折瑩玉
宜方流涓涓看浥注歲歲供鋤耰高亭俯泖碧曠
望澄雙眸味甘如醴湧鏡徹却物投跡淤導其源
培土成一邱即景昭瑞應嘉名愜　宸遊悅性多
所賞野趣尤宜秋黃花蘸盈盎綠葦依汀洲臨風
吹帽整帶月開尊浮從臣樂馳驟好景快尋搜方
懷從戲馬未暇吟登樓含毫愧躑躅奏技慙俳優
節簷欣負曝授衣行獻裘湛恩滋汪濊輿從難仰
酬歡聲夾道馳　天仗為遲留

恭和

御製真定隆興寺疊舊作韻

西方如来妙諦闡衆生稽首人天尊貝多聿闡三乘祕緇流盡歸六度門隆興古剎創宋代半空坐湧蓮花雲水月澄明証心印恒沙歷刧轉法輪常山雄郡跨燕趙巍然傑閣凌秋旻金容麗象昭廣大香風花雨凝紛紜皈依已徧南北衆頂禮不論賢愚分　聖人當陽鏡宇宙寰區拱極瞻星辰崇儒稽古衞道切宜民通變設教神甘露如珠比渥澤五雲纓絡常護身祇爲時巡遡河洛非因封禪禮亭云乾符坤珍握至契牟尼一串淨六塵四海

自呈清晏象九州不藉赳桓軍群生資福荷施濟
應念具足仁心存禪宗者深説功德坐井未識窺
天真黄花翠竹雖可悟菩提般若難具論萬耨薰
香冉冉起覺生大鐘皇皇陳蔑軔三秋灑　天藻
太和民物遊熙春

恭和

御製閱滹沱河堤工元韵

滹沱古名川襟帶常山城雁門千里来浩浩波流
平徃者患衝齧鄗壓停鋤耕曰惟攝提歲清蹕曾
来經　宸懷憫飢渴午夜籌盈寧大吏承指授河

伯鑒精誠洪流向南徙建壩土梗生隄防寓洩排
咸知利導能宣房瓠子歌亦識此意曾三築重疏
濬六府歸平成因性順自然無事議紛更白水昔
問渡麥飯思戰爭田看雉堞壯郤架虹梁行利涉
有舟楫騰歡徧輿情前路指河洛還聽嵩呼殼

恭和

御製趙州柏林寺小憩元韻

堀堁風塵古趙州經過蕭寺屆清秋愛看粉壁留
唐畫絕似滄溟漾碧流刻畧聯吟追禁體是日名臣等聯句以殿壁吳道子畫水為題禁用水部字拈花一指悟禪修庭前柏子

森森植妙印真機續得不

恭和

御製光武帝祠元韻

中興炎祚費評論推置當年布厚恩陣象初聞王邑潰井蛙幾見子陽存雲臺翼輔朱光耀日角飛滎白水源為問千秋亭畔蹟寒烟村社散雞豚

恭和

御製菊元韻

裛露金英擢秀遲潤分甘谷綴踈枝常因寄傲成孤獨不為凌寒感歲時老圃自堪全晚節南山偏

復引遥思秋花多少隨風落愛此霜莖倚竹籬

恭和

御製宋璟祠元韻

開寶名臣繼贊襄沙河經過古祠菊猶疑夢鳥歸
華表剩有寒鴉鬧白楊山立金鏘垂史冊危冠正
色凛班行晏公不語輸孫直鐵石心腸百鍊剛

恭和

御製邯鄲行元韻

纔過臨洺城重向邯鄲行邯鄲歌舞昔擅勝不數
燕筑偕秦箏繁絃急調歌聲作羅袖低昂舞衣弱

藂臺錦綺映屏帷漳水月明雲翠薄幽并少年遊冶子意氣縱橫決生死白馬騂鑣馳驟巳學步橋邊閈紈綺汝南鳴鷄呌夜霜酌酒行炙鱠鮮鯉邯鄲謡俗故喧然何不拏斗服賈佃爾田七雄交攻日丁壯多戍邊毋或躭樂年復年君不見唐風勤儉良士賢

恭和

御製恭題磁州

御射亭元韻

天全智聖擅威雄屹立穹碑綠樹中貫札曾聞開

半月穿楊今見起清風西巡　祖烈重光煥佑啓
孫謀式序同停蹕徘徊仁孝洽日高黄繖映纛
弓

恭和

御製演易臺謁周文王祠元韵

羑河近繞湯陰里昔聖拘幽曾住此撫琴嘽緩絃
中理繫易精微畫前是當年王室遭如燬服事忠
誠天鑒已對越小心不違咫庖羲一畫無文字觀
象玩詞非口耳厥後陳疇有箕子艱貞用晦忘憂
喜韋編三絕窮涯涘至德惟周思聖語

恭和

御製經岳武穆祠元韻

陰森翠栢護崇祠遺像峩峩恍見之血灑旌旗追北日魂歸父老渡南時已嗟宗澤空陳疏剩有蘄王亦不支　睿藻襃揚為忠孝明禋特遣緬風期是日臣啓豐奉命致祭

故里湯陰肅舊祠英風偉略孰過之天心豈昧忠邪報高廟曾無悔悟時三字獄成寃獨結十年功廢恨難支映階土暈生秋草重憶西湖拜墓期

恭和

御製淇縣覽古元韻

汲郡覽風初閒園竹籜舒詩歌傳有斐淇澳豈成墟隱德標禽向芳徽慕史邊虹梁馳萬騎利涉等鼂車

恭和

御製登嘯臺有作元韻

蘇門先生昔住山嗣宗徃見同盤桓商畧古今默不應忽聞長嘯深巖間東坡臣牓輝林巒下栽芳菊蓺幽蘭臺高應得翔孫鸞何幸　宸蹕此廻旋片石色相千載古天籟互荅靜理閒從臣蠟屐無

能攀目睇林壑邀飛仙

恭和

御製題安樂窩元韻

星占奎聚産程朱邵子行窩實首逐為聽鵑殼先
氣數獨研圖象冠諸儒乾坤在户春在座風月滿
庭雲滿湖堯舜孔顏同至樂妙探易簡契三無

恭和

御製駐蹕百泉作元韻

渟泓中土湛遥源環遶林亭近紺園珠沫亂跳仙
液潤虬鱗倒映古株存石林香靄神居衛鳳嘯笙

竽臺蹄孫自覩　至人延賞後曉雲長護紫霞瞰
楓林柿葉繞周圍更有松筠可憩依鏡檻平臨峯
石峭霧窓隱見瀑泉飛　瑶章播處雲烟接綵仗
停時鸞鶴歸莫把緇門同退谷真儒講學未曾稀

孟津渡黃河

龍門屈曲走龍推工爥榮光翠罕迴嵩少諸峯齊
拱向升中　天子渡河来
干羽懷柔穡事登中州將士盡歡騰日高黃幄祠
神畢瑞應河清景物澄

恭和

御製題香山寺二首元韻

龍門龕龍鑿險白傅昔居山秋老橘林實寺深蘿徑閑中峯環葎举别澗泝潺湲迴眺招提境衣霑紫翠殷

鑾蹕暫盤旋　宸襟自灑然水兼雲氣出天與樹光連文室妙香靜詩壇塵慮蠲也忝蔬筍味石磴引吟鞭

恭和

御製登緱山極目元韻

前陟陂陀覆釜連偃師古廟儼靈仙吹笙韻遠雲

車會飲鶴池空碧草綿舉手笑看淩漢渚揚塵漫說易桑田浮邱拍袂當年事合向幽巖誦玉篇

轘轅關道中

我来轘轅關天險此親踐登封迤邐看萼嶺重疊展春秋紀欒盈周王爲候遣五丁肆皴皺隘口容車輦不封函谷泥渾同緲閣扁斷齶疲登降嶄巖駛關鍵二室本清幽三花足游衍　萬乘響霆驅千旗斜谷轉微雨濕行裝大營渾難辨前指玉寨峰竹樹映深淺

恭和

御製宿少林寺用唐沈佺期韻

乳峯遮積翠暝色帶遥林碑碣唐朝舊寺有唐陀羅尼幢碑松篁蕭寺深缽龍生夜雨簷鴿下秋陰面壁高僧躅雲廊寄靜吟

恭和

御製嵩陽書院元韻

講舍雲深林谿清藏經高閣舊標名薪傳六藝宗伊洛鐸振千秋攬秀英樹老青銅空外拄碑留碧蘚雨餘晴曾傳四大賢關闢獨紀嵩陽幸典成

恭和

御製嶽廟秩祀禮成有述元韻

中央峻極紫霄懸布氣宣和德配天爵視工公儀鼂肅山呼萬歲響同然翩躚鸞鶴諸祥現馥郁芝雲靄景偏祇為群生滋滲漉練時玉勅聽傳宣

秩祀登封禮久懸巡方外祉際中天靈珪祇薦璿樞奠祡燎升歆寶鼎然二室堂皇星並拱三川襟帶路無偏維神默感懷柔意駿肅鴻章金石宣

恭和

御製登嵩山華蓋峰歌元韻

鵾鵬摶雲逞雄談勢窮遼濶徵圖南扶輿蟠結陰
陽參華薈縹緲曳旆繆天帝宮闕神所恢中央作
鎮神禹探鴻濛萬古封雲𡸀金泥玉檢藏芝菌冏
詩漢史篇帙添三十六峯聳翠嵐嶕嶢二室何號
耽齊列泰華方無慚和會風雨滋養恬精誠禋祀
萬祜堪衹鞭遥指凌巉巉翠虹丹壁迴隔凡天樂
仙籟調英咸甲盾列戟象森嚴圭璧蒲穀列子男
横空修眉畫難拈孫秀傑出攢峯尖隱約虧蔽靡
不含九曲之水如帶襟叶香爐碧鉾烟靄崟寳雲
纓絡排籃竊瓊綵石髓流空嵌秦槐漢栢欝翠藍

白鹿呈瑞芝草馣馤呼　萬歲谷應無維　皇出
治醇化覃中天復旦現優曇琳宮煥采鑿石險叶
菡萏花落天池潛彌望白雲似堆鹽己駕罡風上
嶄巖緱山吹笙逸興酣仙禽放去毛羽毿神龍獅
子會可騄縱埃躡景馳騢驒從臣馺還陟穹嵁空
向絕頂生仰瞻　德符峻極未易覘猗歟咸五復
登三

恭和

御製登吹臺元韻

颷館涼秋盡霜花石徑埋小春知候暖仙仗自天

來舊是梁園阯言登晉曠臺烟霞凌百尺鸞鳳集雙枚雲裏笙歌換林端彩翠堆扶闌翼窈窕行帳鬱崔嵬極目無窮已披襟實快哉薄才慚謝賦仰

覲慶霄開

恭和

御製渡黄河元韻

觀河旋蹕中州界擊楫凌風北渡來翠罕光摇逕日月黄龍影動結樓臺安瀾似鏡覘澄若遠勢從

天駛壯哉歲築金堤看永固不教賈讓詡良才

恭和

御製掛缾菊元韻

晨光扶繡谷清供綴踈花獻壽宜瓊斝含芳映翠華露香經宿潤霜豔帶秋賒行雾紆　宸賞餘馨拂淺沙

恭和

御製磁州道中元韻

寒鴉點點不成行霜氣侵柯樹半蒼欲繪卓茆亭畔景風流點筆倩倪黄（磁州有元時卓茆亭）

畿南斜界滏陽郊白石紅欄水曲包又值小春旋蹕候　恩暉兩度到衡茆

水田一帶接遥原彷彿江南罨畫村記得鄰程舊遊歷麥風荷露馬頭論臣于雍正壬子典試滇南經此

恭和

御製駐蹕梅花亭因繪梅花小幅並記以詩元韻

覽景風亭緬古賢宛從南國訪逋仙好教瘦影淩寒月不遣香塵委逝川畫裏冰綃珠綴蕾賦中玉篴雪霏烟婆娑詎為吟枯樹鐵石心情印簡編

恭和

御製渡滹沱河元韻

水落横沙濶梁空倒影重中州迴　御蹕朔氣釀

初冬月偃龍隄畔雲開雉堞封浮圖天際出迢遞
一樓鐘

恭和

御製登廣惠寺多寶塔元韻

慈雲湛露徹多感寶墖精藍堪一攬黃金白玉爍
生輝毒龍狂象森難犯孤獨園林闢化城舍入宮
闕重粧點紛垂瓔珞護莊嚴裊繞香烟融鑄範
聖皇巡幸嵩洛迴不詡神功封石檢九級岑梯躡
步登千里晴暉映欄檻須教世界樂陽和肯令民
物生愁慽來時重九今屆冬入目霜條尚桑苒憑

臨叅悟証人天太行翠色高逾淡

恭和

御製行藥疊舊作韻

燭龍銜耀照瓊枝行篋相攜製度宜玉案終宵光朗若葵忱一寸遠含茲欣符鏡斂花縈結照並藜然彩陸離書舍短檠曾佐讀仰窺無逸屋　宸思

恭和

御製洪恩寺小憩元韻

空庭鈴索迟寒風方丈莊嚴廓廡通獅座定知依佛子鶴林那自識支公繡幢颭處人天寂馴鴿飛

時景物融勝蹟重新首三輔中都佳氣往還同

芝庭詩稾卷八

門人淳安方卓然録

遂庵詩稾卷八 [illegible]

芝庭詩稾卷九　辛未至癸酉

長洲彭啓豐翰文

恭和

御製恭奉

皇太后南巡啓蹕京師近體言志元韻

占協靈辰歲建辛載披圖範叙彝倫農壇早秩周官正玉輅方遵虞帝巡　聖孝承歡儀自備　慈闈錫嘏命重申預宣渙汗咨羣辟順動乾行慰兆民貸賦均霑膏澤厚清塵不用羽鑾陳暗移上苑燈前月閒眄西郊雪後春景物乍從元節邇嘉祥

常與歲華新江鄉花柳饒生意函夏應書大稔頻

恭和

御製過泰山恭依

皇祖詩韻

高插青旻露氣收盤盤十八到峯頭天門雪霽扶桒曉日觀雞鳴瑞靄浮金簡玉函封瑞牒黃雲寶鼎護神州昨年秩祀親登陟掩映芙蓉彩仗留兒孫拱立皆培塿峯在人天最上頭旭日三竿閶闔朗齊烟九點海波浮漢儀四觀隆祠宇秦篆千秋列郡州未若雲巢（岱頂行宮名）推峻極青方群仰

六龍留

恭和

御製試中泠泉元韻

上映紫虛元顥之晴天下通奔流九曲之長川宇内泉經稱一品蓬壺宮闕乃似三神山盤陀出沒金隱現唐僧紀載圖經傳飛焰照山鷲宿鳥一泓漾月涵清泉銀餅汲取轆轤轉地爐火急松枝燃朱欄碧甃宛然在風流印合端明仙清風習習林端邂不逢桑苧翁未遇玉川子名泉自經　睿藻題中泠洵是浮玉比山僧煮茶供過客從臣渴飲

分嘗此古来温泉靈液遊幸重　皇心但取清冷
一勺水

恭和
御製虎邱寺和東坡韻

兹山亦名邱入寺不知嶺燦〻炳明霞沉〻汲深
井魚腸與湛盧劍氣光猶耿絶壁動龍蛇深池噤
蛙黽勝地鑿雲梯金精初出礦生公峙講臺頑石
化獰猛上方掛寶旛下界矚遥騁人語可中亭斷
鼃聲咽哽臨風吊闔廬雲煙换俄頃踏磴未紆迴
汲泉尚甘冷霽景乍暄妍吟情倍陶永玉局標舊

題瑶篇繪新景鐵花秀岩深梅梢和月影閣道
耀璇宮從官奉朝請

恭和

御製寒山千尺雪元韻

吳門匹練支硎山點綴䟽剔為寒泉晴雪卷簾漾
珠沫轆轤挂樹噴瑶源陡下初嫌勢逼仄廣長不
碍通言詮中虛外秀奥且曠導引曲折非因緣天
光初晴曳澄靄潺湲終日奔澄淵渟光昔年此結
隱篆書巨牓鐫蒼巒道林去後分片席松門飼鶴
開閒田山靈忽逆蒼珮至句灑香雪花舞然泉聲

聒耳悟般若翻飛翠羽梅梢間

恭和

御製觀采茶作歌元韵

桑葉初稠蠶未老雷聲動後采茶好風篁嶺畔樹千株龍井亭邊泉幾道煥如積雪草含英嫩若敷春鷹弄爪地爐候火慢〻煎筠筐團月徐〻炒已除鳳髓與蟬膏上品緘封充貢少登臨匹及摘鮮辰不倩茶經佐幽討山家風景念艱辛造法芳馨戒奢巧時雨行来甲坼新潤雩草木凌清曉

藏硯歌為延清劉大司寇賦

昔日東坡愛鳳味頓令龍尾羞牛後端溪三種説紛ゝ猪肝鸜鵒辨好醜後来論古等聚訟片石聲名重瓊玖劉公特識邁古人嗜好淡然無俗誘偶陳佳硯媲尊彝欵識分明列左右色兼紫潤起烟雲眼映明星貫牛斗熈春風日押重簾邀客来觀啓虛牖欲知石病待磨礲且試金聲須擊扣我家靈巖山下居巘郵質賤同瓦缶奚囊雖自愛臨池不向楮生求匹友尚書鐵面領百官（薛稷封硯為鐵面尚書）要有廉隅無薄厚玉堂新樣冠文章看取封侯即墨壽

慈竹春暉詩

皇上恩覃錫類歡洽羣心每顧在廷臣工輒申教
孝之義乾隆十六年閏五月十八日詢問臣
母年齒
特賜慈竹春暉扁額臣啣戴高厚感荷榮施睠慈
竹之依依彌懷寸草對春暉之藹藹彌駐遐
齡謹為詩曰

檀欒疎影暎于清池紫莖颯颯翠實離離白雲在
屺倚閭多思葱青滿目用慰烏私
母訓義方非耽榮祿惟竹凌霄夙禀清淋直節虚

中甘為樸樕乃侶蒼松乃伴黃菊
堯文煥采宓畫傳珍慈雲靉靆覆此三春白華惟
潔竹箭有筠養不在腆惟敬斯伸
以綿寶籙以駐春暉靈壽拄杖携自天台㛹娟韻
遠篔簹露晞當歸有寄色養無違

秋七月都門祖送兩江制府尹公

自天畀玉節　寵命真少雙霖雨徧四國三度涖
兩江鴻鈞襄景運隻手鼎獨扛今春　鑾輿邁
湛恩浹南邦沙洲有宿鷺郵野無吠厖　清問咨
列岳朗照洞八窓加惠吴楚民調畀移旌幢悠々

賦遄行離思那可降
公言藹春温先籌急當務田禾去雜種海船無私
渡惰民歸力作歉歲計藏聚殷〻保障懷一〻深
情注轉思秦隴間籌邉鎖鑰固江淮猶腹心膏澤
須布濩所至披德風不煩家户諭
柱石慶明良星精儲降祉長將葵藿忱上佐宵
旰理秉軸任艱鉅韜德忘憂喜吐握屢深衷人才
細量比散帙綴清吟托契風雅旨偶感歲月遷驅
馳逾艾齒秋柳蔭長途盧溝不停軌依〻惜別心
回首門下士

奉　命再視浙學出都

南程發軔報星郵重驗鄉關景物秋纔紀　時巡施慶惠又敷文教切咨諏越山秀采金精耀禹穴藏書玉軸收囬首鳳城添別緒微風細雨度盧溝

趙北口

踠地垂楊舊日經新規行殿近滄溟鳧鷗集處野烟罩荻葦深時漁棹停客路燕南吟夕照蕭晨霜氣落前汀水虞進網長年事多育鱮魴躍浪腥

遊金山作歌貽敬持上人

金鰲湧翠江心裏四照芙蓉映紅紫淩晨直踞浮

圖巔真影盤陀一柱起今春　鳳舫駐江隈琳宮新飾妙高臺長江夕照題　宸筆三宿繞看翠罕迴山靈奉職趨水府翼輔蒼龍朝景吐　至聖天心握鏡符侍臣亦得超塵土山僧知道我来重記憶前年遊屐蹤方丈旛幢覩清供中泠泉味識黃封琉璃塔燈光可印玉帶捨留原不吝結茆擬訪鶴林仙隔岸猶聞粥鼓震遥望焦山螺髻旋御風欲泛中流船乘槎再遣如前度半偈聊恭踐宿緣

重至聖因寺周覽　行宮即景成句

悵別西湖已七年重看烟景故依然五雲吐納蓬

壺曉一水清虛皎鏡懸草樹艷陽披錦繡亭臺秋
月鬬嬋娟遥来叵届清霜節黄葉丹楓分外妍
筠廊曲折徑新封　聖蹟增輝瑞靄濃翠岫嶙峋
亭放鶴香泉噴激澗蹶龍卷簾雨濕圖中舫凭檻
煙飄仗外峯菱唱晚風鷗鷺静采芳餘艷剩芙容

桐廬夜泊

城倚寒雲外舟停亂石間邑荒樵客少市静釣磯
閒永夜燈前柝晴暉雪後山惟餘嚴瀨水千古送
潺湲

自七里瀧至烏石灘

山東兩崖歛江流千曲危東風一帆便不覺逆篙遲緣淨波堪染沙明礫不緇舟師貪利涉夷險復何知

龍游道中觀水碓

水勢湧驚霆車輪轉不停渾同臼杵製又似桔槔形袖手看偏逸機心觸自靈歲祲白粲少碓户半虛扃

轂江舟次奉　先大夫諱辰感懷

太末懸崖峻龍游聚石矼灘聲喧旅枕霜氣射蓬窗每悔循陔晚虛慚對燭雙離家事行役有夢附

吴騤

睦州課士以新安江命題有作

新安江水清且深皎鏡洞無纖翳侵雙流成字窈窕尋七里鳴瀨和瑤琴細鱗避餌浮且沉石子圓淨如貝琛錦峯繡嶺穿楓林山城闐寂霜鐘瘖子陵高風謝纓簪薄身厚志萬古欽猿愁谷暗生層陰星照魚罾驚棲禽諸生耐寒吐朗音兩廊樺燭宵横參冰甌滌筆晶壺臨坐愛淳風靜愔愔冬日虚簷照幽襟揚清激濁力所任苦無良謀救饑祲鳬舟一葉泛水潯扣舷聊復抒孤吟

正月二日由聖因寺過蘇堤至淨慈寺

聖蹟輝清藻慈雲蔭戒壇星辰含曉霧花柳怯春寒佛日旃檀供　堯天玉砌看鳴　鑾猶昨歲

御墨灑巖巒

繫纜蘇堤勝開軒西望佳初春冰泮渚斷港水侵階生意舒芳榭元辰寄暢懷欲攀湖上柳好鳥囀喈喈

湖南標首剎香火自崇寧晃朗開宗鏡莊嚴貯梵經早鐘傳上界篌塔照南屏舊跡重來印林蘿始吐青

淨慈寺觀五百羅漢像

我聞貫休手寫應真像貯在南海訶子林何年移住聖湖剎化城隱現山嵐陰雷峯高塔經刦火寶幢重建逾十尋循廊轉入田字舍五百裝塑如鑒臨威神具覘毫彩現雕繪非係沉檀鋟身軀緇衣動冉冉手執戈盾揚森森金容滿月圓相足青蓮捧座華光深低眉努目刀露鼻昇肩高頤隱黝且黔或跨獅猊踞虎象載騎鸞鳳翔文禽三明六通八解脫無等無量函古今衆生羅拜知怖恐香燈供養捐球琛方今　皇圖煥佛日吉祥雲裏山嵩欽

淨慈昨年新大殿祇園徧地施黃金阿羅戒律世尊授願普歡喜慈悲心須彌非大芥非小入火不爇水不沉紛紛檀捨福田求利益何如暘雨時若祛災祲

冷泉亭小憩

泉古千年冷亭空一鑑清予懷淡相對兩度印虛明遠遞琮琤響紛垂纓絡横龍吟歸鷲寺長聽午鐘鳴

西湖柳枝詞

東風昨夜染清波露葉烟條奈若何不向湖心深

霎坐無因知道綠雲多
參差杏蕚與桃花掩映長條夾岸斜玉帶橋邊堪
繫馬花神廟外待栖鴉
嶺隔重湖不斷思雙蛾新樣入愁眉儂家慣取柔
桑種休對隄邊離恨枝
舞衣零落舊亭臺玉笛横吹絮作堆放鶴仙人湖
舫度流鶯暗擲錦梭来
蘸碧隨波倒影侵紅欄守護故株陰飛塵不病風
流減落墨全宜煙雨深

拜岳忠武王墓

昨年奉使祀湯陰今日栖鴉墓可尋草木向春和碧血湖山凌曉鑒丹心銀瓶舊井悲蕪没石虎新碑少斧侵鑄鐵千秋遺恨在南枝長凜柏森森

天竺寺御製恭和

沃洲梵舍近雲林石磴重梯路可尋殿倚翠岩猨鳥静龕依虛壁薜蘿深樂天吟興忘喧寂圓澤禪心証古今一自　玉皇香輦莅鳴鐘長振海潮音

月夜過紹興

角聲起郡樓凉月隱原樹暑氣入蓬窗中夜起四顧浴鵞已非時泛蟻不重聚千載越人心南陽終

見妬回首伍相祠濤頭噴餘怒幾人采蕺與芒屩踏行露

由苦竹嶺至百步登紫陽閣

真人仙化處澗水響清泠竹尾栖鸞鳳松根劚茯苓瓊臺歸羽駕玉笈啓仙經誰授旌陽術飛昇跡暫停

章安試院課諸生

負海復環山儒脩隆德造飛翬試館新誦習升堂奧司户昔誦絃考亭為前導衿佩盛雍容應科傷毷氉所期實行敦毋祗虚名盜簷際雨初收蛙聲

喧野潦坐對景物新忽聞鐘鼓報立志始成童勤學及老耄文質劑彬彬言行歸愷愷吾懷眷此邦瀕行加慰勞望望巾子峯陟巔務遠到

黃巖

渤澥西流滙魚鹽朝販来户分台郡理功憶斗門恢委羽仙禽化浮橋竹縴隮徃来山海界利涉厭喧豗

由柏嶴至大荆營

雞鳴發黃巖殘月照簷隙山巔互槎牙霧氣張幕帟紆迴秀嶺峯曲折巖前驛樹盤鸛鶴巢穴踡蛟

蛇宅甌窶畫阪田礦硑露巉石颯〻松葉鳴消〻
瀑流積炎風搖扇青火日張傘赤書冊擔奚囊衝
暑事行役疾苦問蒼黎去歲憂民瘠

由白箬嶺至荊竹大芙蓉

脩篁蔽天長沉〻露日影孔道當岡巒下上勢斜
嶅身度層雲巔目窮滄海梗捫蘿軒前顚側足懼
墮穿負戴人力疲肩輿奮前猛戍亭界嵯峨候騎
絕馳騁得非永嘉守于此闢奇境遵循荊竹溪遠
盻芙蓉嶺山下隱士家結茆娛日永小憩納涼陰
雲生渺千頃

青蓮寺題壁

石壁雲凝翠篠叢名同蓮社識觀空香生咒鉢呈千朶影淨漪漣現六通再到恍疑鴻爪印前題應得碧紗籠清風遠度炎塵隔送客迷踪憶遠公

訪東山書院

斗城疊巘隱雲房中有諸生聚講堂宛似垂虹懸瀑布依然芳草滿池塘微凉可滌絺衣露淨綠能生墨沼香秀啓東嘉多彥士不須風浴詠清狂

留別永嘉

西射堂邊續舊題暑風吹徹夕陽低欲尋謝客巖

前路野草如烟谷鳥啼
城環九斗聚炊烟禱祀東甌廟食虔半減繁華非
昔日依然絃誦盛今年
晴雲漠〻綺霞生飛雨絲〻黑蜧横海近東南收
一角時清鼙鼓静三更

青田舟中待月

劍豎峯〻立湍流灕〻鳴更深月初上寐照澹無
聲蟋蟀草叢語飛螢野岸生青田讀書處秉耒地
堪耕

按試括蒼即景

萬象峰前矚鏡函谿開雲霧辨青藍一邦處士寧耽隐十邑諸生盡負擔已繪溪山成錦繡好芟榛莽植楩柟兩廊松盖為棚蔭愛聽風濤赴牖南

題金華試院

三洞仙峯覘峭崿雙溪道脉溯瀠洄高文豈數王盧匹正學還從鄒魯來祛暑金風培月桂屆秋甘雨潤亭槐曉鐘夜燭思前度麗澤流徽緬育才

遊永福寺

浮圖高與婺星聯舍衛香塵九級懸秋景那同靈鷲勝寺門猶記赤烏年龍腥鉢水初收雨桂發檐

花自悟禪未向蓉峯采仙藥化城興廢石羊眠

桐江秋思

疊翠秋山罨畫開樹梢雲影漾徘徊一竿明月臨
桐瀨千古清風起釣臺来往迹閒忘暑燠利名心
澹洗塵埃俯看荇藻澄毫髮那有纖鱗上餌来

歸舟泊錢塘登六和塔

輕帆收處漲痕多寶刹崚嶒認六和俯瞰雕甍翔
鳥雀遠吞碧海蹈黿鼉聲傳上界風吹鐸烟罩西
興水息波八月觀潮詫奇絕重來倚棹發高歌

八月十八日恬波樓觀潮絕句用東坡韻

金精朏魄已虧圓秋雨微波作作寒聞說浪花飛勝雪候潮門外萬人看

一線初來駭阿儂靈胥毅魄走兒童白沙漫捲桑田外赤甲遥馳鮫室中

身自奔忙心自悠攬衣羅剎㝡高頭未須蕩颶驚無際轉瞬滄溟挽逝流

龍吐靈奇珠在淵方諸滴淚絕堪憐不辭駭噩凭欄望欲取波瀾入硯田

風篁嶺過趙學齋副憲墓

獨鎮風篁嶺長眠抱白雲千秋感知已一慟惜離

羣落葉驚秋樹流光嘆夕曛貞珉無諛詞冰鑒在衡文余撰公墓誌詳述視學江右政績

菱湖詞

搴羅芙蓉浪作堆清歌幾處蕩舟迴前溪向晚看成鏡更有菱花鏡裏開

紫角叢叢葉不肥蘋洲水淌浸漁磯菱絲牽作同心帶采向西風蔓漸稀

按試苕郡

雙流苕霅水沄沄清遠溪山畫裏分香散白蘋凝曉露鏡澄碧浪寫秋雲煙波舊宅尋高士木葉清

吟憶使君（用柳惲詩句事）最是兩齋垂教澤講堂鏞鼓續遺芬

自苕溪按試秀州

弁山隈隩日沉西夾岸人家傍語溪新藻更牽皃舫楫舊巢重印燕粱泥真如塔火餘殘照欸乃漁歌續漫題不獨蘋香愛秋景稻畦彌望穫初齊烏程美醞泛來遲長水荷衣漾綠漪書史仲圭能繪景名流宏祖解吟詩綺箋筆陣騰雲錦祕緒文心出繭絲欲訪由拳讀書蹟谿堂風月萃於茲

登烟雨樓懷朱竹垞先生

不須山翠鬬嬋娟勝景南湖在眼前西水驛堆青菜甲小長蘆接白鹽田賦髙鸕鷀才難遇湖號鴛鴦人比仙幾度含愁懷彼美永垂黄絹有新編

科試武林示諸生

金牛沙耀舊名邦劍氣如虹鼎獨扛到處湖山真第一故應文藻迥無雙馳聲漫説登龍李鬬藝欣占夢筆江耿〻玉繩星火炯分陰愛惜共寒窓

鳴鹿纔過試未闌熈時選造萃琅玕雙眸那得無疲照隻手終思挽巨瀾嘉祐崇文追雅正儀賢列秀盡單寒慈宮早注神仙籍不待朱衣點首看

科試紹興時届長至

清霜飄氅轉和融閣署蓬萊雉堞崇昨歲鑾輿臨禹廟至今宸藻麗王宫書探宛委文峯峻學訂姚江道脉通是處山川相映發秋冬寒歛肅高空

短晷無虞鬓雪侵靜探易理見天心書雲景象高臺驗添線工夫容室尋赤堇寶光猶映射苗山竹箭迴蕭森剡藤寫盡三千牘偶賦吴歈引越吟

禹廟覽古御製 恭和

禹甸分疆古神祠報享崇鴻規虔執帛儉德紀卑

宮世系傳句越登臨自史公惜陰心自懋乘載績何窮栝栢扶梁聳龍蛇動壁空明禋稽拜肅萬禩契成功

蘭亭御製恭和

迴盤巖壑鏡中行脩竹微枯筍又生祓禊每思蘭渚節咏觴猶記晉賢名擘窠載仰貞珉煥倚檻爭看細草縈墨榻流傳推定武紙窗展卷待閒評

甬郡試院書懷

四明台宕競崢嶸大海回瀾日夜生象映樓臺蛟鳥没光涵烟水月湖清應麟博洽文允敏沈煥高

明詣早成一自梨洲編學案姚江泒別不須評澤國波澄氣候寒青衿鵠立怯衣單移来冰鑑明無滓借得藜光照漸闌風撲虛簷文几淨雪飄隙兎筆花攢品題敢負羣倫望茹納還同渤瀣寛

過上虞題蔡卞書曹孝女碑

清江雪練深三尺孝女澄心同映白扁舟未獲謁遺祠忽覩拓碑耀穹石生賤死貴事絶稀書由元度良可譏東都二蔡害忠讜詎以惡札揚芳徽越俗迎神巫覡舞河女歌聲傳樂府記得龍舟五月嬉下投綵縷喧鉦鼓俗傳五月廿一為孝女誕辰龍舟甚盛孝義須

由勁筆持右軍楷法重鵞池若將碑碣重磨刻萬古星辰照色絲

二月朔金華　文廟丁祭

雍容釋菜地俯仰升堂儀青松峙鬱〻春雨洒絲絲發郡盛理學鄒魯教未衰紫陽有世適麗澤重承師何王與金許四子名並垂雙溪水西滙三洞峯高嵌崇文際　昌運林深翳緇帷末學忝華簪承之擁皐比上丁諏日吉申詠采藻詩章縫抱樸邀敦行無瑕疵努力師古人薪傳應在茲

試竣登八咏樓

乍啓龍門院閑憑雉堞隈社辰逢燕到麥隴看花開清韻人如昨芳時客又来何能宏麗澤聖水自西廻

仲春過桃花嶺作

雄關俯一綫壁立勢逾迴重複阧垣墉包絡分畦町貿擔阻且巉行人息俱屏松杪出戍旗設險賴此嶺維時春尚寒東風吹透猛湍山皆殘燒樵人避虎警忽覩野桃開淨照溪流靚憶古誌名賢蘚篆封幽境碧澗響潺湲脩篁揺綠影仙都高不極凝望雲光冷

麗陽試院即事

春陰積潤少晴曦處士芒寒隱曜宜栝郡多山炟似幕清明應節雨如絲基培榛莽添新舍郡守賦踵新建蓮城書院化洽荒陬愧衆師讀罷昌黎脩學記繪圖廟辟有餘思

上巳至石門洞觀瀑集禊帖字

無異山陰迹臨文契昔賢清湍崇嶺外脩竹暮春天初地遊人少虛亭歲月遷興懷左右騁水次亦欣然

不舍殊今古同流大化隨暢觀齊萬類幽叙合三

時俯仰娱咸集形骸感後知風和長日静禊事此相期

東嘉試院

百六芳辰客裏賒東甌依舊擅繁華不囙海氣方生雨連覺春陰欲釀花人憶六朝添秀采城環九斗映明霞此邦風景輕拋却鷗夢長存越國槎

龍湫

天上銀潢瀉鴈湖鱗而犖确勢盤紆劈空龍爪興鯨甲倒影虹霓濺雪珠四面嵐容隨景換一峯四名曰天柱翦刀捲旗一帆六時響應百靈俱所欣蠟屐重來過拂

拭飛泉注玉壺

淨明寺小憩

懸崖嵌石屋架棟結雲巢窈曲菴藏塢陰森樹拂梢嫩茶初焙火新筍盡抽芭行脚無緣住枯禪此結茅

老僧岩

怪石似僧〻化石一領袈裟蘚痕圻我自謝公嶺上来瞥然相見如揖客東西兩谷百卉春跏趺兀坐遺其身祇憐入定八萬劫不見如來轉法輪

萬年藤杖歌

萬古陰崖雪霜結夭矯藤蘿蟠作節砍来半夜神
鬼驚携出雲根石痕裂山僧贈送九節枝伴我瘦
影呈離披卓錫鏗然響虛寐祇恐仙蜕隨葛陂非
關詩老携節健採歸芝朮行踪遠既登華頂辨迷
濛還度石梁量深淺碨砢變化騰作龍削存骨幹
標奇蹤精堅自可振枯槁靈壽洵足支衰慵不用
長房術那得壺公逢但須紆磴振飛策萬年寺畔
陟徧青芙蓉

贈齊次風少宗伯

亭亭華頂雲鬱鬱蔓蘿樹中有博辨儒遠近咸景

慕名高著作庭縹緗羅四庫腸藥得養閒息機趣清悟愁病未霍然形容喜如故祝君加餐飯勿蹈烟霞痼折麻心莫展剪燭此相遇欲憑孫公綽朗誦天台賦勝境得津梁不憚芒鞋赴明日裹芝糧徑踏巉岩路

赤城

台岳南門映碧寥不知霞彩建高標絳宫草樹新烟冷丹竈龍蛇舊迹消洩竇亂雲穿洞室洗腸寒井酌天瓢徐看赭色陰晴換便欲捫蘿度石橋

由國清寺度澗至高明寺

衣濕丹崖雲林深梵宮敞對塔五峯尖合流雙澗
響刲火幾遷移明霞映塏塽中有飯猿臺樵徑蔽
巒晃欣兹物外遊不憚雲際徃急溜鳴潺溪縈䆗
穿竹簜奇石罥藤蘿仙葩茁榛莽撫景悅心顏行
飯投方廣淨名智者師定光虛室朗古洞覔圓通
翻經悠偃仰春芳雖已歇夏木猶堪賞

石梁憩曇花亭

玉龍蜿蜿墮為石橫插長虹架龜脊劈空鬼斧地
軸翻倒瀉銀河斷橋坼搖光弄影白晝寒轟雷聒
耳奔飛湍真宰何心洩靈閟凡蹤欲度攀登難跬

盧天都俱遜此五百僧伽雜坐趺一時躡屐解煩酲身在曇華開落裏滅度闍黎住化城梅溪重到悟前生妙鬘恍覩雲千葉須洞如聞海水鳴

宿方廣寺

上方鐘鼓報黃昏隱現金毫五百尊天際石梁翻在下殿前飛瀑不知喧禪牀一宿留書偈印月三更悟性源何事僧寮出山去經堂寂寂颭風旛

萬年寺次潘稼堂韻

莊嚴龍藏峙經樓門對諸峯萬壑幽香瓮固因初祖設賜衣直為聖人留福田經始如親到方丈高

空許獨遊羅漢青松長不壞好從一指悟竿頭

華頂峯歌

嶽鎮發脉由崑崙綿延突兀撑乾坤帝虞東南傾越角特擎一柱天台尊天台周環五百里危峯飛嶂形騰軒其高萬有八千丈帝座呼吸手可捫華頂之心透天頂玉霄葛閬青無痕四時少晴晝多晦陰崖雪瀑銀河噴東望滄瀛如杯水萬山翔舞升朝暾括蒼鴈宕青數朶旗鼓布列鸞鳳翻纓絡紛垂菡萏簇中峯屹立香爐蹲瑤草琪花被澗谷雲軿玉節遨朝昏神仙丹竈隨地設緇侶拜經逐

隊緐欲為山靈掇菁蓀誰能濟勝離邱樊九閡是霧足游戲冲舉無術增愁煩邈然頓增人代感吾生有涯托空門渴漱乳泉飲花露飢摘松菌餐蘭蓀六銖衣輕鍊形魄九節靈杖拖雲根凌風應借黃鵠翮摘星峯畔排天闕

茅蓬雜咏

團團茅蓋薜蘿封巉絕懸崖瀑布衝户外聽經看虎伏林間採藥覓猿蹤

不設繩牀不設門光生虛室白雲屯自從高卧三冬雪懶向人間覓火温

劉来黄獨採松花午夢清虚日影斜瓦鼎燒殘僧入定那須香積飯胡麻

祖庭何意着蒲團山鳥溪花帶笑看欲訪遺蹤尋拾得恐教饒舌遇豐干

清涼寺贈質瞿上人

中台須接引覺路得清涼猿鶴棲山靜松杉消塲香文公堪共話白社識同鄉欲往臺懷路披圖逸興長質瞿欲遊五臺繪清涼山圖以見志

覽勝未竟度滕公嶺有憶作

陟磴渾疑上紫京雲生足底筍輿輕明霞紺雪時

相間瑤草琪花不識名柳泌鍊丹留玉井興公作
賦振金聲悔橋可到終難度那得神仙抗手迎
昨宵細雨掩瓊臺今日晴明豁霧開拾得尚看遺
竈在應真曾記化身来笑攜蒼杖過層嶺輕著芒
鞋破滑苔一出藤蘿門已閉夢遊天姥重徘徊

門人王詰校

芝庭詩稾卷十 癸酉甲戌

長洲彭啓豐翰文

寄懷沈樹園

舊識能詩沈隐侯繡衣持節海東頭三山本覺扶桑近九點遥看貝闕浮行部仁聲清案牘散衙朗詠擅風流西溪莊上梅花放重憶題襟托夢遊

南山亭周覽小有天園

縹緲孤亭近蔚藍磨崖方罫鑿幽龕山南洞啓壺天景湖上迴看鏡宇函瑶圖編籬滋露槿綺窗畨畫寫雲嵐自從宸牓輝巖岫淨徹飛塵象外諳

萬松書院贈魯秋塍山長并題西溪新築

石徑雨餘滑松風候乍涼河汾多著述月旦重游揚鱣座推前席萍踪欲倚墻經生来問字屐印草亭芳

周南留柱史别業向西溪梅圃尋無恙漁舟訪欲迷衣冠成太古書冊檢同攜佇叩華陽館先從谷口題

留别雅樗亭中丞

鎮海樓前駐絳騶来時飛檄起輿謳甫申自昔推屏翰房杜于今重斷謀讀史胸中多偉畧經時掌

上運先籌胥濤風靜江塘固只願黃雲穣有秋

高標嵩華領班行到處霜臺振紀綱兩載欣瞻裴令節三秋得捧庾公觴聖湖淨綠澄心映楓樹酣紅別緒涼莫訴臨岐傾慕切舊霑霖雨徧金閶

過嘉禾晤錢香樹前輩

白雲聽履步清塵黃絹編詩玉笥珍久識賡颺推鉅手羣欽風雅印前身洞霄乞授頭銜貴華蓋扶輪嗣美新三塔寺前停棹訪滿湖煙雨採香蓴

遄發

遄發自里門依依戀慈母懷菓橘盈筐擎鮮魚在

留趨庭五日期視膳祝萱壽停雲貯南軒涼風驚北牖拜別尚牽裾嗚咽難出口相逢非舊遊相見多老叟少壯景難追桑榆枝易朽井邑悵離羣河梁乍揮手束裝奉簡書馳ゝ歌四牡

毘陵遇莊書石同年話舊

雲陽道上聽吳歌執手同君離緒多話到淮徐興版鍤憂民無力挽洪河

贈嵇黼庭少農閱視河隄

黃樓崔嵬清口淹奔騰城角齊茅簷高堰堤工亦衝塌於田痕浸寒蘆尖漢室宣房計籌畫謠歌鄒

子愁思添知公磊落出儕輩才猷敏練抽鋒銛司
農經國任水土事有籌度兼洪纖衣裘短後吉光
耀三門砥柱功可占我自淮壖溯青兖悠〻心旌
馬首瞻　九重方厪宵旰慮六時封章達郵籤聞
道安瀾已有兆翔風吹透衡茆簾況有先祠載明
德荔蕉潔薦對越嚴身作金隄衛城邑手調玉鼎
和酸鹹他時淮海紀功績萬口爭喧忠孝兼

新春瀛臺即事御製恭和

令節韶光近閬蓬寒凝太液逗和融曙輝彩帖千
門外春曉冰池一鑑中臺榭影涵芳樹雪管絃聲

雜試燈風滎河已報金堤合功叙歌成盼屢豐

丁祭前一日敬瞻

聖廟陳設因呈教冑諸君子

强圉齋肅辰成均閟敞地入廟習禮儀升堂觀祭器文石淨纖埃古杓蔭深翠宮墻道自尊美富蘊尤備竊愧通籍身未獲列茲位瞻陛心睪然執玉恐失墜諸君司教冑造詣日深邃六舘化雨沾諸生四時肄禎祥萃鳳麟穹碑負贔屭從来祭于公曰惟敬其事天下皆建學規模更無二大昕振鼓鐘圜橋擁旗幟度數稽豆籩書為太學記

春日偕視九門堆撥登城四望作

葱鬱神京繡作堆登城不駭陟崔嵬薊門烟樹三春壯瓊島樓臺萬象開鎖鑰鞏來傳柝近　鑾輿盱自上　陵回祇緣振旅襄巡戢因騁遐觀俯八垓

天廐飛龍歌

房星燭地生騂騮霜蹄蹴踏風颼飀騰黃一點電影流照夜白色凝金秋紫騮斑駁雲錦浮玉獅戲滾舞繡球三花剪鬉筋力遒六印鈴髆雕鞍鏤八旂分隸衆圉周塵埃滿目屯長楸得勝門外數匹

籌會逢灤京奉
宸遊沙漠萬里馳致郵長鳴待
馭控勒柔飛龍徠兮侶蒼虯一萬千匹俱低頭自
從遐荒懷畏裒聲教不限風馬牛長年考牧儲薪
槱兵樞撥遣寧優游載稽沙苑苜蓿稠唐家驌驦
散不收權奇未免伏櫪愁何如太平櫜戈矛逸羣
駿足陪絳騶歌成天馬煥大猷歲〻羽獵勤春蒐

午日　賜南巡詩墨刻三十二種恭紀

蒲箑搖風午漏稀繖聯寵命捧垂衣江山流峙紆
清咏龍鳳迴翔照紫微摩得銀鈎驚筆陣絇来墨
搨耀巖扉驪珠絡繹榮光被志切賡颺懷寶歸

由得勝門至密雲

高下坡陀輦路橫方輿北去紀初程雲從千仞峯巔出風逐三關馬尾生漲徙金溝無舊館烟炊石匣有新營愛看黍谷油〻茂旬日秋霖暑氣清

南天門眺望

崔巍樓堞九霄層拱極當關試一登石狀谽谺疑伏虎秋旻寥泬欲呼鷹丸封峭壁盤龍轉車鬬巖扃蹴騎騰頓覺蒼凉吟眺遠秦城漢壘欝崚嶒

長城

古稱飲馬長城窟猶照秦時舊明月祖龍興築逞

雄心揮杵聲喧民力竭太行西来勢蜿蜒留斡嶺據崇岡徧髙墉能障鐵騎走行人指點情黯然時清在德不在險防秋那見旌旗閃北涼亭館竟何存芙蓉山翠攢點點

出古北口

燕遼左臂塞雲開鎖鑰森嚴埶壯哉驛舘更番排甲仗烟氛突過出塵堆龍沙展望提封濶鳥道盤空躡磴迴經畧九邊寧謐日中樞佐職愧非才

過青石梁

曉行駕長虹馬首踐嵬石髙入青冥端橫卬飛梁

迸雲根倒拔重石吻仰歕逆林岨繡蘚苔隘口森紉戟藥草淌山香泉流漱甘液霧雨濕溟濛天光漏晴隙炎涼不辨時登陟戒行役宿頓近山莊候蟲鳴秋夕

喀喇河屯遇雨

地擁神臯水抱原圍場中有樂遊園嶺雲帶雨長林濕秋草如烟牧馬屯虯箭無聲飛蚋靜帳燈已暗墮螢繁却忘塞苑清涼景疑聽孳荷滴瀝翻

熱河山莊

清暑絕氛霾山莊雺〻佳儉無丹雘飾涼有碧雲

齋趵突噴流洑鎐峯戟樹排秋禾看早穫鴈塞合
圍偕
縹緲靈槎度周阿碧甸橫麗譙高百尺翔鳳出重
城藪澤蒲蓮引巔崖菌蕈生悠然濠濮想積水泛
滄瀛
睿吟三十六佳景奉清娛苑籞收鶼鰈圖書貯闃
壺晶簾花四面水殿鏡平鋪錫宴裁箋日詞臣荷
寵殊
旦晚炎涼異嵐深霧氣蒸早凝金掌露閒貯玉壺
氷驛載行廚脚旗翻校射堋明朝天仗叢攊驥盡

驍騰

玲瓏峯

路轉中關窈窕逢欲通脩阻攝衣從雲根硉矹揮千斧月戶朣朧列四重紺壁搆虛凝玉乳翠屏殊觀掃芙蓉仙人棲止翔鸞鶴好印崆峒訪道蹤

大寧城懷古

金源行殿草芊眠厖刺當時烽火連邊患捴因河套棄藩封重覩大寧遷乘輿數出籌三衛甌脫相讐及百年今日斜陽駝背裏化城窣堵渺雲烟

恭和

御製山田

山石多硌礐屢從礉堯過山溪亙洄洑泒蒺伊遜河誰習佃田業樹藝粱菻多溝塍向陽隩露白旋收禾顧茲種植好未免畜牧少牛馬以谷量致富自有道部落今何如依山氊帳居酪酥充食飲射獵為嬉娛耕桑變風俗得似中華無尉候一彼此遼陽通化理秉耒釋兜鍪牽車僬婦子邉户裕儲胥巡方意深喜

恭和

御製西北風

氣肅扶摇迥涼颸大漠空白藏方滌景紫塞聿歌
風壯向聽鳴鴈西徂快躍驄蘭臺援作賦響應八
方同

恭和

御製塞外雜咏十二首

氊廬

憑虚作棟寄居那移載長年任槖駝形似圓穹天
盖近質因柔毳物宜多詎同夏屋張軒户足庇秋
風卷蔓蘿駐宿不須論遠道郵程到處是行窩

駝裝

塞外蓄生有紫駝資裝裹載亦堪多薪芻計給同牛馬寢伏牢籠近澗坡峯影斜陽看聳峙鈴聲替戾慣經過儲胥足佐行營用不患高岡失足蹉

馬絆

天驥原應千里馳縶維曾寄牧人思本因在廐調金勒常恐奔踶脫玉羈跋後䟦前馴飲齕嘶風望月隅岡陂防閑自謹逋逃失龍性能教伯樂知

風竿

占營得地影飄搖彌望連山矗紫霄高颭一竿隨蹕換巧分五色當旌招相風烏轉人歸帳近市帘

歸客認標向夕蒼茫迷野景繁燈星火照深宵

雨溝

初看屏翳過峯頭計事應深未雨愁滲漏難營陶氏瓦周圍試濬遂人溝杜陵丈八為遊地管子脩防閑急流茵席無虞沾灑濕捴因勤力預綢繆

設卡

斥堠森嚴結陣雲圍塲駭獸趁塵氛寅朝置頓東西接詰旦從公左右分試展長楊阹射獵依然細柳整戎軍觸藩有象無驚突獲物充盈重策勲

地竈

芝庭詩稿卷十　乙

隨地晨炊添設竈役夫飲馬掘壕深只緣蓐食宜軍旅合比行厨備釜鬵然得枯枝薪不厝鑿来土穴突無黔沙塲樹下形相似增減從時古逮今

安市

行賈如雲闠外来紛〻負擔趂喧豗後營預向前營從朝市更畨暮市開逐獸打魚非殖貨採薪鬻米自餘材日中權度遵王制持得緡錢貿易回

征衣

糾桓奮武絶塵趨檢點衣裝乍戒途製豈刀砧裁密縫時因風雪鍊微軀彎弓隊裏誇黄褶槖筆班

中曳緑蕪短後最宜陪豹尾佩韃日日跨鞍供

銅晷

歲運疇人倣太初郵傳行漏製何如銅儀表裏從新法渾象玲瓏合舊書常以轉旋馳刻晷更因分杪計贏餘挈壺夙擅專家術馬上璣籤足警予

須鹿

豐草長林萃獸羣獲鮮分衆令初申張羅萊野馳行騎轝崗官庖屬膳人雙角瑞看呼客利一麛均賜逮臣隣從禽自按三驅節仁及蕆隍息怒嗔

和詩

天縱揮毫積帙詩雲箋疊進必親披黃鐘獨振莛
無響神馬行空駟莫追風雅　睿裁歸典則賡歌
依陛闌心知扣槃捫燭懃孤陋垂照容光鑒衆媸

恭和

御製蒙古土風雜咏十二首

乳筩　以皮為之平底豐下而稍銳其上將乳盛之於取攜為便

物用多資韋與皮取攜直捷古風遺觚形銳頂傾
如注挏酪醇漿貯應時陳向鞴筵金椀捧槃来驟
子玉籠羃蒲萄羙醞涼州貢遜此甘酸味不移

荒田　農作非蒙古本業承平日久依山為田既播種則四出射獵秋穫乃歸耘耔之術皆所不講俗云靠天田

塞垣何處瀦陂川山下平蕪半墾田得雨便看禾
被隴燒荒仍見草連天牛羊散牧斜陽外蕎稗收
藏白露前未習中華區種法順時成熟也熙然

鄂博 蒙古不建祠廟山川神示著靈應者壘石象山塚懸帛以致禱報賽則植木為表謂之鄂博過者無敢犯

植木森森白石磷山川感應有明神爐香一縷惟
懸帛倀鬼為鄰不見人郢樹脩門巫夢掌吳羨芳
炙臛筵申那如誠意通沙漠報賽同吹葦籥豳

革囊 紉草為囊以代筐筥瓷盌食用鉅細畢納行汲以貯水涉川則挾之肘間亂流以濟俗呼為皮餛飩

紛紛擔荷走僮奴皮鞹相將備物俱體以浮沉匏
有葉裝因束縛器盂鴟夷遠泛憐吳相馬革為

囊壯漢儒最是畨兒遊牧慣水流清淺笑翻軀

柴車取材于山不加刻劉輪轅畧具以牛駕之則鴉軋有聲如小舟欵乃

取材何必工雕琢粗具輪轅載已多制彷規圓翻轣轆聲同欵乃涉溪河沙平草軟驅黃犢斷澗荒坡伴紫駝部落纏聯相接送擔薪汲水日經過

骨占炙羊角骨視其兆以卜吉凶猶占龜卜

觸藩隨處有羔羊獱首堪憑火炙揚豈比蓍莖通造化聊同龜坼悟機祥瓦占術擅通西域雞卜風傳徧夜郎細數金錢須暗擲固知物理吉凶藏

馬竿生駒未就羈勒放逸不可致以長竿繫繩縶致之

異産荒原慣逸繩一竿縻致息驍騰麾肱自有牢籠術曳練應知控馭能貢出蒲梢銜首䓿舞陳詐馬躍罔陵圉人惆悵工調習考牧由来以德稱

兒版 兒生令卧版上革束其兩臂倚氊廬壁聞啼則揺之徙居則懸于駝裝之後

襁褓情同可愛憐氈廬束縛臂纏肩鵶兒自小裝駝背蒐乳初生露鶻拳挂壁有如操負版徙居不用裹犀錢幼成天性勤勞慣呱泣無須解倒懸

灰簡 木削兩簡編韋聯之稍刳其中塗油而布以灰作字畢則拭去而更布之有古漆簡之風

繙譯同文𨁝妙言六書變體記金元韋編可貫刳其節漆簡依稀拭尚存只取縱橫成掌記本無印

篆習專門淳風渾噩飛灰布上古結繩可並論

竹筆 蒙古産毫穎而未得縛筆之法削竹木漬墨作書

綠沉橫偃任誰揮逐兎中山獵未歸縛穎無方尋舊傳剡筠有墨漬新衣選材約畧分尖秃記事糢糊辨是非吳律趙毫空鬬巧不如馬上羽書飛

口琴 製如鉄鉗貫鉄絲其中銜齒牙以指撥絲成聲宛轉頓挫有類琶韻

悠揚不是管中吹新樣雜賓鑄鐵為宫譜中聲調齒齶檀槽逸響出金絲木蘭樂府纏綿續蔡琰胡笳按拍知依約琵琶秋塞曲好教協律侍閼氏

轉經 木輪中貫鉄樞可轉動集梵經于輪開大者支木架以手推之小者持而摇之旋轉如風

解脫西来貝葉文不須煩惱與歡欣風輪一鼓消塵刼木佛千幢契妙聞忉利天中旋有極恒河沙界播無垠只将手運神通力消得維摩諷誦勤

柳條邊

黑山不斷遮雲霧銀礫無邊障行路忽看蜿地作笆籬迢遞迤途幾廻顧南至朝鮮東盛京荒坡古磧茀難行将軍専轄分呰堡威遠禁嚴同越城臺兵聚市時相語中外隄防重守禦麏麚竄走觸籓来鴻雁翺翔銜羽去君不見柳條青時沙水融髠来作薪逐短蓬柳葉黃時編作塞枯樹寄慨金城

同馬上停鞭話今古氊帳依山水草聚沙場永靖
荷戈開警来茸帽軍中舞

塔兒頭

流水赴隴頭嗚咽聲入耳誰知地濕湫行人多畏
葸淤泥二三尺沮洳覆葛藟纍〻成塊墩斑〻濺
衣漬凝色如鐵鏽不見曦陽晷遊根多曳牽失足
即墮水車載恐脫輻馬行怕施蹇蹴踏凛斯須前
途沒行李千金戒垂堂賈勇輕跋履唐宗征高麗
阻淖二百里布土作長橋援枹進兵始壯哉遼陽
役貞觀耀前史恢宇際昇平拓漠成砥矢車騎快

遄祀不用乘輴標

恭和

御製車駕至吉林得七言長律十二韻

自入邊門路尚迢不咸在望慰崇朝倚江作鎮煙雲護建木為城樺作橈未到沍寒秋正好乍臨霜旦氣方調神淵毓瑞龍潛海絶塞恢圖鶴化遼覽勝尨江搜闕畧紀聞松漠迺殷遥功同乘載師神禹典重封山述帝堯則壤賦輕因土瘠鳴鸞儀備鎮良佻樹蟠葠草烟籠曉魚捕鱘鰉火暎宵舊俗霞茆差近朴流氓移籍尚無澆挽強甲士迎天仗

述職藩封統衆寮褶剪鶖兒山寨勇舟移畫檝水
軍驕東隅快覩金輿轉北極遥傳天馬謡

望祭長白山

吉林城南辨方域毓秀神區當紫極飛虹東鶩薄
扶桑享殿崔巍祚神力齋心候曉凜森〻秩祀升
階通黙〻瑶凾啓告逷鴻濛袞服凝承契明德風
雲擁護百靈從山海朝宗列衛飭早識天心眷顧
東永呈瑞景滄瀛北曾聞遼水出白平靺鞨之墟
峯崱屴裹糧探視畏蛇虺其中禽獸皆白色聳誠
積感自歲年瞻望無從假羽翼只憑陟降格靈祇

不效亭云事繁飾

自吉林下圍場雜記

帶礀纓山捴茂林将軍秋獮乍從禽終年樹色遮
天暗樺柞榆椵密復深
五更列炬照山隈積鐵巉巖響若雷漸近平岡收
燎火踐来落葉簇成堆
榛松結實墮林橆霜早争催萬木彫别見仙莖滋
瑞草三椏異本燦靈苗
行營隨處得泉源月近中秋綺浪翻華渚紅雲籠
紺壁壽山如畫捧堯尊

天弧一簇射熊羆少昊前驅捷足追黃纛中央開
陣法藍旗分翼布圍時
烏喇操舟疾似飛巔崖上下逐禽歸生来勇悍貧
漁獵不共流民着鐵衣

恭和
御製行圍即事三首

鷹出遼東盧出韓秋原獮狩合圍看乍經谷口霜
凝樹前轉峯頭日上竿羣鹿踉蹌迎箭疾野麋儦
俟蹈泥乾獻禽祗奉　慈寧膳衛士從公盡早餐
深林密箐屢盤徊關外蕃王扈從来五色雛翹摇

羽幟六飛駿足捷鈴鋂黃榆不斷周阹合白鴈初
橫秀嶺開虹采蜺旌誰撰賦先瞻　宸藻倚雲裁
封巒紆譎淡鴉青列々裊々現衆形虎豹牙鬚鷙
石砮貔腰角距脫山庭天垂罕畢成星象塞茁葭
蓬効地璽用洽羣歡數軍實三驅按節志和寧

恭和

御製輝發故城懷古

跨跱岡原氣象雄　龍興大業肇關東背盟適築
鯨鯢觀掃蘖親擐甲冑躬落日城垣留斷梗秋風
金鐵想臨戎對揚　神武恢前烈草昧驅除佑

帝衷

恭和

御製新月

重覩哉生陰曜景不禁三度象更新青銅出匣初磨鏡玉葉穿雲欲躍鱗灔灔無波斜挂斗纖纖有影動懷人授衣令序傳砧響塞上猶歌七月豳

恭和

御製恭謁

永陵

生民禋祀配天同弈葉貽休裕鎬豐追王禮儀隆

一本靈山封號峻三公紫雲松栢龍蔥外丹馭衣冠想像中跋履不辭程路遠星霜十載屢宸衷

恭和

御製恭謁

福陵

柱峯巘嶭聳亭亭拱衛雲從護百靈詄蕩天門開廣宇邐迤玉案鎖層扃真人一旅收區夏王氣千秋耀日星戡亂求寧昌後福撫時重奠露珠零

恭和

御製恭謁

昭陵

丕承　高廟烈光昭蕩掃殀氛邁往朝　睿畧臨

闕磨片石　天戈出塞提崇朝羣山鳳舞松環翠

太室龍蟠霞建標破陣更看雙石馬西風立仗望

非遥

恭和

御製謁陵禮畢車駕入盛京仍疊癸亥歲舊作七

言長律十四韻

陸海膏腴啓大東留京烟樹接青葱　珠邱秩祀

千秋洽寶鼎丕基萬國同締造艱難思　祖烈撫

臨統壹萃　神躬輿區綺錯喬林外分野躔臨析木中積水迴環籠碧甸崇墉巘嵲構層空式瞻黼座螭頭麗初立皐門鴛尾瓏卜溯神京瀍澗脉酹酬列爵鄂褒功順天膺命徵圖籙大政當陽息戰攻元菟城連千里郡鳳皇樓映萬年宮吾　皇昔駕當淵獻此日重臨舊沛豐禮序樂和昭盛典省方問俗勵寅衷明星自煦蜺旂采白露仍滋黍谷融聲教遠孚荒服至精禋昭格瑞符通扶輿獨厚陪京運滄海長升旭日紅

廣寧道中

柳塞榆林不覺遥閭陽古驛静塵囂無人為設陽關酒揮袂西風客鬢凋

前朝邊衛失隄防建閫逍遥鐵騎亡今日平沙狐兎走障鷹臺畔瞰斜陽

恭和

御製祭北鎮醫巫閭山

朔方峙鎮日星昭祀典明虔擇吉朝掩抱六重凌海嶽混濛千載接虞姚芙容片片留巖洞華蓋垂垂拱薊遼禪草不須芝檢祕鱗洲風雨自均調

陪祀北鎮禮成得十六韻

幽營扳地崇巨鎮自天造冥想契鴻濛方輿愜覆幬有姚輯瑞時三公並封號祠宇歲增脩神靈同怙冒　皇輅慶時巡蒼龍駕親到天雞向曉鳴羽葆紛前導陰森謁祠壇穿窱陟堂奧豐碑蝌蚪蟠鏽鐵蜿蜒抱諸天扶棟梁顯位揚縿纛上為呂公巖仙蹟留丹竈消〻聖水盆無氷應有瀑陟磴不數重陪遊職洒掃古壁塡青紅彝器薦珪瑁禮成曦陽升寒林烏鵲噪齋心凜乾〻昭爽興盟浩〻聽呼　萬歲聲瑶函秘祈禱

大凌河

昨行過柳溝泥深没馬足秋潦斷長塗商賈行蹉跼今來大凌河杠梁三座東坦步無險艱利濟欣彳亍其旁設坊監遼河輓芻粟萬馬蹴驊騮躡雲而歎玉羽蓋此時停千屯徵行沃東瀛久挂弓九譯梯航屬遥望十三山故壘斷還續皂帽懍霜晨遄歸忽遐矚

恭和

御製過中前衛

廣寧比户鬱相望前衛中屯肅紀綱鎮帥指揮沿戍守宣皇勤略重邊方風霆壘靜空壕塹松杏山

髙繞戰場今日繁星明羲幙納隍增築倍難忘

望覺華桃花二島

夙聞滄海東南勝今見波濤起北溟鰲背坡陀飛
觀出龍宮隱現泛槎停浮天摠覺扶桑近幻刦寧
知泄尾靈好倩木華傳賦筆不隨徐市現空形

恭和

御製山海關仍恭依
皇祖原韻

累代稱重險雄關控朔邊雲屯遼海濶沙擁喜峯
連隘類五丁鑿嵬容一箭傳驅除亡鹿日際會

躍龍年列雉臨壕土鳴雞靖戍煙治憑清晏理樞握重輕權永奠山為壘無須錦作川丕承　謨烈久鎖鑰護天然

入關

東西劃界一泥丸碣石憑臨渤澥寬不見鴈飛沙磧遠空聞笳吹柳條寒

極目長城故壘平停鞭飲馬趁邊聲朔風吹雪貂裘敝出塞重為入塞行

澄海樓遠望禁用水部字恭依

御製元韵

極星向北拱環島由東傾天昊靜不裝歸塘虛復盈扶桑爛遠騰巍觀初經營鼇柱立巨棟龍堂照飛甍委輸尾閭宅包絡東西京蓬萊儼在望蜃市倏忽更一片紫貝出千朵紅蓮擎鯨背負山重馬銜角力崢近瞰百靈窟遠帶萬里城潮歲在淵獻侍臣賡颺并　六龍今復駐冬令曦陽明扶搖會摶壯向若空觸帳縿旒閃[illegible]嚮鉦鼓殷鏗轟颿船影徐轉虹橋駕初成奮鬣睅[illegible]首掉尾擊橫鯨三壺吞咫尺八裔含菁英噓吸盪朝暮往來換陰晴翔陽閉霾曀礐石騰砂蜻瑔寶歸吐納綺霞耀晶

熒聲如鼉鼓震彩蔚珊瑚呈遐覽象無外翕受道
永貞坎德不失險坤寧利攸行指顧恐矇瞍形容
愧蠡評作賦比木華談空笑郄生 帝鑒炯犀照
天章賽瓊瑩羣仙駕縹緲囬鑾計王程

姜女祠

淚盡長城怨空山石望夫黃雲籠斷梗碧血灑平
蕪抔土今猶在荒祠建不孤咸陽多廢冢誰問舊
珠襦

夷齊廟

列傳先憑遷史刪青雲不朽渺難攀仁人倫理安

家國清聖風徽激懦頑冠履芳踪栖北海黃農古調永西山祇今俎豆供薇蕨灤水長流一勺閒

渡灤河訪偏涼汀作

鴨河種榆柳捺缽幾春秋結網供鮮鯽迴汀起白鷗饑鷹呼欲下衰草踐生愁古廟瞻清聖襟情洗濁流

北平懷古

行盡榆關路征鞍次北平霜花垠映石羽箭沒無聲壯志思飛將南山憶夜行書生衣短後猨臂想威名

歸次燕郊口占

扈遊歸唱上之回漸近神京翠欝堆手數蓂莖更晦朔夢牽萱室舞斑萊盤山縹緲寒雲迴薊野蒼茫凍霧開芸閣舊曹相問訊新詩束筍待披裁

門人李友洙 李景載 校

芝庭詩稾卷十一 乙亥至己卯

長洲彭啓豐翰文

陳情歸養出都門作

昔誦笙詩慕廣微幸邀天澤報慈暉兩年目斷停雲望千里情欣負米歸曾荷宸章題翠竹重頒鳳誥映斑衣闕山何事愁登陟先報平安到錦幃

閤啓平津設祖筵同人贈别有新篇槐廳蘭省常縈夢旅舍郵亭漫着鞭碌碌文章虛壯歲欣欣菽水慰高年河橋折得初萌柳離緒牽來落眼邊

過琉璃河

俶裝首歸途霽色開芳甸白溝泮春流西山淡晨絢官柳萌舊枝黄鶯試新囀忽軫故園情庭蕪緑已徧南雲望非遥　北闕魂猶戀　宸罕駐田盤嵐光遞隱現養志謝浮榮陳情感殊眷時清釋旅憂去去方游衍

上巳登舟

客路三春半河壖一葉横春雲隨浪遠細草覆堤平舊事徵蘭禊新歌雜櫓聲田頭塵夢隔臨水濯纓清

舟過揚州盧運使招遊平山堂予不果赴以

詩述懷即和紀遊元韻

憶昨庚午届初夏平山一訪歐公堂太守風流徵舊額名人賡唱搜詩腸年来搆造頗宏麗架虹輦石相扶將沿堤桃李多映發遊舫直接官河塘新城先生昔脩禊冶春韻語傳維揚詩牋零落幾十載後賢壇坫誰能當竹西歌吹未寂寞畫廊匼匝蘿屏張繁葩欲奪錦繡燦古木横卧蛟龍僵青山隔江呈几席陰雨忽送微波涼梵音歷歷簫管外漁唱嫋嫋琴尊旁諸公古筆押官韵鴛湖宗匠老

更強錢香樹前輩濡毫猶覩墨痕濕鬭句共矜骨格蒼落花依席紛點綴語燕繞梁飛頡頏愧予到此後一載趨庭夢逐江蒼茫懶為登臨滯風日漫追競病誇當場入林把臂欣得浔論詩弔古神洋洋尋春百六惜遲暮天涯寄跡看斜陽萸灣幾度此停棹紅塵脚底空奔忙山靈冷眼笑人世浮萍會合誰能量他年再赴冶春會雪泥鴻爪應無忘

翼武弟新葺别墅會飲花下

雉堞連平野溪流帶小橋目營兼與曠心匠契逍遥佳果簷前實文魚檻外跳乍開三益徑折柬惜

遲拈

到家春已晚别業景新添郭外烟雲換壺中歲月淹美花妨側帽新燕待鈎簾好協壎篪奏南陔樂事兼

題韓滮芳同年遊西山潭柘寺畫卷

祇園徧西山古寺推潭柘潭形澄古今柘樹閱冬夏祖師昔安禪明燈照長夜猿猱馴與隣木石證俱化羣山衛九峯谷口迎　宸駕從臣暫停驂征衫未能卸三兩蓬瀛仙休沐喜得暇頭陀導前行野老隨後迓時惟秋氣凉林梢露珠瀉繞殿響杉

楠被壠收禾稼境曠理自超心閒悟非乍靡煤寓雲烟剡藤覆錦帕展圖緬邛壑如憩松陰下茲遊洵足樂好景那許借會爇栴檀香幽懷一憑藉

題明光芝房圖爲陳和叔作

夜吐瑶光彩晨舒雲母顔霜華微點染草色映斕斑倚石一拳秀披圖三徑閒主人方隱几青史貯名山

晨起訪薛一瓢園亭

曉露荷翻沼清風竹滿林往来同素履盥沐息塵心窺户人常寂臨流鶴在陰卜隣兼選勝不用入

山深

五月觀競渡

芳草柔穠水滿池匠門北去蕩漣漪中流影淨朱旗轉兩岸聲喧畫槳遲觴浸蒲根憐客醉符懸艾葉逐童嬉遊人半向石湖去誰識分秧已及時

弔翁朗夫於定慧寺

曾挹冲襟遠俗澆長辭榮祿樂簞瓢那知夢裏音書斷難向江干玦珮招春雨聽逢魂漠漠秋林覓句影蕭蕭朗夫有二圖寫照禪堂設位臨風奠文字聲華迹盡消

小園雜詠十六首

堂上菊酒芳，階前蘭草秀。懽言舞斑衣，奉觴介眉壽。循陔補笙詩，春暉永清晝。蘭陔草堂

開軒足野趣，綠葉交枝柯。寒烟覆竹樹，閒雲罨薜蘿。揮手却炎暑，悠然長嘯歌。延綠軒

高館謝塵喧，坐擁百城樂。軒几有餘清，對面峙高閣。嗒然與靜存，不須紛著作。環蔭書屋

十年種榆樹，已得拂簷廕。密葉交空翠，下映數畝畦。主人坐亭午，時聞好鳥啼。谷清閣

尺五近神霄，香烟裊虛閣。玉華風露清，迤邐開城

郭目斷武夷君賓雲下黃鶴

幔仙閣

清泉淨綠苔微風動文縠宿鳥簷際喧游魚藻邊伏昨夜夢開先銀河掛修竹

漱玉亭

空齋安古榻一枕遊華胥山水繞四壁笙歌盈太虛物化固如此我懷方宴如

蝶夢龕

垂雲霞縹緲疊石穿玲瓏巖開得異境斧劈非人工朝陽照幽谷繚曲路自通

玲瓏洞

風吹菡萏香夾鏡波如沐紅蘭映浮萍水紋縐微縠人從橋上行襟帶有餘綠

漪漣橋

三五好明月吐影城東隅園林萬景寂涓涓露初

濡即此代秉燭躊躇立須臾待月坡

峇石搆層梯凌霞逼虛宇邇陌既縱橫遥山可指

數烟雲幻態新吾心了無取見山岡

踈影照清池寒香襲几硯生意春前舒老幹霜中

鍊何必訪孤山屋角風光徧寒香磵

陸居栽杏楝水宿沿漁磯安排古書畫左右開窓

扉行止各有當風定波濤稀疑舫

秋蔬長新芽細草須刪劚秉耒土膏香夜雨一犂

足閒繙種藝書生計讓僮僕蔬圃

移種自洛下重臺試東風玉顏倚脩竹錦障飄殘

紅箋歌一夕賞色相俱成空　牡丹臺

金粟靄霏霏托根自鷲嶺薝蔔際發天香連蜷寫蹤影小山故相依幽意吾獨領　叢桂坡

蚜蚄謠

乙亥秋吳中田畝生蟲食禾根禾盡槁按齊民要術云穀蟲即食米强蛘唐書載蚜蚄害稼為老農所僅見也因紀其事

爾雅紀螟蟘春秋誌螽蝗詩人憂害穉秉畀驅有方蝗蝻固多種蚜蚄更為殃朝畝暮成頃延蔓滋毒腸微軀無羽翼銛刃隨風颺食心心遂死嚙根

根遍傷東阡與西陌氛厲遥相望父老昔罕見天
意示戒長吾吴繁華郡列俎饗酒漿閭閻賤穀種
比户虛囷箱豐年多黍稌狼戾同粃糠雨暘偶愆
伏脩省昧否臧天意豈窅渺怪異徒紛穰紀歲值
淵獻方秋届白藏愚民苦饑饉籲官發廩倉自非
浩蕩仁安能救災荒洪範驗五行休咎當推詳
澆俗惟一變善氣迎百祥誰與瀆祀典建廟洽之
陽朱彝尊有虸蚄廟碑吹豳賽田祖報本思先王蠱物為民
厲何以預祈禳

西山省墓夜宿草菴

蓬艇悠悠路秋雲漠漠陰迷茫漁浦隔音曲硯山
深禾稼經蟲齧田疇苦浪侵松門親告祭烏鳥早
投林

倚樹開虛閣疏窓對夕嵐磵泉縈佛座燈影照僧
龕栢子喬柯老梅花生意含楞嚴真諦在吾欲問
瞿曇

草堂夜集次韻酬李勉百

林囀幽禽霽色饒辛盤把盞惜遲招探梅莞爾臨
清澗貰酒翛然過野橋南圃題襟蹤易散東軒聽
雨夢非遥草堂人日逢佳會徵事還應得幾條

剥啄頻過户不扃素心結契眼逾青浸滛風雅吟千首穿穴皇墳遺六丁半榻春寒留舊雨明燈午夜落繁星磧西好待花初放一曲香溪棹屢經

題文徵仲江南春圖卷

碧羅帶繞山如沐滑笏漪流縐縠麹塵陰裏日初酣紅杏村邊雨纔足過江花柳别生妍可愛東風二月天舴艋移來看泛宅耰鋤揮處樂耕烟停雲畫史神仙侣染緑皴紅淡容與鶯飛草長無限情擘阮弾箏不知處添得儂家鮆水湄入林重與賦新詩春来春去人何在且向花前醉一巵

題沈啓南西風訪友圖

松杉倒影凌巉巉翠嶂壁立斜照銜山時黄葉乍翻雨正好秋意生虚嵒孤篷恰向林中出獨坐船窗展書帙葭葦蒼蒼水一方幽人孤寄伊誰匹吴門高士石田翁有竹居邊曲徑通點筆翛然虚夜月論文重與溯青楓川原寂歷行人少詩思蒼茫送歸鳥彷彿霜天赤壁遊還疑雪夜山陰棹

為張元暉題讀書林圖

亞字城東匠門址婁江映帶水清泚誅茆結宇近烟波種樹成林照棐几當時名重孝廉船絲竹聲

喧列綺筵遠擬玉山池館勝近同蘭雪畫圖傳無端風雨驚飄瞥名賢散後觴咏歇絶杠欲渡劃隣居三徑重窺半蕪沒從孫逸興暮青雲攀樹婆娑對夕曛割取數間疏户牖圖成尺幅寶香芸人生何事空勞慮轂轉烏飛太匆遽乘槎縱使到天涯莫忘平生釣遊處還君此卷重欷歔水墨幽妍動碧虛塔影鐘聲杳靄處果然吾亦愛吾廬

為李勉百題卭須圖

行行阻江水欲渡川無梁擊楫思共濟懷友耿不忘孤鴻求其侶深林隔遥望指顧雲路逈拭目天

逵翔苟非金石交那契芝蘭芳成名慮晼晩日落山之陽

我友富文藻生今能嗜古高懷豁秋旻好脩佩遺矩朗吟雄雉詩言采匏葉苦揭厲随淺深芳馨擷蘅杜平生訂久要聚散會可數欝陶寫離悰雞鳴亂風雨

輓周迂村

舉世罕中行同人思狷者迂村豈真迂歌詠任陶寫獨行寡朋儕結習耽風雅清如氷絃弾泠若松風瀉卧病同衰安苦吟類東野一編手自携不道

知音寡盈縮有前期年命詎爾假新詩入選家清墨潑盈把墓檟何時封踟躅夕陽下

龍掛

烈日中田望霖雨桔槔殷般水之滸忽看神物挂九霄頭角崢嶸爪鬣舞豐隆排空聲怒號澒洞勢欲傾城壕頃刻吸取太湖水驪珠宮裏翻波濤黑烟浮浮升樹杪行人指點靈光繞蚴虬偶爾露端倪變幻誰能知大小雲行雨施德合時乾乾終日道在茲臨平湖邊人盡走讀書不聞良可師往年多行繁露法老農隴畔空攜鍤封將鐵冶閉南門

三吴未卜流膏洽從今行水得真龍紀歲當不憂
乾封灑徧甘霖四郊慶村邨沽酒相追從

惠州詞寄戴植三

越井遺封自尉佗佇聽蠻女奏清歌海珠山下桄
榔滿文惠堂前荔子多

此邦文物冠南州況有東坡勝蹟留萬户春濃如
昔日使君鼓角導鳴騶

墨池硃沼影涵清摠為前賢故得名海岸鯌魚登
桂酒豐湖藤菜敵蓴羮

朱明鐵柱渺難攀霧縠雲綃滿四山領得身騎五

色鳳一宵飛墮石樓灣

雪後胥江泛舟至海會菴

寒江四面照玻瓈裊柳寒蘆望欲迷試仿松溪匀
粉墨幾稜岸嶨峙城西
漁莊小住叩茆菴凍雪踈踈着屐探古樹空庭喧
鳥雀夜来燐火照幽龕

曉行西山道中

山北山南路蜿蜒杖藜行去影僊仙望中不斷松
楸影何處啼鵂劇可憐
地近紫莊與米堆層岡廢冢徧蒿萊森森古栢司

徒廟侵曉疃曨門未開
虎山橋畔話樵漁鄧尉周遭佛子廬翠巘白波相映發銀房玉柱與誰居
松排山脚繞僧廊帆挂波心去渺茫試向梵天閣上望詩人鴻爪話漁洋

門人張素村葛筠珊過草堂夜話

園扉閒剝啄屐齒印苔紋遠客停帆早清言問字殷風塵思往日聚散感浮雲芳訊梅先報羈懷酒半醺

上元後三日舟過虎邱

明燈昨夜鬧殘更短簿祠前人乍行夾巷賣花爭趁早踈簾瀹茗細聞聲飄零劍氣穿泉湧匼匝珠宫照水明銜尾舳艫淮浦去迎　鑾曲裏譜昇平

詢王巨川疾

滸關津渡近黄昏兩載空思笑語温夙擅才名同季重未應渴疾類文園春風捲幔吟腰瘦夜月窺窓藥裏煩好悟黄庭深坐法綿緜踵息會靈源

過揚州懷明史督師

星影参横斷壠坡春烟漠漠草離離梅花嶺畔無人過虚冢衣冠月落時

題王罔齡南園新居

南禪寺畔訪新居寄意真看澹泊如花雨芬芳摩詰室几窓靚整鄭侯書揔因避俗閒招鶴時為留賓自翦蔬契得漆園微妙旨山林隨處是蘧廬

回首江村有故居移来地僻更何如平章樹石添新漆箋註蟲魚續舊書三徑不芟霜後草一畦作長雨中蔬鋤雲小築南園址塔影山光共結廬予家小園額曰南園鋤雲

開元寺佛鉢和皮襲美元韻

法界超塵金石姿乾陀遺蹟此脩持偈降鬼母翻

千劫妙現蓮華印六時響伴齋鐘僧侶集光生滬瀆夜漁知方空圓器應難辨祇樹西風黃葉吹

七夕後一日同人招遊石湖

浮舟西郭外一鑑石湖秋塔聳楞伽寺橋橫笠澤流柳陰猶宿鳥漁網不驚鷗叅政名常在磨崖兩字留

乞巧纔過節新涼散暑塵晚雲鋪碎錦細雨躍鮮鱗座上清言愜尊前白髮新主席為歸愚先生招邀賴同好莞爾得閒身

過楓巖禪院

入寺逢僧户不扃蘚階秋意滿空庭籬邊細菊繁英紫門外寒松老榦青誰向蕭梁看洗鉢聊同白足事繙經穠華那待三春景為愛楓林棹再停

秋日過陸郎墓陸郎名鯤早慧年十三而夭葬虎邱山下

慧業離塵得靜藏秋風掃籜景凄涼青山到處多名冢添得新封弔陸郎

天上瓊樓事可疑土中玉樹劇堪悲彭殤殀壽同如幻終古風流寄阿誰

夜宿草菴清聞閣

晚入深山露氣清橋邊衲子靜逢迎風摇虛閣古

松響月上破窓栖鳥驚一宿蒲團空世境偶聞鐘
磬悟浮生栴檀細爇寒宵永夢繞蟠螭曳杖行

吞環行爲王烈女賦

王山喬之女字於錢未婚而錢病卒女誓以
死殉期年媒氏有來議婚者女大慟吞金環
而死時年二十二聞者傷之

金環爲首飾可珥不可吞夫亡志從死媒氏枉議
婚黄金有變滅寸心不改節忍死絶朝餐屠腸自
引決
幽蘭本國香經霜乃憔悴披離黄蘖條誰謂甘如

齊一死重泰山乃在巾幗間卓哉首陽節清風激
懦頑

輓惠定宇

東吴名家子舊數紅豆莊季也紹經學著述羅縹
緗易從荀虞討詩自毛鄭詳勵志勤樸斲束身重
珪璋貧窶過萊蕪臥病同子桑著書未卒業易簀
驚悽惶
繭絲與牛毛精奥探義域斑斑羅鼎彝矻矻忘寢
食考訂多錯綜詮解無繁飾舉世尚春華君心重
秋實特薦未赴徵孤懷守淵默章含美在中火傳

薪已熄

昔年賦子衿寓宅澄江滸康熙丙申同應科試風雪共論文企慕在三古聚散如雲烟襟期託蘅杜君壽僅中年時命何乖迕陸生昔能詩早歲埋黃土陸學起名蒼培亦同遊庠巫咸那可憑晨星爍堪數

戊寅歲元夕網師園張燈合樂即事

試燈佳節捲晶簾把盞徵歌韻事兼梅圃雪飄封玉樹冰池雲散露銀蟾星橋乍架春初轉畫舫新移景又添漫聽村南喧鼓吹家家竹馬駐茆簷

頭畨風信報芳菲小築雲房錦綺圍萬象眼前抒

樂意一枝塵外對清暉自將椒酒供春酒好整菜衣作舞衣莫怪比鄰来往熟同賡將母賦旋歸

贈徐靈胎山居

楞伽梵宇背城窠自得真山廢假山桂樹一叢雲半塢梅花百本屋三間橋邊月夜閒携杖湖上春風看秉蕑茶竈筆牀天付與放舟直到洞庭還

仲春月虎邱山房玉蘭盛開報本寺僧實含邀同人遊賞

山塘花市人争簇未若僧房開滿屋芳菲舊本抱成圍綽約新妝看不足種别辛夷吐曉烟光分玉

蕊迎朝旭南渡移来積歲年西堂封後留喬木姮娥隊隊舞霓裳姑射翩翩潤膏沐輕陰正值養花天風雨不来半含蓄文公好事特招邀蔬筍清供勝遊續樹下張筵可四重品茶聯句香風逐白髮看花有幾人携節倚樹堪娛目拈来便可比優曇散去何須戀薝蔔

小吴軒眺望

東軒半壁攬全吴周匝重城入畫圖日射劒池無踞虎風摇寶刹有棲烏人烟古道連閶闔雲樹春帆隱太湖信美此邦蕃阜象願言學圃課花租

謁申文定公祠

綠樹青山畫棟新，當年風度儼垂紳。建儲定計孚神廟，遺將成功倚閣臣。言路可能容激聒，綸扉猶賴共和鈞。賜閑堂上留餘澤，華胄還來薦渚蘋。

秋夜悼亡詩十首（宋夫人歿於八月初二日）

夜涼風動撼梧桐，誰識羅幃一夕空。天上泬寥憐破鏡，人間搖落感飛蓬。

青衫十載苦幽栖，佐讀芸窗翠黛低。肯為良人悲被放，平生早薄杜羔妻。

林下寧誇柳絮吟，鹿車共挽劇勞心。玉堂清冷行

厨匱時典閨中纏臂金

借樹棲遲畫景添玉堂瀹茗伴虀鹽秋風茅屋曾驚破夢繞家山卷畫簾

辛勤中饋奉甘飴鶴髮萱顏捧袂隨勗我循陔無戀職深閨先為補笙詩

出塞崎嶇賦采薇南天迢遞寄征衣諷經為祝行程險踏盡龍沙穩步歸甲戌秋予扈蹕至吉林馳騎百餘日夫人在家誦觀音經千徧以祝平安

四雛乳哺盡依依一半營巢歧路飛病裏呻吟不相見歸来遺影泣空闈

繡翟加身事等閒重泉無路問刀環三生塵夢今
先了九品蓮臺會可攀
招䰟不到稠桑驛薤露還歌陌上花明歲棠梨寒
食節好營殯舍傍山家
阮帷永夕起悲歌潘室經年廢静哦懶向中秋看
月色恰遭風雨妬孀娥

逸園對菊

蕭疎鬢髮點新霜又向東籬挹晚香春艷繁華驚
過眼秋花零亂易愁腸誰論大隱還中隱真覺元
方愧季方瘦蝶寒螿俱暮景南園落葉付蒼茫

和錢思贊玉峯秋興二首

玉山朗照徹松寮衿佩如雲聚野橋問字諸生環
講席論心款友話良宵蟲鳴絡緯風聲靜葉戰梧
桐雨勢驕籬外黃花傾白墮相思兩地不相招

斷碑殘碣舊摩挲憔悴青衫幾度過二陸人才鍾
秀獨三吳地勢壓潮多誰家別墅荆榛合是處荒
墳牧豎歌為訪鰲峰橋畔宅文康事業竟如何

自題戴笠圖

通籍愧纓組衣裳凛在笥矢懷尚絅什耽誦鶺梁
詩蓑笠見鄙趣栖隱歸茅茨放歌逐元真山巔與

水湄俯仰惟取適圖繪堪自怡傳神在阿堵僬僥見不疑冥心合道處造化同遊時不須形荅影空歎年光馳

贈王深籟同學

遺榮師叔夜經國慕夷吾數齒未云老掩關亦足娛岑菭同校序風雨共江湖恭壽堪為法賓筵仰德隅

寒食見新燕有感

呢喃依舊繞樓頭似向深閨訴別愁時届禁烟情漠漠空存遺挂語啾啾銜泥誰捲珠簾待繫縷空

看盡篋收料峭東風難遣恨緑楊仍醮碧波流

木雞齋山茶盛開即事

生長花市間未識名葩壽誰知綺麗叢能耐雪霜久偶過木雞齋濃陰覆廬牖寶珠合成冠瑶華垂結綬相傳趙宋年至今神護守主人好招客茶熟酒盈缶張筵列珎羞促句成瓊玖花開客盡来客散花何有昨遊玉蘭房銀葩照岡阜紅兒比雪兒（吴人以玉蘭為雪兒山茶為紅兒）兩両成嘉偶詩續坡仙吟繪倩徐熙手斜日倚闌干春去猶回首

繍谷送春詩有序

盖聞風衣日艾揔屬因緣石火電光空悲奄忽李青蓮之縹緲東海長河杜紫薇之殷勤殘花臘酒名賢題詠懷峴首之鄒羊勝侶徘徊緬竹林之嵇阮共歎塵埃野馬徒看流水游龍歲屆屠維律逢仲吕緑烟集柳紅雨飛桃林泉静而閒恨新亭皋晚而幽歡尠抱琴高枕哆江山之笑人仰屋繙書紛烟霞之招我乃有樂安華冑北郭名家宅近六如徑開二仲炮鑵龍而招客刳楓人而開樽清言韻於管絃更時禽之悦耳道氣醇於醽醴況薰

蘭之醉心主人則通元先生好求古蹟上客則絳縣老子曾識堯年靈光巋然揮還日而孤照孝章獨在留過風之餘吹於是寤索覆蕉飛尋印雪筆花墨瀋駐九十之殘暉目送手揮契五千之微旨藤荒別院字影龍蛇苔蝕閒階書成蝌蚪堂堂既去原知世固閱人得浮方來猶是今之視昔云爾

時過百六景光新三徑重開悵望頻鶺鴒穿林鷥靜晝酴醾滿架惜餘春衣冠洛社尊耆碩觴詠蘭亭列主賓先後尋芳同逆旅祇應愁絕卷中人

桃花深塢近吴趨繡谷流風韻事俱座滿琳瑯書揷架盤陳櫻笋酒盈壺重輪花甲留泥爪什襲巾袍印畫圖客散幽香凝小院舞雩游詠屬吾徒

巖東先生招看園中芍藥即事十六韻

勝地依巖麓名園並辟疆時應占夏律花已殿春芳遲日延孫賞曈風送晚香翻階滋曉露夾砌麗朝陽遊子驚時暮閨人贈遠傷無心折楊柳結念在瀟湘綠葉葳蕤茂紅英的皪光玉盂添静供金帶鬬時裝雅興情彌懌佳辰會有常靨看瓶膽摘妍借錦帷張白髮推耆碩清吟綴末行湛恩辭禁

肖逸韻託蓉裳首夏濃陰含將離寄興長蕙風搖葦箔麦氣冷山觴碧草欣堪佩伊人渺一方餘芬襟袖滿歸棹咏滄浪

題定慧寺蘇文忠公嘯軒遺跡贈朴菴上人

蘇公湖海蹤香林遊歷徧題詩寄廬阜觧帶留江甸古寺城東隅遺像蛛絲罥大書歸去詞鴻爪半隱現若楕劚婀娜微跛轉峭蒨仙踪空躔光佛日駐巖雹譬如焦山鼎法輪遞相禪象教足冥搜塵襟豁韋纏月掛雙塔巔雲籠大雄殿上人儒墨薰空林對書卷嘯軒攬雲霞墨香沾几硯一菴迹可

容幾載壁猶面蓮社倘相過摩挲恣遊衍

夜過江尖渚

九龍翠色指依稀第二泉亭徑路微帆舶晚風估客聚寺鐘涼月野僧歸樹濃夾岸蜩螗沸水長平堤荻葦肥傷逝情深歸棹緩寢門殘夢永相違時往弔莊書石

莊學士本淳婿歿後見於夢中有感而作

西風捲籜聲怒號夜坐不寐憂心忉更深夢去神恍惚宛爾晤君情欝陶昔君對策明光殿領袖羣英杏園宴春色傳看錦繡迷秋風誰道文章賤我

賦南陔君自留爭言逸足騁驊騮聯翩　寵命星郵發璀璨黃花道左謀誰憐賦命偏促迫鵩鳥先臨江畔驛空悲夜壑赴沉冥固知人壽非金石夢耶真耶合有言屋梁月落悽心魂識得無生亦無死泡幻因緣何足論

送莊書石同年葵

知心不道隔音塵執紼重疑對故人文獻虛期存碩果江湖久已息勞薪巨卿訣別猶增戀桑户歸來遽反真陽羨道中來往客鶩龍山日識前因

題宋懿庭杏花春雨圖卷

迷濛細雨遮輕霧芳草堤邊映高樹一枝紅雪罩初春千片錦帷籠薄暮最憶江南春好時街頭花事信風吹流傳紅杏尚書句譜入鸞坡學士詞君因久别家園景秉燭夜遊鄉思永指點青旗沽酒家翻飛燕子差池影着鞭背郤巽都春路入江鄉重問津柳岸垂絲洲隱隱漁村挂網水粼粼回首棠陰崇繡戟偶賦閒居樂晨夕小築亭臺照畫廊四圍紅紫鋪茵席幸予聯袂賡白華家共鮮溪水一涯攜手入林欣命酌朱陳風物不須誇

香嚴寺看菜花追和宋漫堂先生韻

寒菜三春種蕓薹二月花錦茵鋪地徧香靄入雲遮南圃看抽甲東軒待煮茶釀虀同佛子物外繞烟霞

抱甕偕田父清齋更悅禪麦葵翻沃若蜂蝶趂翩然竹徑宜芳草蔬村起暮烟年豐民不饉酌酒和新篇

題仇十洲外藩入覲圖

我吳人物畫手誰第一三百年內推仇英何時圖此紀王會外藩入覲揚昇平勾陳列衛拱黃幄如弦夾道輝雕楹巾車五路備法駕香象罽飾膺樊

纓羽林健兒佩櫜鞬番部君長咸屏營朱衣革帶
具結束道旁匍伏稽顙迎酋衆駢肩擁林麓鬚眉
蝟縮面色頳我聞清明上河會汴京士女來傾城
寸人豆馬極參錯粉墨真贗難定評何似茲圖神
絢爛國門價重百鎰盈當時名蹟不多見吉光片
羽雙牂傾有明自從河套棄款關納費徒虛名對
此空廳增太息流傳倏見滄桑更我　皇神威震
西域旃裘隊隊來歸誠天山月窟拓地三萬里徧
教留爽閣睞生光明大開朙堂覲羣后容成器臘
羅軒庭丹青寶笈應得實父手為寫清和寧謐雍

容樂愷之風聲

題范叅議祠有序

前明少叅議范長白公文正公十七世孫也嘗督學雲南平鳳克之亂功在史册舊有專祠規制樸畧曾孫昭素既以田百畝歸於義莊以贍族人昭素沒厥配顧孺人復輸白金二千兩建祠五楹三吴之士各賦詩紀其事因為捃摭輿誦排比樂府擬宗祠侑祭之歌昭桒梓敬恭之義

慶歷名彥鳳翥龍驤澤流賢裔仁衍義莊乃煥棟

宇乃肅蒸嘗執事有恪右序東廂
六詔文宗登陴列仗剪彼封豨雲開煙瘴勳爍瑤
編典隆圭鬯厥德中孚是用大壯
賢哉女士厖材鳩工堂基永奠觀瞻載崇序式昭
穆神無怨恫載頌先烈有碑穹隆
巍峨天平雲生棟牖文正餘慶天畀單厚惟孝獲
福惟仁永壽彝鼎載銘山川永久

網師小築吟

竹竿籊籊以釣於淵物諧厥性人樂其天臨流結
網得魚忘筌羨彼琴高乘鯉上仙灑灑葑溪環映

南園面城負郭帶水臨田濯纓滄浪蓑笠戴偏野老爭席機忘則閒踔爾幽賞烟波浩然江湖余樂同泛吳船

書曾孝女事

昔聞爾祖傳孝經負薪受杖垂儀型身立名揚護肢體啓手啟足猶丁寧迢迢清塵鍾季女婉孌芳華剛十五芸編手習禮素嫻藥餌躬嘗心更苦皚皚白雪愁陽春祝融煽雲郴江濱狂呼乞救風不返昆岡玉石同埃塵身抱母身死不脫相隨糜滅肯獨活碧血墮地騰光明手搴雲旗上天闕成仁

成孝輕捐軀全受全歸義則符娥江殉父待旬日輸此畢命爭斯須即今郴水崇祠建魂兮不返知無怨哀誄繽紛幼婦辭晴江芷發蘭盈畹

題顧祿百讀書秋樹根圖

泬寥天氣澄虛碧梧影搖寒秋摵摵此時心迹喜雙清獨抱遺編據磐石主人性癖耽圖書百城南面樂有餘瀟湘入夢攬杜若羽陵積簡摎蟲魚別離但望春天樹巾衫偶向圖中晤碧雲冉冉駐清愁感秋自和歐陽賦誰歟筆格獨蒼涼人外閒情水一方讀書有暇聽鳴鳥好為論文過草堂

紅橋修禊詩和盧雅雨榷使韻

綠波翠巘蕩鳧舟勝地佳辰合逗遛舊事詠觴追曲水新聲絲竹載涼州層軒複榭開屏障語燕啼鶯效唱酬是處衣香人影亂二分明月恰當頭

仙翁彈指憶當年泡影繁華瞥眼前不羨綺羅環錦㘴還看袍竹躡層巔（阮亭冶春詩邛竹方袍老謫仙）輕埃雨淨調金勒皺縠風微繫畫船碧玉交流明鏡裏嫩荷香散露珠圓

淺草平沙輦路通名園迢遞蜀岡東迴廊積翠流紅采曲檻憑虛[illegible]遠風過眼煙雲生窈窕連江水

樹接空濛金焦數點倪迂畫盡入平山指顧中
點綴標題照眼明熙春臺外送鶯聲弄晴作雨併
詩急浮棗沉魚得句清江總三日詩醉魚沉遠岫浮棗漾清漪為攬
芳時思舊社轉因勝蹟溯新城吟壇名宿從頭數
閱徧風花調幾更

劉悝常見餉洞庭枇杷碧螺新茗賦謝

盧橘佳名著上林味甘如醴色如金洞庭畏載筠
籠實比賚林檎思更深
嫩蒳芳香吐露芽碧螺清味貯山家若教陸羽添
新品陽羨無煩誇貢茶

遊仙詞題惠虛中鍊師照

曾向蕭臺侍玉皇翩然跨鶴返吴鄉元都觀裡朝真罷不異華陽與紫陽

早從莊叟悟空虛冉冉浮雲自卷舒白雪黄芽成獨契道書閲罷更儒書

芝庭詩稾卷十一

芝庭詩稾卷十二 辛巳至甲申

長洲彭啓豐翰文

後新塘墓田詩

己卯冬十二月　慈親見背卧苫讀禮久廢吟咏越庚辰冬十月奉窆於新塘之阡登陟邱隴觸緒抒哀同於蒿莪之什云

栽松已十年蕭瑟當寒夜清光發遥山踈影逗微罅候蟲聲尚喧宿鳥翻欲下卧看銀漢横淚與珠露瀉蒿廬燈燼稀稻草猶堪藉

雙桓開戟門翁仲拱墟墓獨行無所歸踟躕斜景

暮不見化鶴来但見歸鴉聚中夜忽悲啼愁腸孰
與訴杯棬進稻粱何年復反哺
此地近花市揷槿聊為家閑閑十畝間分栽四時
花墻頭任撲棗平圃宜種瓜有時遇暵乾轆轤轉
水車薪木幸守護無以斤斧加
横波偃長虹曲闌閒可凭壯瞻長蕩河南指山塘
徑晨興霧露凝夜歸雲木瞑參差水回紋迤邐田
幾稜荒寺偶前溪遥聞一聲磬
峩峨海湧峯窣堵凌百尺卓笏踞辛方舉頭映金
碧曉霧暗疎欞夕陽掛簾額憶昨登後山指顧情

脉脉陟岡有餘哀天半風鈴折

夜宿落木菴　徐元歎讀書處

寒雲封竹徑落葉滿天池物外存遺像山空起遁思風鳴聲淅瀝月上影參差欲覓歸藏處樵夫竟不知

清泉流不竭曲磴到山門淨業存詩卷殘僧當子孫不分興廢刼彌見隱淪尊澗上清風接閒心可共論

訪文文肅公讀書處

竺塢窈且深籃輿暫停止絕壁鎖烟霞清芬襲蘭

芷山阿緬英靈星斗臨尺咫委鬼昔披猖烏程復奸究公出屢顛蹶歸来貞素履小築避喧塵萬卷横綈几上瞰巉巉峰下挹泠泠水相訪来素心偶談時泰否豈不念蒼生投林非得已身未殉膺滂名肯儕黄綺雲仍竟寥落瓦墁翳荆杞過客重欷歔往事徵青史

卜葬亡室於鍾家塢并營生壙

坏土親營事可哀子真餘泪染齋縗由来婦順承姑訓先抱靈旛告廟来（葬禮奉蒐帛告于祖今行之）七十二峯拱翠堆牛眠深塢足徘徊中宵月色明

如畫玉柱銀房照夜臺
行来原野更淒然望裏青山起紫烟莪蓼廢餘愁
百結藁砧望斷又三年
未忘潘岳周朞恨欲續陶潛自祭文弔影淒涼歌
薤露年秊陌上草如薰

宿白馬寺

自踐坡坨卜蒐裘蕭梁寺古結隣幽人生何事憂
千歲今古惟應剩一坏松月窺窻鐘梵寂梅泉繞
砌竹筒流夢回空有浮生感好向滄江伴白鷗

過支硎宿来鶴菴

仙禽何處振飛翰暫借禪扉一宿安華表乍歸雲漠漠縞衣入夢夜漫漫買山方擬尋支遁煨芋無須學懶殘門外遠峯如揖客飄来晴雪不禁寒

自京口至江寧

江邊亂石蹲如虎龍潭驛路分釵股正值春陰釀雨時迷濛烟樹紛難數我住菰蘆閱六年風波情怯度江船不辭蠟屐穿雲去方擬尋山踐宿緣

棲霞禪房雨坐

雨氣濕嵐容僧房暫倚筇聲飄千澗瀑影暗六朝松暝坐鐘魚寂清齋蕨笋供階前栽藥草何處覓

仙蹤

千佛崖

雨洗雲根慧珠吐端捧蓮華啓瓊戶初疑飛墮自鷲峰旋識磨礲由玉斧南齊往日開靈宮文惠鑿石何玲瓏一佛普現億千佛覺海不動山河空浮圖咫尺祥光繞倒影深巖谽窈窱誰能面壁悟無生来往緇流六塵擾

春雨橋

橋上白石瑩如玉四圍翠影羅脩竹橋下瀑溪漲衆流白雲彌望懸飛瀑連宵春雨漲山蹊四顧憑

闌聽鳥啼竹影雨聲相雜遝芒鞵到處濺春泥

萬松臺

我聞黃山松最奇惟有棲霞適肖之黛色蒼虍互掩映樛枝鐵幹相扶持雨漬中虛勢欲折雷轟半豁形倒垂紫鳳來鳴應律呂青龍欲下翻之而就中九枝競葱欝形如九老森鬚眉峩冠揷笏儼嚴肅帶劍拓戟撐孤危高臺四敞俯絕壁縈雲陰曀遮晴曦江濤有聲並搖撼猨鳥得勢相攀追脚底踏徧百盤路樹根采食延年芝羡爾高僧岩際宿經幢颯颸天風吹

最高峯

龍蟠紫氣開江甸攝山正在東南面三峰並列一峯尊絕頂霞標吐餘絢飈車駕雲陟紫霄送目千里奔江潮蜃氣層層起溟渤蒲帆葉葉趨金焦藥草叢生徧岡阜白鶴翩翻羣鹿走別開閬苑與珠宮不數清涼及牛首人生何事不學仙丹砂石髓延長年蓬萊清淺凡幾度朝菌晦朔良可憐須臾浪蹴長魚立雲裏琴高笑相揖我欲從之上玉清蒼茫失路嗟何及

棲霞雜詠十首

瑾瑜射朝暉絢采橫天半易取烏紗名　宸題燭雲漢 玉冠峯

顆粟蘊須彌祥雲舒窣堵證取金剛身光明照寰宇 舍利塔

夾澗少人家堆雲散錦霞落紅流水泛春雨滿桃花 桃花澗

石罅縈寒玉波心吐瑞蓮品泉超品外活火竹爐煎 品外泉

明霞映紫峯峰染翠烟濃傑閣臨無地何人躡磴從 紫峯閣

遠吞江瀨光近俯松杉影三山在眼前獨立孤亭靜

暢觀亭

妙法無遮眼宗風契上乘何須問南北當面是金陵

畫禅院

寶界凈琉璃名香熏篤耨合掌禮文殊空華散永晝

文殊院

山靜臺亦寂何人更説經松風吹萬壑猿鳥自来聽

般若臺

木石秀而野亭臺清且幽遠携蜀岡勝結構小丹邱

幽居室

攝山諸名泉歌

山下出泉流倍清涓涓細聽笙簧鳴攝山靈區多勝蹟搜羅始識諸泉名苔痕印鹿迹啣草得長生亦有虎跑處石牀方廣橫珎珠百道淨砂礫金線一片騰光晶紫峰閣下細疏剔更見飛沫噴簷楹仙靈來縹緲對坐吸緑醽銀河半空落玉乳平地傾嘉名肇錫功德水有孚習坎維心亨上接岩磴看泌湧下注農畝宜春耕恰逢甘霖濯枝潤不辭霑濕披榛荆元公疏濬覘地脉巧匠結搆倂天成珍禽悅耳伴幽寂名花照眼管送迎恍惚疑尋夢

中路半生虛負山阿盟汲泉酌茗堪久憩不須更濯滄浪纓

雨中尋柳谷贈袁子才

春深多積雨雲護小蒼山綠柳遮谿谷碧桃滿路灣淵明歸里早庾信卜居閒不爲遺榮祿情因將母還

大府停車騎雲楣掛額崇（望山尹公書小棲霞匾額）築棲穿岌業疊石綴玲瓏雅讌紅裙侍新詩白雪工棲霞疑在户春雨響潨潨

靈巖雜咏次歸愚尚書元韻八首

吴宫作梵宫花片簷前舞繡楣對青山香骨瘞黄土春風憶苧蘿夜月採蘅杜詩仙曳杖過繁艷空今古　館娃宫

臺空琴聲寂日落山蒼然一笑粉黛假事往移千年松風驚促柱石瀨鳴潺湲何人抱緑綺側向雲根眠　琴臺

絶壁倚巉巖回廊貯虚敞縹緲天風吹如聞佩環響累趾鑿層梯尋幽芟宿莽早悟聲塵空浮雲自来往　響屧廊

高閣穿巀嶪八窓漾晴空湖波渺無際蒲帆趁長

風半峰點蒼鶻深渚吟潛龍目窮溟渤境身上蓬萊宮

涵空閣

窣堵響風鈴流泉貫佛頂浄洗胭脂痕紛披蘋藻影龍蛇閟深黒轆轤牽斷綆閲盡往来人無波此古井

吴王井

半畝貯方廣一水浮清泠倒射雲影碧長涵石骨青叢樹映遝迊游魚漾縱横應有詩人来筆落風雨驚

研池

蘺徑朝采芳繡鞋踏行露空山耐薄寒古梅發太素瘦影怯娉婷香魂亂雲霧芳春難久留佳景變

朝暮

采香徑

芬馥滿春林濃花照巖谷掬芳萬朶妍餐英五味足池水澹悠悠落紅變深綠山中人乍歸春慕好風浴

翫花池

重過栢樹山房

梵網歸清淨禪燈嬗古今青青栢子樹凜凜歲寒心舊侶閒雲散虛堂白日深祇園說法處莫被點塵侵

法螺菴在天平背面因其幽邃重為抉石䟽泉為支硎最佳處

天平開背面法螺劇清幽岫嶺翠痕密杉松蒼盖稠驚人石飛破穿竇泉迸流畫廊循峭壁磴道藏岑樓目窮意未愜步轉路彌修物情多遠騖近景忘搜求宦光蹟已湮馳烟驛尚留人呼小棲霞携節值清秋僧侶觧吟詩酌茗為逗遛山鳥通佛性野花散閒愁窈窕覔林壑逍遥泛虛舟

恭和

御製命九老遊香山用白居易詩韻

香巖列席輝龍衮儼讌揮毫授鼠鬚正值呼嵩同愷樂更看拄笏愜清娛簪纓聯社人惟舊劍佩飛

觴語不粗解組九官名屬籍引年一倍杖同扶清音泉石怡情性皓首衣冠列畫圖金母銅仙齊獻壽神仙海上豈虛無

恭和

御製詠木桃

蓬壺名種肖連卷　玉案携從曼倩仙五色恍疑霞實燦一株長映日華鮮壽逾火棗稱珍貴堅比霜松閱歲年恰向瑤池添瑞牒風詩那用報瓊篇

恭和

御製重華宮曲宴廷臣玉盤聯句元韻

合璧雙馳沆瀣津獻來月朏瑞光新湯銘懋德輝彝器舜殿賡歌集侍臣寶獲三朡看洗甲味陳七種喜調辛額琳秦語傳　宸藻繹雅何須問李巡歌傳　帝德越蘭津典寶陳謨氣象新已見瑶盤來絕塞還看玉敦列蕃臣春旗乍轉初耕乙涷甲繞抽更鍊辛嘉宴瓊琚聯藻詠詞臣詰屈意逡巡

陶然亭送春

地僻亭長在春歸客易驚空看紅紫落無復管絃聲澹綠籠新樹斜陽掛子城流光惜晼晚吟眺有餘清

四十年前事公車共盍簪雲烟頻聚散冠盖復登

臨 北闕祥光護西山黛色深江鄉停 鳳輦處

處徧春霖

覺生寺大鐘歌御製恭和

蒲牢伏地蟠金龍獅子交紐填青紅霜風夜月感

時序立號橫武祛妖凶鏗鏘鞺鞳聲遠震浮金懸

石制不同地出北門訪故蹟尚稽永樂開燕封金

川功成奠九土聿移廟社陳鼎鐘道衍監造仿古

式役使皃氏鎔精銅全部華嚴並刻劃字畫端整

中藏鋒掛向重樓架松棟六時僧侶頻撞舂北地

無端看逐燕南師旋復成沙蟲依蔓誅夷焚烈火
陰燐碧血埋孤忠賴有佛力資懺悔一聲響徹幽
冥重法座莊嚴超歷刼刀輪障業歸虛空何年移
置萬壽寺巨璫勢力汚禪宗紛紛施舍求利益捐
貲數萬投其中熹宗以後頓委地荆榛滿眼狐兔
從　熈朝建寺安妥帖彌天福祚昭昌隆　錫名
覺生當木鐸照徹圓鏡開頽蒙傑閣崔巍倚上界
柱頭拱峙推神工時當清晝發烟霧聲隨長樂鳴
天風土花斑斕映蘚砌寶氣騰躍侔珠宮　帝庸
作歌七字爍西來大意澄心胸慧日懸晶轉星刲

菩提結果芝葛蓬穹碑屹立鎮淨土龍蛇入筆非人功證佛知見開祕藏大作獅吼聒羣聾却憐衆生喚未醒每從蝸角爭雌雄人王法王齊覺世白足頂禮多行蹤聲塵未了宰官現初心早已歸儒童麟書呈祥光郁郁鳳德告瑞鳴雝雝頟假心傳入性海更聽法鼓聲逢逢

藤花廳歌

仲夏薰風調玉琯紫藤花發清陰滿纓絡垂垂蔓徑鋪柔條嫋嫋簷牙短空庭分幹直東西亭午朝陽判寒暖不爭芍藥鬬穠華會共丁香飄紫繖予

鄉尚書匏菴公曾領清銜築高館九流品藻無滯才一代銓衡效忠款風巖既邈可相師顗學閶闔與侃侃肩隨啓事署頭廳判牘餘閒歸去緩鳳池兼署稽舊聞舊例吏部侍郎兼翰林學士銜雞樹堪棲得新伴丰茸千朶曉霞明珠綴玲瓏晨露瀞雙枝倚户客罕来覓句寧愁春夢斷

得仲弟書因憶園中芍藥

仲蔚荒廬草不除殿春花發曉窗虛南園風雨勞相憶恰對将離寄遠書

綽約仙姿曉露溥編籬何必夢雕闌昔年曾奉

慈輿到泪灑春風忍獨看

藤花廳雨坐

檐牙急溜響奔泉嫋嫋柔枝罩檻邊綠樹雲深團座影清齋香裊炷爐烟麦秋方届連陰潤蒲節重臨溽暑綿盖井試尋繁露術缺訛誰為訂新編繁露

止雨篇宋本缺數行

賜園夜宿

萬樹清陰繞御園短墻掩映界籬樊游魚檻外沿波躍宿鳥枝頭接葉喧宮漏丁東初退直署雲靉靆遠連村廿年常傍清凉境水色山光自到門

雨過珠翻荷蓋圓蒲葵砌畔吐幽妍地同濠濮忘
三伏人占蓬壺各一天亭榭半欹難騁望釣磯虛
設獨留連蒼茫暝色林端起夢冷青綾自在眠

六月十三日奉　命典浙江鄉試恭紀

於越文明霞采蒸　時巡纔過又賓興眼中幾許
無雙士品外誰超最上乘陶鑄須教金在冶範圍
應覩木從繩遙思泮壁儲材日荏苒流光感喟增

題歙縣旅館

地近九河淹故道城環千室少高閭令君省斂憂
民瘠過客停驂遠市塵一榻清風凉似水半窗濃

蔭綠成陰猶憐學子絃歌地西漢傳經澤未泯館即邑士書塾

自趙北口泛舟至景州

紅欄侵卧柳雁齒浸平波欲並漁人泛空增勞者歌吟哦虛歲月詢度未蹉跎塔影凌霄處輪蹄幾度過

齊河道中兒子紹謙自新城來迎口占示之

濟水橋下流車塵路旁起兒厘羣裾情馬首瞻尺咫捧檄未為榮鞅掌差足喜借問邑何如政簡事易理最爾慎居官報國從兹始編户洽琴聲墾田

興未耜錦秋湖水平白蓮香十里地接魯連陂懷彼玉貌美峩峨帶經堂文章爍如綺左道未及遊臨風企涯涘

宿泰安望岱作歌

虞書時巡紀岱宗五岳之一先東封至今祀典冠諸夏時開鳥道迎蒼龍水瀉一杯眺溟渤烟分九點披芙蓉帝臺百神啓觴宴碧霞冠佩脩儀容年來　法駕三莅止玉鞭先指泉林宮臣時留京虛遠思天門岌業誰能從茲因　簡命自閶闔文章報國塡心胸泰安一宿清寤寐瓣香縷縷抒虔恭

雲陰薄靄送秋雨兒孫拱立環高峯何年手持九節杖足躡絶磴開蒙茸但願神庥庇下土嵎夷昧谷登時雍

入江南境

朝經郯子城暮宿峒峿驛本是江南人来作江南客雲凝芒碭深山映淮楚碧衰草被長堤阪田虛露積民瘼事咨諏僕夫苦行役跋馬尋渡船簡書凛朝夕前路逼黄河疏濬紆籌畫

過金山作恭次御製元韻

四面螺峯樹擁青畫圖金碧倒涵形水兼海國波

濤壯山入江南草木靈　行殿嵯峩輝五色上方宿頓紀三停量才幾度開珊網不使鴻飛入杳冥

詠聚奎堂桂花同李璞菴

涼露如珠月色妍樛枝宻葉影連蜷飛来鷲嶺湖山外墮向蟾宮几案前香靄霏霏聞鼻觀濃陰冉冉引爐烟時當三五金波滿不道青雲在遠天

扶踈開落印苔斑前度何人為折攀千粟氤氲氷鏡裏一株掩映碧紗間仙宮早識施靈斧別岫還眈賦小山指點庭前無隱義好同山谷叩禪關

西湖公讌詩

葳蕤乍啓夢蘋堤湖上清遊憶舊題楊柳踈枝秋潦淺芙蓉冷艷野鷗棲司花神在超塵封畫舫人来印雪泥競説春時　鑾馭到萬株金縷好禽啼

管絃新曲度湖濵畫棟雲飛不動塵傾盖萍逢多素侶洗愁杯勸趂閒身採香南國憐秋晚對菊重陽覔句頻回首絳紗殘夢斷迭為賔主悟前因壬申歲予督學浙中晋寧李公来典鄉試今李公督學予来典試故云

西湖雜句

不雨不晴秋正佳湖山無處着烟霾最高峯引盤陀勝迤折松篁隱半厓

裏湖外湖水滿堤湖心欄檻浸波齊高風只有林
君復千載孤山白鶴栖
曾塑花神伴冶遊畫廊窈窕護重樓而今梵宇空
諸相黯淡殘粧碧樹秋
歌聲掩抑罷飛觴公讌逍遥別緒長如此江山如
此客百年幾度醉重陽

莊滋圃中丞邀遊龍井

高占湖山勝平吞江海光翠屏圍石室寒溜滴松
岡似有龍噓氣遥聞井洌香行人幾回顧陟嶺過
風篁

海寧登鎮海塔同莊中丞

赭山相對峙按候海潮廻東旭扶桑湧中流白馬来曾聞百尺浦舊建越王臺獨上層霄裏虛空響迅雷

八窓臨窣堵萬象烱清秋佛力扶鰲極　皇圖輯瑞球廣塲繁斥鹵新漲阜田疇指點金提固關心未雨謀

新塘橋省墓

隔年親負土銜　命此旋歸咫尺瞻華表淒清泊釣磯松楸承蔭渥　綸綍載恩輝薦盎凝朝露路披

荊趍夕暉陳詞焚素帛漬泪染征衣郭碣文無愧歐阡頌未違傳經思舊澤為善悟前非望斷雲山阻情疑定省依啼烏深夜夢又逐片帆飛

高郵道中阻風與璞菴同行

文游臺畔憶詩豪忽聽狂飈騁怒號淮浦堤長帆影落五湖水滿浪花高連檣欵語心初釋剪燭論文首重搔莫悵江關增旅思湖山風月屬吾曹

冬至前三日雪

霧霰輕籠遠樹梢紛揉徐覆廣庭坳羣欽　帝享齋方致已見天心氣欲交葭琯未飛先甲日玉鱗

旋動一陽爻東郊淑靄鋪三白　北闕晶輝散九苞會覩騰空翔鸑鶴真須掃地薦陶匏肥添土脉香芸茁暖待風光臘鼓敲老屋夜明驚鳥雀梅花殘夢到衡茅劇憐清興輸驢背覔句頭廳自解嘲

詔賜京城窮民綿衣五千領紀事

朔風淡朝曦橫林乾鷇觫陽鳥違雪霜徃就南方燠爾民一何愚謀衣力不足清時恥為非歲歉生計蹙曝日負短簷手足寒皸瘃　皇仁散陽暉舉念周蔀屋　特詔給綿衣溥施徧煢獨支領由五城御史臺親矚挾纊自生温布襦有餘幅陽回大

地春雪釀来年熟

詔三品以下京貟預支俸米

飲水為廉吏茹荼不言貧顧此盤中餐粒粒皆天珍庶僚沾愷惠　皇心憫艱辛市價或騰湧假貸須乞隣預支越常例輸載由神囷城西官舍比杵臼聲相聞粲粲盆盎實浮浮享祀芬饔飧裕朝夕職業專且勤服采任奔走體恤心維殷豈不念卿輔祿厚國體尊載咏伐檀詩有位宜書紳

題邵敦之梅花破屋鐺圖

寒林春意早梅舒疎影清香烟暝初折脚鐺中供

茶具行窩吟嘯伴三餘

憕底新詩徹骨清竹爐活火試同烹窓前香雪瑶琴弄夢裏江城玉笛聲

題秦鑑泉學士瑞芝圖

晨光淡簷暉墨香潤徽雨芝草擢靈華秀色映庭戶一本茁三英金支燦瑶圃寒甃浥榮泉叢蝶栩然舞連蜷互因依屈曲半含吐屋角遠風来芬芳襲蘭杜披圖燦明霞瑞氣欝亭午秋光古甃净石髮清可數福應豈偶然嘉祥争快覩徽事及儂家年深嗟朽腐濟物無垢氛予懷在述祖

題殪虎圖

木蘭之北圍地名岳樂奇峯秀出雲表岩有
虎穴壬申秋　駕行圍以神鎗殪虎刻石記
其事辛巳九月侍郎錢維城承　命繪圖兼
以底本贈毅勇公明瑞囑同人賦詩

川原蕃膴甌脫蹤楓丹槲綠霜氣濃揚旜表貉列
衛重麏麚麞麛來往逢木蘭直北圍場空云是岳
樂之高峯　至尊大畋耀神武草淺林踈伏猛虎
神鎗一發胸臆穿石狀硌砑日卓午弓開月滿飛
鞚馳電掣虹流合羣聚遂　命侍臣圖繪之雕鎪

真宰墨淋漓點綴螺峯寫蒼潤依稀障塞覩晴曦
三驅未奏長楊賦六法偏工染翰池司農毅勇隨
天仗受此行龕作珍貺興安嶺畔跨征鞍伊遜
河邊卧氈帳藝事能兼内翰才詩情揔在秋旻上
我亦曾隨寯集林柳條邊外敞登臨衝颷蕭颯飄
黃葉猛獸斑斕試綵沉披圖想見行圍樂贈遠偏
慙倚馬吟

恭和
御製職貢圖八韻
梯航萬國拱　王春丹穴空桐職賦均大地河山

同户闥普天玉帛凛尊親遐來應自輕重譯歲至寧煩設九賓日暖旃塗璽鳳集花開元圃白環臻舟依北斗瞻　皇極律奏東風識　聖人土物斑斕黿貝古卉衣淳樸性情真星躔綿邈旁通海雲漢光華上燭辰乙夜披圖　宵旰切八荒聲教共遵循

恭和

御製用庾信詠畫屏風二十四首元韻即效其體並命金廷標為圖各題其上元韻謹序

自夫釋名紀障風之用禮經垂當扆之稱比

鏡水之開簾雅兼藻繢譬房櫳之對幌間設
瑠璃廼者　睿思淵涵　宸章煥發斆庾信
清新之什選勝春臺邁唐宗月露之篇標題
秋日於時雲生甲帳日麗瑤階追琢相輝鏗
鏘間發攄彩毫而綴句瑞湧三花命畫史以
圖形繡成五色神融萬類樂草木之皆春意
括羣言絢星河而有耀是則化工在手不假
鑪錘茂對因心難名懿美者矣臣久依　禁
近夙荷陶鈞欣際作歌輙思賡載縱窺天測
海矢音莫賛高深而歴馬淵魚識曲難忘舞

抃謹循元韻用綴鄙詞

綵勝韶年集華平瑞葉開觚稜九霄迴雕輦四方來舞飄彩袖轉歌逐紫雲迴青春饒麗景勸泛流霞杯

芙蓉舊名渚綠漲曉風前橋平度虹影岸曲轉蘭船翠蓋承朝日明燈映新蓮太液紅雲滿花枝正欲然

上苑暖回春芳華瓊樹隣雲階迴得地月榭更宜人翠禽鳴曉色玉笛轉歌脣幽香一披拂靜覺瑩心神

一灣流水碧九曲武陵源紅雨點漁艇綠蘿遮洞門看竹尋芳徑隨雲到紺園松風仙樂響徙倚古槎根

淋景引春賞聯鑣逐綺遊花茵點瑤席杯酌泛漪流絃管調鳳曲雲霞繞瓊樓逍遙並仙侶底羨碧琳俁

罘罳繡網接礣陛綺雲連珠串歌迴雪柳腰舞應絃香起博山頂奩開團扇前捧觴歌曼壽玉律駐芳年

凝笳翼飛蓋隱隱響雷車流蘇裝七寶綺褥繡三

花蛾眉愛澹飾珊佩謝繁華蘭池陪夕宴樓月未
西斜
優曇開法苑貝葉點珠林毒龍收瓦鉢鳴鶴調松
琴朝雨施有法獨樹靜無心妙鬘千佛境晻靄白
雲深
芙蓉起為館玫瑰葺為堂流鶯勸玉斝海燕棲玳
梁塵拂瑠璃淨衣薰蘭麝香翠鳥窺窓牖山花落
筆牀
虛檐桐葉落曲沼荷香飄擣衣憐靚影停杼促纖
腰天光雲寂寐風色樹調調含情泛瑤瑟流響遠

票姚

鴻漸奮雲路招賢須網羅金莖承湛露螭陛叶賡
歌華綬耀垂帶新衣謝製荷朝陽集鳴鳳藹吉徵

王多

鏡裏晚芳墜風前欹蓋懸漣漪泛紅蓼絲蔓觸青
蓮傍柳岸初轉採菱人欲前雙峰似螺髻倒影漾
花船

傑閣搆山址上與層雲齊仰摘星辰近不知牕戶
低青松舞皓鶴紅藥引仙雞巖戶稀塵跡幽禽相
對啼

長楊親校獵小苑數經過弓滿對圓月矢勁激流波旌旗雲蔽野貔虎氣呑河幕府兵伍肅燕山功績多

飛巖矗霄漢絶迹儼方壺花氣薰茶竈泉流滌笋厨鸞鶴嘯還迴松喬興不孤齋心初鍊藥燎葉石為壚

雲外駐星駕河梁渺且長輕烟籠遠岸細草藉長楊山館延素月花房度暗香盈盈隔簾箔千里共清光

紅塵吹不息四望層城開高第鳴鐘動長楸挾弾

來樹影遮銀轂花香醮羽杯不辭塵障面歌袖拂雲迴

威名票姚將勇畧在從戎玉桃陪上宴金埒入新豐秋水三尺劍明月一張弓射鵰誰騁技白雲回望中

林深多逸鳥水濶得縱鱗四海遠為客千金持贈人旗亭麗朝旭鼓吹宴深春大義期久要寧同越與秦

朝暉映古木夕景媚清池泉溜雜松響荷風拂檻吹草藉黃金勒禽翻碧玉枝長此開華宴一壺花

下歆
層阿抱巖谷嘉樹傍簫齋松鱗風外脫蘚屐雨中
埋遯矣羲皇思悠然濠濮懷蒲輪徵隱逸金門合
與偕
春風香滿路到處翫芳菲竹裏黃鶯囀花間蛺蝶
飛流觴叨列坐單襘試新衣逍遥真自得日暮忘
詠歸
翠虹橫碧落文鷁漾漪流塵净鳥皮几風搖青翰
舟蛟宮難問筏蜃氣欲成樓乘槎今有客星漢坐
中浮

紈素照瑤席續痕映酒杯輝光徹表裏疊障玲瓏開蓬壺景非遠麟鳳瑞皆來畫史施朱粉藝苑比調梅

清明後過萬柳堂有懷馮益都相國

禪林閙傍薜蘿封掃徑無因識舊蹤折柳路遮芳草碧賣餳人趂曉烟濃青山排闥杯觴舉黃閣於賢几杖從歲晚乞身公計得治源風月自從容

中秋節閱錢胄伊同年培園詩稿有集予寓齋觀南華清秋待月圖盖乾隆二年事也

縹緲涼天月似銀當年佈席有佳賓詠懷跌蕩留

長句對酒蕭騷際令辰閱世已曾經小劫夢遊仍復踐緇塵南華妙繪常堪玩翹首蓬山光景新

武闈校射於得勝門外

曠野清秋落葉飛八方貢士望朱旂雍容觀德徵三矢仔細量材判四圍（圍分天地黃宇四字）超距雄姿排隊伍騰驤逸足騁郊畿　熙時待奏長楊賦塞外秋畋草正肥

樞府新嚴命中程不教選藝鶩虛名（新例合式字號不准入場）弓開滿月舒猿臂箭發秋風激羽聲自古鷹揚多偉畧於今虎旅峙長城亭灣校射猶前日沒鏃還

思古北平

同年王孫同招集錫壽堂即事

蘭膏吐燄壁籠紗，邸次飛觴樂事賒。黄菊留香人益壽，青山如畫客思家。霓裳聽徹仙音渺，甑飯炊來髩影華。時演長生殿邯鄲夢雜齣日下舊題追彷彿，眼前指點盡飛花。

和傅謹齋同年移居四首

趨朝時染御爐香，卜宅還依比舍郎。風月亭臺容嘯傲，烟霞心跡就清涼。一枝許借安松棟，八斗同傾醉羽觴。君是天南僑寓客，矢音桐蔭集鸞凰。

山疆風雅並新城曾爲移居詩屢成居繫田山疆舊宅幾
閱歲華隨水逝尚留花木競春榮慈仁古寺遥相
接宣武崇坊舊有名最是放衙歸去早軒窗展卷
午風清
十丈紅塵捲碧堤西山遠隔鳳城西玉珂槗畔看
馴象金柝聲中聽曉雞書束牛腰誇壯觀詩成驢
背好留題藤陰竹徑繞分藥取次繁枝壓帽低
攜來家具儘依於悃款無煩問卜居得地安安原
是客容身碌碌竊慚予星軺曾躍昆池馬鄉味常
懷笠澤魚曝日心情惟望歲茆簷風景近何如

望山師相入覲賦送春歌屬和

百六韶光何處住行踪千里輪蹄度黃髮新承紫禁恩節旄幾閱闗山路菜甲青青望裏看落英片片紛無數東皇何計可留春烟景迷濛送行處一聲鶗鴂呌春歸夾路垂楊拂塵去元公嘉澤徧郊原父老携壺樂農圃紅雨潤滋餅餌香綠陰蔽芾甘棠樹四時景物盡如春奚悵迎新與送故浴沂禱雩屆芳辰藉草鋪茵得閑趣朝來有路築沙堤待公歸來春未暮

觀象臺

周天三百六十五去地九萬有一千茫茫大造真莫測觀星之臺始何年虞帝璿璣制初創姬文載咏靈臺篇銅儀鑄自漢宣帝遞相述作逾精研古遺銅象十三座我　朝新鑄居中圓西洋算法窮杪忽横亘尺度羅星躔五金之精發異彩四柱屹峙生祥烟我來駐馬歷臺上落落萬象光芒懸起然置身六合表欲窮造化元中元側聞人主象太乙執德馭世無頗偏敬天以心不以器神凝於穆非言詮蓮漏聲傳初日曉龍仗彩映紅雲鮮惟願雨暘協疇範天人一氣相回旋

恭和

御製恭奉

皇太后啓蹕幸避暑山莊作

溽暑初收白露天羽林肅肅飭于畋　安輿路坦停珠勒上塞風清護綵旃表貉徐看鷹脫架馳驍不碍犢犁田近畿歲稔徵民樂七月歌豳例往年

恭和

御製降旨免經過州縣賦十分之三詩以誌事

損益有常經易象義攸取　鑾輿重秋巡甸服百里五方當央道迎早釋荷鋤苦塍黄　詔蠲租首

程快先覩省歲值豐穰從好洽風雨滌場築囷倉
除道護稷黍收來畝一鍾稽彼人四鬴天既畀爾
康　帝復恩逮汝豳詩詠大田無逸繪廓廡勗茲
畿輔臣撫卹寧小補

熱河山莊　賜宴恭紀

流杯亭外起瓊樓玉鏡珠簾列坐周是處雲山堪
入畫更聞韶濩最宜秋紅牙紫竹鈞天奏琪樹瑤
華湛露收香菓賜來隨拜舞不知凡骨到瀛洲
寺名永佑衛離宮鴈塔高標峙昊穹堯酒逢時堪
醉月舜絃揮處恰呼嵩魚依蒲藻齊觀樂馬識旌

旄欲遡風陸庶稍需涼露節山莊覲享豫遊同

觀演勸善金科

欲徹人天最上層善緣歷歷引梯登青牛度世來關尹白馬傳經遇梵僧早信真常原不滅本来圓覺證誰能雲軿芝蓋凌空舉頓使清涼散欝蒸

蝸角從來有戰爭建中遺事足傷情緑林擾攘多乘釁白馬縱橫自擁兵誰使腹心輸佞豎却憐葅醢到忠貞早知受諫無今日終古金城孰敢傾演唐德宗時事

入回中五首

自入回中路周陆極窈冥雲迎馬首白天落嶂邉
青最愛秋林古時聞茂草馨長楊羞獻賦荒服幾
曾経

昨夜西風勁氊廬着早霜鑾容收黛綠木葉變鵞
黃疾走坡坨上凌晨衣袖涼八杆旗已偃萬騎擁
山岡

顥景澄榆塞秋高照錦旃駝峯銜落日馬尾浴長
川箭向深巖入碑從絶壁懸時暘占歲稔宿頓起
炊烟

蘭膳先調御官庖次割肥羽林俱合隊甌脫亦隨

圍宿莽無彪伏深叢有雉飛披吟從帳殿子墨不
停揮
扈　蹕思前事長驅到吉林揔戎慚秩峻侍從感
恩深豹畧疇能展霜華早暗侵龍沙堆百草回
首動歸心

和傅謹齋通政來鶴堂詩二首

仙羽振九霄翩然從空下頫首視塵寰茫茫同野
馬玉堂即蓬壺栖止自蕭灑氋氃羽衣鮮冠頂顏
色赭何必薄金門此真大隱者好伴偓佺翁乘雲
時一跨

君本天南傑萬里馳遠心賡歌揚太液清風協薰
琴鶴來應有意長鳴方在陰亭亭頓脩趾戛戛依
寒林淡交託君子靜對酬知音淳意有感孚混俗
寧浮沉

芝庭詩稾卷十二

茅廁言事卷一二

三

芝庭詩稾卷十三 乙酉至戊子

長洲彭啓豐翰文

乙酉新正八日　重華宮曲宴雪象聯句恭和二首

穀日祈年敞　御筵　璇闈渥慶繞旌旃聽韶天上傳宮漏捧硯雲中拂彩箋光映九枝燃火樹象占三白兆豐年庭前巧琢玲瓏影欲舞堯階奏五絃

列坐聯茵喜載賡椒屏萬福曙光迎茗甌乍瀹飛毫捷玉軸重披琢句清晶晃潤沾三殿曉轔輑擬

放六街行儀鍠德産看馴伏彷彿靈臺覽物情

上元後一日皇新庄行宫　賜茶觀燈即

事二首

虹影星縞次第横和門風静晩烟輕鼇山列架星

初烔蓂莢侵階月倍明百尺霓旌高太甲星名見王勃老子廟碑幾番仙樂叶由庚氍毹環坐娱佳節　玉輅

初登第一程

青郊行慶散嚴寒衮繡光華夹路看品鷹琅霜調

玉食杯盛乳酪佐辛盤春来二日風初轉旆指三

江露正團後會柏梁聯趙北銀花火樹未應闌

聖駕南巡恭紀十六首

帝省江圻撫字頻　鑾輿雷動物華新春回斗柄剛三日天麗離明第四巡夹路條風宣太簇近畿華月燦勾陳耕氓緯耒占多慶乍報祈年值上辛

安輿魯道東碧霞穹宇日光融旌旃到處坦步調松鶴烟井隨時繪閬蓬泰岱遥瞻雲靉靆靈岩西入館玲瓏優游彌性如山壽億萬蒼黎祝　嘏同

閶澤協清寧泉瀆安瀾　鳳舸經潭靜蠙旁流珠涵夜月波平銀漢接春星虹堤得地紆長榮玉

牒重光肅百靈八寶城邊林鳥喚桃花新漲挂帆
停
紅橋柳色映樓臺二月揚州繡作堆閒道春陰遲
紫燕定知　春思屬芳梅重踈碧檻江光遠舊遶
朱闌磴路回翻徧竹西新調曲繁華須要返淳来
畫鷁横江靜不喧金焦對峙浴朝暾鼇峰踞頂天
吴伏貝闕淩風萬馬奔宫殿上方扶斗極烟霞半
嶺沃雲根花龕勝地經三宿漁艇浮来達海門
彫鑾麗宅賦吴都虎阜靈巖入畫圖原野風和看
麥長郊畦雨潤聽鳩呼幾株石筍浮西磧萬頃波

光湧太湖水利農田從古擅三江濬導秉　皇謨
康衢拜舞識人和更免租庸適飲訖累萬肯爲司
會惜十千猶覺甫田多詔免積欠一百八十餘萬本年額征減十之三十之
五　恩隨日近環南陸澤似川流灌大河　行殿
宵衣周蔀屋吳趨越會徧謳歌
湖光山色望中賒　行館玲瓏絢彩霞粉筆猶含
靈隱寺芝壇爭鬪紫陽花長風海色青無際新月
潮生靜不譁一自新隄堅簍石薰葭彌望罨晴沙
不須龍舸泛晴川榮榮游魚依岸邊坐對雷峰與
花港長招林叟並蘇仙栴檀細縷縈香案冰雪清

詞潤綺箋孔思周情俱印合涓涓來會有源泉
攝山如繖度雲龕松石瑰奇露氣含巖隱四禪常
寂歷池流八水舊芳甘居人香飫青精飯過客春
歆綠玉篸彷彿丹山鸞鶴集帷宮紫蓋鬱曇雲
三雍盛事詠南邦慶溢菁莪　惠澤降人物山川
饒秀麗聲華文藻返敦龐花飛赤縣仙凫剖玉采
連城白璧雙更想諸生方橐筆函宮清徵響摐摐
詔增生員入學額其分縣一例拔貢御試詩賦一等者授為舉人
寘廷觀象補山龍綠野松門湛露濃春到九原榮
宿草香分一騎酹　黃封易名典冊遺文重舊學

詩篇曠代宗箕尾朝回天上彩明刑昔日矢寅恭

遣祭故大臣墓錫
王士禛謚曰文簡

預裁丹桂傍紅雲染得青袍　天澤亶到蓋文章
承祖蔭陸機詞賦誦前芬含飴舊有田園樂捧硯
新添誦讀勤恰有秀州稱二老籛孫穉齒亦能文

賜沈德潛孫維熙錢
陳羣子汝器爲舉人

興洽江山得句新衹林佛國共熙春乘舟清泛弛
兵衛簪筆聯吟許侍臣内紵頻　須酬翰墨講堂
親御集纓紳蒲葵向日魚依藻難寫輿情愛戴
真

朗含金鏡燭閶闔臨水登山勝景兼寮寀覲光依翠罕封章 批荅應郵籤畊桑不待豳風繪遊豫還同夏諺占芝蓋花明帆影轉潞河波暖及時添

仁皇南幸旃蒙歲六十年来甲子符憶昔垂髫迎鶉首于今白髮拜康衢摩肩舞抃情彌切夾道趨承杖屨扶共聽簫韶賡九奏南薰解愠仰 鴻圖

仲春朔陪祀 文廟

肅步循宮墻春仲月之朔嚮辰露未晞珠斗耿殿角祀事斋堂皇軒庭具禮樂上相 矢齋虔羣卿備

嚴懸俄闡絲竹聲瞻仰雲漢倬　六龍方時巡明
禋陟東岳闕里薦牲牢杏壇奠圭珏樂育徧青衿
顓蒙啓昏眊辟廱佇文雅六館宜追琢教術闡徽
茫前修望綿邈我祖貳司成志行果而確傳經揭
本原品藻釐清濁貽謀在庭戶反躬慚祓濯忝逢
上丁期列位倚松楠先後福　王明始終希典學
羣工凜步趨黽勉跂先覺

壽錢香樹前輩八十即次其九十詩仙謠韻

軒皇訪道臨崆峒鴻鈞一氣旋高空蓬萊衆仙朝
絳節六鼇背蹹三山風風吹一片分湖水紅霞照

耀波渺瀰由來邱壑有夔龍長傍煙霄碧雲裏明光宮太液池紫鷄赤驥相攀追嘉禾尚書蔚人傑峻秩鉅望公兼之秦臺明鏡堪照膽皐謨彛教真不忝詩壇大名幾十稔陵轢顔謝超任沈玉珂鳴佩退朝回風流更壓馬與枚即今在告　帝眷念屬車南幸還趨陪香山耆碩邀　御筆擘窠鸞書親捧出煥若藜青懸太乙玉洞金光瑤草春鑑湖風度真堪匹當年我亦賦歸與陳情將母還故都公時訪我飛軒車幔仙小園閣名小憩花間廬一帆歸去吳江水直到鴛湖集賢里相憶時飛尺素書相

逢對榻連牀被一從祝　鑾来　帝都　彤闈晝
日敞瓊鋪千官鵠立揚虎拜百靈效順羣山呼是
時我吳國老有碻士九十趨　朝扶杖几與公同
入九老圖雲漢天章紀盛美青門怱怱嘶去馬令
子農鄉依　闕下　翠華又值南巡年心隨江草
迎　龍舸公適覽揆八十時起庭才子娛萊嬉絲
綸兩世欣扈　蹕介壽索我歌豳詩南雲回首騰
五色燿褕繡彩映簾額東山絲竹養閒身北斗聲
華舊詞碩玉杯分得　御廚羹錦箋題遍金門客
歌成皇夸遥祝公因風拚示瘦沈翁方春和時月

正三香國花開優鉢曇蒼顏不老腰腳健登山臨水到處窮遐探興來仍結詩仙隊洪鐘發響振聾聵我歌壽公不克如公壽沈詩但應展詩一笑千里如相對

題蘓若蘭回文織錦圖

銀梭墮地月窺隙金井桐風警秋魄隔紗如煙絶代姝緘情遠寄襄陽客四言七字縱復橫千縷萬縷淚凝碧中央四角心鬱蟠婉轉柔腸寓瑤尺傳來雲錦憐慧心照眼明珠細尋繹寫盡纏綿巧妙詞頻令新寵無顏色何人點筆模清揚香靄重簾

坐深閒明眸告宛當機杼應怯烏啼羨鴻翼情根
無情幻愛河今古茫茫血流赤長門陳后費黃金
紈扇班姬愁卷席事有萬族恨則齊或幸重圓或
拋擲織錦蘓孃頗笑人謂智四足矜其特只令智
人何處尋當時何不繡觀音

秋夜聚奎堂即事次王衷白壁間韻二首

星樓高拱棘垣深夙夜真如　帝鑒臨豈為傳衣
誇上座翻同運斧入長林每憐孕月明珠爍寧使
高秋歛氣沉幸際昇平勤造士量才敢忌育才心
碧宇無塵夜氣深秋光水白月初臨同心宛爾懷

蘭臭四座清如蔭桂林粉壁舊題痕尚在青峰殘夢漏初沈春蠶戰蟻吾曾慣莫負風簷剪燭心

出闈赴熱河復 命三首

奏罷賢書戒旦趨秋旻爽氣指前途窓雲石匣崎嶇路綠槲丹楓罨畫圖

古北嚴關氣泬寥黃埃高壓馬蹄驕承平扼隘渾忘險遠戍傳更靜不囂

苑柳青青塞柳黃一般樹色判暄涼天涯幾度留鴻爪刁斗聲中兩鬢霜

秋海棠詩和歸安徐德元韻四首

緑衣紅裏惜花光弱冉歛斜意黷傷灑泪半沾墻
下土施脂争怯鏡中霜玉人欲訴繁華夢詞客頻
迴宛轉腸任是井梧揺落後吟蛩唧唧繞空堂
回首華清鬪艶粧香霏閣下笑扶牀那知燒燭三
春麗化作柔枝八月涼紈扇輕揺翻嫩緑檀心半
吐暈微黄一時落子明年發綰得閒愁似綫長
花花葉葉自相當每傍籬根轉曲廊雅號川紅歸
蜀客佐調粉黛付吳娘鳳仙隊裏抒千朶雞幘班
中間幾行翹首芙蓉秋已老經時遲暮獨懷芳
嬌嬈作態意房皇風雨斜侵薜荔墻吟到斷腸空

化草圖成沒骨惜無香階前躑躅留春醉簾外蹁
躚試晚妝采向文牕供雅玩徐熙點筆細評量

恭題

御賜李山風雪圖卷

千尋黛色勢參天彌望寒雲凍石泉珎重行龕騰
異采標題人識泰和年

恭題

御賜徐賁閬中山水圖卷

詩畫兼工徐幼文偶將吟興入烟雲岷江萬里空
馳想北郭依然卧夕曛

恭和
御製上元燈詞八首
雪霽西巘烟篆消飛檐重閣彩旗飄廣場角觝看
排隊仙樂初傳自禁宵
蘭棚高架九霄連寶月光華火樹然不用芝車駕
四庇蹈歌處處慶堯年
仙島燈輪照九枝連趺疊萼燦移時霓裳舊曲翻
新調内翰清詞付雪兒
崇祠太乙駐宸遊藜照光騰十二樓紫電金蛇
飛百道銅龍已報第三籌

橦末彎弓四部樂修旃舞絙侲童熈何須看徵魚
龍戲盡入秧歌絕妙詞
神木仙葩飛鳥譁烟光晝放四時花笑他粉蠒成
絲卜吉語傳来徧萬家
祕舞程能列鴈行愔愔夜宴沐榮光即看伯克馳
来使絕域呼韓盡享王
鳳蓋棽麗許厠陪分光月殿接瑤臺歸途不藉金
蓮炬　賫藻新沾天上来

門人宋蒙泉弼貽水仙花

瓷盤瓊花荷見貽珊珊仙子佩来之影留夜月黄

冠瘦香散東風翠帶披自摘瑤京歸未得長懷水國去無期白蘋騁望愁如許重感湘靈弭節時

丙戌仲春偕裘漫士王白齋竇東皋遊覺生寺訪秀山禪師二首

樹隱招提覓路行梵天高閣記分明馬蹄得得松林度人跡閑閑麥隴耕一覺塵心虛曉夢廿年彈指悟浮生華鐘靜吼閒花落洗盡春遊豔冶情

山門留帶前因在索句沈吟且避囂瘦骨誰看同李泌漫士自言秀山曾許有出世姿傳燈還擬問參寥味添蔬筍兼春茗香爇栴檀透綺寮扶杖老僧階下揖可能

蟬蜕共逍遥

遥和諸同人看花逸園作

仲弟園林計蚤成池邊芳草冣關情紫藤架下調絲竹緑梛陰中囀燕鶯西郭回峰延遠翠滄浪帶水濯清纓聯吟遞送詩箋到苦憶鴒原太瘦生

秋夜雜成四首

捲幔秋英滴露鮮桐陰蛩響徹堦前纔過乞巧針樓宋又盼銀河皓月圓

昨歲灤河蹕錦鞍霜容點綴滿林丹同袍此日更番去　勑和詩篇馬上看

丹鉛宿習騁妍詞舊刻叢殘掇拾時苦憶虞山陳見復一編經咫湛清思時閱見復集五都肆内爍琳琅採拾毋遺八寶光十五國風蒐不盡壺憐詩選有東陽論別裁集

輓通政孫虛船二首

士林推碩彦公望重名卿申鑒傳荀悦風流識子荆琅環書鏡古冰雪墨池清寢疾無人問俄驚失老成

阜囊留舊草驄馬凛清風讜論寧迂闊盟心矢朴忠松寒憐獨秀鵬集嘆終窮賸有遺書在蕭然四

辟空

閲黄静山遺集

文章若垣墉，忠信乃其址。先民有遺型，德言同一軌。俗流競虛囂，飾末棄本始。黄子獨嶷然，學古得所止。其思静如淵，其行直如矢。吐詞無枝葉，言外見微旨。晚歳覊吳門，杯酒論文史。執手遽長辭，傷心豈能已。落月照遺編，寒泉浸湘芷。子雲不孤生，知音當可竢。

詠塵影追和敬業堂韻二首

映空如沫悟浮生，無質無依息吹輕。范史甑中飛

不盡元規扇底障難明當風乍發醯雞覆走日偏
留野馬名誰破衆徽成等覺元珠朗朗六時清
不分南北揔隨人爾我寧須辨宿因偶借天光模
幻幻誰從盡槀喚真真杯中乍見渾無跡月下相
看意轉親剩有淵明遺句在疑端還欲釋諸神

伐松行 有序

薊州環秀山寺前有松百數十株相傳唐宋
時舊植州守長全遣匠伐之過半寺僧開曉
作悼松詩十首流傳京師府尹竇公以其事
上　聞并及他婪贓事下守於理爰紀其事

環秀山前環秀寺碧瓦連雲樹凝翠中有蒼松百十株栽從前代経千歲鬱葱靈氣鬼神扶来逴行人風雨避俄傳州守符牒来後使梓匠凌崔嵬長繩倒曳斤斧斫勢震岩谷聲轟雷一朝山容頓憔悴名材刼盡空徘徊老僧感事悲且怒欲叩 天閶無路諍吟成七字 輦下傳太息山門景非故老鶴歸来失舊巢蒼龍化去迷烟霧大吏聞之愕且嘻霜威凛凛白簡馳畀茲三尺無佚罰昭灼天道誰能欺由来仁民兼愛物所賴彰癉公無私邇来吏道日益靡剥民脂膏類如此松遭翦伐不自

言民苦呻吟孰為理頹賡葭茁繼周詩莫咏舂陵嗣唐史

題程大中四書逸箋

紛綸博物辨蟲魚祕笈分條付小胥六籍旁摻多質証三餘黽勉惜居諸漢儒箋注猶嫌陋孔氏薪傳豈蹈虚稽古勿循章句學探微還有洛閩書

送楊默堂鴻臚請養歸瑞金

鴻臚一疏拜丹宸詩補南陔至性純母老思家寧憚遠子歸侍養不辭貧分羹潁叔覘仁孝畫荻歐陽憶苦辛待訪金精列仙窟采芝長奉北堂春

送儲梅夫宗丞乞假歸宜興

落英飛絮點朝衣七字吟成緩緩歸三館鴻詞留著述中朝讜論絕依違庭前榮木憐晨景夢裏流光掩夕扉自號梅夫愛香雪銅官山下息塵機

題徐飛山太守逐虎圖

酒泉太守信雄傑衣穿短後腰佩刀西征荷戈隨相國霜花凜冽騰旌旄歲紀庚辰建寅月夜深雲墨陰風號經略巴爾楚克地十餘從騎鞍韉勞林深蒼莽人跡絕馬蹄蹙踏冰霜牢突見猛虎當道立目光閃爍斑尾搖虎欲噬人先噬馬名駒汗血

慘不驕太守繫馬古楊下眼看銛爪如鴻毛意中無乕不怖乕奮威一擊倀鬼嗥追風躡影去欻忽突兀空見蒼山高我謂太守力未盡曷不發矢誅凶饕雷轟霆擊震原野掃除窟穴空其曹更聞南山有白額殺人不避賢與豪山前哭聲感行路安得壯士毒手遭失禽不戒雖古訓毋令此輩長遊遨斯言須與太守道詩成掩卷心忉忉

九日寓齋平臺登高

心遠能袪十丈塵憑欄送目豁秋旻欲裁杜老登高句未辨柴桑漉酒巾滿院桐聲飄似雨繞廊月

色照如銀故園屐齒經年斷夢憶柴門遺興頻

恭和

御製題金廷標畫冊元韻十首

參天老榦長龍鱗濇倚修篁倍可人　天藻疊抒披畫冊鷗波亭外見風神（古木修篁）

小摘秋蔬佐夕飧晚香出土擁柔根素綃霜色東園滿領畧坡詩芥有孫（蘿蔔霜菘）

旬圓珠實綴瓊枝好鳥迦陵振翮遲誰識　天家深雨露文禽珍果等蕭斯（仙果珍禽）

桃實千年玉液甘堆盤盧橘味同叅擘來火齊楊

家果好結芳隣益友三　雜果

頂綴重環掉尾娑文茵翠毯畫眠多不須更繪轓

車景靜吠花邨意若何　眠犬

仙翥蹁躚欲鬬奇錦帷雲髻胃晴絲阿誰點染天

工麗入夢蘧蘧憶往時　蝴蝶鳳仙牡丹

玲瓏拳石樹陰森披拂凌雲千尺心欲取奇峰添

黛色更將鳳吹作龍吟　恠石古柏

縠紋暖皺待撈蝦撥剌銀刀細唼花會得此中游

泳趣何須博物問張華　春溪水族

横斜傍水一枝孤萼綠仙歸鮮佩珠絕勝半窗明

月夜寒香踈影憶林逋　梅溪

柔枝小朶翠藍裝一簇紅雲百卉芳得伴紗廚供
膺賞春風題遍墨花香　花籃

恭和

御製喜雪元韻二首

盈尺占年應候嘉瑤瓊作屑細如沙先春五日霑
膏澤餞臘三番積素花灑砌喜隨宮漏永迎風欲
傍篆烟斜農書獻瑞　皇衷愜萬隴青青茁土芽

同雲冪歷名休嘉六出飛英拂苑沙玉液喜看滋
地脉寶幢頻見散天花叅差碧瓦光逾淨掩映青

幡勢半斜跪捧　宸章難繼咏含豪自愧歛蘿芽

恭和

御製十二月廿日復雪疊前韻

玉燭調時屢覘嘉霙餘積潤散瓊沙光華賡咏中

天旦瑞應重拈五出花瀹茗氷甌舒凍結埽塵鮮

砌愛横斜春膏一路陽和腳柳色含烟半吐芽

恭和

御製博洛爾部沙瑚沙默特伯克所進武器製匣

藏之並紀是什元韻二首

幾年西海淬秋濤蓮鍔光寒映雪毫快覩瑶池分

景劒却供　天府煥球刀　回劒

星明天市久銷兵燦列儀鍠瑞氣盈底向昆吾誇

秉鉞駕風浮毦盡輸誠　回斧

送張真人歸龍虎山

辟穀家傳重漢京上清樓觀峙崢嶸襲封舊識仙

曹貴馳驛新須　寵命榮掌握風雷隨赤簡山蟠

龍虎護丹誠歸途應見仙都近芝草琅玕匝地生

送鄭炳也宮贊假歸嘉興三首

康成經學推詩傳夾漈淵源志畧編天祿藜光應

少色乍隨書冊泛吳船

粵東絳帳曉雲生湘楚衡才玉尺平京雒故人增繫戀閒情那許狎鷗盟

暑雨滂沱溼錦囊潞河新水送歸航久離鄉井縈清夢竹垞流風汲古香

題王紫凝仿王叔明畫

叔明墨法師巨然雲烟落紙秀且鮮皴染參差意匠出山重水複疑蝸旋萬里遙遙歸尺幅山腰古寺連茨屋石嶠遠飛百道泉陂陀隱帶千尋木婁東家法本擅名誰與潑墨興縱橫仿彿南山來戶牖屏閒澹沲春雲生

丁亥春

駕幸天津竹枝詞六首

燕南趙北凍初消雙淀灣環夾柳條雲罕飛飈花外轉　御驄新駐十三槁

頤志　慈寧覲起居驛程屢奏問安書園林松鶴三春樹為寫熙和頌樂胥

親閱長堤千里波情形周折子牙河壩身高築筐兒港保禦沮洳種麥禾

畫鷁飛帆減從臣歸鞍擁戴徧堯民春祺啿啿暄初轉鹽筴停征澤始均

海棠庭院景清嘉不競笙歌鬬物華常膳日從行
幄　賜輕烟吹徧萬人家

九河故道尚堪尋丁字沽前測水深竹楗鱗塘垂
禹績海濵斥鹵溥謳吟

、　閏七夕二首

聞説黄姑怨別離雲軿重駕訂佳期可堪世路機
關容再向針樓乞巧思

月帳星房得得開三霄又訝曙光催銀河借問塡
橋鵲清淺何如前度来

張酉峰脩撰自吳門還京屬題清河吉壤圖

卷二首

河梁昨歲紀歸程頴耀枌榆籍甚名手種萱花延日影心縈宰樹聽鵑聲西山徑僻香岩古笠澤帆空練影明畫出銅坑與銅井卧游棖觸故鄉情

畚鍤親營殫拮据青鳥指點撥沙餘隴頭自拄龐公杖案上閒繙郭璞書已過探梅酧令節何當采橘待慈輿儂家祖墓相隣近澗水清泠自躍魚予家丙舍在鷲魚澗

紀心齋侍御見和陶然亭雅集詩再疊前韻二首

古亭四面足憑臨蘭佩同心結契深愛向風前抒
眺遠寧教座上賞音沈斜陽曲檻收殘暑秋水明
霞助雅吟寂是苕溪傳郢唱清芬不被點塵侵
雉堞周遭似帶圜疎林濃淡映秋菲由來文藻流
傳重莫慨名賢聚會稀梵宇風清香入座汀沙露
白月侵衣逸情采菊遲佳節小憩禪房半掩扉

題周海山侍郎奉使琉球登舟圖

滄波屬國徼茫裏萬里乘風壯遊始鳳麟望重齋
冊書龍虎節持作天使星軺歷歷瞻女牛八閩東
指是琉球南臺江畔駐儀從銅鉦鼉鼓鳴中流五

帆開洋藉神力莫使夘針飄過北颶風忽發怒驚霆姑米山前雲似墨礁石猙獰不可當同舟色駭争徬徨虔心問筊得吉卜旋看鞭石迴龍堂玉山仙姥光隱見照耀紅燈浮水面神魚隊引刷狂瀾水犀軍整停酣戰舟子生全二百餘掉槳還依沙岸居惟公忠信夙所秉倫歷夷險占盈虛蛋民迤邐出島畔夾路珠旂雲彩煥招搖袘袖簇官寮合沓笙簧圜玉案寶檢高宣　天語溫膺封三世祖及孫元辰輯瑞倫儀典瀛壖永祚昭屏藩大典告備速賓進象胥譯詞守恭順秉禮原知風俗逌郤

金更覺威名震歸来束帶立彤墀譚及進事掀鬚
眉收来尺幅作圖畫三十六島如羅碁吾鄉先輩
徐太史中山傳信芟疑似後賢更復廣蒐羅志略
編成軼前美愧余未測海天寬壯志空懷振羽翰
展圖頫得乘龍蹻肯向泥沙作蚓蟠

茶和

御製重華宮集廷臣三清茶聯句復得詩二首

石鼎迎寒淋氣廻雲垂綠腳鳳團開五辛盤列栟
花燦柏子觴陳鴛侶陪碧乳香浮頒貢品陽坡春
早鬪詩才祥霙潤積豐年玉曝向南榮淨點埃

竹爐曾就惠泉烹那及　天家雪椀清茶透色香神乍遠療來煩渴句初成金鋪尚結銅壺凍寶篆新舒碧尾晴嵗轉璣衡佳瑞集花磚翔步颭旙旌

茶和

御製仲春瀛臺即事

風和太液仲春時玉棟金鼇眺望宜臺峙中流淩島嶼鏡開匹練湛琉璃桃花含蕊烟初罩柳線拖青露欲垂啓事閶門方待曉禽聲天半喚伊誰

兒子紹觀　恩擢贊善旋充　日講起居注官以詩示之

乾鵲聲聲度曉林新雛振羽浴　恩深尚容逸老歸田早私慰衰年報　國心日麗花磚鬧　帝語書紬玉軸佐官箴文章莫漫工鞶帨砥礪須同百鍊金

馬景韓同年相別廿有四年寄書垂問時予已致仕

署門暫作旅人居忽枉南天尺素書舊夢鸞坡聯紱佩新情鷗渚話樵漁青山綿邈烟雲幻白髮蕭踈歲月舒同住海東不相遇蘭心欣共樂華胥

春盡日法源寺看牡丹諸同人餞飲花下二

首

梵舍韶光照眼新絳羅高卷護芳塵獻来佛案三株艷留得東皇半日春蝶翅捎殘花底夢龍涎熏透座中人引壺共醉荼蘼酒好向香臺結淨因

名種移栽自洛陽花王獨占贊公房淩風細朵攢金粉浥露重苞結繡囊鏡裏繁華原是幻林中錦綺亦何常同人惆悵尊前別明歲看花在故鄉

門人朱笠山寫仙山樓閣圖見貽因用法源寺看牡丹韻

蓬山樓閣畫圖新好洗衣襟十丈塵清景正當消

永晝穠華不復憶殘春淩雲躡磴疑無路臨水過橋合有人宛似天台舊遊路曇華亭上說前因

給諫侍御諸公同設酌於陶然亭餞別呂閣齋及余即以陶然二字為韻二首

蘭臺珂珮集亭皐款設離尊散鬱陶雉堞遠遮千里望龍樓迴眺五雲高文章壇坫交原合湖海賓朋興自豪攜手二人同籍去霜華染鬢首重搔予與閣齋同年今同致仕

節屆清和景物妍朱櫻紅葯映瓊筵風前叢薄搖殘潦郭外遥峰捲暮烟小憩雲房多古意閒尋坰

野有新篇荷衣製就歸来緩賦罷驪歌思惘然

過興聖寺贈别龔醇齋即送之貴州

幽棲偶避六街塵回首蓬瀛迹已陳净掃空階延舊侶重披諫草述前人時以先尊公請置鄉官劄子副本屬題官情應似秋雲澹交誼偏於野客親此去宰官還説法天南又覩芾棠新

六月二日得雨二首

三伏苦炎蒸中天日杲杲行人多病暍禾苗半枯槁問歲殆乾封憂心乍如擣　皇仁格　昊穹甘霖俄應禱雷轟近有聲風疾遠如埽傾盆瀉潺湲

行路愁泥潦頓令肺氣清坐覺烟嵐好潞河流正澌歸帆趂秋蚤

中庭有嘉植盛夏緑陰繁暵日搀蘙葉蟲絲罥其樊憔悴失所蔭安能保孤根時雨沛天澤生意回朝昬攀條遂欲别我夢江邉郝池荷正娟好盆[莲]香温醇彈指遂初服獨寤矢無諼

七月望後二日出都留别祖送諸公

浣郤緇塵出　帝閶金風祛暑露華新廻瞻　北闕開新霽最感東門别故人稠疊詩篇盈㪺簏殷勤道左緩征輪五湖烟艇遥相待鄉味蓴鱸話宿

因

天津過查氏廢園

映帶直沽水緑陰秋樹繁荒基今尚在破屋已無存鳥雀巢叢篠荆榛覆斷垣悟来興廢理過客莫愁煩

過静海縣有懷座主勵文恭公

瀛海蒼茫静晚潮封阡何處木飄蕭春風此日思前夢公望當年獨後凋奕世依然留象笏傳家誰復奏雲韶白頭弟子歸田去慚愧山林雨露饒

至汶上縣詠懷二首

問俗中都聖澤微閔家高操緬餘徽棠陰寂寞門

樵路汶水洋洋泊釣磯隔岸橋空人待渡凌雲塔

聳鳥孤飛頻年陟岵多牽慮此日團圞事亦稀

千里河流曲似弓水程旬月趂虛空停帆偶上綠

楊岸扶杖偕来華髮翁（時縣民多来迎）旅燕乍如歸故壘

賓鴻仍擬溯秋風回家尚及籬前菊不待靈岩看

晚楓

門人蔣棠錄

《蘇州全書》編纂出版委員會 編

·芝庭詩稿 芝庭文稿

蘇州全書

甲編

古吳軒出版社
蘇州大學出版社

芝庭詩藁卷十四 戊子至庚寅

長洲彭啟豐翰文

詣曲阜謁聖廟

束髮受詩書心慕聖人里昌平鄒魯閭周道坦如砥奈何屢逡巡歲月嗟彈指飲水必思源高山空仰止今秋賦遄歸停舟汶水涘諏日戒車徒摳衣整冠履齋心入廟門肅步循階戺碧瓦耀琉璃巍尊問簠簋杏林竦且直檜樹鬱何美車服儼成圖穹碑可覆視怳聞絲竹聲咫尺羹墻邇大哉聖教尊乾坤無泰否盛典煥 時巡褒崇邁前軌井邑

錫封疆祠官衍孫子榱桷仰大成興嘆觀止矣

謁孔林敬述四十韻

繡紱鍾神瑞姬圖兆素王水源縈泗汶山阜鬱尼防早歲悲風木昌平識梓桑世家標譜系道統溯微茫突兀天家制崢嶸兖郡岡周遭圍百畝宅兆拱中央雉堞雲連帯龍門石作坊築壇崇六尺種樹蓊殊方古檜凌霄碧穹碑印蘚蒼不教荊棘掩寧許雀羅張卦衍靈蓍卜芝生瑞草芳蟪蛄聲在耳桃黍味曾嘗萬古源流正三千派别長禮門瞻詄蕩義路履堂皇鞠跽頻增戀憑依儼在旁得門

尊觴觴失路愧倀倀聖裔偕行禮祠官執瓣香儒
冠非敝帚漢樂異俳倡憶歎吾衰甚深悲大道荒
周流多轍迹鄒蹻滯河梁述舜思韶舞悲周夢繡
裳審時虛拱雉告朔惜牽羊未遂安懷願寧傷日
月光高山窮仰止大水溯汪洋文在匡圍解詩亡
魯史彰鳳翔悲楚隐麟獲慽鉏商　列后崇儒術
今皇賁寵章北辰垂象拱東國祚基昌　玉輅
隆修謁金絲徹廟廊物華呈黼藻彛器燦琳琅自
忝章縫列来登詩禮堂編摩慚偃夏際會樂虞唐
琴撤文王操爐看子貢場停車時已晚陟巘露初

瀼共識蠡難測誰云葦可杭橫經虛著述載贊返林塘宛步舞雩景如遊矍圃鄉衰齡馳歲月臥病感星霜聖域難攀陟賢關可企望願推鄒魯化禮讓徧吳疆

子貢手植楷

端木何年植題碑字未磨蟠根看色古左紐閱時多栽想居廬處移從曳杖過年年秋月皎瘦影滿平坡

遊子美南池

浴馬留遺迹鳴蟬寂不聞脩亭臨淥水古木亂秋

雲髙唱詩人碣遺祠蔓草薰永懷杜陵老小立對斜曛

登太白樓

歸思滿滄洲還登百尺樓遥看黄鵠舉澹捲白雲秋主客眈詩酒軒窻落斗牛謫仙如可作江海一閒鷗

贈總河嵇黼庭尚書

憶别盧溝送八騶任城景物歲初周星槎乍返中秋月楗竹須防萬里流回首青山猶見影殫心黄髮自先憂故人歸理漁樵業好寄瑶華慰阻修

舟中讀薛家三詩四首

蓬窗寂寂照湖濱，一卷清詞不染塵。識得此中神獨到，碧山深處更無人。

海雲山角近桃源，曾挹清涼遠世喧。（家三有題雲山三峯清涼禪院詩）一自扁舟人去後，三峯派別共誰論。

鈎沈章句嗜偏深，（余仲林著九經鈎沈，亦見家三詩）對榻清談愜素襟。慧業應除文字障，宗雷風義問東林。

經年蛾術吐奇珍，憐爾才高病且貧。但守繩牀侶摩詰，休搴宿莽弔靈均。

將至里門謁　先大夫墓

野岸維舟踐綠苔焚黄重拜墓門来松阡新染啼鵑泪楓類空傳化鶴哀遊子已歸親不返青山無恙夢初回從今丙舍瞻依切耕隴閑閑薙草萊

歸故園

北風吹片雲引我入虛室棟宇故依然栖遲得所適庭樹已扶踈砌石猶嶒崒鄰翁爭候門稚孫歡繞膝屋角呌慈烏林間挂香橘年光悔蹉跎暮景忽蕭瑟仰荷安懷仁幸使勞者逸息機夢不驚筮遯卦初吉兀坐守冲虛閑闢袪意必轉憐往轍迷歸来事堪述

賦得白駒空谷得心字

夙有緇衣慕難回空谷心箕山飄可棄渭水釣徧深維縶人何雾崎嶇路可尋追風羈捉足涉磵阻長林飢鳳辭阿閣猗蘭協素琴薰蕕秋正渺金玉韻還沈已自遺縈紱何須羨盍簪草堂高致在蘿薜滿清陰

入西山省墓二首

新穀初登薦躬耕計早成松楸凌鶴表俎豆潔藜羹郤杖欣猶健滌場喜久晴五湖閒泛艇幽意愜鷗盟

轉過虎山嶺聽殘漁父歌秋清鴈鶩少岸濶荻蘆
多古墓連今墓新柯改舊柯殘陽不相待夜色滿
荒坡

逸園小飲贈巽武弟四首

仲弟能耽逸結廬城市間煙霞堪寄傲花月自怡
顏刈草添新竹疏泉疊假山入林逢舊侶十畝迴
閑閑
迴廊行迤折不隔路東西脱網文魚躍接林好鳥
嗁岸收殘潦浄郭引遠峯低佳果四時熟筠籠常
自提

曾設着英座傳來韋曲吟花茵爛紅葯酒琖照清襟池草常縈夢瑤華比斷金歸來符夙諾皓首惜光陰

三秋憐晼晚一月屢婆娑及此黃花燦來傾金叵羅優游滌場圃徙倚盼庭柯數齒知予長無煩禮法苛

次顧景岳蘭陔草堂即席詩韻二首

老去心如不繫舟欣看籬菊過殘秋多君爭勸紅螺酌愧我閒栖白鷺洲閣外遥山時獨對池邊曲榭好同遊軟紅塵裏簪裾客誰踞人天最上頭

不驚猿鶴返柴門每烓清香失報　恩架上遺編
思述祖堂前肯搆待詒孫重開徑草延三益偶對
林花試一樽世事悠悠雲過眼孝標休廣絶交論

亦園雜咏十首武進陳服旃園居屬題

祕簡脱秦灰遺文稽漢石妙契在無言坐對遥山

碧鋤經軒

天半落奇峯雲根動光怪獨立誰與儔時下南宫

拜片石居

蘿徑轉夕陽松陰發清響容膝自安安寘心脱塵

網十笏齋

天宇廓無際閒雲自在行我心無住着一水湛虚明

天光雲影

净緑滿疎窗時向風前舞夜来入耳喧簷間逗凉雨

緑天精舍

高樓架林杪巢父得安巢展書惟獨坐不知有客嘲

書巢

鳥自投林去人從采藥歸踟躅忽有得月影上柴扉

新月廊

清吟小山叢徵會黄龍旨聞香香不留我心澹如此

無隱軒

藐姑山畔路氷雪吐寒光誰與共寥寂春風空自芳索笑臺

秋從虛空来人向虛空住目送孤雲飛雲飛不知處橫秋閣

晤鍾勵暇同年賦贈十二韻

星漢源頭遠人間別派分通經追馬鄭好古述邛墳儒行明廷重蜚聲魏闕聞容臺知掌故海寓識斯文一去京華道遥瞻楚澤雲貽謀循祿養求侶惜離羣皓首心如昨幽蘭氣自芬班荆君話舊解組我情欣寒雨平江滑清香一室氳未邀尊酒

共還悵素襟分尚有名山業從知午夜勤行生尼父教得意復何云

荅程東冶

弭棹閶亭邊言訪伯通里日色入松暝遠岫蒼烟起裵裒閭閈閭未獲覿彼美踰時惠佳章光華生素紙丰標剡清新骨氣洗柔靡嗣宗既得師阮蕫村季重當齊軌吳竹嶼長披六代文更契三唐旨何以贈君言相期端素履願為雲中鶴毋作羅中雉刻鵠志士譏雕蟲壯夫恥吾衰謝丹鉛復古俟君子

輓郃荀慈

漫説蓬萊翰墨新中年湖海道相親飄蕭鸞鶴雲間羽温潤瑜瑶席上珍遅我登牀来作別憐君卧病不經旬篋中留得題詩在聞笛無端倍愴神

遊師子林

遠携靈鷲入窗前石筍攢空一逕穿欲斷仍連峰頂路將窮忽轉洞中天携笻待月堪乘興埽地焚香合坐禪回首十年遊跡在古松鱗鬣更脩然

池上觀紅白梅

太湖石畔老生涯池水溶溶照影斜姑射肌膚凌白雪靈芸咳唾亂紅霞粧分半面誇雙絶信報東

風本一家笛韻吹来意縹緲不隨桃李鬬繁華

題姜貞女桂所繪柏舟圖為宋貞女景衛作

長流何澹澹古柏自森森不改秋霜色相看白水深有生嗟異室之死得同心太息詩亡後空山一鼓琴

次韻薛家三見贈二首

擕將雲錦下瓊霄小隱吳趨歲月遥袖裏烟霞人自逸毫端蘭蕙句還超南金出礦方融冶古井通源看湧潮擬欲論文同永夕扁舟便溯伯通橋

香聞冢義印来深曾向空虛託足音百里飛帆看

日出三年求侶聽猿吟掇簪我欲聯新社紉佩君應證古心更有楓江好友在時將風雅當規箴謂汪大紳

食河豚

家鄰釣渚采菰葑上市鯸鮐匕箸供觀我朶頤嘶素食漫誇知味饕吳儂薹青霞短春波滑白雪分肥釃酒醲贏得人稱老饕客官庖不羨紫駝峯

造洄溪草堂贈徐靈胎二首

宛溯桃源路紆回岸芷馨湖連平望白山挹洞庭青疊石開蘭徑栽花傍草亭招余高閣眺春霧接

沈冥

叩戶跫然喜蓬蒿未翦除引年培藥艸祛病著方書把釣師巢父棲巖學幼輿耦耕曾有約懸榻意何如

玉山佳處懷顧仲瑛二首

界溪遺宅久成墟處士流風夢想餘桂樹連蜷照菌席璚花窈窕燦庭除伎名小璚花鴻飛海上寧求食豹隱山中獨擁書誰與分題鬬佳話一聲鐵笛柳塘居

時向玉山山上行椶鞵桐帽稱平生竹枝詞好聲

聲促椰蜜酒甜夕夕傾絳雪消餘寧有迹淡香飄處更無情可能踞得須彌座重與維摩證舊盟仲璵自號金粟主人

環蔭書屋觀雨中牡丹

檐間樹色蔟寒綠數本穠華倚修竹連朝霾雨壓柔枝欹側殘粧卸幽馥花王聲價重洛陽移来南圃臨池塘夢裏偏酬交甫佩雲間漫舞天孫裳别来七載門空掩花神每護斜風颭不知富貴摠飄零可惜韶光去荏冉湘簾六幅映芳菲宛轉巡簷燕子飛良辰酌酒且勸客櫻桃筵下送春歸

逸園招友看芍藥二首

廣陵分種殿春花侍女重圍笑靨遮紫朶昨宵含細雨紅英亭午爛明霞定知醉酒稱婪尾共詠當堦鬬麗華按得劉攽花譜燦重趺不數魏公家

蓬蓽不剪半扉開鶴髮朱顏得得來但設清尊抒麗句肯教塵夢憶豐臺春深錦帳歌千疊雲護霓裳舞一回此度仙翁遲未到舊遊節竹印莓苔是日鰛愚先生未到

南園觀犀水

連朝雨淋漓湖水長三尺湍流浸板槗新漲平阡

陌宗寥三徑踪迷濛五畝宅農家插秧針漂流付
潮汐白鳥空翻飛青蛙爭跳躑亞旅殫憂勞水車
轉絡繹六月尚餘寒三春已無麥試聽伊啞聲愁
心安可釋

盆蘭二首

惟蘭為國香賦性喜空谷猗猗抽綠莖冉冉揚芬
馥玉貌何矜莊貞心半含蓄當門恐見鋤相伴草
堂宿清風入我帷白雲覆我屋北窗夢醒餘撫琴
彈一曲

露氣滋百卉九畹空紛披頻年不相見茲晨慰所

思入室香氣清深根煩護持靈均渺千古苦節誰能知素心枉貽贈紉佩眞相宜羞與蘼蕪伍寧老湘江湄

萬壽節敎忠堂祝鼇茶紀和德潛元韻二首

九天音樂叶韶鈞儼向灤京覲紫宸甲申歲隨駕熱河賜觀新樂桂發山中人未老霜清塞外鴈來賓瀛洲高館翔丹鳳華渚祥雲擁百神簪紱舊臣同拜舞堯夫擊壤句從新

滄浪風景浩無邊絳座評文大耋年藥籠盡儲南國秀仙莖留賚紫薇天上年御賜德潛人參一觔徽歌共

奏陽春曲考德還陳抑戒篇既醉莫愁歸去晚當
頭明月影初圓

文星閣西峙樓三楹供奉　關聖像先祖舊
有迎神詞偶檢遺集續述五言

巍巍漢壽侯忠義炳青史早識曹瞞奸力扶漢祚
圮坦懷履險艱浩氣一生死華夏仰威神春秋昭
毖祀易謚仰　新綸佑國錫繁祉茂苑城東隅傑
閣巍然峙我祖特告虔靈威瞻尺咫叢桂花吐芬
古榆葉正美明燭時熒煌句泉薦清泚天南方用
兵帥師倚長子長途運馬牛深谷張弧矢願諧神

鬼諜頻使瘡痍起再拜禱座前微忱曷能已

輓沈歸愚先生三首

洪鈞鼓羣形飛沈無定準民生秉大化脩短理同盡誰能屹中流德全神不殞先生實寡儔上接羲皇軫此中真氣盈入世機械泯制科偏晚達壯歲數遭蹇風雲有際會　神聖垂慈憫拜手奏筐簣乘軒采竹菌乞身到期頤躬行尚敦敏所志在刪述持論得平允抱璞玉自完經霜籜斯隕千秋方自茲恒化空相愍

周詩三百篇美刺直如史拳拳古人心忠孝乃本

首先生早能詩風義振人紀及乎登　廟廷忝阿
歌載矢民事述憂娛國政陳泰否以茲佐嘉謨
天顔乍有喜歸来卧邱園投分托閭里望歲問田
禾感　恩頌山杞穆穆追皇風堂堂駕方軌當代
有少陵未數漁洋子
憶昔侍几案方予弱冠年新詩藉追琢古冊窮雕
鐫離别載寒暑酬唱睽吳燕人海忽萍合羈旅仍
蟬聯自予賦南陔先生亦歸田問字載旨酒尋春
共華筵無端月再缺及此方重圓追陪僅一載乘
雲去翩然存歿適大分聚散隨因緣予懷何所慕

冥智還先天

訪汲雲菴

硯山深霧簇精藍汲得雲根勺水甘白馬分支開梵唄丹霞映壁拜瞿曇鳥啼葉落機全息飯軟茶香味可參鄭重僧房留憩足眼前風月靜中諳

宋閬士畫菜

朱門鼎俎粱肉肥長安貴客傳驂騑瑤漿蠡勺互酬酢五侯鯖美神色飛吾生羸瘦鮮所嗜悠游歸去歌樂飢有客示我裹中畫先人手澤留清暉風和雨甘白芽吐條抽葉布黃花霏眼前春色忽爛

漫剪来土澤含新滋廣平先生寓深意作詩垂後期無違張翰凌風空遠想何曾下箸徒貽譏誰能窮老甘此味生涯淡泊扃雙扉但願編氓共安飽雨暘時若旱潦稀此卷什襲勿捐棄孫子長得知民依

和傅謹齋柏臺詩二首

懸車曝茆簷冬日殊可愛忽枉故人書離懷庶有豸示我種柏詩風規凛儕輩陰陰左右行欝欝冠蓋會儼同松鬣蒼不羡槐龍翠集鳳鳴朝陽停驂鏘雜佩嘉謀斟古今封章達外内庭樹亦有知諛

謏生清籟王路方蕩平伏蒲不為恠但勿舉纖微
大體固有在
南臺肅風憲不恃多才能正直神所與口說安足
騰晚近士氣餒退縮同聾丞仰惟歲寒姿石骨見
觚棱亭亭節常鶴毣毣心自繩除書拜　丹陛諫
草寒青鐙汲黷固非戇魏公端以凝載誦吉甫詩
悠然感且興有鶚應在泮雕弓會緄縢
　門人沈閬山訂遊西湖寫懷畣之
夢憶湖山景寂寥故人雲外欲相招只緣泉石耽
棲逸更指松筠伴後凋林叟尚留梅領鶴坡仙空

望海門潮劉憐舊侶埋黃土未忍臨風把酒澆消遥

學齋齊次風諸公

制府澹懷高公屬題據鞍圖

世業本黃閣崇勳樹南州巖疆鎮節鉞驛路馳驊騮春雲被原野細草羅芳洲深心慕古彥雅度勤咨諏執轡貴調忍敷政宜寬柔人靜馬不駭民安吏斯休驥子好神駿玉立明雙眸承家仗忠孝裕後期公侯行春来江甸擁道停鳴騶題詩莫惜別江永方安流

應制府高公聘主紫陽書院四首

英才自昔萃吳中捨宅培基溯范公後樂先憂貽
典則歲寒閣裏仰松風
宸罕曾經蒞講堂　天章五字仰龍光頻年翹秀
連茹拔好貢　明廷作棟梁
濟濟童縫雁字排未堪模範愧捫懷紫陽特闡同
安訓名利偏教素志乖
壯歲文章浪得名而今衰白愧儒生先人志矩遺
圖在頋與諸君問法程先曾祖年七十繪志矩齋讀書圖
聞　詔二首
布澤元辰渙汗頒周天星紀乍迴環行春　鳳詔

巡三輔貸賦　鴻恩徧九寰金鑾長懸輝殿陛玉珂重邇綴朝班豊年有兆　天心喜歌洽康衢九扈閭

慈暉光被慶雲高多士皃趨鬪彩毫桂樹清芬開月鏡杏花紅艷簇春袍易占鴻漸騰雲路詩詠菁莪育俊髦撫息林臯看盛事式昭文德咏弓櫜

逸園看梅

只因寒勒故遲開愛踏家園得得来雪散幽香宜竹伴風飄瘦影趁禽迴夢縈春艸重裁句人臥寒窗懶撥醅玉笛無聲凴檻望孤筇隨意卓莓苔

遊虎邱玉蘭山房十二韻

落梅風過餘芳繼瞥見禪房玉樹靟絳雪飄香清磬外白雲壓砌暮烟中瓊瑤作骨神仙種花石成綱幻劫空古幹長依檐宇靜新枝不怕斧斤攻斂池倒影飛巖翠塔影平臨拂渚虹曉露半頹窺幽檻明霞初映入芳櫳花神有意祛繁豔穉子無言識化工纔向雲梯攀下上不隨遊屐轉西東穠辰令節湔褰渡薝蔔徵香鼻觀通勝景年来愁脉脉流光老去苦匆匆遊蜂舞蝶真無賴酌茗焚香孰與同但願晴暉少風雨護持芳樹亘蒼穹

哭仲弟翼武二首

昔日吹壎仲氏俱誰知賦鵩泣庭隅秋江夢斷蘭先隕白日霜飛棣半枯子敬人琴俄歇絕欒城風雨重嗟吁蓼莪廢後殘生在目斷鴒原日又徂

誰能沖淡葆天真觴酒陶然遠世塵蕙帶荷衣堪悅性筆牀茶竈每隨身園亭自昔同羈旅形影何心問主賓欲向曾城高處望重泉渺渺斷征輪

南園仲夏即事二首

梅雨淋漓正及時鳴鳩屋角喚晴遲去年耕隴平波沒今日秧田插蒔宜

彌望東郊土脉和小橋斜渡注清波儂家門外風光好半種葑茭半種禾

題琨霞川照二首

大觀亭下俯滄洲如練江光足勝遊折戟沉沙尋往事亂帆孤鳥寫新愁忠宣壯節秋風冷博士詩名逝水流留得飛晁頻弔古墨花零落皖江頭

駐馬潛南對翠岑鳴琴休暇助清吟即看綠樹春初滿便是甘棠愛獨深抱甕朝來寧自逸濯枝雨過待為霖河陽軼事無須數老圃秋容訂素心

題卞近村遊海嶽菴詩册

山色控金焦茅菴氣閒寥天花飄丈室粥鼓送歸樵北固開朝霽西津待晚潮清吟遊興愜歸路不辭遥

題隨園雅集圖有序

乾隆二十六年春謁今相國望山先生於江寧因訪翰林袁君而識所謂隨園者地名桺谷面清涼山亭臺聳峭池沼廻合主人坐嘯其中擁書萬卷甚足樂也維時春雨彌旬緑楊罨靄紅桃爛漫余徘徊者久之詰朝主人招予飲適予將遊棲霞不果赴留詩四章為

別迄今忽忽已九年主人乃命使以隨園雅集圖屬題懷念舊遊宛如昨日繼觀諸名人題咏多以不獲與於斯圖為憾者即予亦為之憮然也圖有五人而歸愚先生先已下世其他諸君子各散處一方欲重舉故事不可得覽斯圖也如水中月如空中華求其實而初無有也夫與斯圖者既未嘗有而不與斯圖者更何有也兩者既皆不有又何足容心於與不與之間哉為之詩曰

靣山起臺閣傍水開亭林儵魚吐微沫好鳥酬清

音江湖會盤敦風雨同岑閒垂直竿釣時弄無絃琴植杖曾不語執卷方微吟翛然各殊趣莞爾諧一心曇雲華乍隱現玉魄俄升沈雲烟自杳杳竹柏還森森觀幻斯得實追往寧非今題詩若面語履跡言重尋

對芍藥有感二首

餞春迎夏一枝催紫艷繁紅護錦堆鶗鴂聲中人已去莓苔逕裏客還来

弔影天涯不復歸鴒原悽斷是耶非空吟小謝翻堦句春草池塘夢已稀

桂林相國陳文恭公輓詩四首

元臣一德埶　楓宸引疾歸来未耄身潞國何曾旋杖屨傅巖早見上星辰和平德器消偏黨淬勵飭名耐苦辛收郤神功歸窅默那堪回首憶平津

早年朝野望公才閩楚滇秦槖戟開入告嘉猷孚密悃行臺清節静飛埃時馳白簡懲貪墨為憫蒼黎息疵災吉甫同年更同仕晚来入相亦追陪

插架儒書費挍刋扶持風化障回瀾薪傳未墜尊濂洛藝苑何心慕柳韓江水無情添暮雨寢門有慟輟朝餐迢迢歸路湘灕水悵望山邱會葬難

存殁榮哀世所希樸忠今日得全歸成都不屑營
田宅魏國何須炫錦衣藜火光寒留世澤　龍章
典重賁幽扉胥闕父老瞻丹旐淚灑甘棠露乍晞

贈王夢樓

昔年共向瀛洲聚得意春風陌壓路銀榜初題杜
老吟漢宮頻誦王褒賦萬里星槎照曜多傳看使
節赴牂牁鐵崖舊日棲遲地傳徧紅牙金縷歌今
日停雲歸故里練光江畔澄如綺瓊琚玉珮大雅
才金馬碧雞殘夢裏爛漫情深湖海流名山有約
足消愁客蹤長泛西湖艇醉筆光騰柿葉樓流水

知音今古少雲山悵隔情渺渺朅来吴下慰離居新詩吟罷瑶窗曉

渡河至濟寧三首

繫纜河壖肅告虔清瀾利涉漾晴煙靈旗乞與東風便指日重關到宿遷

渡河北去少飛蚉凉襲絺衣客思紛正是淮南悲木落碧天無際卷歸雲

時過七夕暑威收閘過臺庄緩迅流最好清秋明月夜任城風物憶前遊

重至汶上縣署示紹讓二首

結茆為屋土為居塵滿堂隅待埽除南北輪蹄来往數那容優暇對琴書

鞅掌空看歲月馳重来旅思有凄其按閒我已成樗散憐爾辛勤治繭絲

八月十三日慶賀禮成恭紀二首

觚稜曙色繞龍樓先向　慈寧拜彩旒月館祥風三殿敞露臺寶氣八紘收鳧趨共效呼嵩祝葵向欣看瑞莢稠　天語丁寧卻遠貢千秋金鑑當共球

江南四度奉　時巡愷澤先周在野臣七十懸車

遵禮訓　萬年捧笏沐　鴻鈞隨班拜舞同鵷鷺
在笥叨榮領縉紳（時賜內紵八端）歡頌無能效簪筆九
如詩裏慶長春

中秋夜約春園侯　駕留別望山先生

名園淥水三秋淨皓月金輪十倍圓竹外杯盤調
酩酊池中荇藻舞淪漣虹橋竚聽鈞天奏鶴羽看
歸闕苑仙明日東門瞻輦路灤河一道繞旌旗

過天津贈宋愨庭

南下重經丁字沽離襟惆悵寄歸艫秋高滄海魚
龍靜野乏茨粱鴈鶩孫廉使指麾籌禹蹟官齋歌

曲聽吳歈勞人最有攀條感三度津門白鬢鬚予於庚午戊子及今庚寅凡三過此

四女祠

我行北河濆繫纜荒祠側古樹偃喬柯衰艸鳴促織老屋三四楹塑像皆古式剔蘚讀殘碑漢隸半剝蝕碑云傳仙翁四女最奇特感父嘆無嗣改粧男子飾本是顏如花儼然冠蓋飾不字守娉婷晨昏潔膳食讀書溯周秦刺繡辭縫絨庭前古柏長龍鱗生羽翼辛劬三十年天神降門閾翁媪及四女昇仙歘頃刻事在孝景時彤史徵其職賴此古

祠存憑弔情脉脉愧彼男子身罔念劬勞德桑弧志四方倚閭勞歎息得毋女不如事親須竭力為譜白華篇潔白永為則

閱北闈題名録喜顧景嶽朱用安得舉

篷窗高卧片颿馳千里燕臺寄所思流水舊高東海調秋風新發上林枝王楊聲價應堪匹李杜文章好自期吾老懶聽鳴鹿奏得人有慶快題詩

過毘陵静永齋竹園有懷莊書石同年

孤亭四照寂無喧翠映篔簹一畝園凛冽秋霜摇鳳尾嬋娟新籜長龍孫當年曾共投林約此日憑

誰對榻論幸得身閒来蒞止臨風重與酹清樽

冬夜宿紫陽書院偶成三首

歲宴陽初復宵深漏轉長虛窗逗明月碧瓦積寒霜稍理殘書帙頻添燼燭光希賢猶未逮鼔篋愧升堂

行役多勞瘁流光逐逝波觀空無障礙聞道尚蹉跎靜侶偕吟咏幽人訪澗阿滄浪亭館閑時聽濯纓歌

聖世多耆壽吾衰樂隱居前溪堪把釣故宅好懸車鄰巷停游騎京華少報書歲豐看載穫携杖樂

何如

聞總漕蘭畹楊公之訃寄哀五首

江右推明德朝端倚重臣行臺崇節鉞轉運著經綸潔並關西操仁敷淮浦春天卿公望峻星殞泣儒紳

學脉宗濂洛謨明緬禹皋崇儀希上德朗鑒析秋毫情性和而介功施懋且勞遺編闡芳烈餘事薄風騷公曾撰節婦傳數卷

河畔千艘接風帆兩月程桃花春浪穩柳葉曉堤平挾纊均膏澤鳴鐃轉旆旌金甌應待卜輿頌到

神京
憂國鬢成絲洪河去浪遲封章頻入告讜論慰
疇咨臣節常持重天心不慭遺魂兮應廟食風雨
護靈旗
同譜凋零盡晨星天上懸三秋分素袂一夕忽黄
泉諤諤慚同列温温企古賢蒼生虛引領遺愴在
河壖

除夕共羅臺山夜話

隔歲忽相見遠來千里程文高緣味道養邃得平
情江上氷初泮淮堤柳又生小園深㘴夜離緒聽

芝庭詩藁卷十四

雞鳴

芝庭詩藁卷十四

門人蔣棠錄

芝庭詩藁卷十五　辛卯至甲午

長洲彭啓豐翰文

此日不再得和龜山先生元韻

此日不再得赤烏奮搏桑人生信有涯忽忽鬚鬢蒼緬昔佩觿韘春風送流光策名及壯歲雨露垂青陽誦彼鶺鴒詩補職慚無方清夜顧衾影有如背負芒退休方未髦守拙寧非臧嘉種慎相保靈根敢自戕耘鋤冀有穫當風揚秕糠歌詩省宥密演易占潛藏寒巖松柏秀荒圃蘭蕙芳養心貴惟一窒慾利用剛毫釐有不慎岐路空傍徨行法以

俟命寧論數短長哀怨憐楚屈放誕譏蒙莊溯源在洙泗性道談文章堪嘆瑣瑣流馳逐聲利場挾冊摹錦繡樹木来牛羊安宅失所據日用多怠忘我欲厲頹景日新以自強陟嶺賴梯級渡海須舟航晦明即遞變操舍寧無常良知自炯炯旦晝儆牿亡先儒有明訓尋繹空悲傷嘐嘐肯媚世庶幾古遺狂

殘臘暖回梅花早放新正復值連陰零落過半矣初擬入山遲回不果寄懷逸園主人程自山及元墓方丈僧友禪四首

殘冬罕見雪花飛暖谷霏香石壁輝逝水流光不相待尋春好會故應稀

坐向湖山作主賓冷香相對倍精神昨宵清夢依稀到不藉籃輿來往頻

春來春去惜居諸樂事無如賦遂初遲我閒心訪真逸六浮閣下有幽居

梵天高閣峙湖濱鐘磬傳聲隔世塵一自詩翁蟬化後禪房頓少拄笻人謂沈文慤

疊韻畣楊寶年

密蕊綴辛夷殘英落梅樹揆報得瓊枝霽色開寒

塢逸韻似襄陽清思溯開府緬懷息園中幽襟佩蘭杜新陽觧凍澌祈年謀稼圃栖隱混囂塵游藝識甘苦絃誦被士林桃李樂春煦小别仍相望不隔江之滸余老視茫茫君懷共踽踽羹墻晤先型歌咏忘終窶歸来一過從啜茗兼揮麈

遊逸園贈程自山二首

仙靈窟宅托巖棲正值梅林初放齊望去瑶霙迷眼纈飛来雪瓣印香泥慣閒亭館供憑眺閒集琳琅任品題遲我衰年筋力健不須携杖上層梯

先生有道帶經鋤淳樸家風太古初何點南朝稱

隱士向長漢代卜幽居新栽榆柳開茅徑靜展圖書對綺疏張丈殷兄来往熟何妨偕我狎樵漁

題沈學子近遊草二首

清新烟墨謝朝華跌宕湖山不繫厎行到西溪最深處年来好夢付梅花

渡江烟雨正溟濛旅泊孤舟類轉蓬官閣風流今寂寞紅橋四顧暮雲空

劉惺常餉洞庭枇杷以詩酬之二首

盧橘黄時香滿林酸梅皆李莫相侵載將小舶来吳市一味清凉沁我心

回首紅塵歲屢移青年曾署白雲司山人何不出
山去占得五湖春滿巵

輓大學士尹文端公五首

三朝遺一老四海仰為霖頓絶蒼生望空驚夕月
沉　皇情紆勿藥特制錫兼金寂寞沙堤路難酬
報　主心

河山偏旌節草木潤華滋調鼎還朝日淩烟入畫
時蒼茫大江水風雅六朝詩不道樵柯爛收回一
局棊

碩畫叅機密仁心竭贊襄得人瞻旱麓偃武念蠻

方羽扇藏珠匣雲旂閟繡裳虛期平格壽東閣已
蒼涼
吾邦垂白叟望斷衮衣歸水旱酬 咨儆兵民絕
怨誹棠陰前日茂薤露一朝晞江水流無盡何人
嗣德輝
攀鱗參末座退翮久閒居古道情懷密書生禮法
踈雲山通寤寐酬贈當瓊琚惆悵西州路江天一
慟餘

詠五代史絕句二十首

乾阬石谷戰方酣十萬黄巢一劒戡猶為唐家堅

晚節稱皇稱帝讓朱三晉王

百年歌名慷慨定山河還矢先王奏凱歌不爲讒言

誅老將誰教樂部起干戈唐莊宗

憑威要挾自包羞割去幽燕十六州一旦翁来孫

北去顯陵誰復護松楸晉高祖

五代稱賢數世宗南淮西隴入提封猶聞午夜勤

民事準擬均田息戰烽周世宗

朔州驍將周陽五轉鬭橫尸似亂麻不見河南乎

定日空教子弟殉黃沙周德威

剛愎無如安重誨公忠猶見郭崇韜豆盧族望慚

無學張憲臨危勝爾曹

幽州儒學蚤知名屹立朝陽鳳獨鳴自與安公同去位殿前柱石已全傾 趙鳳

鐵硯磨来劉苦辛晉唐興廢揔成塵致身公輔成何事嗟爾書生竟隕身 桑維翰

契丹空國再興師覆雨翻雲得幾時十萬橫磨空名骫牙籌數罷更無詞 景延廣

文伯東歸脱禍機平邊勳茉更知幾如何許口歸来日不共蕭曹定指揮 王朴

鐵槍揮霍莫能膺佋討分權屬段凝豹死留皮終

可惜千秋忠節表盧陵　王彥章

五代紛崩濁亂時誰能潔己勵修持華陰采藥全
高尚零落詩章動我思　鄭遨

六世同居著德聲義門綽楔頓光榮干戈朝野無
休日我愛君家獨太平　李自倫

彗星西出埽文昌白馬清流事可傷眼底興亡如
置弈好將家國換平章　六臣

元兇未滅擁尊名大義昭然苦諫爭歸去太原唯
效死仰天一語盡平生　張承業

癡頑老子不知慙官爵勛階性所耽四姓十君推

舊德何如河上老茆菴　馮道

銅駝橋上耀旌旗黷武東南屢喪師試望中原誰得鹿畫江奉表悔應遲　南唐李璟

重光面壁得封侯江左繁華一夕收莫道臨危無善策誦經講易也風流　南唐李煜

衣繪雲霞望若仙龍舟畫舸照江邊可憐綿谷降車出同日全家赴九泉　蜀王衍

臨安五葉屬偏安拜爵中原鐵券完遙望山林皆衣錦不知石鑑照人寒　吳越

七夕後一日顧景岳邀同人集禹邛水窗即

事二首

山塘一擢采菱歌朋舊扶携逸興多畫舫於今停虎阜鵲橋昨日駕銀河秋歸紈扇蟬鳴樹客醉金巵月上波莫嘆垂楊蕭瑟甚盈疇且喜徧嘉禾

停雲吟侶共相招吳下詩壇未寂寥暫向巖阿依桂樹休誇翡翠戲蘭苕文章有道山中璞出處無心海上潮回首耆英傷遠逝石湖舊夢話逍遥丁丑七夕後一日沈尚書曾邀集石湖舟次

武林項文波招集萊園即事

懶為湖上遊来訪名園徑入戶躡層梯側足緣高

磴岑樓銜遠峯虛閣貯清磬洗研有清池憑闌發
唫興桂蕊秋正濃芙蓉色逾靚釣具鎮相隨畫舫
可閒凭主人嗜文學汗簡多酬贈巵酒足歡娛蘭
言非逕庭聞說金家莊鄰園更奇勝未能秉燭遊
歸趁斜陽暝

重九後二日登吳山四首

十年重作武林遊老眼平臨景物秋千古濤瀧騰
白練一時扃鑰固金牛飛来瑞石寒烟鎖望去
宸章紫氣浮却杖尚誇筋力健憑高指點近滄洲
丁仙閣畔磴重重左右江湖擁翠峰老桂雙柯蟠

似鐵垂虹片石架如龍携來蠟屐幽懷愜製就荷衣野性慵到處秋容曾未老不須江上采芙蓉

萬家烟火繞城闉秋淨江山豁目新鳳舞龍飛仍勝概蓮花石佛證前因試看三折潮吞岸更憶中秋月滿輪聚景園亭久殘廢瓊芳寒碧掩荊榛

四巡功德仰崔巍錦繡明霞映　紫闈十景並看排畫舫萬松曾見駐　鑾旂鴻儀隊隊凌雲去斂鍔年年躍冶飛猶有舊時寒暖在青衫濺泪語依依

望亭道中

滸關烟樹接陽山，幾幅蒲帆落照間。野濶已看禾盡穫，天暝初見鳥飛還。移舟不覺鄉音遠，旅泊從教客夢閒。欲向蓉湖訪故友，熹微燈火閉柴關。

讀邵荀慈遺集

道山人去悵離羣，宿草凄涼望暮雲。濯錦江頭漢司馬，采蘭澤畔楚靈均。十年擬泛琴川棹，千里重披玉笈文。鴻爪雪泥誰久住，鮑家詩好唱秋墳。

總河姚小坡招飲官齋賦贈二首

水宿風餐驛路長，頻年沛上駐輕航。人隨白鴈仍為客，鬢似黄花乍有霜。倚馬吟詩懷舊友前歲嵇黼庭為

主人予有詩贈之當筵顧曲憶家鄉明朝便上河梁去多荷殷勤醉一觴

南池竹木半蕭疎此日城闉得宴如聞說魚龍翻大澤空憐樵爨冷荒墟支祁就鎖臣心定鯀子安瀾　聖憲舒更念淮南鴻欲集可能荷鍤種春蔬夏間濟寧水漲負郭人家多為水浸時桃源方塞決口

圓明園名對恭紀四首

垂楊樹老冐霜晨淨埽西山　輦路塵重望五雲来　禁苑長年槖筆簪詞臣

捲幔風微溫室深　皇言咨度式如金闕心鴻雁

籌安宅那有劬勞澤畔吟

白鹿　宸章耀上台紫陽書院題白鹿遺規　御　閒將退翻傍

林隈書生事業蒙　垂問慚愧中阿樂育才

江湖廊廟不同憂皞皞王風樂泳游稷契許身諸

老在暫攀苑柳話綢繆

蒙　恩得與香山九老奉　勅賦詩

賜閒憩息五湖濱覲　闕欣霑湛露頻佛現慈光

人不老花開長樂樹恒春蟠桃舊詠依青瑣臣舊直南書房曾　勅和木桃詩　洛社新銜拜　紫綸幸傍瑤池分玉

醴年年擊壤和堯民

題吳香亭古藤詩思圖

不是漁洋宅伊誰識古藤香亭寓王漁洋舊宅槐雲看澹澹篠粉卸層層一桁常牽蔓壺堂自得朋風花仍往日詩卷共殘燈好結跏趺坐閒從曲檻憑焚香人靜對把酒興飛騰大隱金門客閒心竹院僧南園封殖好抛卷束行滕時余將南歸

祝芷塘編修以接葉亭唱和詩卷屬題亭為余同年友張南華舊寓今已數易主人矣

南華老仙厭塵土蹁躚玉佩雲中舞偶將詩卷落人間留得孤亭照千古憶昔彯纓傍日邊我與南

華俱盛年招邀快飲春風前春風吹夢渡江去南園樹緑流鶯顛醒来接葉亭閒坐萬里烟雲入吹噓丹山鳳鳥諧和鳴百歳知心能幾箇四十年来若電光平生回首空沾裳褐来高卧雲水鄉一邱一壑聊徜徉歳晚騎驢踐霜露重入青門為小住有客傳来雲錦圖玉堂勝事還如故那隨翡翠戲蘭苕要共驊騮開道路春花秋月去匆匆文藻由来兔角空試向須彌峯頂望萬千沙界一漚中

歙縣吴舜華以賣墨為業其父客死楚中經營數年始克歸葬作詩贈之

從古稱製墨上黨松心良松心有貞性凜凜凌氷
霜吳生自南来犀玉盈錦囊點滴孝子泪開緘吐
奇光化為五色雲絪緼蕩天閶天閶高岌業中有
孝弟王（斗中有孝弟王王見道經）顧之粲然笑降爾以百祥慎
終貴如始孺慕安可忘我詩若左券素簡流餘芳

辭闕二首

初日承明洞八窗紫雲深處擁旌幢冠裳蹌濟羅
三殿玉帛輝煌集萬邦葵藿微忱依鳳闕江湖
遠夢托吳艭禮成　賜杖容扶老回聽華鐘天半
撞

鈞天廣樂舊曾諳兩度趨　朝拜　澤覃已共羣星環極北却先九老下江南鵷行舊侶多華髮鶴禁新枝慶盍簪後會何年重入覲關山風露尚能堪

夜過趙北口和壁間韻

岐路蒼茫燕趙交更長不覺馬蹄遥半鈎殘月忽隨水湧出紅欄廿四橋

渡河凍合維舟二日

天寒不待雪狐聽詫堅凝漫説公無渡欲歸勢未能卷綃無窟室釣渚斷魚罾悵望蘭陵酒家鄉正

鑿氷

立春日舟中作

蘭橈獻歲又逢春澤國書雲建在寅占協葦茭三素遠氣融甲煎五辛陳土牛乍得青幡覆粉荔初粘彩帖旬解凍風光隨棹轉綠楊如線剪刀新

同蔡西齋遊金山見壁間李長春金焦兩山詩追和其韻二首

中天窣堵鎮鷲湍撒手懸崖共倚闌海霧初收晴旭吐江帆乍上曉波寒龍蟠行殿金為屋鼇湧孤峯玉作冠遶徧回廊摩蘚壁憨山好句幾回看

壁間有石刻懸山詩

樹密巖深護翠霞誰人結隱傍僧家仙禽已瘞空山碣處士長懷秋水葭瓜步江潮回有迹海門斜日渺無涯移舟欲借雲房宿前度苔封蹟未賖

顧景嶽惠蕈絲竹笋以詩謝之二首

千里凌波伴白蘋搴来渚畔異常珍早知春漲流匙滑不待秋風問水濵

天目山前笋作林燕来時節正春深殘年一味躭疏水那有諸公肉食心

金定濤雨中見過

京洛歸来屐齒閒重懷舊侶款柴關三春雨點鶯
殘夢萬樹梅花隔遠山行旅恰添詩篋滿倦遊渾
似鳥飛還韶光似水流無盡難得金丹駐好顔

王文園給諫自臺灣還述渡海時事二首

閩疆鎖鑰在澎湖島嶼迴環入畫圖百尺蒲帆如
鳥過三千瞬息靜天吳

浮天無岸曉帆侵海外旬宣帝澤深清節定知
推異域歸装不載海南金

袁啓蕃招飲登列岫閣即事

春深百六溯迴塘舞蝶游蜂作態忙遠近峯嵐俄

起伏橫斜阡陌間青黃燕巢依舊棲華棟花事隨
年報晚芳每憶停雲纖素在許開三徑又飛觴

哭三兒紹咸七首

歲在昭陽三索占提携遠道怯霜嚴猶憐花裏尋
師日伴我書堂磬玉纖
淡泊心期謝遠圖春風秋雨戀慈烏牀前捧藥辛
勤甚淚灑寒燈病不蘇
十年門戶賴支持肯學兒嬉醉玉卮贏得清風滿
南圃不教遠夢到天涯
歸來京洛逐閒鷗檻外青山照白頭天許衰齡親

筆研南陔忻爾潔晨羞

掌夢巫陽喚不譍鵂鶹忽漫呌觚稜傷心老眼渾

無泪可奈檐前夜雨仍

前摩影事摠模糊彈指光陰似水徂悔不齋心持

半偈月輪容易下平蕪

大父當年哭予悲度亡為撰步虛詞我今作達觀

諸幻空際流雲任所之

賦得龍應鳴鼓

巴東有龍在潭底百尺陰沍時卧起忽聞列缺走

雷車鼓聲乍振天門裏淵淵聽罷駭靈鼉砰訇勢

欲傾江河半空一擊竄烏兎頃刻飛雨淋滂沱由来亢旱呼蒼昊雲漢詩中致祈禱區區蝘蜓亦何神曾與兒童作鱻蕘（用程子烹龍事）那知變化顯奇蹤感物無聲氣類從摩天漫展大鵬翼應候還鳴豐穎鐘去年　天子祈膏雨黑龍潭上挹靈鼓爰　命詞臣賦此題蜀都賦句傳寰宇今日三吳布火雲羲輪日午灼如焚頓灑龍潭一滴水徧教四野樂耕耘

六月廿六日過雙泉草堂觀荷贈永祺舍人

平泉貽草木老圃隔塵囂暑月炎蒸失林居野趣

饒霞明凉牖啓石浄碧筩揺寂歴香初逺空明艷欲消露珠初滴瀝仙佩任飄飄瑞草（門名）眠沙鷺幽軒（軒名）噪柳蜩閒心虚展眺孤賞自終朝荏苒愁將暮芬華不自聊未終河朔飲欲賦楚辭招好古人誰匹吟風興更超松情懷異世（謂先曾祖與雙泉先生）蘭臭快同條會得濂溪意相期訂久要

書局紀事四首

忽傳明詔搜三篋會採芳華釀六經家近洞庭探祕簡藜光上燭玉霄青

徧徵書肆訪琳琅贏得鈔胥秉燭忙繡線添来冬

至後曲廊畨寫竹書光
任沈諸賢述作才窮年蛾述久成堆江南耆舊今
何在天上曾蒙
褒語来（上諭本朝士林宿望如顧棟高陳祖范任啓運沈德潛輩各著成編非勦說卮言可比）
瓶花齋與綺堂新越水文明萬卷陳愧我吳門虛
列第徵求却少貢書人（浙中吳尺鳧汪憲之家貢書甚多瓶花綺堂其藏書處也）

重題伍大夫廟

額題英烈耀朝暾縹緲雲旗上帝閽白馬浪沱吞
越志青萍血漬報吳恩荒祠每望孤帆去片石空

埋千載冤淼淼五湖流恨事鴟夷有像竟何存

庚寅秋以祝　釐入都謁尹文端公中秋夜

園居話别追思舊事重展和章爰誌西州之

感

惜别聯吟神黯傷絢春亭館挹清涼隔年空憶中
秋月翹首難攀數仞墻黄閣勳名留石室素心風
雅閟巾箱江湖暮齒旋歸速慚愧長荒陸氏莊

自題松石小照二首

野服隨宜遠世氛閒身真可狎鷗羣寥寥此意何
人識獨倚孤松看白雲

百年俯仰一乘除白髮蕭疎七十餘形影相看誰
是主蘧然還我未生初

題胡雲坡臬使行樂圖

昔在風詩咏有斐淇園之水流清泚瀟瀟積翠長
龍孫漠漠雲陰籠鳳尾使君移植自中州古幹蕭
疎清露流遺筠傳来輝諫艸披圖彷彿臨深秋翩
翩鵷雛餐竹實秀色涓涓明曉日予猷清興迴不
羣與可高懷儻相匹　楓宸有命駐江濱師爾
虛心問下民誰知寸管含元氣吹出江南處處春

高澹懷相國過小園

南園纔開地一弓閒停車騎意沖融乍舒梅萼臨池畔獨立松枝倚石叢指點化工迎暖旭徘徊步屧散條風自嗤野服無拘束長伴滄洲老釣翁

和程東冶詠物四首

寂寞江邨晚踈英草際紛憑欄吹古雪極目淡斜曛惻愴笛中怨微茫湖上雲色根原不住聊復得香聞　落梅

隔歲稊先發含烟弄冶姿入春穠不定臨水怯新枝金勒馬初繫玉顏人乍窺靈和舊時種回憶莫深悲　新柳

東風吹倦羽，困頓落花間。夢與蝶俱適，簾同香共鬧。烏衣門戶改，碧海戲游還。放眼誰驚覺，捎鶯是小鑾。睡燕

誰攜桑落酒，往聽上林鶯。梭擲知何意，簧調最有情。花叢春易老，繡戶夢初驚。百六流光迅，愁聞睍睆聲。流鶯

題桑弢甫五岳集 有序

昔王太初著五岳遊草，抉輿搜奇，並見篇什，紀游覽勝，獨視千秋矣。今吾友桑弢甫生長西泠，遨遊海內，慕張邴之高風，遺向平之家

累巾車蠟屐徧陟巉巖極宇宙之大觀寄閒
心於物外其為詩跌宕排奡出入於昌黎東
坡視太初加勝焉因各為一詩題其集云

憑臨東海岱峯尊絕頂凌虛逸興翻每候雞鳴升
日觀自排松嶂躡雲根秦碑漢篆遺踪滅石谷龍
潭古蹟存獨向尼邱希至聖崢嶸宰木上天門泰山

南渡瀟湘拜祝融惟將正直感蒼穹火維熾烈朱
光耀天柱崔嵬霧景空靈藥峰前騎白鹿洞靈宮
外泳丹楓重華去後無消息擬向天閶一御風衡山

河山兩戒靜波濤顧盼中原氣更豪軼秩登封羅

笏佩童童華蓋擁旌旄合離太少嵐光映詄宕天門日色高我亦曾隨　鑾馭至踐坡踏石不辭勞嵩山

勇攀鐵索上層梯飛鳥回翔猿狖號翠嶂千盤攢樹窈瀑飛九折挂巖齊不知巀嶪捫霄上會拂烟雲撒手題側足竦身誇濟勝青柯枰畔杖頻攜華山

紫塞綿延指顧間并州作鎮是恒山一條泉湧飛泒口千里雲騰倒馬關白草早衰沙磧冷黑貂初敝角弓閒時清斥堠烽烟息嬴得詩人獨往還恒山

胡雲坡餉龍井新茶誌謝

風篁嶺畔焙名荼鄭重緘封驛路賒柏府早嘗天
上舜山人亦辨雨前芽竹爐貯就澄霞腳石鼎烹
來泛乳花却憶鴈山曾駐足松風清韻伴僧家浙東
有鴈宕茶在龍井下

贈雷松舟

官閣哦松思不羣一編風雅振吾軍情親吳會山
中友身帶函關馬上雲弔古頻懷楊伯起論詩應
繼杜司勳篋中劍氣雙龍躍那向江頭看日曛

李蕙紉自京師歸貽畫荷扇曰曾　賜遊昆
明池荷花盛開寫以誌幸爲題二首

彷彿紅妝鏡裏遊　御園六月冷于秋盈盈一水傳芳信莫向湘江泝遠愁

靚整蓉裳客夢涼歸來依舊卧江鄉逢人為説蓬山勝贏得清風萬里香

柴埸村二首時葬三兒于金獅菴側

地近尭峯壟塘圍興福田啼烏方洒泪燐草化成烟自顧桑榆促虗期負荷賢一坏長寂寞淚眼不成眠

鈍翁讀書處遺蹟舊曾諳黄葉開荒徑孤燈照佛龕幽尋堪采蕨隙瀼並宜蠶顧影斜陽裏彭殤一

例叅

葆真堂歌贈汪秀峰

新安江上移蘭舟琴尊佳會數舊遊跡涉千巖寄髙尚家藏萬卷躭冥搜金題璀璨照石壁綺窗靚潔臨漪流白雲縹緲子晉鶴蒼松偃仰華陽樓葆真之意應有托欲挽澆俗歸淳脩早薄榮名謝珪組還將風雅垂弓裘蘭溪棹頭發新咏桃花嶺畔留清謳朅來吳趨訪故友苔岑有契更倡酬款門相晤悵晼晚贈我墨刻如共球緜潭山館有逸唱一泉一石堪溯游月簃花塢娛永夕湘簾竹簟明

清秋屬我題詩續卷尾麋鹿野性真良儔碩君終
始葆天賦脩然遺世曾無求龍伸蠖屈等閒事遽
遽一夢同莊周萍踪聚散亦偶爾常留翰墨輝林
邱

題王文恪公墨蹟二首

三朝碩望斗山齊拂衷歸來震澤栖寄語東陽相
憶否湘江日暮子規啼
先朝文獻最關情招隱園中蔓草生經世古人誰
盡了千秋風月一般清

陶節母詩 有序

陶節母呂氏山東威海衛人歸陶君崧坡年二十八而寡無子以其夫兄之子易為嗣鞠養勤苦口授孝經論語每然松脂終宵緝績以資口食迨易長而貢太學捷賢書出為衛山令既得請旌于　朝復膺　誥錫而節母蚤下世矣頃易知淮安府以事至蘓示余以黃岡鄭維崧所撰節母傳傳言節母貧時嘗遇大雪出采棘薪喂芋以啖易至十指血淋漓易每道此未嘗不嗚咽泪沾襟也余感其事詩以紀之

北風正淒緊，白雪何霏霏。晨興出樵采，路上行人
稀。不愁我手寒，但恐吾兒飢。析薪薪未絕，指血徧
淋漓。歸来煮芋栗，食飽看兒嬉。兒嬉曾幾時，老大
重噓欷。章服誠有耀，松楸已離披。頋言告孤子，長
誦蓼莪詩。

題楊忠烈公與寓山友人尺牘

一聲霹靂震鬚髯，張手扶弱主開天閶。天閶虎豹勢
莫當，網羅密布埋忠良。豸冠岌岌封皂囊，二十四
罪筆有霜。搏之不得終罹殃，空使志士神慘傷。海
虞昔日裁甘棠，雲旗彷彿来公堂。千秋翰墨傳古

香敷詞斐惻憂思長矢懷報國凜鵜梁皎然此志日月光吉光片羽存纖緗六丁呵護經滄桑墨痕剝蝕神彩揚寶公一字逾琳琅吾鄉忠介竹榻涼手書數幅蛟龍翔曾購得忠介公書頑廉懦立清忠坊應山屹屹遥相望數公落落扶人綱傳之萬世誰能忘

牡丹二首

屏山录曲暎清芬舞向盤中護彩雲垂手並攢金縷帶折腰争妬石榴裙幾家池館論興廢何處笙歌買醉醺不惜中人十户産寶車香遠逐斜曛

編籬插竹隔年栽妥婧殘紅寂寞開隣並茂鄉園內植艷誇羅鄰句新栽人間富貴誰能駐天上神仙亦易頹鏡裏衰顏相對影即空即色未須猜

題沈春黃帶月荷鋤歸冊

寢跡在衡門寡營繁慮歇翛然樂躬耕揮手謝袍笏落照澹川原涼風振林樾宿鳥投暝烟牧人乘夜月誰與寫此圖清飔襲華鬖揮毫山水區濡首雲霞窟顧影湛虛明歸途意超忽我家近南園亞旅共迎謁歲豐樂莢粱天寒采薇蕨平生托長鑱庶往共耕垡

胡雲坡臬使招飲琴月山房

戟衛森嚴握使符還將風雅鎮吳都雨零乍可霑千頃夜靜何妨飲百壺河洛星懸光燦爛（時建中州三賢祠成）滄浪風動水縈紆却看野服參高座慚愧公侯咏白駒

和雲坡貤封兄嫂紀恩詩

曾憶當年燈火寒閨中怙恃共艱難陳情表上倫先叙錫類恩深心始安家法舊傳風似柳碑文新勒筆追韓蘭臺此日徵圖史五色榮光萃筆端

韓禹三年方舞象早賦采芹詩以誌賀二首

世閥容臺有象賢鴈行排翼獨爭先風姿濯濯靈和柳榦植亭亭華頂蓮慧業深沈天獨稟新篇絡繹衆爭傳汝南月旦標題重籍甚聲華詡妙年（謂元和令常公）

茂苑宮墻育藻芹禮門義路緬斯文雞鳴夜課書聲徹鶴和經樓爽籟閒此日金根勤辨字他年玉殿奏淩雲相期遠大成佳器世忝論交屬紀羣（令祖補縣與予同入泮）

張玉府基有竹堂寺少時曾會文於此茲復來遊已四十餘年矣得詩二首

竹堂存舊蹟，梵宇帶新輝。高樹霜柯老，遥峯雪色微。布金成勝果，抱甕息塵機。酌茗聊清坐，山僧麈共揮。

卌載文壇會，闍黎散飯遲。後遊何晼晚，歸老愜心期。一任流光駛，還將半偈持。明春花事早，莫負壯丹時。

楊訒菴觀察過胥門話别

星軺乍見雪花捎，訪舊偏如漆與膠。古渡空江闊去棹，寒烟飛鳥欲歸巢。定知舊闕真清白，還向陳編别圂淆。時刻古文正宗君到三山春漸轉，好將靈雨灑

荒郊

大學士諸城劉文正公輓詩八首

東國星初隕滄瀛水欲枯赤心孚殿陛白日照街衢每憶兒童誦寧愁羽翮孤如何天不憖四海並嗟吁

鳳望標詞館多才練　國書抗懷疎謁刺英氣振華裾謇諤攄孤直精勤荅　寵除明良真倚重綸閣日華舒

睟予光如電敷言息衆譁但將身許國不以利爲家鼎鉉隆調燮堂餐別儉奢褒清無重直美謚實

非誇
宿稟殊尤質無煩學始知讀書觀大意獨事息羣
疑犀照光芒遠氷心夙夜持綸扉丹筆握摠領白
雲司
山左偕山右同時得兩人謂孫文定公沙堤標品望帷
幄藉經綸六舘無私謁全家共致身素絲留古道
薄俗庶歸淳
午夜肩輿入俄聞二豎侵咨謀無漢汲籌畫失商
霖毛羽空霄漢風霜入戶庭　至尊親談奠灑涕
引孤衾

賢祠依北斗仙駕返丹山脱屣原無戀全歸始得
閒忠貞貽後嗣利澤在人寰此日燕齊道扶輿涕
共潸
卅載交情重聯吟在禁垣苔岑蹤自合金石契無
諼惻愴西州路凄凉光範門江鄉空極目何處薦
芳蓀

書局竣事詠懷二首

綸綍旁求四庫儲好從故簡事畋漁蓬山路迴藜
輝朗槐市春深蕙帳舒方冊未忘安世篋縑緗多
載惠施車承明舊夢鈞天杳坐擁書城風雨廬

牙籤揷架染香芸辨字還將舛錯分宛委山巖叅窅窱靈光魯殿閟氤氳傳聞有異資青史散佚無徵惜絳雲㝡宇幾人尊漢學元亭寂寞溯遺文同鄉惠定宇注漢易未竟

宋汝和以畫幅見貽即送之北上

柳吐新芽花正殷鴻飛遙指五雲間曾輝綵筆枝頭杏遠送征帆畫裏山篋有新詩傳蜀道家留舊笏鎮吳閶春暉堂上萱方茂彩鷁娛親任往還

過虎邛陳氏廢園

遙看塔影如畫城近從山下聽鐘聲青松蒽鬱紅

杏發曲池半涸高臺傾遼鶴歸来春色老高墳到處埋荒草送行人向此間過年年遠涉長安道

題三界寺圖卷二首 寺在江陰之顧山有文選樓舊址山茶花昔盛今萎

海畔何年湧化城六朝遺蹟足闕情曇花一現空千古啼斷春風杜宇聲

頭白山僧說往朝百年遺墨未全消分箋結得他生契留取涓泉試一瓢

三賢祠詩

中州氣清淑賢哲輝星雲岌嶪仰嵩嶽縈紆潤河

汾潛菴紹聖學蘊門叩徵君持節向江甸兆姓騰
歡欣學醇政自優百代光斯文宋公媚風雅鈐閣
香氤氳江左十五子詩社張吾軍儀封挺偉節正
氣消邪氛　明良孚一德殊眷酧忠勤三賢皆卓
犖公望高榆枌巋然鼎足峙善政和風薰專祠各
有建百世綿清芬廉使来胡公私淑慕孔殷吉蠲
趨崇搆萃渙諮同羣寺宇廓廓廡春秋修藻芹祈
禱致福佑雨暘護耕耘往者東江叟紀詩徵見聞
唐孫華曾撰三中丞詩　先後若符劵議論無斷斷後有繼今
者反躬念前勛

席浣香招予至山中信宿澄懷草堂即事

傑搆華堂對五湖冬林寒峭一峰孤吟成香雪梅初放埽盡浮雲樹半枯釣艇淩波偕白鷺松門封樹感慈烏（時浣香方營葬事）扶藜重到難言别為戀清幽水石區

贈翠峯寺牧先上人二首

曾住靈巖丈室開禪心寂寂對琹臺拂衣歸去東山老一片帆從天際回

閒泛孤舟笠澤濱藥鑪經卷結緣真楚樵履迹猶堪覓誰寫頭陀寺碣新

訪招隱園故址

太傅名園蹟可摹石梁傾圮樹林枯為隣官署移
花石半作湾池帶葦蘆訪舊依然同刻劍臨風無
處更傾壺何如捨作清涼院猶有山僧護戒珠

門人蔣棠錄

芝庭詩稾卷十六 乙未至丁酉

長洲彭啟豐翰文

題張維勤臨元人畫十首

趙村紅雨映殘霞燕子雙雙拂影斜試向雕梁尋故壘花開花落傍誰家 杏花春燕

細瓣紛披雪裏蕉花飛綠幕拂雲梢一拳瘦石看斜界卓立青旗凍未消 雪蕉

楚宮昔日鬬嫣姿裙褶翻風蝶翅隨碧草露華凝月色愁聞夜帳蹙蛾眉 虞美人

紫薇花占鳳池栽東省西垣爛漫開下上雙禽相

對語一般得地兩無猜 薇花雙鳥

蟬聲高噪夕陽微葉底螳螂臂欲揮勘破物情應自失羡他鷗鷺早忘機 螳螂捕蟬

裊裊含苞七夕先趺籬牽蔓挂絲妍銀河一夜涼如許織女機邊恨悄然 牽牛花

娉婷瘦影曉粧殘蕭瑟紅衣耐薄寒南浦斜陽明鏡裏美人遲暮倚江干 木芙蓉

霜林初染鴈来紅一抹明霞晚翠中休悵春風難再得好斟白墮醉衰翁 老少年

鼠化經秋號白唐錦囊初製氣昂藏由来蝸角無

多地一點雄心苦自傷鬪鶉

南枝生意放東風九九消寒鳥語中莫向江城吹

玉笛好留春色冠花叢古梅鐵榦

仿徐昭法畫

磵上清風隱士心寒梅老榦自成陰閒来獨往支

硎坐鶴唳一聲霜满林

滄海長春圖歌為徐筠亭同年賦

神山碧海昇朝暘赤光浴日窮榑桑金銀宫闕倒

景長天吳畫伏蛟螭藏琪樹飛花雲作房儐鯖和

味瓊爲粻中有一槎乘日旁篙工輕溯凌天潢霞

明五色輝高檣何人晞髮陽阿陽翩然來下水中央洪濤瀾汗隨低昂擬從瑶島求神方建寧老翁黃綺行仕成歸隱道益昌勵志稽古羅縹緗飽含春氣揚芬芳内保精粹神明强外郤物累無斧戕為倩好手拂素霜圖成屏障生輝光我亦同老江湖鄉東吳閩越兩相望披圖逸興馬脫韁頓鞭鸞鳳相隨翔自憐凡骨墮渺茫跰躚鑑井空傍徨何年同躡千仞岡快闢天樂鳴琳琅

三月中旬由光福至穹窿積翠白馬嶺省視

生壙次昌黎寒食日出遊韻

料峭番風起懶病尋山入野花偏盛堆黃菜甲滿
地鋪嫩綠柳梯臨水映捨舟登陸坐籃輿石尢無
事空相競迤折山岰路八义指點林嵐發唫咏穹
窿岌嶪卓芙蓉宮殿玲瓏峙端正茅君跨鶴登淩
雲彈指滄桑凡幾更纍纍高塚瘞名卿寶坊式煥
膺榮命石馬俄看卧棘莱金章曾說司朝柄五患
紛紛辨吉凶百年歷歷餘殃慶此中積翠啓僧房
撑火焚香聊致敬卜鄰比舍篋歸藏屏嶂重重形
絕覓古來識墓戒飾觀若堂若斧當師腥翦除榛
莽插編籬只辟牛羊芻牧併清明已過逼殘春童

冠偕来悦真性荏苒流光届耄期田思壯歲氣空横偶聆梵唄悟前因時汲春泉事幽迸乍向清閒閣上眠松影如龍月如鏡衹愁塵鎖滞靈關幸脱朝衫謝時政出山仍踐入山塗却羡輿夫筋力勁歸途麥穗正青青薦寢還應遵月令

觀蒔南城至光明菴小憩二首

屢盼雲興更渺然虛看犂鍤倚東阡城隅水淺廻橈去陌畔人閒傍犢眠屏翳幾曾藏杲日神龍未見躍深淵蒼黎望歲心徒切頋和長生霖雨篇

塵積茆菴待埽除攜筇散步意紓徐新桐拂户初

暘曉馴鴿當階得食餘一縷篆香消永日半弓荒圃足佳蔬南堂舉足隨時到瞑坐忘言悟集虛

和東坡題司馬君實獨樂園

皤皤司馬公出處關天下早歲獻嘉謀直聲振朝野何事治園亭非爲耽杯斝惟時用新法奸宄亂華夏公歌歸去来提唱盡風雅幽居十五年杖履傾洛社朋黨禍方興咄哉執拗者老泉論辨奸可惜和者寡題詩紀名園佳句同金冶韓范巳云殂空傳相司馬太息熙寧朝賢奸迷用舍紹述何紛紛名賢半衣赭殿鑒在前朝朗吟起聾啞

題錢伯坰漁樵耕讀圖四首

山黷黷兮雲沈水粼粼兮波綠閒獨棹兮夷猶把一竿兮自足

水方涸兮石出霜既隕兮葉飛聲丁丁兮何處樵施施兮来歸

東皋淒兮黴雨南陌滃兮斜曛驅小犢兮徐去聽鳴鳥兮交欣

悄衡門兮燈青撫陳編兮心賞廓四海兮誰知耿千秋兮孤往

題降魔圖二首

眼底空花不染心深山寂歷少塵侵可能坐得蒲團破静向聞思獲妙音

半醉半醒原是幻非空非色摠成真維摩丈室何寥廓散去天花點點新

哭長子紹謙詩三首

涼風終夜響庭柯披葉傷心恨若何自幸棲遲鄰北郭誰教涕泪灑西河白頭未到先磨滅春夢無端祇剎那湯向閑中觀物化晨烏夕兎不停梭

汶陽泲水聽民謡道左清泉試一瓢肯令空山怨猿鶴却歸老圃伴漁樵龔生遺恨膏先盡摩詰閒

愁藥漫調繞膝兒孫誰顧復空令白髮慮晨宵

析薪負荷屬伊誰著訓閑家一卷隨往日望雲成

小别於今阨閏竟長離浮漚幻質原無主閃電流

光那可追回首含飴承祖愛孝經手授髧髦時

流水禪居禮大悲懺度亡男紹讓即事

逝景蒼茫閱世新西池何處問歸津杜鵑聲裏三

生淚楊柳枝頭十月春火宅炎時誰早覺佛香吹

處更無塵放生池畔如珪月照徹林間自在人

西山上冢示姪紹晉孫希韓四首

嘉節逢春仲蓬居絕世喧悽懷感榆火行役望松

門子立憐宗武孫犖念愍孫清明同上冢麥飯薦
芳蓀
家祭遺規在烝嘗莫後時流年傷晼晚蹇步頼扶
持岸柳垂新綠園桃爍舊枝那堪塋畔樹斬伐棄
河湄時有盜冢樹者
青山不改色流水聽無聲野店堪沽酒横塘喚賣
餳鳥啼如解語花落倍關情彌望五湖景漁舟任
遠行
偶借茅菴宿風凄月滿樓半窻窺皎潔一枕聽颸
颸閙與病僧語難寬暮景愁采真遊未遂寄跡芋

浮鷗

将至山左迎

鑾留别書院多士四首即次徐生緗業韻

魯道頻瞻 日角臨春深重聽屬車音羽干乍舞懷文德葵藿長傾矢素心瀛海波恬朝旭朗岱峯雲霽暮烟深衢邉父老焚香祝額挽天河沛作霖

不習雕鞍髀肉消許偕鸞鶴盼重霄壯心塞上曾隨 輦吟興中州更控鑣春到 御園花萬朶風飄征蓋柳千條六年復奏迎 鑾曲清漏依稀趂早朝

一枝筇杖藉扶持岌業天門繫夢思縹緲爐烟人靜後飛揚軒蓋日升時鶴泉龍洞新開路漢柏唐松舊入詩千載登封傳盛事天人協應告成期

賦別河梁酒未傾諸君贈句各輸誠空慚樗櫟曾無補更羡蘭茗早向榮獻賦他年襄黼黻席珍此日待弓旌歸期正值清和月遊目滄浪好共行

淮安

草長淮陰岸花明八寶城昨年罹水患到眼倍關情軫恤周鹽竈防維築柳營舟行恐遲滯襆被事宵征

渡河

沙岸遷移認故痕東風忽轉暮雲屯篙工無力驚濤湧官渡爭喧逆浪吞𣅜日御帆尋即次當年立馬渡黃昏抽毫待奏河清頌行水規模冊尚存雍正丁未予以會試過河時值河清作頌

宿泰安未獲登山有紆夢想四首

岱峰直上勢蜿蜒竦出朱樓號萬仙峍兀千尋摩峭壁潺湲百道瀉飛泉天門路迴巖栟滑 御帳坪開閣道懸七十二君遺跡在祇今回首渺雲烟

寂歷苔封號五松虬枝張盖繡芙蓉纔施鐵組愁

攀陟斜倚孱顏許過從靈應宮前黄屋煥玉皇殿
側紫烟濃曾傳　至聖登臨處遥望吳門練影重
點綴層梯荆棘除寄嶔只可引肩輿螺旋九折雲
霄近障峇三峯眺賞紓睒睒燈光深霧豁沉沉雞
唱曉星疎兒孫拱立皆培塿俯視云亭與石閭
二月東巡稽舜典況逢　神武舞干俱重申精意
酬神佑徧播歡聲逮海隅觸石有占靈雨降翔陽
初上絳雲扶頋隨野叟焚香祝長錫豐年遍九區

謁岱廟恭紀二十韻

五嶽鎮四方東岱為之長碧霞邨行宮華構極閎

敞碣磶鋪瓊瑛罘罳結珠網兩廊繪神物靈風飄
昧爽寶鼎炳雲龍金鐘祛蝄蜽月吉炷爐香精誠
通肸蠁唐槐奕葉扶漢柏穹霄仰封禪紀云亭碑
碣堪指掌　湛恩沛時巡馳道移仙仗閟殿鎖尊
嚴天門開詄蕩憶余射策年攬轡曾孫徃作賦溯
靈光升階縈夢想今年近黃鮐病體支笻杖浮雲
視茫茫仙境歎惘惘幸際　六龍來歌衢同擊壤
三春景暄和百物得滋養目眩丹艧新聲聆金石
響獻縣有微忱磨崖還技癢九點齊烟青三竿紅
日晃五十有餘盤徑擬凌雲上

泰安迎
駕紀
恩十首

道旁曲跽聽　呼名啟　蹕雲巖報曉程乍喜捷
音荒徼至紅旂一道馬蹄輕
慶洽東封禋六宗明堂想像輯球琮暫停曼衍魚
龍戲肅炷心香拜曉鐘
林泉歲月久韜藏忽聽　綸音荷　寵光復特旨尚書
銜舊澤已頒雲壽杖新恩重賚紫荷囊賜內緞二端貂鼠四
尾

名對無殊溫室深瑤階日影樹沈沈　咨詢徧及
閭閻景饑溺常歸　黃屋心
薦櫻節届蔗漿盛帳殿晨開晝棟明法部仙音還
侑食凱歌柳外雜鑾笙行宮賜宴
金根拜廟聽山呼翼衛　安輿萬福俱　天語丁
寧期後會香山甲子再成圖
天門拾級阻攀登藉草文茵輦路承綢得珊瑚幾
枝樹滄溟一望碧波澄承旨閱名試卷題係東方三大賦
旌門授簡出瑤箋促和鑾坡續韻先采玉誰為和
氏寶作霖應待傅巖賢勅和崑山片玉及聞京師得雨詩

瀛洛文章千古尊栽培多士　玉音温休教楮葉煩雕刻詞賦雖工本不存諭課諸生當令去華崇實稠疊　恩光逮舊臣翠旂影轉潞河濵從看偃伯櫜弓後春圃華平萬禩新

勅和賦得崑山片玉得精字

崑岡高不極萬寶聚晶英早識含章貴難忘待價情方流增朗潤片石發光精利斧開幽壑安車貢上京席珍原自重特達信非輕肉好螭為紐渠眉月作瑛昭華徵瑞應結佩効涓誠追琢詩人意乘時翊　聖明

勅和聞京師得雨誌事

清蹕駐靈巖佳景滿籬落芳樹雜春英風沙不揚惡麥隴播青蔥三農力耕穫　行殿奏虞絃　皇心仍惕若京畿飛報章應候甘霖作霢霂徧郊圻茆檐騰喜躍黃屋慮初周穹蒼誠可托升香肅告虔東國覘民樂

登高旻寺天中塔

佛國重看窣堵新雲梯夐絕俯江濆金焦隱現排虛牖吳楚青蒼接相輪締搆行宮昭儉德標題御藻紀時巡微茫城郭風帆外一覽人天幾點塵

遊甘露寺二首

亭名木末逼青霄繫纜寒磯舊漲消林隱旛竿聞梵唄路通江郭狎漁樵殘碑待訪襄陽米隔岸難招處士焦安得便乘明月夜層樓置酒對江潮

峭峰撐處路紆徐傑閣扶欄眺望舒六代烟雲空北固三江鎖鑰重南徐青猊隱見神光在翠柏蕭森梵侶居會考圖經稽石記廢興陳迹漫躊躇

過寶晉書院

海嶽名猶昔書堂喜傍山循階開竹徑扣户啓松關講席何人在清遊伴客閒同懷風浴興蹋破蘚

痕斑

上冢焚黃述志

十年退鷁愧棲遲 天語親聞滌舊疵帳殿重教持玉尺歸途 恩許御金羈堂瞻馬鬣春雲護松老龍鱗宿雨滋匝月輪蹄違丙舍薰風拂掠到茅茨

和沈笠翁七十八吟二首

風月情懷世所稀掩關永晝証知希六時瞑坐忘餐飯半榻攤書擁敝衣壺裏乾坤堪寄傲箇中消息自參微一枝筇杖無拘束出岫閒雲去復歸

天佑賓筵抑戒身里中罕見有同人不知甲子旋輪速但覺須眉逐日新閒可乘船探遠岫頻教步屧訪比鄰蹉跎莫惜韶華晚成佛生天証夙因

初秋逸園觀残荷

亭子臨流已半欹田田荷蓋伴香蘺西池路遠津難問南浦愁多鬢易衰引得野泉添漲滿通來曲逕架橋危丁寧小阮煩培護日涉還須趂健時

八月初三日書院課士桂花盛開即事

連蜷曲榦傍孤亭芬馥繁葩映短櫺新月暗籠千粟影粉廊澹貯一枝馨乍通鼻觀言無隱巧濬文

心筆有靈夜半露華林際寥天香雲外接空冥

九日文星閣登高用杜樊川齊山登高韻

雉堞迴環木葉飛憑闌遠眺晚烟微題糕節届黄花發落帽風催白燕歸久罷登山支短策暫從傑閣攬清暉鸞書縹緲無消息只有殘霞映客衣

題沈椒庭兩湖清景畫卷

雞鳴埭臺城路湖光瀋不流六朝古木昏鴉暮錢塘潮明聖湖鏡面平如洗六橋煙柳成畫圖予家吳閶震澤東渡江擊汰乘秋風秦淮呼渡泛一葉惟見白波翠岫交沖融中年奉使莅於越翠鬟掩

映烟空濛乃知兩湖勝異曲還同工吳山道人好事者懸流架屋青山下飄飄逸興有東陽兩地停驂探騷雅何人潑墨繪成圖收拾波光襟袖惹衰年息駕返蓬屋愛向川原谿游目披圖耳畔風濤生欲挂蒲帆聽飛瀑人生貴遠每忽邇讀君畫披君紀卧游卻恠雲生几太湖三萬六千頃之波濤乃在儂家筇杖底遲君把釣入蘆中千秋遠逐鴟夷子

閱胡恪靖公年譜因貽令嗣壽岳

名齊陽馬氣偏豪早效馳驅肯憚勞袖筆中樞忝

客勿橫戈西極贊戎韜河渠疏决承　清問原隰旬宣荷寵褒欲報深恩心未了還將遺業付兒曹

送李勉百宰邑恩樂二首

邸舍遥傳七字詩旋聞捧檄向滇池平生鉛槧凋霜鬢萬里關山入夢思句貯奚囊看落月風凄襆被折瓊枝轉懷下榻留賢日老我衰殘感别離

醉翁門下舊曾傳鳴鹿呦呦早著鞭聞笛依然憐宿草携琴到處拂吟箋瀘江舊業悲諸葛金馬高才憶子淵他日歸来尋故約門前柳色罩晴烟

題顧華陽叱馭集二首

萬里槗頭舊著鞭綸巾風度試吟箋驚心刁斗人初老馳檄關山馬不前共慶　王師通絶塞早聞露布達甘泉浣花社叟祠堂在一種離憂落照邊

剗憐碧血染黃沙蜀道招魂寺作家（木果之役文官死事者二十六人築祠成都浣花溪名曰慰忠祠）樓倚賛皇鳴鼓角陣開諸葛繪龍虵百年忠藎留詩卷千里歸心寄海槎幸遂陳情返初服秋霜那覺鬢生花

同顧珍山遊二泉寺觀竹爐茶卷遂造秦園二首

短棹駐蘭塘東風解堅凍涓涓瞰名泉萬斛浮深

瓮倒涵天影青細響石甃動中設漪瀾堂旁有若
氷洞烹茶試新香中泠相伯仲廿載未曾来重遊
如在夢生意滿眼前和聲聞鳥哢
名園與泉通寄暢成真賞　宸章爍雲霞景物愛
塏爽步屧轉筠廊毋須攜竹杖菌閣貯玲瓏斗室
含虛敞却顧山蒼然予懷增澹蕩新景快當前舊
遊悵已往羡彼山中人時時褰酒幌

歸舟留別珍山

吟社仙翁住碧山相將蠟屐共扶攀清游鎮日不
言倦嬴得扁舟載月還

恭撰

孝聖皇太后輓詞九首

至矣懷坤德　慈仁燭九垓虹收華渚暗電繞斗
樞回軒曜瞻方切星宮黯不開　聖心悲慟極風
木聽增哀

九袠開元化深宮祝　萬安含飴看繞膝祝噎顧
加餐報本思河潤流膏共露溥升遐傳　詔下起
信涕汍瀾

鑾絡停宵柝邊陲息戰鋋卌年休養洽萬里享王
駢共荷鬘雲覆長依法鏡圓試看荒徼外穹績紀

燕然
鷁首江南幸爐香泰岱停　湛恩周賜復瑞應叶
清寧扶　輦山靈肅承　鑾澗草馨只今遺父老
悽絶望青冥
觀燈元夕罷　慈豫倍常時五世輝　龍衮三霄
慶燕詒讖寧簪白柰　駕忽返瑤池過密傳區夏
千秋起慕思
廟號極尊崇徽音任姒同　孝思惟永慕哀册定
淵衷照烈休風迴幽巖神路通耶堪移御日淚洒
黼筵中

遺訓垂慈切羣工聽　詔宣禮
三年擇吉山陵舉升馨　太廟
幾務惕乾乾
山莊清暑地松鶴為怡　顏愛景
燕閒慈烏鳴角孝箇印苔斑澗
鎖翠鬟
昨歲呼嵩切　忝賜杖歸　春暉懷普照孫
悵靡依鶴唳　仗雪花點素衣空嘆九老
伏向郊畿

舟行雜　首

離心遙繫短長亭風□無端夢不寧西望瑤池息斷乘槎空逐漢臣星時大吏先後入京

春分寒勒百花期不似江南二月時未得東風

帆力柁樓空映夕陽遲

樓檣影裏待潮生為覔征車傍曉行安得身□

鳥捷破空一道白雲橫

丹陽道上轉蓬飛撿點奚囊帶落暉四十□

徃熟至今猶未脫征衣時因舟阻從陸

天涯蹤跡漫東猶迫遞征程不自□孍

露寺吟鞭暫□繡夫桉鎮江郭氏樓名

布帆一葉渡江来鷗鷺相看兩不猜那信人間風浪惡瞿唐三峽有驚雷

揚州烟雨罩空冥依約笙歌久倦聽曾向梅花嶺下過只今草色幾回青

露筋祠畔水粼粼净宇無人薦渚蘋共説潮音風信到家家鷄首拜明神俗傳二月十九日風為觀音報

陸行雜成五首

二月清明近陽侯挾勢驕雪花飄兩岸溪漲浸平橋望遠鄉關隔停舟水驛遥寒威欺老瘦留滯木蘭橈

六塘河畔路利涉永無艱地雜舟車會塵生衣帶閭河濵帆影疾隴畔犢耕閒豁目開新霽前途落照殷

曉渡古沂州星稀月一鉤高城垣岌岌緑水浪悠悠款曲壺飱具殷勤禮數周自慚投老久蹇足倦遨遊時太守陳嵩年率僚屬来迎

旅次逢寒食山程犖确偏梨花堆似雪柳葉吐和烟盂飯陳荒塚耕犂治水田行行泰安近屈指著先鞭

岱宗不改色轍迹又重過望斷天門迴空嗟歲月

蹉爐香焚一炷碑蘚待重磨宿頓頻瞻戀時聞勞者歌

過泰安復成絶句四首

靈巖亭館劉玲瓏霧戶雲窗一望中比似吴都誰最勝一般春色暢和風

潘村高下間離宮臺榭參差碧樹叢攬轡行人回首望青山不斷入空濛

晏子城邊旅舍偏古来齊相最稱賢匆匆冠蓋何人省一領狐裘三十年

禹城驛路走駸駸柳吐長條緑浪新昨歲道旁齊

蹈舞　鸞和方轉屬車音

題京師寓齋

子舍淹留花乍開故鄉好景逐人来渾疑白傅園中植可似王維句裏栽月到斜廊更乍轉風欹曲枕夢初迴玉堂舊侣銷沈盡孤負三春喚撥醅

曹河慈航寺小憩和柘園居士韻

路轉曹河水一灣征車遥指故鄉還雲山影落塵埃外鐘磬聲傳香靄間惠此窮黎知利溥停来勞轍覺心閒廿年創建留餘澤猶傍香光憶故顏寺有養濟院前督方公問亭建並有遺祠

過蓮池書院題贈燮堂制府二首

高卑疏鑿敞平泉曾荷
宸遊賞偏曲磴花飛飄鶴唳通川雲靜帶鷗眠絃歌聲徹風塵外雨露清滋水石邊公暇怡情來往熟濂溪自著愛蓮篇

奎章親捧自
天迴棨戟森嚴傍日開千里桑麻流美澤三關斥堠靜飛埃般勤周道賓筵集拂拭明窗詩思催此去燕南重回首黃金臺畔夢徘徊

別河督姚小坡

下榻何妨十日留歸心早已到長洲為憐衰鬢停車轍怕說南風滯客舟一騎飛馳勞遠送六年前

夢感新愁投林愧乏經時略極目篷窗萬里流

新開陶莊用引黃流遠避清口淮水刷黃益

力紀詩二首

黃河從古賴宣防此日鳩工廟筭長清口無沙

能刷濁新看禹績在陶莊

頻年淮水蕩民居稍遠黃流患自舒永賴成功褒

世爵書勛好補舊河渠

宋儼若新刻傳經堂法帖為題絕句四首

誰將書品譜無雙解佩珊然憶漢江狼藉天花飛

不盡焚香靜掩白雲窗

玉烟堂畔鎖荒榛洞口漁郎那問津拭眼香光重
點筆露珠圓處月華新
雕刻停雲劇苦心百年以降有知音傳經事業非
容易魯辟遺文試共尋
前輩吾鄉推退谷義門墨妙亦堪珍願君更下珊
瑚網收拾殘星照九旻

題宋蘭城閬川棹歌二首

賦得新詞泛釣船吳趨越絕兩留連鴛鴦湖畔詩
人老寂寞騷壇五十年
放棹中流孰和歌鱸鄉亭下記曾過雲鬟霧鬢添

圖畫細雨斜風被綠簑

中秋喜晴佇月有作二首

蕉雨桐風攬浹旬中秋遙竚月華新濯來九宇詞人錦照徹通宵席上珍揚子江頭潮有信廣寒宮裏鏡無塵莫愁此夕西巖墮後夜團圝影更親

欲炷芸檀禮上清可堪藥鼎伴茶鐺夢醒尚憶湘靈瑟仙去遙聞子晉笙澄彩高樓凝遠望虛明水觀證無生人間萬事空華影好作騎鯨萬里行

題曹孝子事蹟名起鳳崑山人莊學和作傳

旅人消息斷天涯杜宇魂歸孰與偕十六兒孫餘

永慕八千路阻覓遺骸分金最感仁人惠占夢依然神鬼諧漫撫殘碑誇絕妙娥江孝女是同儕

題藍田叔仿子久畫富春山水卷二首

曾訪嚴陵到富春烟嵐疊疊水粼粼廿年好夢天涯遠誰與漁郎更問津

峭壁千尋霧杳冥淨新烟墨欲通靈虛堂靜聽風濤響却似蒲帆落遠汀

方壺探梅贈吳始乾二首

泠淡春光逗物華紙窗竹屋幹橫斜只看疎影臨湖水未放濃香入酒家一載恩君憐瘦骨出門無

伴惜寒花西山儘有探梅約可似方壺路不賒

屛去塵囂卜築宜閒從物外得心知無眠那作羅浮夢觀化寧愁玉笛吹宛似優曇開淨域任教紅艷滿山池比鄰留得荒園在籬落炊烟夕照遲

歲試後示諸生四首

杏花江店報春深短几沈吟一片心雨濕巡簷抽思苦玉峯光氣射千尋

莫道文章遇合難寸心得失最難瞞年來早把金針度勝負還從壁上觀

幾枝庭樹倚籬邊烟月晴烘一粲然須向春前頻

著眼雪霜摧壓度殘年

閉户先儲席上珍穿楊漫詡技通神紫陽家法同安訓指點東風處處春

南園對雨四首

繞屋清陰初夏宜潤滋百卉濕苔墀樓頭一幅豳風畫最喜秧田播穀時

簷際風聲雜雨聲羣鳥爭噪柳條輕閒心待蠟山中屐百道飛泉澗底鳴

麥隴黃時荳莢稀老農陌上荷鋤歸閉門懶得扶笻出為怕淋漓濕袷衣

荼蘼開罷百花殘酌酒還凭芍藥闌脩竹數竿新筍茁好將清供佐盤餐

恭繹

上諭釐正文體一道敬成四律朂勉多士

乙夜論文鑒古今高懸繩尺著規箴江河特向波流挽雲漢緣知作養深宋艷班香歸古淡周情孔思費研尋寒窓若有窮經士修綆持來翰墨林

汎濫六朝沿魏晉起衰八代屬昌黎危詞但恐浮夸勝僞體徒慚轍迹迷鏤板已教昭遠近刊碑更見列東西煌煌 聖訓奎文炳出水明珠探得驪

由来述作競揮毫令甲相傳當雁羔凞甫窮愁推宿老陶庵卓犖亦文豪鷩闈　天上褒題重遠勝人間月旦高料得支流還未斷直從星海溯洪濤駪駪詞客賦皇華燭盡三條眼欲花鳳咮堂前香不散鸞儀帳側影頻遮緣知矮屋資繩墨共仰楓宸拜寵嘉勗爾章逢勤砥礪才高不負手頻乂

先慈諱辰廿週延僧禮誦蓮花經

明發蒿莪痛儀容卷軸殘空闃喧爆竹無復侍椒盤逝水流光迅微軀孑影單廿年悲失恃此夕歲將闌達本壽無量回光路不難梵音傳浩浩泉路

闔湯湯故篋衣還在春暉墨未乾庭前風樹感遺
訓待頻看

題朱節母夜紡課孫圖二首

繞座書聲和紡聲夜窗燈火伴殘更綿延一髮留
先澤引得春暉照百城

松老桐青蔭四隅報劉有志日西徂儘教翟茀承
恩寵不及朱家夜紡圖

芝庭文稾目録

卷一
賦　頌
卷二
條奏
卷三
序
卷四
記　碑　傳
卷五

閩人陳一鳴録

芝庭文稾目録　一

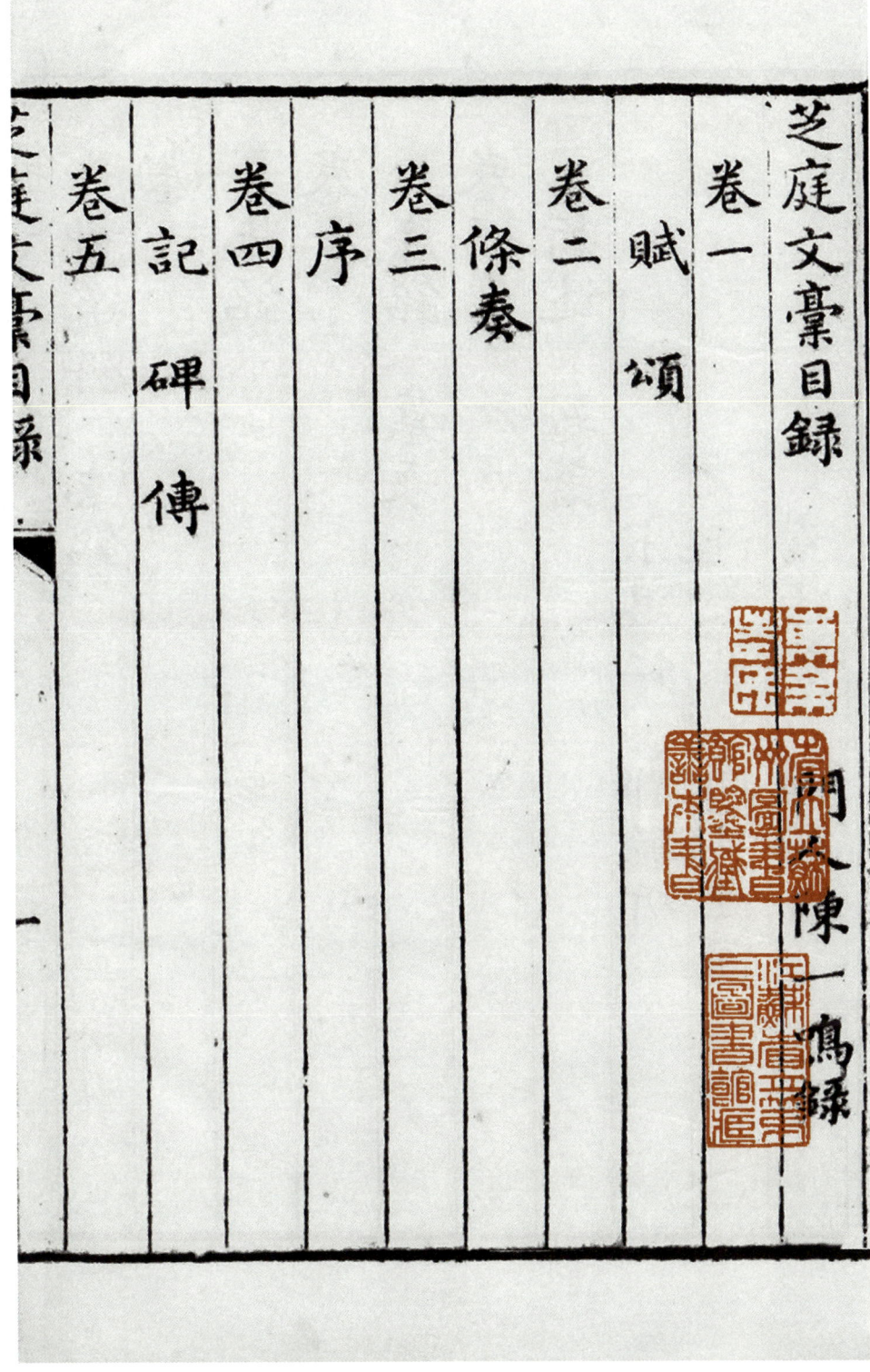

神道碑　志銘
卷六
志銘
卷七
志銘　墓表
卷八
行述　雜著

宋思仁　郭毓圻
汪美基　周日漣同校刊
袁廷檮　顧何昌

芝庭文稾卷一

長洲彭啓豐翰文

賦

聖駕再幸盛京賦有序

皇上臨御區宇宵旰維勤丕承
祖德於乾隆八年秋
駕幸盛京恭謁
三陵禮成慶洽迄今十有一年矣以瀋陽道里遼
遠未遑歲脩展謁秋霜春露時惕
宸衷遂以今仲夏祇奉

皇太后鑾輿啓蹕至熱河適西荒酋帥率部衆欵
關内附爰賜酺宴行爵賞届乎孟秋經行蕃部
遠逮吉林重詣陪京敬薦歲事臣幸叨扈從之
末用得瞻山川之雄厚民物之繁庶風俗之敦
龎愈信王氣靈長發祥有自足以綿億萬世無
疆之庥也敬拜手稽首而獻賦曰

維

上帝眷顧區夏大一統於
皇清溯丕基之肇造彰靈瑞於東瀛龍鸞蟠嘯雲
霞蔚蒸西自山海東逮興京聿有鴨緑江之浩淼

醫巫閭之崢嶸百神就職列嶽獻誠披輿圖於萬里奠鰲極於八紘時巡於邁適駿有聲罔計程途之遼遠無妨宿頓之頻仍惟仰承
昊天之篤佑上慰
列聖之英靈一至再至萬姓攸寧粵中舊章徵往律擇元辰采吉日積誠愫通呼吸伊仁孝之所蘊涵柔懷靡不震怵念納欵以歸誠宜優容而撫恤臨重午而戒途即山莊以駐蹕見夫原隰畇畇城障鄰鄰林巒翠容隄植彬璘三十六景清暑無塵峙離宮於芳甸護

安輦於慈雲乃披瑶席設金尊置庭宴享炙燔敞軒墀于圓沼肅拱衛於輪轅宴賞畢蕭露注衆情歡流澤澍愍精純彌布濩憇爾車徒以謀遠馭重建旒而結旆兮遵脩路之委裕戒輕踐夫禾稼兮秩西成而紆赴蹕析木而凌扶桑兮行髣髴乎天度經蒙古之部落兮咸恭順而悅慕篤親舊於宗姻兮須金帛於府庫望龍德而景靉靆兮浩平沙而少都聚設柳條以爲邊兮築板升而屯戍欣雲日之遄臨慶太平之盛遇繄惟吉林之地遠在遼陽之東唐虞則地名息慎遼金則江分混同山有

長白祀典攸隆五峰環峙香樹龍葱積雪不消於炎夏祥烔如繞夫鑪峰緬風氣之剛勁屬統轄于闓戎昔年惟
聖祖曾一至今茲覩繩武於
皇躬瞻望
橋山肅迎英爽協萬國之歡心閱十年而祇饗僾見愾聞焄蒿悽愴委繫祀兮從新非隆儀之襲往設遂延而垂袞裳挂遺弓於天仗焚蕭膋兮升馨薦茄幣兮用享祇袚齋宮潔清壇壝豆籩鼎鬲之輝煌牲牢壺濯之滌盪惟洞洞而屬屬愈巍巍而

蕩蕩初謁
永陵
始祖式憑配天立極奕禩相承
福陵在望
太祖永寧十三戎甲肇基勃興敬告
昭陵
太宗佳城文王勤止養晦愈明遡艱難於應服將
孝享于豆登天地明察純嘏誕膺
祖考綏福孝孫善繩蓋十年以前之薦馨既禮明
而樂備斯十年以後之受祉更日升而月恒爰篤

周親敷大賚崇德報功膏澤下逮執豕酌匏之風尚存葛燈綃帳之澤猶在勗生業之在勤進耆老而咨誨兹眷戀夫畱都儼重過乎豐沛于是水航陸車雲合龍趨椎髻氈裘之衆兜離禁佅之徒莫不獻琛貢賮舞蹈歡呼爰戒休宴習馳驅下長坂䟕山隅逐麞麃殪豕狐旂旐斜轉罘網連鋪草枯曠野霜落平蕪獲看充物瑞紀昌弧恰秋獮之應令非射獵之爲娛懿夫

皇上之宣示盛京賦也鴻文輝麗巨製啇皇洵足以孚雲育夏陶周鑄商令兹

六龍再動八駿騰驤穆然遠念赫然煒煌羅雲霞之繪包山海之藏勤恤匪懈震動為常百靈呵護兮既時行而時止羣生樂康兮亦宜雨而宜暘益足徵乾符之健運合德於悠久之無疆至于憑眺隆嵸經陟逌遞訪金源之故墟攷明季之舊制綂朔漠為屏藩聯華戎為指臂撫龍蟠虎踞之形定磐石苞桑之治綏懷固在於文德訓練不忘夫武備謂保障惟賴人和而隄防非關地利東鶼西鰈不為奇紫芝銀甕奚稱瑞惟排纘夫道里之垓埏斯有當於章亥之測識大書

法駕之東巡可補盛京之通志是役也告祭長白直躋吉林計輿程之渺渺馳萬騎之駸駸特加恩于扈從預支給夫帑金俾征人暖如挾纊甲士脩飾朱緌忘楊柳雨雪之瘁奏鐃歌凱樂之音渡飛梁于澗壑闢坦道於嶇嶔盡海隅日出之境悉
宸輿帳殿所臨且夫
聖孝彌深隆文益煥野廬埽路特親視問于儀鑾虞人給鮮每進旨甘於玉案宣猷頻沛郵傳聽政無忘日旰覽化工以成唫觸景物而揮翰仰瞻
睿藻之高懸非復臣工所能贊然後從容返旆迤

邐揚鑣龍庭天山共震威名之赫弁元菟樂浪並標勳業之岧嶢山環谷應夾道喧闐皆戴黃龍之翼神禹而欣日角之類唐堯去時置頓兮金風颯爽四日更番兮玉雪飄蕭幸荷詰戎之掌對揚展義之朝眺蒼茫之邊塞望紫氣於斗杓詎數橫汾宴賞羽獵遊遨撰子虛上林之賦賡白雲黃竹之謠也哉爰綜盛典而系以頌曰太陽中天六飛時舉鴻業駿龐神威暢溥祗脩禋祀越十一年威儀有恪仁孝彌虔闕外陽春華胥之境民庶阜昌邊圉永靖虹流電繞

萬壽令辰綱城門外齊列朝紳
帝謂汝民翠華數至睠此留都長享樂利長白穹
窿滄海朝宗周之潤瀍漢之沛豐揚旌駛駴發矢
追逐期門佽飛勇過賁育指掌圖繪幃幄經營糾
桓有士蕃息在坰返自興京綏懷執競煇映光華
統握金鏡

芝庭文稿卷一

神樹賦

維興京之蔥鬱兮長白之支龍
帝陵孔固王氣攸鍾包絡元會開運穹崇天柱峇
翠而層合渾河縈流以朝宗聿有神樹寔覆
元宮擎非翠柏舞異蒼松天上星明象白榆之歷
歷山中籟靜兆紫氣之熊羆繄夫渥葉綢繆虬枝
夭矯遮紅日以迴翔接白雲而窈窕宛紀大椿之
壽閱千歲為春秋同標若木之華暎扶桑而昏曉
鼎湖駕遠綴玉輅之流蘇辰極垣深張華蓋之縹
緲若夫踈踈淂月裊裊籠烟本根峻茂枝幹盤旋

質重輪囷擁金幢而高建勢迴磅礴振玉節之珊
然翽兮若鳳翼之翻紛其欲附鵠兮如龍尾之掉
邈莫能攀
神靈之降鑒委佳祕兮孔繁故夫享祀方虔升馨
昭泰風蕭蕭兮有聲樹亭亭兮如蓋衣冠儼在崇
壇宇以同歆弓劍式憑啓儀鑾而畢會上清雖遠
覲咫尺於羹墻植物有知秉扶疎而馣馤我
皇上再勤法駕丕紹鴻圖躋
丹陵以瞻望撫嘉樹而盤紆念在十年以前青葱
不改今當九秋之月滋液彌腴陽耀陰蔵想勃興

之功烈岐山豐水思佑啓之規模將以繪寫風雲
宣示圖牒遡肇造之祥符綿休徵於累葉
宸章賦物洒珠露以霑濡
聖孝永言盼霜峰之岌嶪彼夫蕃廡有象感應咸
亨蓍莖著瑞芝艸蕟生崇槐層蔭柜柳濃菁棗花
含寔桃葉敷榮豈如鍾毓靈輝昭卜世卜年之綿
遠葳蕤衍慶積愾聞僾見之精誠永爲臣民所景
慕不徒草木之芳馨也哉爰作頌曰蔚矣嘉木龍
葱倍兮氣稟地靈神真宰兮團蓋倒影欝蓓蕾兮
瑞色鋪芬凝靉靆兮孝孫吉慶敬不怠兮至治仁

聲儼如在兮輝山隆嶺聯雲彩兮奕葉蕃昌億萬載兮

聖駕南巡賦有序

臣聞虞后省方咨詢徧於四岳周王時邁懷柔協於百神聘士問年古風未遠陳詩納賈成憲斯存矧萬民望澤之時當二月初旬之候宇宙之詠歌沐浴俱環繞夫

楓宸東南之杼軸酒漿更上關乎

黼扆瞻雲就日慰望於十有六年輯瑞同書徯應在千八百國以孝思之維則當久道而化成豈直效河嶽之麻侈登封之瑞已哉欽惟我

皇上治洽平成道光繼述握斗樞以建極至化翔

被於無垠秉陽德而用中休徵協應於有象純
禧介
聖母璿璣耀復旦之華景福上
慈寧海屋紀添籌之祝負暄者思親舜日酌醴者
願獻堯樽爰於今年正月辛亥吉辰恭奉
皇太后鑾輿巡行江浙遂以省觀民俗甚盛典也
惟大江南北特蠲三百萬之積逋浙水東西更
免三十萬之新額固已歡騰蔀屋喜溢茅簷矣
猶念千乘萬騎之紛馳扉屨芻糧恐煩父老當
水驛山程之置頓壁塗丹雘慮擾畊桒于是巽

命丕昭節宣豫定觸景而思民瘼隨時以沛深
仁登萬姓於春臺行漏常披奏牘飭六條之計
吏迴帆早放官衙無非率由舊章之隆寔出尋
常輿望之外以故家家華祝望帳殿而傾心戶
戶爇香覲周廬而稽首想懽聲之雷動莫罄形
容聽比屋之風謠備難縷述臣向叨侍從之班
忝佐銓衡之掌學慙三篋每顧影於花磚身在
七車曾追陪夫
鑾仗嵩山雲氣與瞻糺縵之光河口濤聲載歌浩
蕩之澤茲當

六龍南幸春旗之甘雨快棄於以均霑況夫三月
東風甲帳之煦和歷鈞遊而可想念盛容於
皇輅未獲景從奏嘉頌於康衢猶思屬和上祝
慈宮之仁壽下叶兆姓之歌謠不揣弇鄙之辭願
進賡颺之賦其詞曰
維星分乎斗野為揚州之隩區緬
列祖之德澤大一統於方輿際重熙而累洽久浹
髓而淪膚昭海宴河清之應輯金泥玉檢之符昔
在
聖祖盛典肅皇六巡江甸亦越

世宗湛恩汪濊特減浮租迨我
皇之膺運敬紹述夫前謨覽太平風物之有象匪
江山遲日之為娛肇損上以益下聿渙汗而中孚
始和布令陽春載途示急公之奬勸寛逋賦之追
呼徧黄圖而擊壤胥絳縣以歌衢惟一視同仁之
在抱遂觀民設教於海隅歳紀重光吉日既卜青
祇效祥勾芒溥福
皇帝於是協元辰親祈穀憖二龍之御駕六飛之
轂奉
慈輿以承歡陳藻衛而祇肅迎皓月於上元綴華

鐙於平陸雪霏霏以清塵風習習而出谷攬齋烟之九點望岱松於極目憶賑卹於昨年輒祈禱夫豐熟徧原隰以抽芒咏来牟之率育迺停雲罕駐彩斿越汶水渡淮流榮光九曲瑞氣朝浮授疏濬之方略固隄防於上游河渠勞吏差甲乙之賞斥鹵貧民無庚癸之憂蒼龍翼衛神魚躍舟烝徒擁楫榜人發謳練波萬頃蜆幬乍收對金山之塔影鎮鐵甕之潮頭穩趁春流空濛烟靄達梁谿指吳會閱村郭經畎澮挹精英軼埃壒人物喧闐溪山暎帶閶門之雲棟交橫茂苑之綺塍如繪燕舞鶯

歌花明柳婿奏簫管於雲中暎綺羅於仗外老幼扶携以来觀遠近喧攘而悅兊

聖心愉怡黙孚愛戴或予在笥之衣裳或錫鈞庭之宴賚煌煌乎綸綍之攸宣藹藹乎地天之交泰爰自三吴及於兩浙念海門之奠安由胥靈之効職鐵弩無驚金隄不溢路直如弦林平似櫛燕予廻絲仗之風竹枝唱緑籮之什月湧波来雲隨磬出繞藻舟以含暉依璇蓋而清蹕山盡錦衣花皆繡散鏡湖隱遁之栖蘭渚清遊之室尋禹穴之杳冥陟稽山之崒嵂緬懷河洛之成功不替雲仍之

爲矣然後迴鑣京口攬勝臺城洗齊梁之紈綺軼晉宋之簪纓眺三山之亢踞聽十廟之雞鳴脩明禋於勝國增守冢於孝陵風淒石馬月晃金鐙大禮和於上下至治洽夫幽明懿夫王政之大月令是程同律度正鈞衡隆壽耇禮耆英惠黎庶免役征刑罰省嘉肺平宥前愆於格外復舊職以加榮觀劇易之邑察循良之聲肆戎韜於武衛增泮額於儒黌擢俊才於上第羅彥士於西清大法小廉之交飭春華秋寔之齊登宜乎人遵令甲而物慶由庚猗歟閶闔之衆環向屬車之前樂春暉於化

日賡夏諺以祈年雲籠雉尾瑞繞香烟
慈懷允愜
聖孝彌宣錫類既均於萬國祝釐屢晉於九天山圍繡幄水映瓊筵竹筍江魚調來蘭膳菱歌蓮唱譜入薰弦於是虹光藻發雲漢輝聯賦廣陵之玉樹咏滄浪之清漣鳳舞龍飛之勢茂林脩竹之篇古剎琳宮之幽邃名泉秀石之娫娟吳歈越唫被
王風而歸醇雅霞箋綵筆經
宸咏而倍鮮妍惟志和而聲正乃愠解而化甄
聖主詩成於頃刻群工橐筆以遷延至于行幄所

臨

鑾輿所駐德在昭明情敦樸素供帳皆水衡之錢編户無黃封之樹但凡淨而窓明何楙塗而金傅戒物力之奢侈廣蓄儲之饒裕魚稅無征蒭藁可具一豫一遊為補為助頗介祉以慶成共希光而景鶩永諧箕畢之占星常保東南之富庶考昔封梁父秩汾陰賡曲水射華林雖鋪陳夫藻麗未盡協於規箴孰似夫聲教之漸被握中正以鑒臨涖青郊而警蹕儼黃屋以齋心粤功巍而文煥要勅幾於一欽觀衆情之悅豫集福應於悃忱歌浩蕩

於天地發揄揚於古今雖叩淵雲之古調擴燕許
之高唫亦無能敷陳盛美而揚扢高深臣 謹拜手
稽首而獻歌曰玉燭調兮膏露覃
六飛駕兮大江南庭陳瑞兮萬寶函山川普覽兮
風俗諳返樸還淳兮化育參又歌曰
帝車旋兮貫珠斗慰輿忱兮望幸久天臨海鏡兮
光明八牖錫祉羣生兮仁滂施厚川至日升兮如
南山壽

哨鹿賦

蓐收執矩少昊治秋火行司爟秩祀貙膢義皇憲金令行田蒐齊三鈇𢧵九斿張天綱駕天鈎掌舍設枑田路鳴騶澤虞萊野羅氏獻羞屬壁壘以營陳詔罕車而設罘星弧迅奮以方攘八魁屯曲於山阪乃有伊尼之族或麚或友戢影远蹊潛形林藪埸訝町疃跳跦蹯凡騂田偪仄搜迹索偶迹人来告其祈孔有何以格之匪罝匪罶一哨長林下無遺走爾乃明星晳晳白露曖空雲衣駁騀月御朦朧迥卒清候期門戒戎超封蠻之紆譎睇

高行之嵱嵸覛行跕以探穴移部曲於高穹斯時未哨于中林也而甡甡跂跂或騰或倚盡霍繹紛泊於校隊之中爰戴皮冠列行伍服短衣振卒旅異朱鬟之植髮如竿殊鬣般之睢盱似舞夫何仰撟首以高視兮宛乎師行者鞮衣韎韐之奮厥武也同聲相應窅然以清相吹以息一唱衆賡無煩骨管膜簧以制踶詎必大蹏小號以成聲夫何應吹喻以往来兮恍乎教閲者鳴鐃摭鐸之叩則鳴也於是陟嵬峩倚叢薄入淩兢窔枳落忽屏氣而歛袂憑上下以求索若傴若俯若進若却有步有

伐時止時作或奎踽而示強或盤桓以見弱時敎窣以嫛姍羌目眙而心愕見夫蜜利迦羅呼羣引黨尾促促而依林角芰芰而避晃始彳亍兮中輟漸移心於潡響終聆音而徑前乍奮情於孤往力怯者懊慼以窺闖軼羣者擅場而挾兩意淰躍以振踊欣命匹兮接壤已踉蹡而徐來猶神駭而志惘俄脫帽以突叱遂目迷于塵坱當斯時也騤瞿奔觸悽遽怠趍呼急鎗命烝徒罷不靈發藪無藏逋向者儦儦俟俟之儔他他藉藉填溢乎山隅焉有少決多疑心戰股慄劣狷者聞聲而躝竄僄狡

者奔驟而行疾則有中黃佽飛之士列双鑽鏃中必洞雙百不失一

帝乃開一面之網占三駈之吉謂夫即麃無囊失得勿恤非乂簇之所攙捕非竿殳之所揑畢羅法者胥殲守分者使逸走險者夲義以明刑蔵湟者夲仁以施卹聿昭文德則呦呦歌於賓筵乃象武功則麌麌頌於吉日將以暢

皇威嚴師律協羣歡數軍寔神武之事既該而上下之情壹矣若夫張竟野之羅荷垂天之畢是猶棘林螢耀而與夫樳木龍燭也豈並軌而同術也

哉舉凿終息行騎焠輪罷均勞賜既醻鳴鐘廡空
察貳采侍從之歡謠傳屬車之勝事遂作歌曰我
皇勤政懋弛張兮昧旦丕顯罔敢康兮田車既飭
日則劉兮蠖略蕤綏紛騰驤兮麀鹿攸伏機相忌
兮爰識銅牌散瑶光兮爰啣仙芝阜嘉祥兮掎之
角之戴星霜兮肅行秋令順白藏兮日未靡旃返
哉行兮網為周阹陋長楊兮

林屋洞賦 有序

道書洞天三十有六其第九爲林屋名爲左神幽虛之天窈窱碒谺不可名狀洞有三門會於一穴秉燎而入境盻奇詭至隔凡霧乃裹足焉或言地道潛行通巴陵王屋峩嵋羅浮地脉之靈竅譬人身有腧穴説非虛誕而世固罕有窮之者也

太湖滉瀁包山巃嵸遠吞三萬六千頃攢列七十有二峰橘柚離離丹黄暎日松篁颯颯綠縟揺風際晴初與霜旦辦蠟屐與唫節啓天后之便闕訪

左神之靈蹤夫其元關外鍵複道中迤門列三重路穿萬里度華陽兮地脉通攀泰岱兮仙掌起西連峩嵋之峯南極羅浮之趾矧瑯琊東武之潛行復長沙巴陵之遠徙其始進也露乳滴瀝陽光熹微山岝峪以歆出石玲瓏而倒垂既津液之温潤亦彩耀而陸離遂逡巡以深入疑冪歷之可窺其折而入於腹也路轉鈎梯門如甑覆既昏黑而窈冥復窪窿以險促乃握火鈴秉明燭踐凹凸之重扃歷嶢峴而九曲初則傴僂繼乃匍匐蟻附而趦趄蛇行而竄伏出險步兮頻驚魂盼仙蹤兮忽在

目則有金庭煌爚玉柱輝煌琢石為室鏤銀為房素几如漆碁局橫牀瓊膏溶溢芝艸芬芳魚穴龍盆之玩金書玉簡之藏聽神鉦之戞戞叩石鼓而琅琅於時異蟲飛出白蝠成行燈炬撲滅巖扉無光覩百靈兮恍忽問前路兮蒼茫緬昔如王導濬會稽徘徊感元纁於夢裏藏寶籙於山隈歷三代而猶秘踰千年而莫開闔閭之世靈威乃來行七旬而始出獲三卷以持回何丈人之一去復嶢石之下頹金臺崒嵂鐵鎖崔嵬不見晴日但聞轟雷欲賈勇以前往徒目眙而心哀爾乃躡踪壼無恣

目寥朗蕩遺塵蹟煩想被素衣以遊翺結雲軿而来往瞰幽谷兮不見人歘靈關兮寂無聲悵塵凡之永隔誰能飈舉以遐徂乃爲歌曰包山之麓靈威宮洞上下兮徹西東欲往瞰兮路難通渺乘氣兮御遠風禹書秘笈何年封神仙咫尺不可逢嗟我生兮羈樊籠安得左神公子携手相追從

藏珠於淵賦以藏珠於淵南華妙蘊為韻

懿無為於天德契循道於蒙莊富萬有而不宰置徑寸而相忘盂與委蛇體清泠之得性精通泬漠任玓瓅之深藏初何索而何遺無欲自足聽或還而或徙與物皆昌緊彼靈澤寔產元珠璇源屈曲碕岸縈紆澄月浦之幽輝蚌胎盈孕動風潭之素鬣鯨目清盪沉涵濁而逾黕光凝有耀託靜深以自閟澤潤無枯若乃絕流湍急斷岸沮洳垂綆索而下采並瓊玖以相於燕則矜其懸室契亦炫夫照車顧太朴之已漓精華欲竭念靈根其何在蘊

抱終壼惟喆人之繕性祛俗情之所偏觀已私之非利識內蘊之如淵德至同初且與命而無鬭物成生理詎與我以為緣匪捐泉而却遠物乃反性而合自然是知動惟無朕靜乃可叅外鑠者其本先撥天全者其章內含得一以寧塵滓莫攖於方寸惟精允執榥緘自闢於淵涵稊米在倉崖涘欲窮於海北坳堂置芥逍遥直溯夫溟南故夫摩尼壼假如意空花藉智光以為喻知韜事之已差黃屋非心寧論一筴之寶賚蘧廬是適莫憐四照之光華原匪遺弓究誰得而誰失豈伊府海要孰近

而孰遐頤治世之樞機亦學人之體要惟返觀而識其本初斯靜悟而觀其奥窔主宰非虛賦形惟肖紛華戰勝莫誇山澤之臞冥臯䜴遊始識行生之妙假物非遥寓言自近濬化機之靈源啓神工之默運鑄陶堯舜返乎純白之先囊括孔顏會乎靜虛之藴譬諸秋水濠梁之句莫罄名言詎等神人河漢之詞無關至訓

頌

聖主躬耕耤田頌有序

臣聞詩咏載芟以祈先穡禮隆秉耒載紀元辰粢盛潔薦明禋保介来申浴茹雩雨零而土膏脉起協風應而蟄扈呈祥鸞輅蒼龍不爲豫遊玩物青旂縹軛總曰稼穡勤民先時之令甲攸昭萬彙之由庚自協欽惟

皇上德同天覆澤竝春溫覲光揚烈之思軫民依於宵旰府脩事和之治敦啟本於農桑蠲賦貸租覃敷禹甸歌衢擊壤徧戴堯天典禮精詳綜

王制周官而竝舉儀文美備邁唐宗宗祖以加
隆特舉耕儀式彰慶典化洽三年之久解澤行
而兖和令逢二月之辰豫雷鳴而出震甸師除
路封人壝宮致禋祀於先農青壇嶽立毖精虔
於吉旦翠幰雲張京兆陳鞭司農撰罷臣工協
力輿衆同情旌旗飄明庶之風蓑笠潤霏微之
雨貯青箱之粒粒僊種如珠瞻白壤之昀昀神
皋似雪和聲樂作譜薰曲以悅康勞酒觴盈祝
華封而忭舞杏花菖葉彙編月令於齊民瑞麥
嘉禾寫入豳風之圖詠臣職司記注身綴班行

聽玉輅之鳴鑾幸仰邀光於咫尺護金根而載
耜欣瞻盛典之煒煌地接堯阡才未諳乎敎稼
風揚夏諺志寔切乎省畊爰隨亞旅之儔再續
大田之詠謹拜手稽首而獻頌曰
惟
帝率育惟農秉時耒耨之利寔祚丕基自上下下
躬先導之
帝曰俞哉咨爾岳牧若時巡行必周部屋康功田
功化宣甸服供祀必親匪假以文訓農敏作民生
在勤明德至治馨香發聞

帝親莅止於彼南畝黛耜在懸洪縻在手數加五推培基孔厚皤皤老農冠帶而歌願興霖雨滋我田禾飛甘洒潤應候無訛思文配天久崇追報旰食宵衣雍宮齋廟敬奉章程我

皇之孝三時胼胝念彼兆人錫以繁祉煦以陽春勤恤民力我

皇之仁時雨旹暘王省惟歲萬物熙熙貽我樂利孝弟力田以永厥世

帝䌷肇啓神倉載儲一莖兩穗史牒頻書寔唯豐年人歌樂胥

聖主臨雍禮成頌有序

臣聞道啓千秋覩宗廟百官之美富敎彰四術備詩書禮樂之輝煌辟雍鐘鼓維新泮水鸞旂親莅圜橋門而觀治永平特紀嘉徽貢國學以崇文貞觀尤推盛典凡以聖德脩而萬民化端由師道立則善人多欽惟皇上學深念典功懋緝熙性道文章允符一貫金聲玉振爰集大成易黃瓦以尊崇煇生榱桷仰宸章之璀璨顴峙雲霄育士多方誦讀悉資膏火賜書盈篋編摩盡捧琳瑯百官承式以維雯九叙

可歌而用勸爰於季春之吉肇舉臨雍之儀玉輅雷鳴鏗華鐘而警蹕霓旌日麗照辟水以呈輝穆穆

天心誠通几席雍雍

王度肅薦馨香鏗爾金絲響徹藏書之辟雝然車服傳来習禮之宮既釋奠於

先師復開筵而進講揭中庸之旨天命攸昭繼堯典之篇帝光永被本先知先覺而牖迪合有德有造以陶成惟旹贊喆雲礽賚恩獨渥賓興俊造額數加增弟子三千霑杏壇之時雨都人億

萬沐槐市之和風黃玉赤虹再見嘉祥之集綵

麟歌鳳彌彰至德之華臣珥筆西清忝鴻文之

黼黻扈遊東序附駿奔以趨蹌釋褐有年夙志

寧存溫飽譚經無術迋居自愧迂疎欣盛事之

恭逢敢颺言而作頌詞曰

猗歟緝熙天申成命紫宮齋心明堂聽政

帝容天開星輝日鏡廼脩三雍於論鼓鐘元化陶

冶車書大同會其有極望道彌沖維嶽有宗維源

有泗聖承道揆於鑠顯懿與天地參褒崇聿至亦

黃其瓦炳昀殿楹秩秩籩豆絜粢豐盛

乘輿釋奠大昕鼓徵
帝曰俞哉經筍載啓亹亹德音恢恢輿旨念茲典
學循環終始華華胄子偕戺成行濟濟章縫觀瞻
相望禮門義路入室升堂勗爾多士古訓是率惟
此傳薪衛道孔切毋采春華而忘秋寔
聖朝熙洽人文化成珠聯璧合聚於神京道宗六
籍光被八紘大禮既張儒風丕振俗尚敦龎士宗
先進作君作師是行是訓

恭慶

聖母皇太后八袠萬壽擬宋臣歐陽修五方老人

祝辭謹序

懿夫恒德化成上瓊禕之曼壽坤元厚載溯錦帨之儲祥推原茂休升恒是祝載稽符應善慶兼崇是以嫘祖親蠶慶都毓聖有郜禋祀沂履武於姜嫄周室篤生緬徽音於太姒尊臨長樂欣愛日以方舒養合九州仰慈雲而普覆自古稱隆於今尤盛欽惟我

皇上至德承

天洪施匝地仁漸義浹風俗進於純熙德洽道豐
老者得所遂養昨歲上章恭逢
聖壽龎眉鶴髮之侶咸扶杖以来朝赤松黄石之
儔並書名而入奏覘
帝治之巍巍成功不有沐
王風之皡皡謙德彌深惟合萬姓之臚歡統介
慈寧之景福玆者恭逢
皇太后八十萬壽之辰瑞籙彌新用懋祝
釐之禮元功廣被爰推錫類之恩乍啓蹕於天津
春風徐動更鳴鞭於梁父海日初升杏苑花敷

牓明五色芹宫藻舞鵠立千人念穡事而思艱
發倉遠賑省刑章而肆赦決獄惟平禮遇高年
遠軼賢能之選秩增上壽非惟耆老之榮歡聲
遍於羣黎和氣蒸於方域若乃羅乂舊種攜老
幼以瞻雲衞拉名藩効干城而覲日北庭送喜
給耕牧以資生西旅歸誠因蒐田而賜宴凡此
懷遠招攜之略適當迎鑾錫福之辰于時律應
黄鍾日迎長至扶
大安之輦彩爍龍袍集
長信之門雲開雉扇陳筐篚於萬國金范

璹圖奏韶濩於九天珠聯
玉座移来蓬島增雲海之澄鮮開徧瓊蘤快物華
之綺麗丹青王會重開立本之圖滲漉天施羣
進相如之頌茂矣美矣唐哉皇哉臣久息蓬茅
重瞻魏闕敢盡揄揚之義用抒忠愛之忱第思
吳歈越吟夙沿故習衢謡壤擊恐蹈陳言謹倣
宋臣歐陽脩五方老人祝壽文辭徵玉笈宣樂
愷之風聲宴溯瑶池效鼚軒之鼓舞云爾
金雞仙史雲關真人班居五岳之尊秩視三公
之貴逍遥七十二代天地為春往来五十餘盤

烟霞結契虞泶鄭祀能揚昔日之遺蹤漢柏秦
松備悉當年之軼事今則時當燕喜代是文明
五簡金泥陋登封於往代和風甘雨酬嘉貺於
靈祇有善歸
親與元君而合德曰仁者壽並梁父以齊年爰離
日觀之峯来拜
金根之駕獻仙桃於曼倩五色光凝進棗實於安
期百昌瑞集遥望
天庭敢進祝
聖之頌

明庶風来三島間慈雲冉冉護天闕願傾東海成金液長駐千齡

壽母頌

右擬東方老人祝辭

棲神華嶽寄迹秦川臨絕壑而仰岑崖伴鸞侶而招鶴駕金莖掌畔服甘露而長春玉井蓮邊勺神漿而不老峯名落鴈曾見李白之題詩硤號希夷屢聽陳摶之講易今則

春暉廣被壽域宏開唱寶雞於陳倉祀隆郊畤来

天馬於大宛路涉流沙三壽作朋擬獻兕觥於

毓土五靈協響晉還迎雲輦於墉宮爰傾葵藿之忱用慰蓁苓之慕長庚朗耀偕南極以齊輝玉女来翔會銅仙而獻福遥望

天庭敢進祝

聖之頌

金風習習起西池正是千年果熟時攜得頃筐来介

壽承華殿内佐金卮

右擬西方老人祝辭

嵩門故老石闕幽人曾操脩月之斤暫辭天上

偶伴種花之士来到人間洗耳池邊笑傲渾忘
歲月棄瓢巖畔徜徉備歷星霜乗風聽緱嶺之
笙倚杖拂貝多之樹今則羣掌
慈蔭共仰
坤儀
德秉黄中觀順成於四序
道開皇極遵彝訓於
一人驗河洛之貞符福備九疇者五卜風雨之和
會呼聞萬歲者三遠離少室之間欲謁
瓊華之闕星輝雲縵瞻復旦之八光岳貢川珍貽

億年之厚德遥望
天庭敢進祝
聖之頌
太室嶙峋上接天霓旌孔蓋自回旋宜陽女几
今猶在好烓爐香祝
萬年
右擬中央老人祝辭
備位離宮鎮兹南服秉奕德之長養欝天柱之
崔巍采藥岩前倚赤松而容與鍊丹臺畔駕白
鶴以翱翔禹探委宛之山曾披靈笈天闕朱陵

之府特錫神匾今者
繞電擒符
流虹耀牒萬安制朴無須栝柏之材大練風淳奚
藉羽毛之貢以天下養正逢琴奏南薰與老人
期還見山徵眉壽傚迎祥之盛舉希游渚之仙
蹤羲叔占星三百六旬歲將轉祝融繼照七十
二峯雲可乘遥望
天庭敢進祝
聖之頌
羣將臺杞頌無疆擬似南山壽更長萬國此時

皆拱北
至尊親捧紫霞觴

右擬南方老人祝辭

棲神北岳寄跡恒巒上應畢昴之精下鎮幽并之地曾逢元石盡一醉於中山繼遇張公避三徵於唐室挂雲侵月探桂華松影之奇夏冷冬暄歷幽澗飛泉之勝今則
樞星朗耀黍谷回春覆庇羣倫象北辰之居所胚胎萬彙協坤道以攸寧三階平而風雨時共樂生成之福五穀熟而民人育咸登仁壽之天效

代馬之依風慕燭龍之銜日在陰鳴鶴方登千
歲之期擊水飛魚欲奮九霄之路遥望
天庭敢進祝
聖之頌
履始書雲物候新香盈罨户祝昌辰
思齊文母仁風被徧與寒崖草木春
右擬北方老人祝辭

平定兩金川大功告成頌謹序

蓋聞八紘廣覆不遺於繩行懸度之鄉四極宏包克周於槃木無雷而外覩妖星之雲凈荒徼攸寧調玉燭於天中蠻陬永奠絲綸宻勿乃左右史所不勝書威武奮揚爲羲軒來所未曾有

欽惟

皇上聖武懋昭神功丕運率土荷好生之德溥天仰亭毒之仁蕞爾金川敢行梗化近則依鑽拉以負固遠則恃促浸以雄張始爲豕突之攻繼作雞連之勢僧格桑狼還依狽索諾木貙又生

罷同惡罔悛輒磨牙於鄰部貫盈不治將飛鏑
於邊城昔寬一面之誅彰
聖人之大度今赫六師之怒示
天討之無私爰簡元戎分衆碩畫統吉林之勁旅
電掣榆關練川蜀之土屯星馳井絡陰崖捲甲
指美諾而開牙客箐飛書埽獨松而置辟螳臂
當而轍爛鼯鼠躍而技窮劇疊嶂之千尋地鳴
鼓角駕懸流之萬仞雷震碉樓羅博瓦鳥道先
登康薩爾羊腸直擣早洗蕩勒烏圍之地旋埽
犂科布曲之區三窟狐空一車檻送六軍鐃吹

新翻巴僰之歌百姓壺漿爭獻郫筒之酒是皆
我
皇上獨持廟筭廣運神威金鏡在懸萬里之山川
如繪太阿手握九天之步伐先須仰純佑於
昊蒼逋因斯得荷成功於
烈祖險隘胥平玉檢金泥
詔出九華之賜彤弓盧矢爵加五等之封喇嘛寺
之功勳銅柱燕然並紀紫光閣之畫像雲臺麟
閣俱傳寶甕恒春萃歡心而承
大慶瑤光貫昴攄衆志以集

鴻禧隨於凱奏之期舉行郊勞之典兹先二月虞
廷脩輯瑞之儀嶽長五宗周頌紀懷柔之盛展
受脤於在泮肅紫望於升中免一路之租庸春
祺廣被添中阿之選俊化溥均沾舟泛津門暖
日映桃花之浪馬嘶上苑和風吹楊柳之旗冠
帶簪紳咸切觀光之志俅離僸任益昭同軌之
休臣昔備中樞常游禁苑瀛三春之麗藻珥筆
多慚緬九伐之明威橐弓有慶仰
聖心之虛佇不侈夫銀甕金船闡
帝世之休徵何羨乎白狼朱鷺爰拜手稽首而為

頌曰
於鑠王師桓桓神武震伐不庭罙入重阻赫赫振
振如羆如虎彼崛金川有截其所
蠢茲蠻服天闕蠶叢懸流百折絕磴千重蛛集鳥
外蟻垤雲封恃險驕桀狂孽萌凶
自昔披猖負兵幽介寨廓無垠置諸度外曾是不
懲狡踵故態匪怵以威用作戎戒
帝赫斯怒披圖簡卒延命元臣致誅天末七校迅
騰五丁欻忽越壑揮戈超林懸礮
嗟爾逆醜狙合陰亂苟順而撫莫逆不來叶其頑

可誅其愚可悲既勦絶之又生擒之

王用三驅義聇顯比何為彼昏自取殄殪鼎假游

魚穴矜蟲臂旋見焚巢豨突内嬰

天網宏頖神武丕宣載把其吭載截其肩脫角控

脰破銳摧堅掟書七日達於甘泉

延禧肇慶歸善

慈寧香清岱蘂瑞集

栟屏邁古封禪大猷是經炎風朔雪来享来庭

惟

天惟

祖神祇昭示展謁升中崇儀攸備屬車所臨膏澤
廣被懋賞懋官逮於有位
五年用兵勞茲將士疏爵普酬旂常載紀振旅言
旋人歌采芑飲至策勳六軍燕喜
控御無極聲教遠揚廓清嶺隘凈埽蠻方標營分
駐屯牧蕃昌異域稽顙永靖邊防
神謀宥密惟斷乃成決勝萬里閫外遵行雲烟圖
象寵錫殊榮對揚休命翼衛昇平
皇帝威稜昭於萬國健筆摩霄銘茲金石駿烈無
疆鴻勛有赫大化覃敷沐日浴月

舞干格羽追唐軼虞華平植圃蓮蒲生廚靈基臺偃
伯却馬興鋤於萬斯年敉寧九區

芝庭文稾卷二

長洲彭啓豐翰文

條奏

進講經義劄子 乾隆三年

行爵出祿必當其位

臣按盛夏之時發生方遂大君行慶賞之典所以順天時也太尉先儒以爲秦官傑俊謂有才贊則引而升之賢良謂有德必遂其行道之志長大謂有力者則舉建而用之然猶恐有濫及也故申之曰爵必當有德之位祿必當有功之位書曰天命

有德五服五章哉記曰爵人於朝與衆共之人君馭羣臣之柄莫大於此設有不當而狥一己之私好則必無以正朝廷正百官也臣愚竊謂所以使之當位者一曰尊寵輔以崇其體二曰恤羣臣以達其情三曰久任使以專其職明良之世泰交一德君不疑其臣而臣自不欺其君至於懲大臣之專擅戒羣情之朋黨此為夫主威不立庶政不修者言也若夫英明素著躬親萬幾宵旰憂勤無時或替其左右之大臣必丁耆艾碩德從容朝廷之上以培養元和自能汲引善類扶植忠良豈有威

福自擅分張門户以自取傾覆者故曰任賢勿貳
去邪勿疑既知其為賢則布以腹心隆以禮貌此
國家體統所關而凡陳力就列者皆有所倚重矣
至如小臣雖僅邀一命之榮沾代畊之糈未能當
大任與大議然自其讀書稽古之日積思展布亦
已久矣盖今日之小臣即他日之大臣故聖王每
優恤而厚期之其厚期之至意尤在作其敢言之
氣有時大臣不言而小臣言之不可以位卑言高
為罪也臺諫之官以言為責固當責以盡言即翰
林曹郎亦宜令分班陳奏講明經術敷陳庶事朝

廷耳目既廣自底贊成清明之治臣下支體輻輳
亦摩厲而不至於廢弃此安望而獲用人之至計
也天之生材至不齊也人之抱才不相侔也有嫺
於文雅未必長於韜畧者能理錢穀未必能理刑
名者即如寘廷諸臣兵農禮樂各有專司一官終
身不易其任以皋夔稷契之才未聞其兼綜而互
理者何歟若甫履其地旋改而之他叩以政務必
茫然莫辨亦有明習其事而不肯精心以辦理者
夫既定三載考績之典則黜陟幽明約以三年為
斷非有大故不輕去位俾人與官相習官與事相

宜推之郡邑守令有民社之責者使果吏習而民安宜仿古者增秩賜金之制即有殊擢亦不遷其地則惇大成裕之風與朋作有功之效相輔而行矣古者累日以致貴積久以致官銓敘之法莫善於簡要莫不善於煩瑣刪訂冊籍判別歲年吏胥不得顛倒其間而後畫一可守況人才之造就亦必優游漸漬俟其有成苟非有奇材異能震驚儕俗之望寧循循焉守資格而不變既可免壅滯沉淪之嘆亦足息覬覦奔競之私履之象曰君子以辨上下定民志禮之為敘秩然不可紊能使民志

寧一官人者亦較量先後秩其次第則章程釐然志氣恬然矣凡此三者要在人主之一心公平正大息去偏私親賢遠佞舉錯自得其當乾坤之量無不覆載日月之明無不照臨所謂正其本萬事理者也書曰百工惟時撫於五辰庶績其凝蓋四時皆然不但盛夏之月也

進講經義劄子乾隆四年

動則左史書之言則右史書之延平周諝曰天子之於事則無為而其所有為者言動而已

臣按周官有左右史記言記事即今起居注官之所本也漢武帝有禁中起居後漢撰明帝起居注自魏至晉則著作掌之唐六典有起居郎二人上掌天子之動作法度以脩記事之史又有起居舍人二人上掌天子之制誥德音以脩記言之史宋世號起居注者多以館閣官兼掌之朝會對立於香案前常日則更番遞直於崇政邇英殿明初起

居注為專官隆萬以後乃歸之史官至今因之夫古人君恭己南面中心無為以守至正所謂戒慎不覩恐懼不聞者既存存不已又恐耳目之所接不大為之坊而此心或冐貢於非幾於是立之監佐之史盛則為丹書之戒衰則有祈招之歌而又記其起居編諸簡牘誠以人主之一言一動即社稷安危之所繫天下治忽之所本不可不謹也唐臣杜正倫云臣職當脩起居注不敢不盡其愚直若一言乖於道理則千載累於聖德非直當今損於百姓也觀於此者雖欲不日慎一日其得已乎

昔唐太宗欲觀貞觀記注所錄何事褚遂良不與
君明臣直於此可鑑自唐宋以來慎重茲選所為
當用第一流者惟是之故顧臣何人濫膺斯任密
邇德音陪侍
經幄區區之誠常願
聖心湛然終始如一凡一言一動務求閑邪存誠
上合乎
天行之健接堯舜執中之傳恭己南面無為而天
下治焉書之簡策炳然與星日為昭垂千秋之彝
訓至內返臣心亦惟夙夜匪懈回事敷陳積誠感

動庶淂効拾遺補闕之忠而不徒存撰述之空名
矣

進講通鑑劄子乾隆四年

宋太宗雍熙元年春正月求遺書時三館所貯遺帙尚多乃詔募中外有以書来上及三百卷當議甄録酬獎餘第卷帙之數等級優賜不願送官者借其本寫之由是四方之書間出矣

臣聞帝王御宇將以探天地之奧類萬物之情參酌古今整齊風化未有不潛心典籍博採羣言遐稽古訓而能啓文明之治者也蓋自西漢崇尚經術表章六經置寫書之官建藏書之策更遣陳農求遺書於天下劉向父子校集羣書彙成七略蓋

當灰燼之餘其君若臣相與右文稽古蔚然稱盛魏晉以降百家競起著述愈繁唐始分為四類曰經史子集其著録者五萬三千九百一十五卷而唐之學者自為之書又二萬八千四百六十九卷藏書之盛可謂至矣宋承五代廢學之後太祖於開國之初即求遺書至太宗時崇文院貯書已八萬卷復求遺書而論者交美之誠以人主學於古訓惟日孳孳斯見聞日以廣志氣日以清此格物致知之要道也迨其後濂洛關閩諸儒接孔孟之真傳為斯文之宗主未必非建隆雍熙以來右文

典學之所致也夫周秦以前之書以六經為主至漢唐以後以五子為宗蓋五子之書闡明六經之蘊者也下逮元明諸儒纘承遺緒亙有發明其於扶道術正人心所係實非淺鮮伏念
國家教思廣被文治光昭內府所藏經史子集已無不具即朱子全書性理精義亦已頒行海內然自宋儒以來元則有若許衡吳澄諸儒明則有若薛瑄胡居仁高攀龍顧憲成諸儒我
朝更有若湯斌陸隴其諸儒類皆潛心理學寔措於躬行著於辭說其文集皆可採錄請

勑諭禮部凡宋元明諸儒之書有表章六經闡明
性理未經蒐輯者令督撫學臣留心採訪以時進
呈備乙夜之覽觀刊刻傳播正四方之趨向庶文
教覃敷度越漢唐矣

謹陳學政事宜劄子乾隆八年

臣彭啓豐謹奏為謹陳下悃兼獻芻蕘仰祈
睿鑒事切臣一介庸材備員禁近
皇上特簡臣督學兩浙莅任未幾旋擢臣通政使
司通政使
天高地厚感激難名夙夜思維惟有殫心竭力恪
勤職守以祈仰報
隆恩於萬一臣巡歷所至祗遵
聖訓於接見生童時諄諄教以敦孝弟通經術勵
廉恥戒衺非又刊發規條悉心勸導務取通經明

理之文凡文武生有犯法者地方官詳請革究不
敢稍存姑息今已歷試過杭嘉湖寧嚴紹六府謹
将所行之事備陳
天聽仰請
皇上訓誨俾臣識所遵循又就臣耳目所及謹陳
學政事宜六條以備
聖天子之採擇焉
一請定條對經義畫一之章程以收寔效也切惟
實學首在通經而通經尤宜專一恭逢我
皇上崇尚經學於乾隆元年

諭令學臣於歲科考試文藝後就四經中斟酌舊
說有所別異處摘録發問依義條對有能對不失
旨者童生即予入泮生員即予補廩以示鼓勵業
經通行各省欽遵在案乾隆四年又經陝西學臣
嵩壽條奏歲科兩試於四書經義外另示一牌摘
録本經四五行寫明起止令作講義一段約二百
字為率其有不能講解及寬泛草率者生員不准
取優等童生進學不得拔置前列亦經奉
旨俞允通行各省在案臣現在考試查浙省舊例
條對則另試一場講義則同四書經義並試但臣

披閲生童講義大都就所出講義題敷衍塞責求其寔有闡發者蓋少誠不若條對諸説各有成義不容假借於經學之淺深尤灼然易覩也况既試條對又作講義似屬繁複臣請嗣後不用講義欽

遵

諭旨在

御纂諸經中專取先儒異同之處命其條對如未能條對明晰者生員不准取優等童生進學不淂拔置前列庶於經學實有裨益

一請核武童之數酌取進之額以杜冒濫也查各

府州縣取進武童原有定額我

皇上文教覃敷天下習文者多習武者少況四方風氣剛柔不同臣按試所至查武童一縣至百餘名者固有而不滿百名者為多甚至有不滿二三十名者其取進額數則仍舊十五名十二名八名不等雖學政全書原有寧缺毋濫之例而一縣缺額似又非鼓舞人才之意故從來學臣就地掄才照額取進此等武生冒濫者多往往恃强滋事所以臣抵任後雖嚴加申飭而各屬緣事請褫請究者武生獨多臣請嗣後一縣武童名數不滿三十

者約取五名不滿五十者酌取八名其餘仍照舊額永著為例則既不失鼓舞人材之意而濫進者漸少亦正本清源之一法也

一請定甲商濫保商童之例以清頂冒也頂名冒籍士習攸關此弊向來浙省為甚臣考試時嚴加禁約生童稍知警惕但民童之頂冒易釐而商童之頂冒難清蓋緣浙省商童取進五十名其考試不由府州縣止就鹽道錄送學政衙門收試雖有廩保全以甲商保結為憑往往有射利窮商招引別籍之人假充子　冒考以致頂替代倩諸弊叢

生其故由民童易於稽察一有頂冒即將廩保革究故人知戒懼商童既難稽察又未有甲商混保頂冒處分之例故全無忌憚也但以
朝廷恤商之盛典竟為甲商之淵藪法所難容嗣後甲商如有混保冒籍入場者照不應律治罪而商童應試照監生録科例責成該縣飭取地隣結狀申鹽道録送庶有所稽查而甲商亦知畏憚頂冒得以肅清矣

一考試歲貢宜隨場命題以改舊習也從來考試無不隨時命題惟歲貢例用一書一判每當考貢

之年只出題一次陸續者完將卷彙齊送部先後共此一題不容更易現今各省遵行臣伏思考貢固屬大典各屬之生遠近不同勢難彙齊同攷故學政全書原載有出巡遇便報考之例先後同此一題則考過一棚凡陸續赴考者預知題目皆可宿搆臣請嗣後應貢之年各屬就近送考不拘先後一題之例俱隨時命題庶得各展所長而大典亦不致視為具文矣

一請禁生員考試卷面填寫廩增附字樣也學臣校試惟在憑文去取如鑑空衡平毫無成見方為

至公所以彌封編號後坐號紅簿俱發提調收貯不存留內署所以防弊者周矣乃各省歲科考試生員卷面填寫廩增附後書經字樣夫一學之中廩增各二十名為數無多設有私心易滋識別即不至是而展卷先存一為廩為增為附之見閱文者保無意為輕重臣請通行各省嗣後歲科考試生員卷面只許填寫所習何經不許仍開廩增附字樣庶閱文者無從識別一秉至公是亦防閑之一法也

一鄉場對讀不敷請兼用四等武生也查學政全

書開載四等文理有疵生員撲責五等文理荒謬降青而鄉塲對讀則專以五等文武充之我
國家文治日隆士子涵濡
聖化即山陬海澨沐浴詩書之澤故按試所至四等文理有疵之生尚多而五等文理荒謬之生頗少即如浙省八十八學而科塲對讀需用二百名故歷届對讀俱屬不敷推之他省亦必如是所以每當鄉試之年或用樂舞生或臨期催募勉强湊數臣思考居四等原未有不許鄉試之例則四等文生有碍塲期固難對讀若四等武生鄉試在十

月中並無妨碍臣請嗣後各省如五等生員不敷
對讀之數者兼用四等武生俟對讀之後免其録
遺即准其入武場鄉試則在彼當亦踴躍從事而
對讀之數亦不致不敷矣
以上六條俱有關學政事宜臣不揣愚昧瀆陳管
見仰祈
皇上訓示施行臣謹奏

敬陳管見劄子乾隆十年

臣彭啓豐謹奏爲敬陳管見事竊臣仰見我
皇上勤求民瘼
恩綸疊沛有加無已臣周歷浙省留心咨訪謹將
管見所及有裨政治有益民生者爲
皇上陳之
一官湖宜寔力開濬也浙省山高水駛一遇蛟水驟發農田輒被淹沒若雨澤稀少又不足以資灌漑蓋自有聽民開墾准報陞科之例猾吏奸民因緣攘奪或佔蓄水之湖爲田或侵洩水之溝爲地

日積月累水道半爲填閉上年浙江布政司潘思榘請嚴禁侵佔官湖一摺部臣議覆除已經報墾之地畝外其餘蓄水之處劃明界限不許再行開墾在案此但禁其未然而不改其已然也如餘杭南湖之水發源天目注苕溪下灌杭嘉湖三府自前撫臣朱軾加意濬治迄今日久沙土淤塞侵佔甚多古稱西湖之水灌田萬頃今湖身淺狹葑茭蔓蔽其他會稽上虞餘姚慈谿等處之湖皆僅存其名而難按其實地方官非不知開濬之宜急但以工費爲難因循不治豈知水利不修則農田之

益不廣請

勅下督撫二臣酌議次第開濬之土令道員同知及分管水利各員逐一履勘查丈剗除侵佔疏瀹壅塞實力奉行因不同之地形為自然之利導務使蓄洩咸宜旱潦有備則民生之利益無窮矣

一徵收漕糧宜畫一也江南漕米每石收漕費五十四文以二十七文給運丁二十七文歸州縣為修倉鋪墊人工飯食紙張以及折耗等費雍正七年間由江南撫臣尹繼善奏准在案於是江省民不擾而官不賠丁亦無虧法至善也查浙省杭嘉

湖等屬界連江省漕數亦畧相同其運丁設有漕截一項由州縣徵給辦理諸費已無不足而州縣漕費並未議及是以歷届收漕州縣每以費繁賠累為苦不得不藉餘米斛頭幫貼但聞每石漕米竟有私加五六升至一二斗不等於是蠹役得以乘機竊取運丁藉以嚇詐勒加官民並受其累雖上司屢行禁飭錮弊寔難剔除臣竊謂江浙收漕事同一體與其暗索私加不若指明定耗請

勅下漕臣於運丁漕截一項外酌議援照江南之例每石收錢二十七文為州縣脩倉鋪墊等費仍

嚴禁不得顆粒浮收運丁亦不得借端需索則漕
政肅清軍民相安而官員亦免賠累叅罰之苦矣
一請酌定官員往来夫役多寡之則例也浙江有
額設均平夫一項銀兩以供夫役差徭之用而各
處額銷有一定之舊例每年差役有繁簡之不同
差簡之年可以敷用若遇差繁之歲賠墊為多州
縣每不勝其苦盖凡
欽差馳驛官員兵部給與勘合額有定數易以應
給惟浙江本省官員往来水路用船隻縴夫陸路
用兜夫扛夫向未酌有定額多者役及千夫少亦

不下六七百名其寔原不需此數無如本無定額故吏役家人得以任意多索或折銀入橐稍不遂意即加之凌辱且夫役必先期預集窮民晝夜伺候不免飢寒倒斃近来浙省督撫灼知此弊出巡時每預為禁約騎從已屬減省然非奉有定例則經行之州縣仍不敢不為預備臣請

勅下兵部酌議官員之大小差使之繁簡核定人夫名數多者不得過若干名庶州縣有成例可遵得免滋擾夫役亦無差徭之苦至於均平夫銀兩歷来布政司造冊報銷按數七折其三分扣存藩

庫以為各衙門使費此項尤屬無名應行令撫臣寔力清查以除侵蝕者也

一請禁兵役巡鹽之借端擾民也浙省黄巖太平一帶地多斥鹵鹽產甚旺其鹽梟私煎私售之罪自為律所不貸然所謂私煎者必於某村鎮內聞有煎鹽氣息方入户稽查果有煎鹽器具及現存瀝鹵方得謂之私煎所謂私售者必現見其挑負多觔在禁例觔兩以外者方得謂之私售非許其排户搜緝將食鹽槩指為私鹽也臣按行溫台諸郡聞兵丁往往借端凌虐窮民不曰巡鹽而曰搜

塩挨戶搜查竈前牀下稍有食塩存積多方嚇詐得錢方行釋放苟不遂欲即指為私煎私售拏送到官甚或以一家一人之塩觔兩無多并數家數人之鹽湊數扳指獲送邀功良民多被其害竊念
皇上仁施浩蕩特免玉環漁船之稅誠為曠古未有由此推廣
皇仁鹽政之巡緝固所當嚴而兵弁之誣詐亦所必禁仰祈
勅諭浙省文武大臣嚴禁千總以下兵弁不得借巡鹽之名排戶搜緝借端誣圖則沿海窮黎俱得

沾
皇恩之阜育而鹽政益肅清矣
以上四條仰體
皇上博採羣議之盛心敬効臣下芻蕘之一得伏
祈
睿鑒施行臣謹奏

請酌釐填給勘合劄子乾隆三十年

臣彭啓豐謹奏為酌釐填給勘合之例以肅驛務事查馳驛官員由臣部按照品職將馬匹夫役及廩給口糧填數勘合各驛騐明應付其有多索及濫應者處分甚嚴近年復准前任甘肅廵撫常鈞條奏凡有請領勘合者將所填確數牌傳首站遞移下站所以防差員從役不將勘合付騐任意需索之弊法亦備矣惟是差員勘合於陸路必填馬匹至水路乃有夫役與赴任官員水陸俱有夫役者不同向来差員陸路所用夫役俱係逐驛借僱

各驛仍將額設夫役應付否則或無處僱募或中途逃逸未免貽誤郵程臣思夫役既向驛站借僱則凡多索濫應者皆得以借僱為名不可不防其漸查定例赴任官員夫馬並給者不支廩給口糧若差員則官支廩給從役支口糧將驛站錢糧報銷計廩給口糧折銀之數與僱夫發價之數儘足相抵臣請嗣後差員除不用夫役者仍照舊例外其需用夫役者於起程前預行知照填發勘合處即將例支廩給口糧彙核銀數改給陸路夫役若干名填入勘合則差員有應用之夫役驛站省折

給之廩糧寔為兩便其借僱之處通行禁止庶驛務益加肅清矣伏祈
皇上訓示施行臣謹奏

請酌定武職銓補班次劄子乾隆三十年

臣彭啓豐謹奏為酌定武職銓補班次以歸畫一事查武職選法雙單月守備以下缺出俱按各項應用人員分定班次循環補用立法最為平允至都司以上單月將在外現任人員論俸推陞雙月以二四六十月用卓異人員八月十二月用在部投供人員不分班次但以奉

旨日期人文到部先後為序今查投供人員欵項甚多有服闋赴補者有病痊起用者有開復降調捐復者有世職期滿者有軍營保舉奉

旨留部及
特旨加恩錄用者概歸八月十二月銓補又有捐納人員相間輪用或八月十二月並無缺出則終年不銓一人或二四六十月缺出甚多仍常用卓異一項未免遲速不均且合各項人員共較日期先後不分班次於選法亦未畫一臣請嗣後叅將遊擊都司除單月常用俸深人員無庸置議外其雙月應用人員俱照守備以下一體分定班次擬將奉
旨留部錄用及世職人員作為選班服闋病痊開

復降調捐復人員作為補班卓異人員作為陞班遇有雙月缺出選班用一缺補班用一缺周而復始其捐納人員仍照舊例相間輪用則遲速均平選法亦歸畫一矣伏祈
皇上訓示施行臣謹奏

芝庭文稾卷三

長洲彭啓豐翰文

序

甘霖泛舟詩序

皇上御宇之三年季夏六日霖雨既降
聖情歡豫乃於聽政之暇
名大學士內廷翰林等集於圓明池登御舟
賜坐泛舟舟行二三里碧波澄泓凉風清暑沿洄迴環雲木明秀當時雨霑被之後西山新霽蒼翠如沐亭臺隱見倒影參差天光水色自然都麗蓬

閬之勝應未踰此緬惟
國家離宮之制務敦樸素此地波瀠巖轉蘿陰晻
緑苔色紛紫藕花緣岸隈紆斜直時見一葉扁舟
来往其際疑身在楞伽左側石湖曲渚不知為禁
苑也既乃停舟駐便殿丹檻碧牖中設御榻東臨
海景窓光暎徹目極所届
上命即事賦詩各給筆札
御製七律一章諸臣次第成稾有未到者許補撰
進呈共十有八人符瀛洲之數焉侍讀學士臣梁
詩正繕書勒石以垂久遠臣惟泰交之世賡歌紀

縵魚藻之愷樂卷阿之伴奐尚矣唐宋以来若陪
遊灞滻應制昆明賞花釣魚一時宴衎異世光榮
侍從之臣或終其身未淂一遇今者
朝廷清明四境安樂歲時豐稔甘雨應期而至
天子　怡神清暇乃與羣臣從容於翰墨之塲徵
獨仰　文思欽明由於天縱為不可及而誌甘霖之
及時則省歲之意深焉思濟川而共勉則作楫之
道隆焉至於
特詔儒臣
賜坐賦詩異數優渥湛恩汪濊雖山岳不足比其

芝庭文稿卷三　序　二

崇滄海未足比其深臣菰蘆賤質遭逢明盛偹員

中允淂握鉛槧與末座儔之矣禩榮幸爲何如也

回琴手稽首敬序於後方

平定西域凱歌序

皇帝御極之二十年聖武布昭大化旁流殊方異類含氣負形之倫罔不回面内向奔走效職惟準噶爾夷部本有元隸餘竄霧蒲類蔥嶺之境延及噶爾丹遂潛并吞西諸部而有之白狼赤虺獶狿孽息

聖祖仁皇帝三勤屬車式遏氛電

世宗憲皇帝赫怒慗旅殲厥大憝釋彼遺種

聖德包荒假以餘息天速其罰内亂相尋孽豎達瓦齊怠棄彝常昏瞀溪僻電使部衆衆弗安厥居

於是台吉車楞阿睦爾撒納等率部衆數萬款關
籲救願効馳驅
皇帝睿照如神偉畧内斷憫其水火之情慰其雲
霓之望乃
命將帥授之機宜二月初吉大軍啓行虎賁之校
熊螭之旅桓桓佗佗翼翼嚴嚴所過諸蕃部安堵
自若奉牛酒壺漿而迎者争先恐後五月初旬
王師渡伊犁河迅掃蕃庭撫輯降衆卅載逋囚束
身歸罪百年狡寇尅日就擒軍興曾未數月行間
不折一矢威行萬里絶域底定昔漢通西域唐征

高昌窮兵黷武何足稱述即三代以上典謨雅頌所紀炳烈宣著揚於廟廷亦未有履遐荒如戶闥成大功於不戰版圖式廓中外乂安如今日之盛者也

皇上聖度淵冲為而不宰讓善於

天

祖歸美于

慈寧大典懋昭百禮具舉遂開明堂詔天下酬庸賚功行慶施惠文德武節宣布金石於鑠隆茂星日爛然謹按周禮大司樂曰王師大獻則令奏凱

樂漢有短簫鐃歌亦名鼓吹曲以為軍樂唐柳宗
元本以作鐃歌鼓吹曲而岑參劉禹錫諸人並以
近體為凱歌臣不揣弇陋竊取斯義謹依上下平
韻撰凱歌三十首誠不足鋪張洪休發揚盛烈萬
分之一庶幾同於蕘歌衢謠發抒歡忭頌樂之忱
而已謹齋沐拜手稽首以
獻

浙江鄉試録序

欽惟
皇上御極之二十七年經綸大飭翕闢元扃德敎聲光焜於太蒙徹於丹澤揚越人文輿區其間魁士儁民自漢唐以来卓越寰宇炳垂紀籙今更際
久道化成之朝
鑾輅時巡山川耀精和氣蒸動禮治昭明耆英少俊驤首鶱翼思奮青雲於戲盛矣其年夏六月禮臣以浙江考官請
皇上特命臣彭啓豐偕編修臣李宗寶往典試事

伏念臣學識譾陋忝荷
恩寵屢司文柄前蒙簡任提督浙江學政黽皇蒇
工幸免隕越茲復承
恩命重蒞是邦夙夜兢兢冀克負荷
皇上俾付責成之至意衘
命星馳進學政李因培所録士八千餘人三試之
得士如額循例刋文二十篇進呈
御覽臣聞賁之亨也以剛柔錯而成文離之吉也
以明兩作而得中故聖人之贊賁曰文明以止人
文也贊離之大有曰黃離元吉得中道也離麗也

物無所麗則散火陽精也不麗不炎賁之下體雖也其上體艮也艮止也剝文柔柔剛義皆貴夫能止也道也者文所恃以為麗者也亦文所受以為止者也無質惡乎麗無範惡乎止質也範也根於性情甄於經術倪端於太一取裁於皇極侈其表飾盡弔詭游汗漫失歸豈文之謂哉兩浙山水清淑鍾孕瑰瑋人士彬彬都雅質有其文況逢

鑾輿三幸觀民設教

聖人體國經野之謨省刑薄賦之寔訓示典誥之詞車旗羽衛之制皆於

時巡見之較諸詶遺文於往古窺秘檢于石室其為奮興什百相懸焉可同日而論耶宜其文斆質默範幾合于道也臣于向者視學時殫心别擇粗有所明以為畫江而郡者山則瓌瑰而采烈東則樸遬而氣醇今會而校之額有定東西贏絀或不齊無遺才臣誠不敢任第繩墨自守竭其聰明所得及以仰副

聖天子覃敷文教之盛心庶使登是選者益自振勵被壽考作人之澤焉事既竣諸生歌鹿鳴而来既進而告之遂敬次第其言弁於簡端云

順天鄉試録序

皇上御宇之三十年會多士大比之期臣啓豐偕
臣音恭承
明命典順天試爰進學政臣程巖及國子監所録
士共七千九百餘人三試之臣等率同考官悉心
校閱得士如額例録試文之優者進呈
御覽而臣又例得推
皇上教育英才敦崇文治之至意弁言簡端以風
厲士竊惟周官鄉大夫三年攷士之德行道藝以
禮禮賔之而獻賢能之書於王此科目之制所自

昉也今三試壹以文文也者藝焉而已矣於鄉大夫之職有合與然古者敷奏以言不惟其藝惟其道不以爲藻繪之華而以爲德行之著非特曰以覘學業而寔藉以驗心聲蓋必仁聖禮樂之澤服習渟注潛浹於性情暢達於倫物而後宣之爲辭祇以自鳴其居安資深左右逢原之素不遷誘於外境以擾其幽獨之所守故釋回增美而非崇耀觀聽也蹈矩從繩而非仍襲陳舊也導源於詩書以滙儒術之全抉精於天命以綱王道之要導其言而措之高下淺深各隨其分量皆足以底於寔

用倫官器之材以共熙庶績承弼太平之烈自三代之隆下迄漢唐宋明小康之世莫不由之而我
朝法意兼備盡善盡美尤遠邁於前王範之孔孟以端其規博之經籍以廣其趣游之音韻以穆其情而又馳之於考辯之途以廓其識導之以時務之蹟以練其猷蓋造就鼓動化裁之方默寓於文而有不囿於文者存使天下之士薰染沐浴日勉勉於廣大精微之域而不自知即
國家順天休命揚善明明以揆百職以亮采惠疇亦將於茲收厥效於無窮也

皇上經緯飾治緜繹
列聖之緒文煥功巍耿光麟炳亙於海裔罔有留
昧京師首善之區四方所面向臣神智短淺忝膺
斯任夙夜祗慎矢竭愚誠窮二十日亱之力理求
其正氣求其恬默滛麗存體要竊欲即多士之學
業和平多士之心聲更思揭首善之規模以樹萬
邦之準則庶幾少贊淳茂休明之治以祈無負
皇上久道化成壽考作人之盛而多士幸生
聖世被恩遇其亦思返藝敦道植體以昌用知有
不囿於文者存是所以酬棫樸之澤也夫

讀易辨疑序

理者陰陽之經緯也理經緯乎其內而象著於外數生於其交是故理體天地天地感動而羣象滋感而不過其則而後數生是故有象必有物物即理也有數必有制制亦理也理與象數之分合程子所謂體用一原顯微無間者也漢魏以來注易者無慮數百家焦延壽之四千九十六卦延壽之象外立象也京房之六日七分更直用事房之數外衍數也而皆於理無所契合至王弼謂得意忘象則又離理於象數夫言理離象數可也言理於

易離象數不可也且弼之離理言象數也於理又無所發明程子説易頗有取於王氏離象數而言理然程子得易心傳契合無間言理而象數畢舉之矣非離象數而言理也此所謂體用一原顯微無間也朱子作本義言理不外乎程傳而言數則取於邵子邵子之於數亦得易之心傳者蓋朱子之易出入程邵而得其宗李先生傳一本有明來氏集注而作讀易辨疑一書曾孫復菴守山左之沂州梓行於世余取而讀之蓋衡瞿塘之說而衷其是者來氏之學言理不背乎程朱而於象數則

加詳焉是書衡其說而衷之正不爲焦房之鑿爲王氏之空說學者由是而進於程邵朱三子之書其亦可以得易之心而與是理契合無間昭然達於象數也夫善乎先生以一言蔽易曰君子尚消息盈虛天行也是固一於理而象數兼舉者也

詩經讀序私記序

昔夫子删詩授之子夏迨數傳而齊魯韓三家之詩興立於學官獨毛氏晚出其言不詭於聖人至其旁通義類時與孟荀相表裏謂非得之卜氏之傳不可也夫詩之為教切矣其取類廣矣三經三緯道博旨隱辭愈文趣愈遠後之人無所據依欲憑臆以斷其得失之故是猶畫工之未見其人而欲圖其貌也斯亦難矣夫子言詩蔽以思無邪之一言乎世之治亂不同人之愚智不齊而是非好惡之公則有不可得而歧者由毛氏以觀三百

篇美刺之外無詩焉斯民也三代之所以直道而行也不其然乎毛氏之書鄭康成氏寔始表章之然其所自為箋不能無失往往反易毛傳宜乎魏晉以下諸儒多著書以抵觸之也白岩姜子撰詩經讀序私記其說一以序為主而雜取後儒之文折中於毛氏是其取材博而用心當矣豈特為毛氏功臣即鄭氏亦有樂乎此也雖然古人于詩內通乎性命外達于政事寧第多學而識守訓詁析比興已哉姜子學優而仕今且出為縣行將于姜子觀詩詩曰有力如虎執轡如組謂其有文章能

治衆也又曰其儀一兮心如結兮謂其執義一則用心固也姜子之澤於詩者素矣由是出身加民不可見詩之爲教哉姜子其勉之

陰隲文新編序

尚書言惟天陰隲下民正義曰隲質也質訓為成成亦定義天不言而默定下民也夫理雖藏于於穆之表而寔不離乎日用事物之間在天為五行在人為五事五事本五行而庶徵顯肅乂哲謀聖而致休徵狂僭豫急蒙而致咎徵若影響然五福用嚮六極用威係於帝訓之行不行即莫非天之陰隲也古聖人垂範立教深切著明讀其書者皆當昭然發蒙無俟煩言而決自人心日趨于變機械益深澆漓益甚儒者乃多為之坊嚴為之禁詳

之以訓詁核之以事寔往復周詳不憚再三之瀆豈得已哉陰隲文之流布也久矣有感君者作陰隲文新編其大旨以身心言行為要剖析指歸闡明文義更採近時聞見確著者類之以為勸戒又編詩歌箴銘若干首言不盡文取雅俗共通曉而已以為長言嗟嘆尤易於感發而興起也詩曰昊天曰明及爾出王昊天曰旦及爾游衍人固何時何地而可不念天之陰隲歟蔣君信夫與人為善捐金付之梓書成將置公所期日傳萬紙以廣激勸是皆事之難能者特著之簡端

范香溪先生文集序

自朱子接周程二子之統而東南道學之傳頡頏中土伯恭産於越敬夫産于楚朱子往来甌越江楚間相與友學論辨而學者雲集師友淵源皆可指溯時香溪先生居越之蘭谿專志聖學無外慕不與時士接蹤顧其師承所自今莫可考朱子得其心箴一篇傾服其精邃遂載孟子註中而先生之學因顯於當時而名於後世今讀天君泰然百體從令二語想見充養一室根於心暢於四支浩乎不為窮達加損者也時象山陸子倡學江西亦

無所師承自謂熟讀孟子而自得之然時與朱子論辨互相牴牾朱子譏斥陸子而獨謂先生之學甚正發前儒所未發非近世浙學尚事功者比蓋先生之學以求諸心爲本辨人禽慎欺慊兢兢於人之所不及見暨夫誠中形外篤寔輝光心箴一篇皆自道其所得者也陸子先立乎其大者其根柢孟子亦與先生同而朱子是先生而非陸泝流窮源必有幾微之難以强同者而非朱子之好辨也先生他文引喻古今洞達時務雄辨偉畧皆可見諸施行紹興時秦檜當國先生既不屑爲時用

其忠義渟鬱無所發抒託於文字之間者如此乾隆九年春予道過蘭江適裔孫宗灝刻先生遺集二十卷成請予序遂謹書之志向往云

儒門法語後序

昔我　王父以身任道篤信好學至老不倦生平手輯之書甚具而儒門法語一書約而該其有裨於後學尤切其言類皆言近指遠而深中學者隱微沈痼之疾令其憬然惕然發其惻隱羞惡辭讓是非之心以自反于人道之常而已矣古先聖賢論學之書浩博無涯涘而要其歸不過使人察五倫充四端不失其本心以求盡乎為人之道自孩提之愛親少長之敬兄極之至於義大聖神無二物也然則欲求古先聖賢之書者其必以此書先

之乎吾曰之既然矣自功利之燄熾仁義忠信之說入乎耳出乎口徒以邀時譽而取世資其視聖賢若以為非人所可為而其自視固亦不復知其所以為人之道然平居靜憲一有觸焉而其所為憬然惕然者未嘗不在乃或輾轉于當機遲回於故轍則其所為憬然惕然者若電之霍而耀也若風之飄而旋也俄頃之間而不知其所在矣誠能即其憬然惕然之頃默而識之曰而決去其舊習以求自盡乎為人之道而致其日新之功改過遷善孳孳不已日充日明而後知吾之所以為人者

與聖賢固無異也尚何舊習之為累哉嗚呼今之讀是書者其誰不憬然惕然矣乎其能決去舊習以復其本心以自盡乎為人之道者誰乎即啓豐受是編於先君於時幼稚卒卒無所得中年以往方欲進於斯道而年力已邁矣重展是編不勝悚懼因謹書其後以自警且願世之讀是編者乘時力勉之無若啓豐之晚而徒悔也

仙巖洞大忠祠録序

章安諸生馮賡雪等郵寄大忠祠録屬予爲序按章安郡東百餘里有洞曰仙巖雲垂壁立洞口玲瓏宋丞相文信國祠巍然在焉公使北時爲伯顔所拘至京口台人杜滸從公行脱公走揚州迸通州泛海至台宿義士張和孫宅後和孫滸俱殉丞相死又有都巡檢胡文可環衛呂武亦從丞相集兵赴難者明嘉靖時里人祀公於仙巖洞而以杜張胡呂配嗟乎建炎以後大命不支君無昭烈帝之才而臣有武鄉之忠金鰲之泊厓山之殉惟成

仁取義足以感發人心故一時義士冒鋒鏑赴溟渤斷項絕脰沉身而不辭予嘗至溫州江心寺謁信國祠讀壁間正氣歌風聲蕭騷起樟樹為之欷歔魄動台人匪必有德于公而祀公弗衰有以也夫方其取道避敵不過一郵亭過客而神歸台岳氣塞滄瀛風雨靈旗彷彿見之是何物也耶嗚呼觀於此者可以慄然而興矣

至德志序

勾吴於古漸荆蠻之俗風教語言不通于上國至泰伯端委為治文明日啓讓德所濡浹洽人倫風施罔斁瀰播廣邈而况蘇州親被其化者哉閶門舊有至德廟蓋吴越武肅王錢鏐度地以祀泰伯者也宋元祐間賜廟額曰至德崇寧改元累進王爵以仲雍延陵季子配食亦崇其讓也康熙四十四年

聖祖仁皇帝南巡御書至德無名以賜今

天子四巡江浙御書一讓高踪遣臣工致祭制詞

輝煌祝史讀版以成禮祀典之隆前代罕匹令裔孫吳鼎科吳朝鼎編至德志成以序言請予惟國初湯文正公斌撫吳甫下車即涓吉謁廟撤巫祠之淫者以其材庀工而改為之堯峰汪琬文其碑推論湯公教民易俗之意甚詳其政績卓然與狄梁公况太守後先輝暎有以也孔子曰能以禮讓為國乎何有夫禮政之基也讓禮之寔也大道之行禮治浹於上下民志定公卿大夫以至編氓罔不隆禮由禮自納于軌物率循既深安之為日用有趨於讓而不自知者彼其時府事修飭而刑獄

清和氣旁魄而雅頌作若湯公者可謂知為政之本末矣詩云民之秉彝好是懿德又云雖無老成人尚有典型泰伯仲雍延陵季子之風邈矣而推讓之美數千百年猶留於人心雖至貪黷冒利忘恥之子平昔競刀錐箪食豆羹往往見於辭色而聞採藥之行不忍利天下以拂其親鍾眷少子之隱未有不恧然慙沮自悔自責而無以自容於此見至德之孅人所同具而風示勸化即王道豈不易易與吳氏於蘇州為巨族枝葉蕃衍皆溯源於讓王按其譜系入廟而觀鼎彝敬宗収族之心固

有油然不能已者其流風善氣之所熏被施於鄉
邦通於四海以助
國家純熙大順之化是豈獨吳氏一姓之世澤哉
此又湯公暨唐以来諸君子立廟之微旨也夫

包山劉氏世譜序

包山劉氏既建宗祠設祭田輯世譜譜成請予序其端周禮小史之官辨世系定昭穆小宗伯掌三族之別以辨親疎大傳曰上治祖禰旁治昆弟下治子孫親親故尊祖尊祖故敬宗敬宗故收族收族故宗廟嚴此三代之所以化行俗美比屋可封者也自秦人廢禮滅教富民有子則出分貧民有子則出贅而宗法亦壞晉宋以來頗有專門名家稱譜學在官亦有簿狀擾、定選舉別婚姻于是甲乙之名、紛紛競起失古意宋歐陽氏蘇氏始本古小宗之法作為族譜義法釐然可觀然考永叔幼長於漢東終老於潁而廬陵故里蹤迹未一二至東坡潁濱兄弟遊宦四方流離遷徙未嘗歸蜀則二氏之譜亦僅託諸空言而於收族嚴宗廟之義未曾寔舉而躬行之也古之時大功同財有祿者必仁其族其平時饑寒相恤疾苦相救蓋即大傳敬宗收族之寔後世不明此義期功兄弟能不異財與居者鮮矣我吳惟范文正公卓然踵古義見於施行規置盡善其澤至今不衰天下有志之士聞風而興起其一本之情思則效之者甚衆而

況生近范公之居者又當何如感發耶劉氏世籍汴梁趙宋時有名絲者登宣和進士第官至僕從高宗南渡至吴卜宅包山之峃心灣迄今五百餘年爲世幾三十子姓蕃矣包山在太湖之濵其大姓類以儉約起家皆有宗祠以春秋祭享其力之饒者則又皆有祭田而劉氏素以孝友醇愿著稱州里庶能敦本睦族興廉讓深培厚溉之漸以希夫范文正公之家法是則兹譜之作不徒侈空言飾觀聽也是在勉之而已

包山沈氏族譜序

孔子曰里仁為美擇不處仁焉得知周禮司徒以保息六養萬民以本俗六安萬民而申教之以孝友睦婣任恤之六行使其族黨之間相保相愛相賙相賓吉凶共之所以導民以仁俾得久安其處而無有遷徙失所之患曰得教訓成俗薰習觀感樂趨於善而不倦盛古天下之里蓋莫不然至孔子時而後有然有不然者是以孔子嘆美里仁而欲擇者之得所處也予嘗遊太湖之包山樂其山原愛其民氣之淳朴無紛華之習凌競之風誠以

司徒之教教之於以成仁里不難也推而廣焉則
三代之治可復也有沈氏者世居于此其系出自
東陽自宗隆興間其祖仲嘉由吴興始遷包山構
林亭以居子姓蕃衍迄今二三十世矣予讀其世
譜多贒士大夫所紀述雖無赫赫之功要為能自
持其身而不茍于貪勢慕利者不然亦安能久居
于此而不去哉昔蘇子作族譜亭記首言匹夫化
鄉人之效既乃引其鄉之不善者以戒于族人懇
懇乎有餘思焉今沈氏之裔不忘先人之澤舉其
譜而輯新之其有意於敬宗收族者乎夫敬宗收

族仁之道也孝友睦婣任恤之風所由長也本此
意以化于鄉雖不仁者猶將日勉于仁而矧其爲
沈氏之鄉與余故樂爲之序云

宋荔裳安雅堂詩集序

蒙泉子選宋荔裳詩合為一集既序於後而復以示予說者論國初詩必曰南施北宋南施者愚山施閏章也而北宋者荔裳也予少時讀愚山詩樂其善敘事理長於諷喻如春風中人使人形神和暢忽戾競躁之意不留於胸中以為此中聲之所止也阮亭王氏為當代詩宗其論詩必引愚山以為重可不謂知言者與荔裳之詩前人序之以為天才雋朗逸思雕華風力既遒丹采彌潤抒寫幽憤聲出宮商其見推于時者如此荔裳綰綬登朝

時方盛年不可謂不遇中間被誣繫訟浃月乃解才人命窮而詩乃益工殆亦造物使然也顧或以荔裳詩深微醞釀不如愚山信歟否歟世必有能辨之者夫詩之為教深矣尹吉甫之自頌曰穆如清風而夫子賛其詩為知道蓋知道未易言也派而為噍殺激而為怨誹顧以為風雅之遺其聲不已變歟蒙泉才雋而思深盡雅雨山左詩鈔蒐羅參訂大半出其手至荔裳詩猶以為未備復力購全集存五百首有奇釐為十卷其決擇審矣謙不自信而乃徵信于予之言夫荔裳之詩則何待予

之言而有不能不言者非獨言茘裳之詩也此詩
之教也蒙泉謂爲何如

重刻餘園詩鈔序

刑部侍郎繆湘芷先生自弱冠即以詩名淮海閒商邱宋公有十五子詩之集先生與焉既成進士入翰林司衡三楚晉秩貳卿生平薰習卷軸寄情山水有所得輒形於篇所著古今體詩意深詞潤喜用長章險韵鬭奇爭巧要不失為爾雅之音至其即事抒情微言妙契又往往出於筆墨畦徑之外使人翛然意移皭然無埃壒之思尤可貴也先生幼時嘗夢至一古剎證前世為湘山老僧後至全州訪湘山寺一一如夢中所歷青陽吳懸水先

生能道其事至雍正七年冬官刑部入署齋宿端坐而逝其於去来之際不既脱然無累矣乎人生積想成因積因成果苟識其本来則此身且同旅泊而况區區文字哉觀其題悔餘詎圖有云多生結習畫唐捐何有毫端萬珠琲則先生之以詩名殆非生平之志也或以為前朝七子半官刑部我

朝王新城尚書亦終於刑部似乎先生之詩亦以官重者是豈足以識先生之指與向年編詩分古今體為六卷後燬于火今文孫昆燦重付剞劂以

年系之不復分體仍六卷啓豐初入翰林獲奉先生教與令子集爲同年友今忽忽已四十年而及序先生詩前此四十年恍如夢寐而予尚耽玩文字矻矻不肯休得毋莊生所云猶有蓬之心也夫予今且悔矣

𥠖璞堂文集序

𥠖璞堂文集者吾師光山胡滄曉先生所著也先生當
聖祖仁皇帝時官翰林數
召見嘗畫圖講易
聖祖善之曰苦心讀書人也雍正初晉位卿貳直
上書房以經術輔導在職有所論奏不為盖美避就之言大要主於達民隱廣
帝德敦厲風俗慎刑讞救水旱勤勤懇懇若惟恐不得施於事者誠仁人之用心也夫易之為道深

遠矣而乾之四德其統也元又為四德之統故曰
元者善之長也君子之學易也曰體仁足以長人
一言長人而合禮和義幹事皆舉之矣觀扵先生
之言而知先生之脩於隱達扵事者一本諸仁以
故能摠攬
國家萬年長治之規揭其體要而求仁之功一本
之扵易於以上感特達之知又可想見
昭代主臣一德興道勸學之美其所謂天地交而
萬物通上下交而其志同者歟先生論易有函書
九十九卷博綜象數辨析異同一本其所自得而

斯集則先生服躬經世之言爲多其與張孝先冉
永光論易書闡圖書之藴昭晰無疑後之學者尤
宜究心焉循是得先生學易之門户以推先生立
言之本然後知經術之被于民生日用至廣以切
而徒穿穴訓詁者亦未必能發抒偉辭宣究朝廷
仁恩勤施下土如先生之明且昌也啓豐昔以廷
對受知先生繼入翰林而先生奉
詔爲教習師因得請業門墻被服緒論今先生之
殁三十餘年矣
今天子篤念舊臣

特簡令子升夫爲江東按察使繼美前武推廣仁治以佐成協中之化者將于是乎在逾年輯先生文爲一集以授啓豐俾爲之序啓豐既喜先生之澤被於後者無窮讀其書又因以窺見先生所以爲文之旨謹論著之庶後之人知先生用心之仁沒世而未有艾也

古劍書屋文鈔序

予讀古劍書屋文鈔而慨然於詞臣遇合之隆也鄉先輩吳南村先生自少以詩名吳中初舉順天試以占籍被黜遇
聖祖仁皇帝南巡獻詩稱
旨擢第一
詔扈駕至京師以舉人直南薰殿旋成進士入翰林
特命侍
皇子講讀纂修進御諸書其器宇洪碩風度端凝

見者咸以公輔相期應制之作雍容揄揚遠追燕許館閣諸臣咸矜式焉嘗出主江西試得人甚盛世宗憲皇帝登極念承學舊臣頤問閣臣欲加擢用而先生已捐館舍有年未嘗不為之悼惜也後十數年啓豐始通籍于朝忝直禁省於時鄉先輩存者惟吳荆山先生而已追思曩日先生與荆山先生聲名榮遇後先伯仲閒真一時之盛事予幸得及荆山先生議論往復以自附益而終以不見先生為喟息今乃於行墨閒忽忽若遇先生也曾子建 年壽有時而盡榮樂止乎其身未若文章

之無窮然則先生之所以無窮者不有在歟是欽
所存大都登朝以後之作
先皇帝之優禮儒臣先生之遭逢盛世於先生詩
文中猶可想像其大凡以興起學者讀書稽古之
志聞嘗讀虞夏之書周魯諸臣雅頌之作下逮漢
唐以来鴻儒碩士鏗訇金石之文高下醇駮不可
概論而要本忠孝之忱宣以𠔁藻流豈弟之化彰
一德之美施於後嗣爛然昭明其致一也若先生
者猶有古人之風焉啓豊受
兩朝

聖主之知自愧文章不如先生無以報塞萬分之一今老矣浔蒙恩歸里嘯歌葑溪雙塔之間與田夫野老相酬答竹簟風暑簷曦炙冬以優以游適與癈疷之性相宜惜先生不可復作詩卷流連閒話玉堂逸事以永斯樂也令嗣椠亭以集見貽遂以書於集之端集名古鈞者以御舟中所賜之翰墨名之也

清瑞堂詩集序

清瑞堂詩趙學齋先生之所著也先生早歲慕文取源深富自予為諸生先生往來吳中輒心儀其人讀其詩藹然和風之襲體也雍正五年予至京師寓館與先生相隣莅暇則過從唱酬懽然無間嗣此文字往復垂二十餘年其間聚散離合之跡具於先生序予詩者甚詳考其辭亦囙以見先生愛厚予之深也乾隆十六年予再視學浙江而先生卒已二年矣試事竣往拜先生墓追維曩昔愴然有山陽隣笛之悲予既叙次先生行寔而誌之

復彙輯先生古今體詩得十卷凡應制遊覽憑弔咏志述情諸什多予向時所習見至寄贈和答之篇則為予而作者往往居十之二三儀矩宛然笑語如接忽念竟成隔世每廢卷而噓顧望蒼茫不自知其悽惋流涕也先生為人中坦而外易不為町畦崖岸之行好士若饑渴獎拔寒俊不遺餘力見人過必匡正之不為親厚有少假其天性然也故其詩和而莊順而不諂華郁而有則於先王優柔平中之教蓋無偝焉先生少受業於何學士義門又適當

國家文明暢洽之時中朝士大夫揚扢雍容類以通經學古扶樹風雅相砥礪先生進退揖讓其間霊裒善取日造於淵粹厥後致身獨座屢典文衡所至士風丕變而其中退然仍與寒素時無稍異是宜其詩之規矩教理得風人性情之正乎後之學者讀先生詩慨流風之已邈考逸範于遺文當信予言之不妄也

芝庭文稾卷三

同年齒錄序

士隽春秋之榜疇昔或同居遊或異鄉邑或九州四海姓名不相識皆為同年於是譜其生齒先後及其世次著于策示毋相忘非徒誌一時榮遇已也天下無窮之責望在焉而其年歲之早晚則有不能齊者孟郊年五十登第李東陽十七衣繡春明非其遇與雍正十三年秋余司衡江右得士百有四人今春會試都門彙次齒錄請余題其卷首夫同年之會唐宋以來達人名士每豔稱之見於文詞者多矣宋張尚書詠嘗謂人曰吾同榜中得

人最多謹重有雅望無如李文靖深沉有德鎮服天下無如王文正面折廷爭有風采無如寇公當方面寄則詠不敢辭嗚呼豈非盛與

國家觀文化成養士百年之澤至深且厚

聖天子崇尚經術嚮用科目諸子今且第春官上玉堂異時馳驅四方聚散鞅掌之會追憶盛年九衢連鑾覽斯策也行且徘徊返卷而不能自已將所以為茲錄之光而無忝先民者其亦必有在矣

任紉植詩集序

漢武帝立樂府採詩正以宮商協六律以宣之故詩之比於音者為樂府曰解曰豔曰趨曰亂其節叚也晉魏以還轉相祖述辭不相沿均和未失唐之作者假託古題歌咏時事雖云淵雅皆徒詩也崆峒滄溟揣摩倣效求肖漢風以云叶肉調絲劃金鏗石蓋其難之夫探奇好古抽思摛藻之士憲無不咀角含徵選聲定拍兾以上諧古先吹噓絕灰下唱来喆第聲譜徵渺承學無從么篇短韻唐法抑又湮焉然靈與幽則之旨抗墜綿促倨矩句

鈎之族精心疏討若有可尋君子樂其文美其寔窮源盡變意橅而手追以導達其沕穆冲涵之德繪畫其及身所被太平廣大之盛治是豈有不懋者哉任子幼植治詩好樂府辭尤篤其積充然且與斯道甚適如絃在桐拊之而益永也如金在冶就範焉而不躍也湨瀠屈動則鯨魚碧海之觀也靜冶溪裔則翡翠蘭苕之戲也即其所就既有以異于人人矣吾又烏能涯量其所至哉予慨夫治詩者之漸失其本也於任子樂府之辭不禁反復不置云

飴山詩集序

國初詩學之盛在山東首推新城王先生主盟壇坫者垂五十餘年益都趙先生晚出不肯為之下著談龍録以見意頗其推新城曰大家曰言語妙天下其傾倒於新城者至矣兩家子弟尊所聞互相訾謷迄無定論予嘗以楚辭評之曰浴蘭湯兮沐芳華采衣兮若英靈連蜷兮既留爛昭昭兮未央此王先生之詩也桂櫂兮蘭枻斲冰兮積雪采薜荔兮水中搴芙蓉兮木末此趙先生之詩也今夫花有春秋日有寒暖月有晦朔一氣之所嬗而

節候殊焉不聞造物者之是此而非彼也而論詩
者乃獨異是不亦過乎且吾聞古之爲詩者矣上
通乎天命中察乎人倫下明乎庶物故其爲言一
皆本於自得之寔達之天下而適遂夫人心之所
同然所謂以先知覺後知也自三百篇以降曹陶
杜白諸公其詩浸異乎古然其志正其義深能使
讀者殷然發忠孝之思明去就之分即未始不有
功於斯世自斯以降不過繪山川之形勝寫花鳥
之性情而已其去古詩人之志不已遠哉惜乎趙
先生之所議于新城者猶未及乎此也先生之孫

顧爲令於江南，以先生既刻集示予，屬爲之序。予讀先生詩，其雄健之氣、清峭之思層見疊出，其不能降心于新城也固宜。予忍先生之門或曰先生之言而過詆新城，而宗新城者又反而攻先生。曰爲之論如此，使兩先生而可作也，其能不以予言爲然乎？

悳道士詩稾序

予聞老子之道其要在致虛守靜以多言為戒故自漢以来羽人方士有所著書大都不外乎金丹內景之旨不以語言為工而以詩鳴者在唐唯吳筠杜光庭鄭遨而已筠詩沈欝詭麗有騷人遺風杜鄭才不逮吳清音遠趣時見于篇而三人者皆以高行聞然則多言又豈足以病道乎哉圓妙觀道士悳虛中者名家子少時辭親學道通於文翰自以稟承師訓不欲為無益之言頗嘗南遊龍虎山問法于天師北之京師充

御前供奉歸而建藏經閣終老圓妙觀登臨酬酢偶有唫詠漸成卷帙今年夏既化去予令其徒檢録之存十之三詞旨清簡不染塵俗以之追陪杜鄭諸公蓋庶幾焉昔鐵竹道人施法師道行甚高與曾王父交最篤　王父亦甚敬之屢見于文詞壺中其法裔也自道人之亡吴之羽人方士其能有以自表見者少矣而壺中乃今以詩傳此余所不忍没者也因為之序如此

芝庭續稿自序

予少好為詩自為諸生即入城南詩社與沈歸愚先生及徐龍友陸學起諸子比切宮商寄傲風月誠樂之既通籍與太倉張南華錢冑伊為同年友又同直禁廷晨則聯佩於朝夕則和歌於室長言之咏歎之不自知其手之舞足之蹈也其後奉
使滇黔究豫楚越之郊邑踔於瀋陽長白木蘭之地攬山川之勝槩問風俗於遐方作為篇章誌歲月備遺忘而已其於古人興觀羣怨之旨温柔敦厚之風要無當也洎乎陳

情歸養懸車息老覆載之恩不遺於草芥魚鳥之性自得於江湖觸物抒懷自喻適志庶幾乎康衢老人滄浪孺子之遺聲焉後人之讀予詩者可以知予生平之大致矣前此已刻十卷輒自悔其淺陋茲所續四卷手自删葺錄而藏之平昔交遊零落已盡無復與言詩者予以質諸鴻濛焉傳與不傳予又惡乎容心哉

功園詩草序

顧子景岳嘗集友朋詩爲停雲集其於崇川得施生詔六既而詔六以詩問序於予云將以行於世余聞詩所由作皆發於情之不容已故感春而思遇秋而悲其蘊之於中者深斯出之於辭也達雖才力厚薄學問深淺各有不同苟其正情而善辭則聖人有取焉蓋詩之爲教如此也詔六之言詩曰風藻本情性旨趣歸倫彝其是以知之矣又其思故鄉之辭曰人生何必遊九州釣遊只合戀故邱抑何與予之志不謀而同也其他所作大都直

寫胷臆不藉雕琢視古人未知何如要與夫濫音綺語為工者相去遠矣昔者蘇子由好為文欲求天下奇聞壯觀以知天地之廣大既而北顧黄河慨然想見古之豪傑故其文曰以雄宕吾謂黄河特域内之水耳使子由登碣石眺扶桑不且如河伯之望洋而嘆哉韶六自崇川徃来吴門時復揚帆海上蒼茫萬里顧盼自豪其視子由所得果孰多而孰少歟杜子美贈孔巢父云詩卷長留天地間釣竿欲拂珊瑚樹必如是而後可語於古人之詩願韶六之進而求之也

小停雲詩序

王子罔齡先卜居楓江之西塘治園林聯儕好著西塘唱酬集亭池之勝烟雲花月木石之奇籠鑄雕繪無有遁情予雖未獲一遊而其邱壑風物之美如接於目曠然若遇于神明也既而移居盤溪在南園之西偏與余所居蔚溪相隣近水木明瑟阡陌交横滄浪清波逶迤淪漣晴天懸影矗然干霄者瑞光塔也罔齡觸景興懷嘯侶相和較西塘時益盛寄予小停雲詩淋宕清綺翛翛乎出埃壒之表以知罔齡樂於是甚深也人生蹤跡如飛鴻

印雪即岡齡所居時而西塘昔而盤溪前者不足戀現在者適相值也境之變遷何定之有惟吾心真樂有不與境推移者又焉往不自得哉予鄉沈歸愚先生爲岡齡夙所師事時扶杖過盤溪題詠獨多岡齡精心徃復所業亦日進憶予歸養之年穀雨花開主人折柬相邀展所藏名人舊蹟摩挲竟日繼以清談如置身停雲畫卷中今幾年矣讀岡齡詩追維往事擁卷微唫歎其得所宗師能不改其樂可貴也岡齡善六法與文衡山相上下詩品沖淡亦雅類焉故以小停雲命集云

羅敬亭壽序

乾隆三十年予承
命典順天鄉試得士頗盛寧都羅生有高其尤著者也生今年以尊公敬亭君七十加一爲文述君行事謁予請序臨生所述意質語淳予以是知君之秉德敦義本于天崇於學積於不懈純固而堅强是宜何休履吉協耆壽之應也詩曰天生蒸民有物有則民之秉彝好是懿德蓋萬彙莫不本于天而人之能全其天者少矣蓋不學無以全其天學而不繼亦無以成其學也董子曰知自貴於物

言學之不可以已也孔子射矍相序點揚觶而語曰好學不倦好禮不變旄期稱道不亂者不在此位也言不懈之難也君自幼矜簡繩趨尺步謹於言動壯愈篤老而彌勤其教子弟也必以朱子小學先之曰蒙不端後且莫正矣其侍父母疾及當大事盡誠盡愛踊於禮不即於悔志明守定不為青囊家所搖惑君之學而不懈如此是能全其天者也予嘗謂善學者克全其天而已天體不息故善全其天者其學不懈昔吉水羅文恭童年讀王文成傳習錄至忘寢食其後仕于朝言不用退隱

石蓮始終一節文恭之學學之克全其天者也其不懈也天之體本無息也予嘗以此爲學者勗而於生尤惓惓焉寧都爲文成過化地而文恭則其國之先哲也予固欲進生於道而不知生之淂之于其家也亦已久矣詩曰夙興夜寐無忝爾所生予於生有厚望焉生能進於是其爲尊公壽也至矣乎

月滿樓詩文集序

士具通明瑰麗之才其於天地古今之故必有以詳其器數究其義理而後宣之于文如雲霞之璀璨也如川瀆之分流也如機絲纂組之遞引不窮也見者徒震其才之異而不知其握鉛槧試丹黃歲月之勤亦已久矣韓子云焚膏油以繼晷恒矻矻以窮年柳子厚云未嘗敢以輕心掉之怠心易之蓋古之作者往往而然也同邑顧子景岳自少以詩文名其詩則祖述三唐隸事愽而蘊味深古今諸體悉有典則也文則雍容都雅文質相兼擷

徐庾之芳華效歐蘇之論斷家法森然不相混濫
也其甄藻錄一編攟摭記注尤稱淹博庶幾該爾
雅而媲霙初矣蓋其天資穎異既什百于常人同
應奉之五行追陳思之七步又能枕經葄史下逮
百家九流亦各仰取俯拾醞而成章是其所蓄者
富宜其光之所發遠而有耀歟方當
景運鴻禧人才蔚興
廷試江南貢士特擢第一旋淂雋鄉闈受知名公
卿有國士無雙之目頃承
明詔搜訪遺書應有司之聘入局校書分青藜之

焰探二酉之藏他日承明著作其兆於此矣家有月滿樓緗帙縱横名流踵至東南壇坫之盛其不在斯乎景岳固嘗受業于沈文慤公憶公在時所以推許者甚至詩文集凡三為之序子期之於琴伯喈之于桐不是過也今公墓有宿艸聲塵未沬賴有高第弟子接武於後而公為不殁矣于其請也因為之序以張之

芝庭文稾卷四

長洲彭啓豐翰文

記

賜遊香山記

歲在重光時逢暢月天閶洞啓南郊之禋祀方慶列辟来朝北闕之鴻禧畢集捧霞觴於禁籞添寶籙以萬年道暎重華載舉闢門之典德敷文命爰敦尚齒之風遡稽盛事於會昌首唱賡歌於睿製自王公而下逮卿尹列采交輝由耄老而更過期頤繪圖式序既優崇以殊禮兼錫予之多儀

中使傳宣下馬而趨上苑守臣前導躡屐而踐苔
堦仰瞻
宸藻之輝煌聿識佩文稽古邃矚雲容之靉靆特
標帶水屏山軒號澤春柯葉長滋蒼翠巖名對瀑
林霏暗灑珠璣於時晴旭新開飛塵頓歛細旃廣
厦撫樹石以盤桓曲磴回廊繞池塘而憩息浥三
霄之玉液茗椀生香支九節之靈筇藜光有耀龐
眉皓髮疑五老之游河東帛安車類四皓之覲闕
每十年而一舉以莫不增積千歲而有加方興未
艾合陰陽之序奇偶相循應天地之和安懷各得

人不夭札物無疵癘百靈朝而魚鳥躍五緯順而
乱麟来景貺於昭休徵畢致天符大順曠古希逢
退誦
王明恭成小記并紀同遊諸臣系於後方用章榮
遇永繹
殊恩且俾後人有所考焉
文職王大臣
顯親王　恒親王
大學士　劉統勳
協辦大學士　官保

尚書　託庸　素爾訥　楊廷璋
侍郎　吴紹詩　三和
武職大臣
都統　四格　曾瑞
散秩大臣　國多歡　甘都
副都統　伊崧阿　薩哈岱　李生輝
富僧阿　色瑞察
在籍大臣
尚書　錢陳羣　陳德華
内大臣　福祿

侍郎　彭啓豐　鄒一桂
内閣學士　陸宗楷
副都御史　吕熾
詹事　陳浩
司業　王世芳

開化學尊經閣記

府縣學建閣儲經籍曰尊經閣舊矣閣所儲經史子集皆在焉特曰尊經明經之為載籍首也予以乾隆十八年夏科試衢州而衢之開化縣尊經閣落成教諭蔡朱漢謁予為記以勗多士予乃進多士而勗之曰夫經者常也常道也人倫日用無一可離乎常道即無一可離乎經故曰六經者天地之心也漢唐諸儒以專經教授各有師法綿延不絕大儒間出若董江都王河汾韓昌黎能識其大微顯闡幽闢邪崇正厥功偉矣其所自出一以六

經為本迨有宋周程張邵諸儒代興通乎性命徹乎天地所著書旨約理精抉經之心朱子繼之而集其成道統昭焉夫豈外六經之旨而有所謂道統哉其自言所得蓋亦不外乎博文約禮溫故知新而已如是而後可語於尊經陋矣乎漢夏侯勝之風學者也其言曰經術明取青紫如拾芥志乎利祿之途文經言以決科發榮宜其言之云爾也其侮聖人之經亦已甚矣得謂之尊經哉由前之說循循乎人倫日用之間無一可離乎常道即無一可離乎經是謂尊經由後之說志乎利祿之途

不得已而治經以濟其私是謂侮經多士將何從
焉開化縣縣之僻者也貢生黄錫武首捐貲建閣
縣之士共成之多士之志趣可觀矣其勿忘予言
遂爲記以刻諸石

江蘇巡撫題名碑記

古帝王設岳牧以臨兆民使之倡導寮采紀綱庶政得其人則政脩民和封疆寧謐所繫不綦重哉今之巡撫即古岳牧也其事權與唐宋鎮相埒非具文武才持大體識先務者不足以當之蘇州之設巡撫都御史臺自明永樂間始垂三百年其有宣德於民者若周文襄王端毅兩公爲最著我
朝
聖聖相承薄海内外罔不率服江東財賦重地民物殷繁

宸衷廑切而尤憲其浮靡軫其凋耗慎簡名公卿駐節於此其德粹學醇清風亮節著聞朝野若湯文正公張清恪公誠足為一代之儀表者與

皇上紹承

祖烈四廵江甸恩施汪濊每於駐節大臣諄諄訓勉以澄清吏治奠安元元為急務偶遇水旱即議賑貸緩征唯恐一夫失所此真曠世之仁矣為巡撫者往往能靖共匪懈憂樂同民政成之日遂濟躋登台輔調燮綸扉洵明良一德之盛軌也乾隆三十四年總督高公受

命攝巡撫事期年張弛有經政刑安靜民以不擾每自江寧按部至蘇童叟觀化頌聲洋洋既乃以題名碑屬啓豐為之記夫名之係於人重矣昔羊叔子出鎮南夏綏懷遠近甚得江漢人心嘗登峴山慨然語其僚屬以為此山常在而前世之士皆湮沒無聞自顧欷歔而襄陽百姓為立碑峴山至今峴山以叔子傳韓魏公任安撫使涇原秦陝之間恩愛在民既去民為畫像立祠贊者所至之地澤加於人人故思慕之不能忘也況我吳自泰伯以讓德流徽子游以文學敷治三代直道之公猶

有存焉故其人敦尚禮教易感以悬為民牧者苟有德澤施於民其謳歌思慕歷久而弗衰詩曰民之秉彝好是懿德斯之謂矣竊以巡撫之職奉璽書秉節鉞宣暢民隱出納王命非徒張皇恢廓而已將使府事脩明協氣旁達以迓天休而流大澤俾風俗反古水旱不作上報聖天子加惠南邦之至意庶幾令聞令望永垂於無窮不獨方今士民沐膏澤而咏歌已也爰為之記并書姓名於左

長洲元和吳三縣會館記

乾隆二十八年秋蘇州人在仕者卜故歸尚書第置長洲元和吳三縣會館先是百年中議始者數矣卒中道輟及是乃觀成焉盖其難也夫力之施於私也易以公則難何也爲其有我也事之成於獨也易以衆則難何也爲其有人也公其所私合衆于獨古之人所以渙羣萃群之道如是而已是役也費白金凡三千餘兩輸金者凡若干人其姓名具列於碑

新建祠堂記

朱子家禮云君子將營宮室先立祠堂於正寢之東為四龕以奉先世神主謂高曾祖禰凡四世也予家自　先王父始建祠於南畇草堂之東依家禮制度祀　梧山府君以下親盡者别書于版藏之複壁冬至合食大宗奉祀焉　先考為禰廟應别立廟向卜祀于硯持書屋東偏於禮不肅乃謹以今年五月广隙地搆室三楹奉我　先考妣神主而三世冢婦以班祔親盡則祧置祭田具祭器四時常祀外薦新朔望謁有事告一準大宗舊法

子孫世世守之無替焉可也祠既成勒建造之旨

於石用告我後人

重脩獅子林畫禪寺記

在昔元至正間有大德天如禪師者得法于天目獅子巖幻住和尚已而駐錫於蘇之東城疊石為山名曰獅子林識法原也禪師既得教外別傳復大宏淨土之教作為或問以破羣疑而堅正信斯真人天之寶筏安養之導師矣禪師既示寂後二百餘年當明神宗朝有住持僧清菴者行腳至京師求須龍藏肅皇太后聞而賜之當崇禎末居士陳曰新自會稽來閱藏於此首唱建藏經閣復構大殿又百餘年常住如故而殿宇圮壞不治乾隆

十二年杲徹上人来住於此脩念佛三昧日夜勤
懇德聲普聞四衆皈仰于是重整大殿聿新三門
會
聖駕南巡親幸茲寺勅名畫禪復賜以内府新刊
大悲經而禪師墜緒乃復振焉居數年上人示疾
以後事付監院宏通而西正念泊然而逝已而宏
通介里中徐翁宣初述斯寺脩舉本末而屬余為
之記余惟佛說法方便多門其教人橫截生死速
證涅槃者莫要於淨土一門經言從是西方過十
萬億佛土有世界曰極樂其佛號阿彌陀若有衆

生願生彼國持誦佛名一心不亂自一日以至七日皆得往生生彼國已即得不退轉地直至成佛信斯言也人亦何憚於淨土而不發往生之願乎嗚呼衆生無始以来貪著形軀繫戀食色彼固以為生人之道宜爾也孰知此不淨之身本非寔有識風動作妄生欲愛以臭為香以苦為樂智者視之無異蛣蜣之轉丸蜉蝣之耀羽也如斯人者又安知五濁之外有淨土之可生乎夫惟心濁故土濁心淨故土淨彼不信有淨土者是不信有淨心也不信有淨心者其可謂之喪心者矣上人既西

皈宏通能守其家法六時禮誦無異往時頃募建大悲閣不踰年而觀成其才有足多者予頗宏通發宏誓願攝諸衆生同皈極樂庶幾淨土之教大昌於今日以證明天如或問之旨豈非末法中一大事因緣也哉若夫護持法寶莊嚴佛事則固宏通所自具也予無容贅言已

春艸閒房記

昔吾鄉耿菴金先生生當明季棄去巾服遺榮養高所居在雙林里老屋數間自題曰春草閒房一時耆舊杖履追從焚香瀹茗翛然自樂汪鈍翁為撰墓志蓋詳述之迄今且百年問其遺居泯然盡矣吾友郭君歸邨亦居雙林里慕耿菴之高致即其所居故址構屋三楹仍以春艸閒房為額吳中第宅自宋迄明若蘇子美之南園倪高士之獅子林文震亨之香草垞姜貞毅之藝圃其疏築高深結構幽邃名流觴詠俱極一時之盛顧不百年而

俱成陳迹今耿菴所居僅可容膝而一再傳後且有續而新之者後之人慕耿菴而不淂見覩其遺居如見耿菴矣士君子屨潔懷芳不貪榮于世恒託諸美人香草以喻志觀耿菴之所以名其居者而其志可思也昔濂溪周子窓前草不除云與自家意思一般即春草之榮枯見化工之消息推諸鳶飛魚躍時行物生又焉往而不自淂耶予過雙林菴觀耿菴所畫墨梅蕭踈生動如有暗香襲人歸邨令子載春寔珍弆之曰思耿菴當日與予從高祖貽令公同里閈志氣之高略相似兩家子弟

宜有所紹述乃風徽人往卽緗素亦僅有存者而
郭氏獨能修舉廢墜傳之藝林是可嘉也爰述所
見聞而為之記

碑

宋丞相陸公祠堂碑

宋故丞相陸公秀夫字君實景定元年進士厓山之難負帝沉於海事具宋史公生三子次仲良仲良生達卿卿生旭即叔旦公也由鹽城遷平江元季避亂隱居海濱之冠裳里子姓繁衍簪纓不絶至

本朝有諱經遠者由進士歷官至大通政子英秉鐸望江四百餘年代有聞人要皆公之孫忠英烈有以啓佑之而後光昌至今也惟公生當阨運宋

室傾壞摧裂公猶欲挽日虞淵翼效一成一旅之績嗚呼豈不偉哉余嘗論千古亡國之慘莫過南宋而人才之盛亦莫逾南宋文信國張越國及公三人者忠義奮發感天地泣鬼神向使非大命之訖即艱難屯塞何事不可濟乃託足海航淪胥以殉曾子云臨大節而不可奪史遷云死或重于泰山其是謂歟公第十三代孫曰清臣屢欲建祠以彰先德子時佐善承父志即於冠裳里度地九畝鳩工建祠奉丞相像并旦木主配享焉春秋展奠俎豆秩如于以崇先德肅宗祊星辰河岳寔昭鑒

之不獨平原子孫有所感發興起也系以詩曰
皋亭屯兵黯霧霏颸風大作潮不收朝衣抆淚深
淵挨天命如此夫何尤杜鵑啼血遊魂愁騎鯨被
髮過神州瓣香肸蠁通潛幽子姓趨蹌心豫冘雲
旗髣髴逝不留峩峩廟宇隆千秋蒸嘗世〻遡禋
休東江之水清且悠臣忠子孝大節侔迎神之神
歌清謳

甫里二蔣先生合祠碑

甫里在吳城東南四十里唐高士陸魯望祠在焉祠之旁有室數楹曰蔣公祠蓋以祀鄉先生公表公遜者也兩先生故産於吳之婁門康熙初遇歲大祲公從設廠甫里煑粥以賑公表左右之尤西堂先生詩云惟有甪川人鼓腹蔣家雖瘦萬家肥蓋寔錄也厥後公遜卒士人以公遜有造於甫里建祠祀之其後南翔饑公表移穀三百石賑之全活無算公表沒南翔之民泣而言曰我鄉無以祀公有甪川祠在盍以祀兩公於一堂遂告之有司

上其事於督撫許之由是兩先生咸祀于甫里里人以二丁奔走祠下修祀事焉予惟古者有功於民則祀之能禦大災捍大患則祀之方夫菜色盈野惕目愴心卒然毀家援手溝壑固其一體之仁感發於不能自已夫豈意其流聲邑壤𢦏然而秉彝之好矣世同心尸而祝之如斯民之所不能自已也公表諱維城以貢生老公遜諱德焌擢上第終以不仕家素封能緩急人於死生呼吸間所濟者甚衆即甫里之事觀之共槩可知矣啓豊以鄉曲後進瞻公之祠巋然湖濱髣髴其生平不勝仰

已之思焉爰為歌以侑公歌曰

維桒梓蔭四垂眄雲中搴霓旂禋之来錫爾釐昆
與季吹壎箎工奏樂史陳詞欒公社庚桒尸享以
誠公無私佑我民比羅池神之去飈輪馳歳無祲
風雨時薄夫敦百世師

明貢士貞孝顧先生祠堂碑

前明長洲貢士顧先生之歿也閱今百餘年邑中人士追慕先型私謚貞孝先生乾隆二十一年建立專祠於花谿故里棟宇崇閎門扉修整有司以時脩祀事置祭田若干畝勒石以垂後曾孫濟美屬啓豐撰麗牲之碑謹按郡人盛王贊所撰先生墓志云先生諱國本字君寧世居碧鳳坊幼喪母哀毁如成人長而事父及繼母盡孝父病亟籲天祈以身代父夢神人授以藥病遂瘳既壯補長洲學生為學原本六經兼綜諸史發為詩文莊重典

則其持身謹嚴雖燕閒無惰容有權貴慕其才欲羅之匿不相見好施與接人甚恕友人竊鬻其產直千金不責償卒隱其事歲歉嘗為粥以食餓者當事有所咨詢必洞剖利害毋少隱先生生平大槩如此儀封張清恪公謂先生事親孝植品端學醇德懋堪作士林式洵足為定論矣蓋當前明盛時吾吳士大夫類多以名義自砥為鄉里矜式而其門內之脩尤劼毖罔懈故能發乎邇而見乎遠非猶夫襲取于外以邀夫過情之譽者也觀夫神人授藥一事苟非積誠既久造物無所憑以轉旋

也夢之感召豈偶然哉今頋氏子孫繩繩日以昌大宜乎崇報本之誠而聿新其祠所謂積善之家必有餘慶者歟先生嘗築滄園藝瓦片為徑植名花卉與范長倩陳仲醇鄭士敬輩往来無間皭然於塵埃之外而風世勵俗英爽洋洋其與世常存者又在彼而不在此矣乃為迎饗送神之歌其辭

曰

遶花谿兮芳樹瞻雲棟兮起遐慕神来兮蹁躚棲林泉兮吐烱霧擊鼙鼓兮吹笙紛子姓兮趨盈庭神惝怳兮陟降覩昭明兮洞幽扃薦黍稷兮馨香

陳隹蔬兮潔蒸嘗神之去兮徬徨懷芳徽兮永不忘

資政大夫總督倉場户部右侍郎崔公祠碑

蒲州崔公既殁十餘年其鄉人思之即所居里度隙地為祠以祀公于是公子雙蘭致書于予屬予文其麗牲之石公嘗再督學江蘇江蘇士大夫服公之教往往能道公之為人公平生服習聖人之教於易詩書大學中庸論語孟子諸書沉潛其義訓心有所得輒著之於書積十餘卷其居官行事毅然有法守不為苟同之行有可利民者排衆議行之巡撫陝西時關中渠道湮没頻苦旱公慨然不寧興工鑿井九萬餘民以為利又按古鄭白渠

故晴開七十餘渠漑田無算繼巡撫湖北湖北歲食淮鹽大賈牟利價日益為民厲公奏請核定鹹價分地行鹽以便民

天子召公面陳利害時有異議者公爭之力會以事挂吏議不果行既家居嘗於旱歲糴穀以賑有餘穀擇鄉之贒者主之春秋散斂為經久計鄉人賴焉公之不負所學於數大端見之矣聖門之學莫要于求仁仁之為道非盡性者不能至然求仁之方可得而勉也推吾不忍人之心行吾不忍人之事肫然其各足也沛然其莫禦也達之天下無

難也然而一私蔽心人我成敵衽席之間門户之内猶有異心焉而況乎其踈遠者與自三代以還禮讓之化微囂競之風熾其不以此哉公之行無他文字可徵缺然不備具而其獲施於世者至今人猶思之而鄉人之思公也尤深不徒思也而必爲祠以祀是即斯民好是懿德之心之同然者而亦即聖門求仁之方也系以詩曰

猗美人兮亦我所思學於聖人兮能自得師維自得師兮善推所爲爲不盡達兮予心不欺井渠活活兮秦民之懷退用之鄉兮鄉人無饑鄉人飽兮

念由来雲旗閃閃兮公不可追食公之德兮涕泣漣而以祠伸思子春秋薦粢鄉人此心兮廓然匪私人人自厉兮公為汝師

宋氏三賢祠碑

虎邱斟酌橋之側有祠巋然長洲宋氏三賢祠也夫先賢之祀於乕邱者多矣或一世或再世莫有繼而興焉子孫以時脩豆籩會族姓而已若能以德業世其家偉然相望於後先之際者未數數見也宋氏世為吳人當元之季有文傑先生者諱涌以平亂功封萬戸侯嘗散家貲數萬金為一方保障年饑賑貸錢粟代鄉人償逋賦所全活且萬人元亡而遯跡城西之楓橋洪武初徵賢良不起老於家雍正元年子孫建專祠於盤門内後十一世

為閩士先生諱兆鶴躬孝友之行以先世遺產分讓諸弟康熙中官河工州判有子曰熹墨先生諱照官翰林編脩旋歸里杜門讀書深於經學乾隆元年應薦北上充纂修三禮官尋卒于京師令嗣況梅既免喪奉兩世神主祔文傑先生祠乾隆二十九年況梅巡撫廣西以舊祠傾也遣子思仁改卜於兎邱山塘閲數年始訖工復置田二百畝供祭用竝以贍族之貧乏不能自存者其用意至深且厚矣予惟古者祭法自有服之親上溯始祖其間有功德者則宗之此同贖之義也近世士大夫

家往往行其法或勳績著於朝野或風流被於儒林其子孫既世食舊德即鄉邑之士聞其風者亦有高山仰止之思焉至於廣田之所入以庇於而宗此又能推一本之恩而善繼前人之志者感戚兄弟莫遠具邇詩之所以歌行葦也予既推宗氏世德而嘉況梅任恤之風思仁更能踵而成之此數世之仁也豈不美哉系之以辭曰

傍海湧兮嵐霏溲略彴兮停驂騑神來兮逶遲撫玉珥兮搴雲旗崇淳德兮秩祜搆華堂兮抒永慕薦芳楙兮芼蒓羹慰秋霜兮沓露神降兮旁皇鶴

遙兮翺翔瞻櫰楠兮煌煌肅駿奔兮冠裳歌衎樂兮既醉迓蕃祉兮天畀神之心兮攸寧鑒孝思兮不匱

傳

惠徵君傳

君名棟字定宇元和諸生惠學士仲孺先生之子也自幼志承家學稽古不怠經傳訓故諸子諸史道藏星官醫藥之書下逮稗官雜記靡不窺究精力絶人強識暗誦至老彌篤尤好漢儒之學綱羅兩漢及魏晉經生佚説參伍考訂經文經義表裏穿穴必疏通證明而後已著九經古義二十卷周易本義辨證五卷易漢學七卷古文尚書考二卷左傳補註一卷明堂大道録八卷禘説二卷外續

漢志攷若干卷諸史薈最若干卷而周易述二十一卷未脫稿而卒然其生平精力尤在此書病亟時嘗自言所得且嘆真賞之殆絕云乾隆十五年詔舉經明行修之士兩江總督黃公陝甘總督尹公皆以其名上其後九卿遵

旨核定得四人而君不與歸而杜門益著書沉潛刻苦守漢學不變泊如也往仲孺先生督學廣東以經術倡導諸生君實左右之及修築鎮江城毀其家君奔馳盡瘁遭兩喪不以貧困廢禮既乃教授生徒藉館穀自給日事編摩造次顛沛未嘗釋

于晚年就揚州鹽運使盧雅雨聘雅雨深敬之梓其周易述以傳君行義至高雖貧得財輒分與同氣未嘗輕事干謁通家故舊希造門相往来怡然治經有以自樂室無斗粟之儲若不知也卒年六十二子三人承緒承跗承萼

舊史氏曰班史傳儒林謂一經説至百餘萬言大師衆至千餘人禄利之路然也惠君淡於仕進而窮經以終其身蓋學漢儒之學而不志漢儒之志者以列儒林傳奚忝焉

韓補瓢傳

自予為諸生與補瓢韓君同受知於學使林象湖先生君長於予風儀俊偉潔身植品慎交遊內行醇備人無間言事母呂太君孝謹母病躬侍湯藥閱兩月不懈母歿哀毀幾滅性築室居墓側者三年父聲谷先生年六十矣君曲盡子職備物養志竭愛日之誠從姪暢幼孤君撫之長而教之俾有立君生有異稟記誦閎博尤嗜史記漢書工詩善晉唐楷法聲稱翕然聲谷先生年八十三而終嘗自營壽藏於香山之麓君啓壙涕泣銘之曰生子

不類子孰顯吾親天錫眉壽子令德維新嗚呼可以覘其志矣韓氏世有顯人而君矩範自繩霎豐而約門以内靜樸雍和無驕侈之習喜濟人急婣族有貸者周之貧不能治喪葬者資以財其生平大槩如此所著有補瓢詩稿四卷詩餘一卷古文一卷沈鶗愚先生嘗論定之其甲古之詩尤沉鬱有奇氣君名騏字其武卒時年六十一子二鏴歲貢生是升邑庠生能讀父書

舊史氏曰吾鄉韓氏自文懿公以文章為天下宗師而其族往往多文學之士補瓢為文懿公從子能折節讀書𠑹然塵埃之外詩歌古文詞醞藉醇

雅多可傳者士貴自樹立身外榮名其有無詎足
論哉

芝庭文稿卷四

教諭韋君傳

韋君諱前謨字儀喆安徽蕪湖人也祖諱弦佩順治中進士官吏部郎中祀名宦鄉賢父諱聖功以貢生知河南新鄭縣韋氏世以治經為業至君益欲推所學大施於時雍正元年以歲貢生為泗州訓導師道自嚴召諸生講藝進其賢者能者而勸導其不率者必使之悔悟自奮乃已縣有楊生素悍戾數忤其父君為開譬至再四楊生大感慟折節自改及君去官楊攀輿而泣且曰微師吾終不可為人矣遇水旱賑卹輒微服溷鄉人間問所疾

苦畢得其幽隱從而酌劑益損之衆驚服無敢欺
冒者康熙間泗苦水有
詔除其賦至雍正五年而報淤報涸者紛起吏曰
緣爲奸又添設潼安衛追徵積逋民苦之已而
詔下有司清丈其地畝君曰公委密爲條議分析
一地兩糧及無地存糧者共若干頃陳之副使何
君宗韓並請裁衛以便民何君竟据之以聞遂得
減歲賦七千兩有奇而潼安衛亦罷七年以父憂
免十年服除補金壇訓導郄私饋金壇學生畏慕
之遷溧陽教諭又二年以疾歸年六十六終於家

子七人天棟舉人早卒謙恒一甲進士官編修
賛曰先儒有言一命之士苟存心愛物於物必有
所濟信矣若常君者惟其所存者深也其有得於
治經之功與何君宗韓可謂知韋君者無薦達之
言何哉

程玉生傳

程生之殇予既為哀詞哭之矣尊君訒菴痛之甚流涕而言曰兒以哭祖殇其志足憫也丐為之傳乃傳之曰程生名樹字玉生丰神秀爽通眉明眎彷彿可圖畫夙具異禀下應奉之五行記安世之三篋茹古吐今學殖日厚初試童子覆誦十三經抽帙以試無不立應講貫經義肌分理解遂游泮林揚光蜚聲鉅公喆匠咸加欣賞宿儒愕眙避席曰今之程篁墩李西涯也摳衣雅步動必循禮恂恂莊莊無惰容無勦說嗜書成癖尤工唫詠秀句

絡繹多聞纘言蔚起詞林者也天性粹美篤於倫理居王父喪血淚溢甎衰毀致疾遂不起嗟夫程生年甫弱冠志氣卓犖使其揮毫射策詎五經之同異發五緯之光芒寧不足以自見耶乃玉樹旋摧叢蘭遽萎將無琳宮玉宇作記須人為上帝所閟重不肯使之沉淪下界蠹耗其精氣耶予讀李玉溪所為長吉小傳初以為荒渺不可徵及今觀之乃信方程生怛化時或傳紙窓炯氣有行車嘒管之聲安知無緋衣人為之前導耶洵乎才而奇者不獨地上少也可慨也夫

劉孝子傳

吾鄉有孝子曰劉彩菴名炳字耀南幼喪父事祖盡孝家貧資束脩以養及歿鬻宅以葬母中年而瞽孝子奉旨甘必躬出遇時果輒懷歸客至設草蔬對食而母常列珍饌母嘗夏月患腹疾思食野鶩索諸市不得適弋人持以至得而進之疾旋愈嘗客華亭縣署未幾辭歸曰吾忍以升斗粟離膝下耶後以他事滯隣邑心痛急返則母病兩日矣日則蓬垢侍湯藥夜則對北呼籲願以身代比歿慟絕復甦既葬日匍匐往墓哭三年如一日自母

沒春秋祭祀輒涕泣過市上見時果為母素嗜者輒涕泣忌辰悲號若始喪每獨居嘆曰吾母苦節未彰其何以為子屢陳母節於官乾隆五年得
旌如制是年無疾卒

舊史氏曰孔子云啜菽飲水盡其歡斯之為孝故力所能致者致以力力所不能致者致以心若劉孝子可謂致以心者歟至治之世民知返本嗚呼所從来遠矣

龎孝子傳

長洲雲邱山塘有龎孝子者名佑字申甫早喪母與父同寢淂孝子心樂之晨夕依依相憐也以是終身不再娶父年六十餘病蠱便溺隆閉醫治莫能效左右愕視計無出孝子私跪中庭默禱凡三晝夜水道通患頓釋親黨交慶謂有陰相孝子者既乃稍稍聞知寔孝子吮咂所致云閱八年父歿哭踊盡哀不霥內偕昆弟經營窀穸無失禮既葬父家事一稟兄命不析產弟卒撫其孫孤亾又撫其婺穉四人教養成立償兄逋負以千計襄戚

屬中之不克葬者斛推周急承父志一如父在時性嚴介不苟取與有賣珠嫗過孝子家遺金珠一篋嫗遽暴病死物主向嫗家索金珠不得訟之官責鬻産以償孝子跡知之還其篋封識宛然訟得解謝以金不受里中人嘖嘖稱道之初孝子之喪母也年十六歲時吴江沈天將授孝子書記孝子事甚悉其略云孝子甫就塾書聽説孝友事聞母病聲泪鳴咽越宿廢食寢母没絶粒父泣諭之乃進食每哭母恐傷父心淚涔涔漬襟袖不敢出聲沈君之言如此鳴呼是可傳也已

贊曰予官京師同年友韓浣馬傳說里中還金事後過里門泊舟山塘山塘人每言龎孝子傳曰一介之夫能成名立方者蓋亾衆也孝子雖里閈士哉以彼所爲求之古人何多讓焉

顧孝子傳

顧孝子載光字彤雲長洲人自幼有至性父濟美官湖廣糧儲道隨父于官侍奉至謹一日母患心痛投以藥不效彤雲叩天求代囙割股肉投於藥旋淂愈人驗其瘢痕疑而訪之有童子親見其事而彤雲不自明也及父為甘肅按察司彤雲躬送至蘭州既又歸迎其母崎嶇經萬里衝冒寒暑由亳至汴而癰發於臂又淂傷寒疾母憫之屢遣歸不忍母獨行以病愈告既歸里淂渴疾而終彌留時執兄手書孝親二字於兄之掌含淚而絕年二

十三

論曰割股事載於史者希矣然孝子不以身自私情發於天行成乎獨往往有靈應固鬼神之所許乎載光即無割股事其至性過人固已遠矣為之傳無使其無聞焉

汝烈婦施烈婦傳

汝烈婦朱氏者吴江諸生汝殿邦妻也幼讀書通大義父夢鱗授以列女傳見節義事輒奮發及長手抄大父外大父遺集勤學如儒生母馬氏有胃疾晝夜侍湯藥累月無倦容年二十六歸殿邦治家能姑及伯姒皆愛之生一子殿邦適疾婦禱於天願以身代疾革殿邦目視婦婦泣曰君卒不諱有相從地下耳是夕殿邦卒婦長號擗踊白姑曰姑善自愛幸有姒在婦將死顧視幼子謂姒曰兒以累姒姑泣姒亦泣殮之日婦首觸棺幾絶姑與

姒救之不死命婢密防之不復言死防者懈將亟
月詭云兒乏乳屬伯姒乳哺之入室遣婢於外扃
戶縊家人覺之壞戶入救之絕矣婦平居容止必
飭將死以帛束髮衰麻加經焉既死脣合舌不出
目不張如疾終者年二十九事在乾隆十年
施烈婦張氏者元和施文灼之妻吳縣諸生張步
青女也年二十一歸文灼歸三載而夫病瘧且蠱
逾年卒無子烈婦為夫治殮具詳謹既而好謂夫
弟振聲曰夫不祿棄洪兩代尊人去我年少未有
所出并無應為嗣者我無意於人世矣第其善事

兩世姑我雖死不恨也遂上堂拜姑與庶祖姑及其本生舅姑曰媳罪莫逭終不得事大人舉家驚駭慟哭防護不稍弛婦顧稍稍示從容若無志死者家人亦漸安之矣屆五七親朋會弔事畢內外倥偬忽失婦所在視柩側麻衣纍然則懸帨在梁死矣事在乾隆二十年

芝庭文稿卷四

廿

重修圓妙觀碑

粤考傳記天曰神地曰示天神之貴者曰太乙紫微帝座主以昊天上帝而司中司命風師雨師之屬隸焉地之分職者曰社北郊后土主以皇地示而山川嶽瀆邱陵方望之屬隸焉若其陰陽旋轉運以攝提斗爲帝車制乎中央而臨四方者厥功甚大三代之世止以大宗伯主其祀而未有宮觀自秦立五畤以祠官領之宮觀之興自此始漢唐而下莫盛於宋其時如玉清昭應景靈會靈皆以宰臣提舉優老臣正以嚴祀事也吾吳圓妙觀峙

都會之中前為三清殿從乎太乙而推之後為彌羅寶閣上事天帝中事斗下事地元按諸禮經皆與古合其初創自晉咸寧二年名真慶道院唐曰開元宫宋曰天慶觀元曰圓妙觀明正統時巡撫周文襄公忱知府事况公鍾募建後閣後悉圮壞

國朝康熙年間有施鍊師道淵殫心營建募白金四萬兩有奇大殿寶閣鉅工悉成越四十餘年法嗣胡得古重加藻繪擴方丈而新之繼趾綿延紹承弗失乾隆十六年辛未

聖駕南巡在籍諸臣於觀中設經壇祝

慈寧萬壽
駕親臨視越六年丁丑再建萬福經壇
恩賚帑金三百為香火供
賜御書禁匾三一曰清虛靜妙一曰穆清元始一
曰珠杓朗耀越五年壬午又
南巡越三年乙酉又
南巡禮亦如之每當
宸罕端臨星開日朗羣靈陪位四望皃趨隱隱隆
隆愉愉穆穆懷柔百神而及河嶽亶其然乎乾隆
三十八年冬觀外居民不戒於火延及觀門與雷

尊殿門於是巡撫薩公即飭諸僚屬議修葺勸輸助遴高貲者八人使董其事期年告成計工二萬六千有奇費白金六千二百兩有奇舉殿閣之摧毀剝落者並加丹雘仍復舊觀矣夫郡邑之有祠廟凡有水旱疾疫之災於是禜之然或專主一神或散而無紀其稱名非古薦紳先生難言之令是觀也崇效天卑法地百靈咸秩上下胥通用以虔祀事而大報本典莫崇焉而況

六飛所駐萬姓瞻

天於以答景貺祝鴻禧其事又甚鉅後之有官守

與居斯土者烏可不加諸清閟而令尊嚴之地少生褻玩也哉謹誌其所以落成者而爲之銘曰

彤彤天閶當衢向術層構鱗眴髙門清謐吴會繁昌瀕臨廣甸崇閣嶻華下瞻寶殿孰典守祧鬱攸爲灾迺鳩工匠神謀與詣重階鍔列飛檐堞霓旗不脱扃引曜日月補之葺之匪惟作之匪樸匪斵惟其丹雘金碧炯晃靈宫兆祥乾端坤倪陽曜陰藏瑤壇祝嘏玉册金書總集瑞命仰福那居

帝車南指頻邀

天步容裔辰旒式我

王度五雲太甲華蓋平臨懷河柔嶽六宇謳吟羣
黎徧德永錫純禧萬年玉燭視此豐碑

重修蘓州府學鄉賢祠記

周禮大司樂合國之子弟於成均俾有道有德者教焉歿則祭於瞽宗此後世鄉賢祠之所自始也夫立學者既必釋奠於先聖先師矣而其所謂有道有德者類能以先聖先師之道善其身而淑之人以被於來世是宜以禮尊之即所以尊先聖先師也蘓州府學自宋元祐間始立祠祀范文正胡安定其後改為五賢祠又改為先賢祠今之立於禮門西南者自明成化始也今年夏祠為風雨所破毀傷木主教授儲君訓導魏君謀葺而新之告

諸賢裔僉應曰諾各輸金以應選材精良高廣悉
如舊制增飾袥主既固且安工既竣集子孫於祠
奉牲以薦焉余嘗讀文文起序姑蘇名賢記謂闔
閭城中賢士大夫未易更僕數而當世每謂蘇人
多輕薄浮靡之習於所稱行已大節經緯文武之
概蔑如焉豈其然哉今觀鉅公名流仁義佩於當
躬名節炳於一世者後先相望其亦盛矣非被服
於先聖先師之教者其能然乎凡過其里居述其
姓氏靡不流連慨慕想見其爲人矧傍宮墻之數
仞隆俎豆於二丁觀感而興者多矣可任其榱棟

之頹敗也歟孫卿子有言蓬生麻中不扶自直言所托之地然也吾儕幸生玆土蒙被世澤習聞先哲之遺言性行而不能自盡於人道以靡世勵俗將弦誦亦為虛文辭藻徒為膏飾毋迺自棄於先聖先師之道也乎凡我邑中士大夫當凜此意以終身況為其子孫者哉其碑有殘缺志有未全者續補之以示後之人

誥贈文華殿大學士吏部尚書明巡按山東御史

宋忠烈公祠堂碑

前明崇禎十一年冬

大清兵破居庸關下畿南山東大震巡撫顏繼祖

奉部檄以所屬兵三千移鎮德州阻河為守太監

高起潛駐兵臨清濟寧為聲援維時巡按御史宋

公學朱出巡章邱會濟南告急策騎馳還閱城中

兵籍僅得五百人及自萊州調至者七百人守備

單寡人情洶懼倉卒間與諸文武官治守具先後

七上疏求援及條上方畧皆寢不報相距九晝夜

援兵竟不至公方率巡道官周之訓及典史田多善等守東南門衆譁曰城陷矣公躍馬率家丁數十人循城而西持白梏格鬭力屈被執懸於城樓被殺之訓亦死多善竄免須臾火焚樓骸盡燬有家丁周申者匿溝中遙望見之已而公長子德寬自家匍匐抵濟南求公屍不得僅獲公所遺令箭一及所佩巡按御史印即其地奉衣冠招魂以殮先是起潛既不援濟南又以失藩王故恐受誅謀委罪於公而公先以在臺中劾楊嗣昌為所嫉遂交口誣公不死德寬扶喪歸公次子德宜復偕其

叔父伏闕上書而尚書徐石麒都御史張璘給事中光時亨等先後陳公死狀俱下撫按察議南渡後始贈公太常卿蔭一子入監越我
朝康熙中德宜官大學士吏部尚書贈公如其官
至乾隆四十年
皇上特頒諭旨表揚勝國死事諸臣公始得易名忠烈並許子孫建祠立碑夫國家政治之太端莫切於賞忠而罰罪公無守土之責而赴義若渴見危授命其為忠甚著彼僉人者居權寵地既不能以其身執干戈衛社稷又徒逞其娼嫉之私為自

便之計浮雲蔽日陰陽易位而為人上者持太阿之柄亦無能正其功罪而别白之嗚呼賞罰之不明此前明之所以速其亾也

聖朝扶植人倫褒揚忠義雖勝國之臣百年以往然且為之闡遺烈發幽光况其在照臨之下有不奮發而興起者哉康熙四十三年公孫廣業以僉事為監司因建雙忠祠於濟南與知府韓公承宣並祀今四世孫通永道英玉撰恩榮録以紀顛末爰與諸族人醵金建祠於蘇城之南園既成以麗牲之碑屬諸啟豐憶啟豐於乾隆初元奉使濟南

親拜雙忠祠下今歸故里覲廟貌之新益慕公之忠無已時也乃按明史及王文簡汪堯峰所紀述書其梗概以徵信於當世為之歌曰

仰朝旭兮東升映畫棟兮雲興盼靈旗兮戾止神惝怳兮來憑吹笙兮擊鼓薦嘉肴兮酌清酤序曾昴兮堂前永蒸嘗兮耀珪組想峩冠兮佩玦攖危城兮寶刀折奮絕脰兮心酸望譙樓兮火烈瞻泰華兮何崔嵬申

帝錫兮天閶開泝流光兮耀華闕現玉潔兮秋霜皚神之返兮天尺咫矢敬恭兮桑與梓敦子孝兮

厲臣忠亘千秋著恪信史

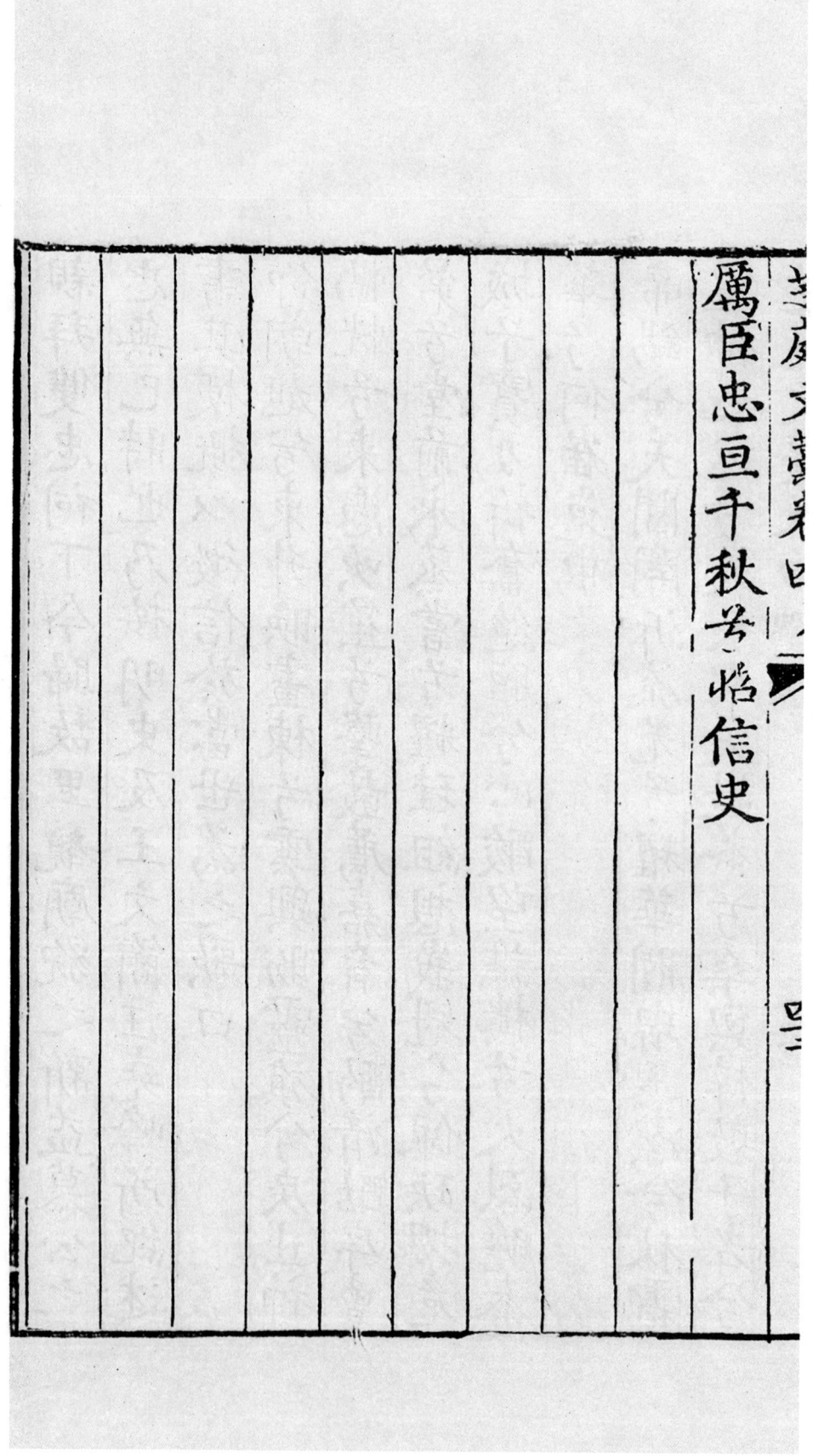

右春坊右中允張君傳

張中允在常以奉母憂自京師歸吊者畢集
君哀戚如初喪未逾月得暴疾卒幼子甫五
齡未能述君行事予素知君稔又與君為姻
戚别自京師方歲餘甫一見君面而遽成死
别哀哉爰為叙其生平梗概俾張氏子孫有
考焉君諱書勳字在常别號酉峯世為吴縣
人居楓橋之東塘先世潛德弗耀祖卜臣公
祖妣潘太宜人生三子次子松亭公諱成名
以子貴

誥贈奉直大夫右卄允為人坦直不虞人欺有負
之者輙置弗校里中稱善人坐是家中落君
生於雍正三年先後舉女兄弟四人母徐太
宜人哺育甚勤篝燈督課旦暮罔懈君早慧
少為文輙斐然成章年十九入吳學旋食廩
餼試輙壓其曹偶癸酉學使寧化雷公拔貢
入太學
廷試罷歸丙子遭父喪服除舉己卯鄉試兩試春
官不第辛巳冬考補覺羅宗學教習越三年
期滿引

見奉
旨以知縣用丙戌春會試中式
殿試進呈次第六
上親為掄定以對策頌不忘規特擢第一復為詩
以識之今載
御製詩三集中丁亥秋以前父喪未葬請假歸卜
地官山塢遂御母北行自是數年間與順天
分校者三與會試分校者三充湖北正考官
者一君為人恂恂善自下所為舉子業温醇
典則無叫囂怒張之習詩賦工整流麗尤長

於應制書法韶秀每
廷試輒得前列甞充
國史館纂修所
奏進諸臣傳未甞不當
上意尋奉
旨上書房行走旋署
日講起居注官陞授右春坊右中允勤于職業敬
慎備至君性至孝贈公即世太宜人患痺疾
頗劇君力致參苓以進卒得復常迎養後於
休沐時未甞暫離

內廷所賜文綺豐貂魚鹿珍羞之物悉以奉太宜人及太宜人即世觸暑戒塗纏哀酷烈竟殞其生殆以孝始終者也卒之年五十有四配湯氏子一誂女三蔣錦城毛鴻儀及予孫希濂其婿也

賛曰德不積不崇功不累不廣積土成山風雨興焉積水成淵蛟龍興焉荀卿子之言也

贈公之厚德楓江人士皆能述之宜君之步青雲而邀寵遇也伏讀

御製傳臚詩

上喜得君卷方以真才寔用期之而遽止於此嗚呼士之不幸豈獨在窮厄哉明乎古人立命之旨其於殀壽之際亦可以釋然矣

芝庭文稾卷五

長洲彭啓豐翰文

神道碑

榮祿大夫驃騎將軍鎮守嚴州左都督洪公神道碑

皇上御極之三十年詔在廷文學之士考遺文述故事昭功臣世家賢大夫之業於是湖北貢士洪成鼎以其曾大父都督公狀上之有司移史館法當列傳退而以公隧道之碑未立也負走京師介其鄉先進在仕籍者

徵文於余惟公之藎忠赤不忌喪元殲殪醜類掃
除區宇佐
國家成戡定之業功偉一時伐垂後嗣其烏可以
無述爰博稽事寔著公之大節以信後世公諱起
元字瑞芝先世由嚴州徙歙縣六世祖託明成化
中進士官大理寺少卿寄籍北直之盧龍曾祖榮
仕嘉靖中進士官汝南留守卒於官會歲荒道梗
喪不得歸子大全卜葬湖北應山家焉是為公大
父父諫仁而好施兩世俱贈驃騎將軍公自幼善
騎射喜談兵崇禎末湖北亂公移家避難猝遇賊

失父所在直前突入賊隊見父方罵賊賊怒臨以刃公大呼殺賊賊愕公即奪刃殺數賊負父走賊環視無敢追者父病中路歿公負骨藁葬先墓旁子身走順治二年英親王統師下九江公年二十四應募以遊擊用王既班師屬總兵金聲桓　勦寇吉安贛州南安寧都屢有功順治五年聲桓　南昌趨贛州初與公同時應募為營官者共二十四人聲桓反其二十三人俱從反公方自寧都還聞變即率所部四百人疾走贛州龥巡撫劉武元而聲桓兵薄城下樹雲梯乘城公首先擊郤之出城

奪雲梯十八座式元喜勞以金帛與馬而號於衆曰須識此忠勇好男子也守贛州三月殺賊甚衆會大軍攻南昌急聲桓撤兵去公與遊擊孔國治戲之水斬萬餘人遂復聲桓所陷諸府縣其年十月廣東叛將李成棟犯贛州公與叅將鮑虎出東門擊却之連破十八壘追至南安獲巨礮數十六年大軍克南昌聲桓中流矢溺水死進克信豐成棟亦溺水死偽將曾同旦踞雩都公攻克之其黨董芳榮率衆數萬来争城公大呼超堞下衆從之殺數千人芳榮遁復援信豐擒偽將二人七年土

賊彭賀伯彭順慶等踞寧都公與副將高進庫率
兵圍之樹雲梯先登斬賀伯順慶殲其黨十年叙
功授都司署南贛鎮標遊擊十一年會南昌兵勦
偽將曾成吾符文英等連破鎮南太湖二寨斬首
千餘級獲被掠婦女百二十人還其家十二年道
汀州勦大栢斬偽伯陳其倫五月署左協副將事
十三年勦梅窖峒峒深險偽將曾象吾據之連歲
莫能破公乘夜率衆懸崖下走開道數十里得其
石穴八縛草為炬投穴中烟騰衆驚起目不得視
我師乘之衆亂遂大潰梅窖平其年冬汀州妖人

反能作霧迷人官兵屢敗公統兵至望見賊營止
軍見賊旗皆黑下令軍中易黃旗其夜盡易黃旗
厥明公先驅入賊營我軍大呼從之賊大驚術不
及施遂敗走擒斬略盡十六年統兵勦僞侯李玉
庭明年四月獲玉庭斬首三千級招流民一萬餘
買穀三千石予之復其業還勦羊石寨斬僞將蕭
羮祥殲其黨康熙四年擢署勛門鎮標參將八年
授武昌鎮標參將九年調永州十二年以副將銜
署浙江提標中軍參將事駐寧波十三年耿精忠
踞福建反温州總兵祖宏勳應之陷黃巖及嵊縣

公自寧波率師往擊賊白米堰斬首百餘追敗之
蒿壩江復嵊縣趨陶家堰連破賊營斬首六百級
溺水死者萬餘人復沿樊江追勦烏門山斬首千
級諸暨城被圍急公赴援大挫賊降賊將十一人
衆七百餘人會康親王統師駐金華分兵勦台州
賊公往援斬賊將八人衆千餘人是年叙功加都
督僉事衛冬賊將曾養性犯台州公時在城中出
拒戰中鎗傷仍殺賊數人諸將士繼進賊敗走十
四年擢署嚴州副將先是精忠以逆書誘寧波將
士反公以聞至是叙功實授副將加都督同知時

賊黨肆掠遂安開化間公率兵援遂安先後五捷擒斬賊將二十餘人獲被掠婦女百四十人遣還其家十五年賊將白顯忠踞開化貽公書啗以上爵公怒拔刀斫案立械賊使并書送總督軍門即率兵進戰斬首四千級顯忠遁遂平諸賊寨前後招降賊將三百餘人兵萬二千人撫流民三萬人復其業其年九月康親王進師福建精忠降其黨猶踞處溫二州公進兵復雲和松陽龍泉三城敘功加左都督公平居愛養士卒人樂為之盡每戰輒先進常服赤袍赤鎧赤幘以自異與子一棟合

家丁為一隊皆赤旗號敢死軍將戰以酒酹地曰吾與爾等今當同日死衆應曰諾趣出戰無不一當百戰罷歸呼酒共席地飲曰吾與爾等賀今日生還也明日戰復然賊每望見赤旗驚相告曰此洪家敢死軍也輒走故公大小數十戰常以寡敵衆未嘗敗北在軍中三十八年至二十一年以老病乞歸二十七年武昌兵夏逢龍叛將掠應山公率家丁結營郊外賊至戰敗走城賴以安遇凶荒及大徭役屢散千金以濟民困鄉人德焉三十五年卒年七十五妻彭氏贈夫人繼王氏封夫人再

總許氏子一棟附學生後官臺灣同知孫二國彰福寧知州國寶候選千總曾孫六成鼎其一也以其年月日葬於王字坡祖塋之南銘曰

天命所屬輻輳羣英亮臣仗劍来自南荊桓桓一旅氣蓋韓彭雷霆盤怒百里震驚手决巨海殲彼長鯨斗牛之野榛穢盪平戰袍血漬爛其光明酹酒於地生死貞盟累書功績敬告上京滔滔江漢萬古有聲周之名亮同厥令名

光祿大夫
經筵講官太子太保文淵閣大學士兼吏部尚書
史文靖公神道碑
大清運際郅隆天鑒孔顯篤生良輔風雲騰合賛
勷丕績者爛如列曜不可殫紀至於邀眷
三朝榮冠百辟享大齡備諸福遺蹟炳於旂常俎
豆垂於祀典自古相臣稀遘之遭逢而我師文靖
公寔膺之嗚呼德懋懋官功懋懋賞豈不諒哉公
諱貽直字儆弦號鐵厓自東漢以来世為溧陽人
至明有太僕少卿際世襲錦衣衛其曾孫為公曾

祖中書舍人諱本公之祖諱鶴齡翰林院編脩考諱夔詹事府詹事自曾祖以下皆以公貴贈如公官公髫年神彩煥發器識閎以達習庭訓耳朝章國故甚雜舉手可措諸施行年十九中康熙三十九年進士是歲歲陽在庚歲陰在辰為商橫執徐也改庶吉士授檢討充雲南鄉試正考官提督廣東學政五遷至侍讀學士雍正元年除內閣學士旋擢吏部右侍郎再遷吏部左侍郎時憲皇帝臨馭之初方以勵官方振風俗為急務而公在朝尤奮發敢任事

上嘗命理河南山西獄多所平反覆奏報可適福
建有獄事又
命公往鞫之稱
旨遂
命公署理福建總督事旋移督兩江以鄉人節制
本鄉異數也未幾
名入為左都御史時西陲用兵飛芻輓粟軍書旁
午奉行者或不善因而驛騷
上遠軫念關中民乃以公為宣諭化導使西人安
焉曰

命協理西安巡撫事凡五年遷兵部尚書又遷户部尚書皆留巡撫任總理軍政西安故有營田屯户畊種給兵食民户有常平倉遇乏得稱貸而屯户不在議中公乃别以軍需餘穀十六萬七千餘石分貯各縣以貸屯户之乏屯户有常平倉自公始陝西調均湖廣米十萬石而湖督請濬丹水以漕公曰丹水自秦嶺至淅川皆沙石朝濬夕淤不可漕且西民瘁於軍興復勞將益病奏寝之公之宣力效猷守官共職不慕嶢嶢之行赫赫之譽而庶事受成百姓蒙惠多此類矣

皇上御極詔罷陜西兵召公入公入即奏上便宜事大畧謂官吏升遷宜循資格以抑躁進科道官及吏禮二部部郎不宜以雜途參用時河南有開墾勸捐令公謂河南民故勤穡無不畊之土河壖山砠本非生穀地人力無所施墾不毛按畝升科且重為民患

國家理財有正經勸捐非體不可令于下疏奏得

旨俞允而旋奉總督湖廣之

命當是時以征黔省逆苗故湖南儲粟半輸軍辰沅黔陽所屬守禦兵多調發綏寧城步猺乘機掠

行旅負險阻急切不可究捕公密畫策擒其魁并其家口兇黨無逸者十餘年積盜至是悉靖其他減土司改流徵額雪寃繫築固武昌護城隄皆其犖犖大者既而復入為戶部尚書最後為吏部尚書署直隸總督事蓋公自

憲皇帝時薦歷卿貳至是二十餘年周踐六官持節幾徧天下矣率累著勞績

上乃命公為文淵閣大學士兼吏部尚書

駕巡幸輒留京辦事

賜第内城

賜紫禁城内騎馬人臣寵遇之隆近古以来亦未有逾公者矣公為相持大體不屑矯激自别異宅衷淵深不可測量奏對辭旨安定簡而晢廷臣無出其右者於用人行政張弛損益之間潛導密移雖子弟親厚不得而聞也

國家既平準夷定西域中外乂寧公益以清静佐

治綏靖嘉師中外翕然在位凡十年而後歸後二年復相復相之三年會試直省舉人是歲亦歲陽在庚歲陰在辰也距前商横執徐公舉進士時星紀一週矣

上作詩賜公推為熙朝人瑞又一年
皇太后七十萬壽集老臣為九老會公與焉
賜靈壽杖圖形內府又二年薨於邸第享年八十
有二
上眷公最深於其暮年
詔乘肩輿入直閣公亦忠愛誠懇至老不懈憲事
精敏不減少壯時是以益見重及薨
詔軫悼遣
皇六子往奠加贈太保賜金治喪配食賢良祠謚
曰文靖秋九月喪歸又

詔緣途官吏護其柩嗚呼可不謂生榮死哀者歟公葬於溧陽徐角村祖墓之兆夫人許氏先卒子三人長奐簪左春坊左贊善次奭昂廣東布政使次奐瓌潞安知府女三人孫男十人孫女十三人曾孫男四人公三為會試總裁再教習庶吉士啓豐為公會試首拔士荷知最深乃敢謹銘其神道之碑辭曰

大江之南產碩臣惟嶽降神卓南申髫年唱第輝慶雲㳺歷台鼎閣經綸八、騶擁導寶節新湖山海嶠保障均分陝籌邊偉略伸度式金玉垂米紳書

日三接
天顏親衮衣歸来契合真宻賚帷幄圖麒麟瓊林
再讌歲庚辰杖朝國老能致身遄歸箕尾麗高旻
槐庭棘院廕後人東閣音容緬平津
殊恩隆遇誰比倫臨喪奠醊羽葆陳白袍鵠立涕
沾巾行歌蒿里荐藻蘋千秋碑碣永不泯

誌銘

榮禄大夫浙江平陽鎮總兵官左都督贈太子少保朱忠壯公墓誌銘

康熙二十有二年夏六月王師克臺灣浙江平陽鎮總兵官朱公天貴率先拒賊死之浙閩總督少保姚公啓聖上捷疏著公之忠勇推爲首功聖祖仁皇帝覽疏嘉悼詔加恩與祭葬贈太子少保謚曰忠壯褒死事之勤也公福建莆田縣人先是避亂三沙父母俱死

於賊公被掠賊帥奇之後才勇益著賊欲推為將不受陰結豪勇往来漳泉閭巷海道要領保障鄉里盜不敢犯鄭氏耿氏相繼招公公笑曰隗囂公孫述豈能臣馬伏波乎遂曰總督姚公奉表於朝部三百餘艘衆二萬来歸

特旨授平陽總兵官公諗少保曰平陽無事之地俾得節鎮於此恩至渥但其自少至壯習知海上事意在靖國難報親讐異日有事於臺請得屬櫜鞬為士卒先雖殞身截脰不敢辭少保慰之而行遂赴平陽未三月有

詔調四協勦閩寇公曰吾夙志也疾馳至閩戰攻具皆躬飭焉六月癸亥公以十二舟載親信兵首抵澎湖虎井賊將劉國軒嚴設戰壘環列火砲矢石以待聞公至遽以巨艦百餘迎戰我兵莫敢前公鼓之而前趣舟直薄壘下燒賊艦殺傷甚衆搏戰益力呼聲沸海水賊艦將盡遂指揮擣穴而賊飛砲交叢中公項遂仆舟中已仆猶大呼殺賊激衆十二舟驟進將軍施公督大師繼之連奪六嶼之險臺灣遂平公之喪以康熙二十四年冬十月歸葬山後原建

御賜碑文一通雍正七年
詔天下忠義之臣得入郡邑祠乃奉公木主崇祀
於閩之莆田子源淳以墓誌有闕裒集事狀屬予
銘按狀公字尊士别號達三先世居河南之固始
曾祖介禄祖元伸父從諫俱以公貴贈榮禄大夫
妣游太夫人公生有奇徵自幼岐嶷轉輾避亂被
掠獨得不死及長勇而多智聽水聲知海程遠近
士卒神之配王夫人子五人長浩淳次潛淳皆國
子監生澄淳候選州同知源淳雲南武定府知府
清淳候選州同知女二人壻陳世顯程學洙孫男

女若干人銘曰

八關之東鯨波未寧十蕩十决如雷如霆桓桓朱

公能奮厥武思率虎臣聽震鼙鼓棹楫以往海雲

茫茫先鋒陷陣適羅凶殃素車載旆返葬佳城豐

碑特建制詞光榮爰建榱題永妥祀事雲旗往来

丹心浩氣大書貞石惟以勸忠寵休奕世其無怨

恫

資政大夫都察院左都御史贈太子少傅禮
部尚書沈端恪公墓誌銘

性情正而後學術明學術明而後事業著處為醇儒出為名臣無異道也朱子以来五百餘年聞而知之克符名世之實者在
本朝則睢陽湯文正當湖陸清獻繼此者其吾師端恪公乎公諱近思字位山號闇齋世為仁和五杭村人家本力農世孝友醇謹鄉黨稱之公生九歲而孤家貧隨仲兄遊學靈隱有借巢老人者資之讀儒書負笈寘山錢圜沙嚴寶成之門既歸家

補諸生讀宋儒書刻苦勵志書程子涵養須用敬進學在致知二語於座隅嘗自言其得力曰吾由周程張朱之書上溯孔顏曾孟之心怡然渙然若合符契不自知其手舞足蹈也康熙三十八年舉於鄉明年成進士亟返里門理故業選期已過頋以學未成不出也頃之仕為河南臨潁令單車就官謝請托郤餽遺謹號令禁科派四十八年大水請發粟以賑全活無算明年大熟建社倉七所設義冢收埋枯骨捐俸葺潁城築孔家口於鄰州潁民自是鮮水患建岳忠武于忠肅祠修宗統制楊

再興墓莅潁七年膺卓薦以去士民攀車灑泣不得行擢廣西南寧府同知引疾歸教授生徒布衣蔬食泊如也今相國高安朱公撫浙時特疏薦公

聖祖召入京監督本裕倉會臺灣用兵總督滿公

請諸朝乃

命公往公作遠憲論四篇大指以臺灣宜析為縣每縣各分都鄙保甲易於稽察又取民壯抉置行伍以充各標其餘流民必審其籍以授田當時採用之海疆底定雍正元年召授吏部文選司郎中時銓法久敝胥吏多假手為姦公夙夜勤慎有姦

輒發吏不敢欺旋晉太僕寺卿明年典山東鄉試
超擢吏部右侍郎每奏對之日齋戒越宿志氣恪
恭於育才用人尤兢兢焉雍正五年特擢都御史
公自縣令起家洞悉閭閻疾苦凡事關創革必熟
籌其利弊於民生有所裨益而後已當廷議耗羡
歸公時力爭以為不可衆皆驚愕弗為動
聖主鑒其誠不之罪也雍正五年十二月十三日
無疾而終
上聞震悼賜帑金遣平郡王散秩大臣奠爵官為
治喪予祭葬如禮謚端恪加贈禮部尚書太子少

傳廕一子公立心坦易純於踐履非道義一介不取窮達夷險不以二其心為文樸實説理類南宋大家所編成興録誦法稼書先生出而臨民動以嘉定靈壽之政為師晚年蒐輯當湖遺書為十四卷其他所著書又數十卷高安相國雅重公哭其喪為表墓曰理學名臣蓋深知公者也公生康熙十年正月十四日距卒之年秊五十有七曾祖諱學顔祖諱時吉父諱大震皆以公貴贈資政大夫妻項氏繼徐氏皆贈夫人又繼宋氏吴氏子三長玉麟監生早卒次遷戸部主事三玉璉廕生女一

適舉人趙溶雍正六年葬公於湖州歸安縣埭溪之陽啓豐鄉會試兩出公門下服公之教既久、括人云亡不勝哀慟謹按公年譜誌之墓而爲銘曰

斯文未墜天挺哲賢斗杓所建四氣回旋有紛其學異説晦蒙闢邪衛正公探厥宗有隳厥守骫骳畏葸公謹厥趨道直砥矢起自循吏擢之卿貳篤棐靖共匡道具倫爲孔顔樂爲禹稷憂清和與任惟聖兼脩

天子曰咨失我良弼制詞褒榮典禮優恤峴山巍巍苕水洋洋有斐君子沒世弗忘

通議大夫都察院左副都御史趙公墓志銘

乾隆十四年秋九月都察院左副都御史仁和趙公卒於里第越兩年其孫震以狀来請文其隧道之石余與公先後同官翰林以文章道義相劘礪歡洽無間自公之殁嗒然神傷踰時而不釋非予誰宜銘公者按狀公諱大鯨字横山號學齋其先自蘭谿遷仁和祖啓裕以純孝稱父金章邑庠生隱德耆年見推鄉里以公貴累封奉直大夫前妣宋氏妣盧氏皆封宜人公少時寓吴門受業何屺瞻先生為弟子考貫經義史法博綜漢唐名人辭

賦之文鈎校其理澤以三代古詞粹如也雍正二
年舉於鄉是秋會試中式出漳浦蔡文勤公之門
殿試二甲第三名
賜進士出身改庶吉士時方畊藉臨雍肇行典禮
有合璧連珠黄河澄清之瑞詞臣咸思以著作襄
泰運公勤脩館職文術爛然每有撰述譽贍淳雅
為同館所推自授編脩後凡試皆高等及今
上即位知公才首除春坊乾隆二年五月試翰詹
諸臣於乾清宮列一等擢司經局洗馬有松花石
硯筆墨紗葛之賜十年中凡典試者三充同考官

者四會江西學政缺
命公往既受事與諸生陳説學古之要敦行之方和樂坦易拳拳娓娓若塾師然諸生中心悅服莫不躍然鼓舞成材者甚衆至今思公不忘也試竣請假省親逾月還朝以少詹事充日講起居注官遷太僕寺卿復遷大理寺卿明年春晉都察院左副都御史旋視學京畿士類感慕一如在江西時乾隆九年八月遭太公喪歸里服闋具奏太夫人篤老狀請終養得
旨俞允至明年得噎食症遂膈不起公為詩工唐

人應制之體而登臨遊覽之什亦温雅有古致書法秀勁淂趙董遺法求書者麕至率應之不忍絶也與人交無宿諾氣誼敦厚士論翕然余以詞林後進與公交居京師邸第比隣過從甚密同典雲南試唱和之樂不減京師時及公歸里余方失怙在疚公歲數貽書相勞苦公捐館余哭之甚悲於孫之以狀來也追念平昔涕淚横流吾忍不銘公哉公生於康熙二十五年距其卒之年淂年六十有四妻郁氏封安人有賢德子二人震太學生升乾隆九年舉人女二人俱適士族孫男三人女七

人曾孫男一人将以乾隆其年月日卜葬於風篁嶺之原銘曰

大觀突兀三折淵淪篤生英儁為時鳳麟簪筆朶殿摛文蔚新然藜天禄圖史載陳

天子曰俞臨軒親試扳冠鳳池邦家之瑞皇皇者華時遣出使斗牛之墟掄才是寄公之訓士和風慶雲元氣所至靡不陶甄

帝心嘉悦倚毗方般不懈於位臣職克勤非欲引還全忠於孝援例陳情古人是傚天不慭遺遠近争吊那識孤桐竟成絶調卜兆既吉聖湖之湄有

堂有斧銘之幽碑西江學校青衿奉祠公之神靈
于何不之

中憲大夫浙江分巡寧紹台道葉君墓志銘

葉君筠洲以乾隆二十年夏六月卒於家越一年冬十一月將葬矣孫子来徵銘啓豐以重表末行服習君生平行事又嘗視學浙中獲聞君善政浙東西謳思不忘及君養疴里居而啓豐適以陳情歸里親送君之喪讀狀所述其歷官政蹟卓然有古循吏風是不可不銘按君姓葉氏諱士寛字映庭號筠洲系出宋少保石林公五世祖諱初春明給事中贈光祿少卿高祖諱登道曾祖諱時臣皆贈文林郎祖諱子循順治四年進士歷知唐縣淳

安郃陽容縣事父諱台陽試授州同知以君貴封
如其官妣王氏贈恭人君為人覃精向學自經史
百家駢偶聲律靡不研討旁及象緯輿圖句股六
書之學皆窮其奧通達政體愛物澤民惻怛周至
故所至民咸懷之康熙五十九年舉順天鄉試雍
正四年試取內閣中書
命以知縣用初仕山西定襄縣八年遷沁州知州
其為政善知民隱捐弃煩苛遇事必躬親指畫一
不假吏胥手事以辦而民不擾權潞安知府除諸
稅之無名者復四門集以便商人民大懷畏歷權

平陽太原再權潞安治行為山西最十二年大計
以薦入朝
上賜蟒袍擢紹興知府乾隆二年移知金華由是
晉階分巡諸道始終在兩浙云其治紹興也有憒
民格士而殺之衆士譁將罷試君在三江閘聞信
飛騎至數言剖解試如初浙西風潮大作海塘陷
君往堵築三月而塘工完其在金華時東陽縣饑
求賑者呼號集城門以萬計君曰按冊施賑是賑
冊非賑民也單騎往諭之召饑者前立注其名於
冊而撻其二人民乃定二人者一婦人先以訟至

官服華服至是易敝衣求賑君識之褫其敝衣内華服如故一男子容甚澤飲以皂莢湯嘔出酒肉衆驚冐賑者多散去注册竟罕有濫者居官三年多恵政既去金華人思之為立生祠歲遇君生日輙張燈合樂以祀君其前在沁州也亦然有武人自沁来者過君祠適遇君生日祭獻者至擁馬首不行時君去沁已數年矣四年授杭嘉湖道嚴保甲守望之令盜賊屏息明年移金衢嚴道衢州地埶高西安龍游諸縣築壩蓄水以漑田商人入山伐木私開壩行水日涸乃嚴其禁民稱便初君涖

嘉湖時桐鄉豪家訐訟有以金饋者君急置之法獄未具即調金衢繼事者果以賍敗事連巡撫坐死總督德公委君推鞫君言巡撫實未嘗受賍覆治之得金數千於用事者之家巡撫獲減罪八年移寧紹台道釐關政脩戰艦巡歷外洋雖險遠必至紹興被水蕭山諸暨民多挾衆詣縣求食巡撫聞而惡之不欲賑君往視還白巡撫曰某来時蕭諸之民奄奄無氣息張口以待哺何忍見其卷塡溝壑耶言訖痛哭巡撫心動聞于

上遂得賑君嘗言待飢而賑所活幾何欲為民本

計者其惟脩水利乎議復紹之鑑湖寧之廣德湖大興灌溉之利會去官乃止著浙東水利書冀後有行之者也十二年以父喪歸服除遂不出君在浙時每加意書院以作人為已任至是屢集諸生校試文藝興起者甚衆平居孝友之德著閭鄉里見于狀者詳焉茲不著君生於康熙二十八年距卒之年六十有七妻郭氏顧氏皆封恭人先卒繼室劉氏生子樹滋樹蕃皆太學生女一適趙幹麟

銘曰

惟古仕學必兩優通經致用彰遠猷今人治絲多

紛糾刀筆筐篋吏治蓋君之設施本末周褰帷觀
察勤諮諏問民疾苦加噢咻山右兩浙騰輿謳欒
公社畔民何稠年雖不遠名自脩我銘其藏告之
幽繩繩孫子綿千秋

中憲大夫浙江海防兵備道莊君墓誌銘

乾隆二十四年夏六月丁巳南村莊君卒於家予往哭之過時而悲及冬會葬望其廬欷歔流涕髣髴其生平昔東坡於少游之死嘆世無復有如此人今南村歿予亦云然始予與南村為同年友偕謁座主沈端恪公端恪當代名儒好以正學啓後進見南村恨相得晚南村平日以躬行實踐為本愛人利物為施為庶吉士同館推博雅頋獨不自喜方是時

世宗憲皇帝嚮用儒術稔知君有才出為大興知

縣先是君以雍正三年考取內閣中書引見
命以知縣用君自謂不可以民人社稷為學趨而
讀書於天寧寺中三年至是以詞臣尹首善地人
于是覘君之設施而仰
憲皇帝之知人善任使也君為縣一本樸誠甫下
車即約束吏胥毋擾民有所廉察單騎至左右莫
能偵或訴道旁即剖決遣之不使涉公庭每論地
方利弊興革所宜洞悉周至無不見諸實事縣舊
供羊草歲數十萬致虧帑莫償積數任皆獲譴君
請於戶部歸奉宸苑辦理旋奉

旨給銀一萬兩貯縣以備公用人謂君遭遇獨幸
不知其誠有以致之也雍正十二年九月授温州
知府初蒞任問民疾苦即言於總督曰州民土田
外惟恃魚鹽自鹽法壞而民困倍輸雖不能驟議
變通宜以正課外滷耗留備荒歉玉環有魚稅有
樑稅宜免征塗稅以省重科温與括蒼相接三百
餘里中征稅三雙溪離温遠非名鎮市集有貨物
可征宜概予裁革樂清自清丈後增額十萬畝磽
塗之田照上則科徵宜酌蠲以紓民困時雖未盡
施行而免稅減糧數大事至今賴之乾隆二年秋

風潮害稼君議陳四事一暫通海運一借鹽項餘銀買米以賑一停買穀還倉一以隣近倉穀通融轉輸大吏以為迂既知不獲已悉如君所請行濱海土田以塘埭陡門為捍衛時大半坍壞曰寓賑於工全活無算於斷獄多所平反永嘉縣民傭于人代主家認罪抵死君廉其枉再三諭曉其母始泣下以情告乃坐其主而出之樂清縣役誣武生某行竊斃其命以拒捕自死報君名至詎驗反覆遂得寔其矜𣪘察寃多此類乾隆四年七月

上以公治最有聞授浙江海防兵備道時撫臣奏

築尖塔二山海口君親詣相度謂沙勢坍漲不常速則易塞緩則難成在多鑿石多集船功可立俟于五年二月興工日夜勞来役人感其誠咸盡力洪濤際天石宕聲相應不三月工竣用帑二萬餘兩魚鱗石塘尖山壩工與凡隄防之以時修理者區畫至悉迄三載鬚髮盡白疾作請解任大吏勉留之不可君之待下也正己以率積誠以孚其事上官也從則歸美如不及不從則默自咎當孫文定公為順天府尹以屬吏白事侃侃直陳相得無閒越數載文定特舉以應

詔謂實能以愛養百姓爲念者此可謂知君矣予嘗至東甌其士人言君曾祖爲永嘉令政績詳舊志生像儼然君至謁祠泣拜不能起君去邦人無以報願爲守祠世世饗祀勿替甘棠之愛後先掩映抑何遺澤之深長也家居十數載敦本睦族爲鄉人矜式令子伯仲相繼及第同時出典試同乞假歸省海内榮之君處之泊然惟勉以竭誠報國云君最善書詩文亦有家法稿成輒散去素以炫名爲戒遊藝之工非所尚也予以姻戚通訊問間一往來談論輒移日於當世吏治之得失尤惓惓

致意焉卒之前一月予往視病猶握手慰勞如平
生不一月而訃至矣予能無慟乎哉君諱柱字書
石號南村雍正五年進士生于康熙二十九年年
七十先世自金壇遷武進曾祖諱廷臣明萬曆中
進士由永嘉令歷官湖廣左布政使祖諱鼎鉉父
諱絳皆以積學尊行聞於世乾隆元年贈如君官
祖母毛氏前母陸氏母董氏並贈恭人妻錢氏封
恭人子二存與官禮部右侍郎培囘官翰林院侍
講學士後君一月卒孫四人孫女九人今以十二
月初二日葬於德澤鄉祈庄之新阡銘曰

惟古於仕以行其學措心施行猷為卓犖君在玉
堂羽儀鸞凰牛刀一試聲譽騰驤考最分猷載瞻
熊軾不染脂膏好是正直
御屏首列宣力有為衆人之母慈惠之師剡章具
在式茲寮寀好爵莫縻急流勇退君子友朋欵欵
心傾士馨其德衆孚其誠曰仁曰恭惟德宜壽何
斁之慳而施不究幽宮早閟馬鬣加崇鄉名德澤
廣畝慶鍾丸丸松柏堂封孔固佑啓後人来章有
譽

通奉大夫都察院左副都御史加二級雷公墓志銘

公諱鋐，字貫一，一字翠庭，雷氏世系出馮翊，自唐遷閩之寧化，曾祖某，祖某，父某，諸生，三世俱以公貴贈通政使司通政使。公年十七補諸生，雍正元年舉於鄉，以合河孫文定公薦，官國子監學正，十一年登進士第，改庶吉士，請急歸。今上即位，旋召直上書房，元年授編脩，三年充日講起居注官，四年遷左諭德，以父憂去，九年被召，仍直上書房，十年累遷至通政使，十四年以母

疾乞假歸踰年入朝
特命督學浙江尋改江南十七年遷左副都御史
仍留督學其冬復任浙江二十一年任滿以母老
乞終養得
旨即自浙侍母歸二十四年丁母憂勞毀得疾其
明年冬十月某日終於家公之卒也予既為文以
哭之越一年夏其子定淳寓書并狀來乞銘予與
公同官翰林素知公既督學浙江又與公先後相
代以是益悉公為人而嘆公之志蓋未竟也公之
學之醇守之固其立朝抗直遇事一無所撓屈其

遭際亦甚隆而卒未竟其志者豈非命哉方
上御極之初鋭意至理在朝諸臣爭自奮思所以
稱盛意公時官諭德每進經史講義必詳晰義利
開設端委以推極於治要
上嘉納焉有同官以喪歸未葬入臨皇太子喪
上意欲留之公力疏爭事遂寢當是時也朝野無
事
天子方盡己側席有一善無不庸若谷之應響公
駸駸方向用而適以憂去既服闋入
朝會日食求言上書論臺諫以為

朝廷樂聞讜言不必疑其好名臺諫之所得者名
政事之所收者實也其言可謂通達識治體習學
浙江浙西饑無入告者公輒以聞遂得
旨賑貸公既感
上知不欲以虛文答
詔旨亦不肯以職分自諉謝惟
上鑒其誠而信之既用其言復顯其身且使得就
官迎養所以曲成之者無不至夫亦將有待矣而
公復以乞養去蓋嘗論人其器大其意必遠以公
之精誠磊落抗節不回且無有遏塞之者宜不獨

此三數事見諸言論蓋已舉其大者矣然則使公敭歷至今其位益顯其任益重而亦無有過塞之者將必更舉其大者以剷切一世而惜乎其志卒未竟也公少學於蔡文勤公其學一宗朱子不揺於他說臨卒無一語及私其遺疏云為子之事粗具為臣之志未伸蓋公亦自以未竟其用而天奪之年為可憾也公配巫夫人子男子三長定淳舉人次定澍國子監生先卒次定源子女子一適國子監生巫國維孫男子二女子二以某年月日葬公某所銘曰

器之大小隨所儲瓶甕瓿石殊盈虛峩峨雷公志
不渝英辨挺特精誠孚守以醇固浩氣俱落落數
事昭寰區蘊負更與常人殊厄之歲月未盡舒銘
兹景烈垂史書子孫達者其嗣諸

芝庭文藁卷六

長洲彭啟豐翰文

志銘

資政大夫禮部左侍郎胡公墓志銘

乾隆三十八年
皇帝下詔求遺書依古暨今者碩著撰後先並出
更
諭河南撫臣以前禮部侍郎胡煦究心理學所著
周易函書獨不在列
命續舉以進於是海內之士咸仰

聖天子褒崇古學發微闡幽光昭文治於無窮也
其時胡公子季堂方官江南按察使既刻公遺文
行世屬啟豐為之序復以公前葬時墓志之文闕
焉更屬次公行事而為之銘啟豐故以
廷試辱公知在翰林時又隸公教習飫公之德不
忘於心遂不敢以不文辭謹按公諱煦字滄曉號
紫弦河南光山人其先自江西遷湖廣之麻城後
由麻城遷河南之光山五世祖諱靖前明嘉靖乙
卯舉人官遼陽通判篤於行誼子敏即公之高祖
也曾祖諱某遵化縣諸生祖諱演亦諸生早卒妣

喻氏撫子二一先卒一即公父諱之杞崇禎十四年遭張獻忠亂喻氏誡其子曰五世宗傳於汝是賴若有變吾義不辱汝善圖之城陷喻氏挈其子偕僕胡家和出走倉卒遇賊相失喻歸依母黨居喻家圍又遇土寇刼掠乃閉樓固守賊焚樓樓中人俱死其事載府志中之杞既失母為賊所掠已而逃歸喻家圍遇僕胡始知母遘難狀撿遺骨弗獲哀痛泣血生平敦尚節行多陰德贈通政大夫母高氏贈淑人公少而好學能文章康熙二十三年舉於鄉官安陽教諭五十一年成進士時年五

十八矣居常究心周易得圖書一貫之旨臚傳後
引
見澹寧居即自陳所學
聖祖叩以河洛理數公條對甚悉選庶吉士自後
屢
召見問卦爻中疑義
命畫圖以講
聖祖曰真苦心讀書人也旋以檢討直南書房五
十四年充會試同考官五十六年典湖廣鄉試尋
轉司經局洗馬遷鴻臚寺少卿再遷正卿雍正元

年授內閣學士兼禮部侍郎明年典順天武鄉試
五年授兵部侍郎攝户部侍郎閱會試迴避卷殿
試讀卷官教習庶吉士明年協理都察院左副都
御史又攝刑部右侍郎七年典順天武鄉試八年
充明史總裁官直上書房以兵部侍郎
特旨知貢舉是秋又知武貢舉九年轉禮部左侍
郎六月罷職歸公為人正直忠厚其所建白必以
教化為先務尤願
朝廷重農桑緩刑罰先仁義而後功利其請博舉
孝弟也曰十室之邑必有忠信愛親敬長誰則無

情彼生員舉監外其有能竭力奉養無忤於二親者乎稱為孝子宜也有能公於財和於室五代不析居者乎稱為悌弟宜也臣請每一州縣歲舉孝子一人悌弟一人

勑下督撫給之匾額免其徭役得見官長如生員禮其或篤於交友敦慈惠厲廉節下逮僕婢之賤行有可稱亦令州縣隨時申請量加獎勸如此則化行俗美人知自愛矣又請責成州縣勸課農桑或別設農官專司勸課之任又言近見督撫於命盜兩案隱伏難明者止用自行招認四字援以定

罪夫奸黠之徒有抵死而不服者愚懦之夫有畏刑而自誣者然則有罪者幸免而無辜者受禍矣臣請命盜兩案必證據確然然後付法司閱實一有不當旋即駁正庶得慎刑之意時方嚴创參之禁故事每歲秋遣廷臣一人往訊於盛京自春徂冬羈候日久瘐死者衆公至録囚百五十人其疾病者至五十餘人斃者二人乃請繼自今创參之案専歸盛京刑部及將軍府尹隨時定案俾情輕者便予末減以廣好生之德得

旨允行著爲例其攝户部時閱漕項行追案自數

百兩至萬餘兩不等公言所追之案遠者五十年
近者三十四五年使其人尚存必已家業蕩然或
其人既亡猶復行追必且係累其妻孥使不得為
謀生計徒有行追之虛名究鮮
國家之實用臣愚以為免之便其他請廣言路裕
積儲汰浮糧省冗官平權量多切於世務人以是
覘公之用也會河南荒公據實以奏時
上已別有所聞
特遣刑部侍郎王國棟馳往賑濟切責總督田文
鏡文鏡旋奏公嗣子基孟本異姓不當冒官卷中

式公坐是罷歸
上即位元年公入覲
上憫公老
詔復原官致仕蔭一子入監讀書會疾作卒於京
師
賜金五百兩祭葬如禮公所為周易函書列四大
門曰原圖曰原卦曰原爻曰原占凡五十卷又釋
經文四十九卷為正集外有約圖三卷孔朱辨異
三卷易學須知三卷篝燈約旨十卷續約旨二卷
卜法詳考四卷為別集又約注十八卷續集十六

卷總一百五十八卷自昔言象數者未有若是其詳也公之善易世固多知之獨其施於家國政事之大者其言或不盡聞於時能傳道之者鮮矣啟豐謹備論之使人知公之所以善易者于是乎在故能邀

三朝聖主之知至没身而不替寧獨以其訓詁章句之業而已公卒以元年九月十三日年八十有二妻陳氏封淑人贈夫人以十四年十二月二十三日合葬於青龍河之源子四長壆縣庠生次次壆廩生次仲壆舉人俱早没次季堂生七歲而公

卒撫於長嫂甘氏以蔭起家順天通判至今官上嘉其才特遷刑部侍郎是能繼公之業以施於天下者公於是可無憾矣銘曰

易有三極經中尊乾元長善為之門俗儒訓詁滋紛紜太清點綴滓浮雲河洛未啟誰探根時行物生天不言惟公讀書師斵輪得心應手韋編溫立朝侃侃敷經綸體仁合禮志所敦地天交泰方氤氳翩翩失實嗟其鄰王言如日昭乾坤潛德有耀貽後昆青山萬古名彌芬有求遺躅尋斯文

芝庭文稿卷六終　　文

光祿大夫
經筵講官太子太傅東閣大學士兼工部尚書陳
文恭公墓志銘
稽古三代忠貞篤棐之臣罔不終始典學懋明厥
德用能左右宣力乂孚於萬民自秦以降法令滋
章當塗之士苟合時變詩書所陳動謂迂濶本末
横分内外决裂學失其統而人才壞毒流於民非
一日之故也
聖皇御世大道重光二三大臣往往能古訓是式
以忠實心達於政事贊太平之功兹非所謂咸有

一德者與臨桂陳文恭公當今
皇帝時任節鉞最久已而入相當世士大夫蓋莫
不推公之學以為有古大臣風公固未嘗以學自
名而人之推公者覘於其政而知之也公以雍正
元年舉鄉試第一成進士選庶吉士明年授檢討
遷吏部驗封司郎中攝文選考功兩司公正有聲
七年遷浙江道監察御史在臺中所陳奏務持大
體監生舊有考職之例試者多屬人為代
世宗知其弊
勑令自首而州縣吏胥藉是為擾害公請止禁其

将来而免其自首
上召見徵詰再三公申論甚晰乃退尋
允公奏
上以是知公
命以御史知揚州府得便宜奏事已而丁父憂上
官留之辭不許旋授江南驛鹽道仍帶御史銜攝
安徽布政使又丁母憂奉
命留任回乞假歸葬十一年授雲南布政使乾隆
元年以吏議降三級授直隸天津河道五年遷江
蘇按察使明年授江西布政使甫到官遷甘肅巡

撫未行調江西八年調陝西十一年調江西尋調湖北入覲時川陝總督慶復征瞻對陳奏軍事多隱蔽懼公發之乃劾公十二罷部議落職

上原公命留任明年再調陝西權陝甘總督十五年授兵部侍郎仍留巡撫任其冬入覲會河決陽武

上命公權河南巡撫往來河堤塞決口十七年調福建十九年復調陝西明年調甘肅再調湖南二十一年又改西安明年調江蘇入覲已而遷兩廣總督疏辭不許二十三年以總督銜還江蘇巡撫

任加太子少傅明年以捕蝗案削總督銜二十七
年以失察滸墅關奸胥部議落職
上命留任尋復調湖南權兩湖總督明年遷兵部
尚書入京改吏部公在外三十餘年歷省十有二
歷任二十有一所至之處無間久暫必究悉於人
心風俗之得失及利害之當興革者籌其先後以
次圖之每有興作人多以為難成既而輒就理或
當更代即以聞於朝責成受事者其察吏甚嚴然
所舉劾必擇其尤不肖者一二人他吏率凜凜就
法惟恐及已公之學以不欺為本與人言政輒引

之於學以為仕即學也盡吾心焉而已故其所施於家國上下之際者務各得其理人咸安之在揚州以廉惠為治淮揚被水民多流移公奏請民所過處官給口糧護送回鄉里得補入賑册報可造獄舍置田以益囚糧先是鹽使者令淮商於稅額外歲輸銀助國用自雍正元年始積數十萬注册報部然寔不以時納及奉部檄移取始行追徵公言新舊相仍虧欠日積請自今停輸助之欵以恤商人頌之

詔如公請在雲南時方用師猓夷運糧者苦道遠

公改為短運遞運法民便之山有銅廠向召民開礦以資鼓鑄後民苦廠官煩苛工費薄遂相戒不前公請量加工費除抽課外聽得自賣礦銅民爭趨之已而更鑿新礦銅日盛遂罷買洋銅之令立義學七百餘所刻孝經小學及所輯綱鑑大學衍義諸書頒行各學令苗民得入義學教之書俾通文告其後邊人及苗民多能讀書取科第公之教也初公之葬親歸也奏廣西墾荒之獘時外吏多以勸墾為功廣西報墾者少巡撫金鉷請令罷廢職官及外省官生墾田報部以額稅抵銀瀉官於

是貧利者多與有司相結按額荒冊責民報墾給之工本即以為己功又訪民間田浮於稅者冒為新墾起科報部多得官去報者至十餘萬畝然田不增而賦日益民甚病之公目覩其獘奏請罷前例

世宗命言之督臣尹公繼善分條定議會撫臣勘驗虛實今

上初元公恐撫臣尚護前失再上奏言有司勸民報墾百無一實又粤地磽薄一年畊必以兩年息地力計田三四畝始抵膏腴一畝之利若聽其冒

墾勢不能支民必流散請將報墾抵捐之田盡數
豁除不煩再勘惟民之願自墾者聽之
勅部察議而撫臣申辨至再公復極論其非是
上以公粵人累陳粵事恐啓挾持有司之漸曰有
天津之命既廣督楊公超曾與新撫楊公錫紱會
奏豁除抵捐之田一如公請公在天津訪求水利
時乘小舟沿河上下嘗曰老河兵是吾師也河間
滄景諸州最窪下特隄防為衛公相其夷險築遥
堤月堤縷堤又行放淤之法汛水盛漲多挾沙而
行導之由左口入堤停水沉沙復放水從右口出

如是者數四窪地悉平滿成膏壤又計北河全勢議濬黃河故道多開溝渠俾水歸於河河歸於海庶久遠無患害司河者以費煩寢其議爲江蘇按察設弭盜之法重誣良之令嚴禁親喪不葬及火焚親柩者在江西歲飢糴常平倉粟令富人毋遏糶遣官告糴於楚且招川湖之商商人各載米至更設廠賑粥發帑修城垣築堰埭令民就食於工其他在陝廣諸省遇荒歲酌盈劑虛以濟民食多此類也南昌城南羅絲港爲贛水所趨善衝突建石隄以禦之左蠡朱磯皆衆水之衝往往泛濫爲

災亦築堤百丈水患稍平江西居人族大者多立
宗祠置公田以通有無然好訟費皆出於公田公
仿呂氏鄉約令各舉賢者為族正平其鬥爭導以
禮法治陝西尤以農桑為先務陝西本古蠶桑地
近世漸廢弃布帛皆資東南諸省公立蠶局募江
浙閒善蠶織者導之令民種桑養蠶不能自織者
賣絲於官頃之利漸著西安華州織纁充歲貢又
勸民養山蠶種山著儉歲以充食又修治渠泉製
水車教民戽水之法鑿井二萬八千八百有奇旱
歲得以溉田河南歸德地窪下與宿遷為隣故有

巳溝以通下流久之淤塞公在河南疏巳溝歸德賴之既至福建値米貴内地俱仰食臺灣商人自臺来者例一舟不得過六十石闗吏因而厲之公請弛禁以便民從之在湖南歲大熟適江南飢公請發濵水倉穀二十萬石以濟之買民間穀還之倉又招民墾雲龍山下荒地禁洞庭居人壅水為田以寛湖流水不為患初撫江蘇時吏治刓弊公率之以勤立期限以清案牘與其廉者能者懲其貪墨者而人知奮恵蘇俗好華為具條約宴會服御不得過度止婦女毋遊観禁僧道為靡曼之音

而痛懲其淫者州縣官故以收漕為利窟乾沒無
已自尹文端公為巡撫時極意梳剔兩部肅然至
公申明舊章民用不擾自公去後有司稍稍得自
便而民乃益思公不置也前公撫江蘇者在我
朝推湯文正張清恪為最賢然二公俱遭讒搆賴
聖祖曲全之亦既不安其位矣公遭逢勝於二公
為
天子勤求民瘼彌縫補救矻矻不怠未嘗與人立
崖異要自不為苟同而人莫不稱公以為二公之
亞也公治南河大要曰其故道開通於淺俾入海

迅疾幹河支河互相貫輸俾毋阻塞在淮揚所請
疏濬諸河甚衆其支河晉民各開小溝以達於幹
時其蓄洩徐海諸州多弃地異時河流未通遇雨
輒淫溢河既濬水有所洩令民以開溝之土築圩
圍成腴田中通涵洞為旱潦備其窪下不能避水
者令民改種蘆葦栽其糧賦其他築堤岸修閘壩
多因地勢為先時之謀奏上輒
命與河臣議行之其在蘇州議開徐六涇白茆口
以洩太湖築崇明土塘以禦海開諸州縣城河以
通渠皆利民之大者公在吏部巨細無不詳審所

司持案牘白事當機立斷無留難旋加太子太保
二十九年
上特設漢協辦大學士以
命公三十二年遷東閣大學士兼工部尚書公在
上前所陳奏雖子弟不盡聞其他修舉職事非有
關民生休戚者玆弗著三十四年公有疾屢乞歸
上慰留再三三十六年春病甚始聽致仕加太子
太傅食俸如故
賜詩及冠服
命公孫蘭森送公歸會

上東巡公由潞河南下送
駕武清寶稼營
上慰問良久乃行六月三日薨于兖州之韓莊
上聞憫悼
詔入祀賢良祠
賜祭葬謚曰文恭公諱宏謀字汝咨門有古榕因
號曰榕門先世湖廣人明末避亂遷廣西家臨桂
西鄉横山下曽祖諱道威祖諱世耀父諱奇玉俱
贈資政大夫河南巡撫曽祖妣周氏祖妣駱氏妣
劉氏皆贈夫人公早歲刻苦自勵能文章内行脩

飭為諸生即以澤物為己任常曰吾生平恥作自了漢及入仕益講求經世策所與交多當世偉人慕古以人事君之義奏薦陳法屠嘉正李元直王喬林任宏業衛哲治俱可大用京察自陳舉雷鋐潘思榘自代

上詔求明經之士公再舉陳法及孫景烈世以公為知人所至尤加意書院厚諸生餼聘賢者為之師導以正學時至而面命之患諸生文不衷於理每試士必為發明孔孟之旨以反身實踐為歸他如社倉育嬰養濟諸堂必為之計畫有無慎擇主

者俾無以壼文塞責盖公之惠於士民者如此此可以觀其學矣公著書有養正遺規教女遺規以訓於家有訓俗遺規從政遺規在官法戒錄以施於民有學仕遺規以砭世之仕而不學者其奏疏文檄具載培遠堂存稿中公薨之年七十有六妻楊夫人先卒一子殤以兄子鍾珂為後乾隆六年舉於鄉孫三人蘭森官刑部山西清吏司主事次蘭楙蘭枝曾孫二人兆熙定熙女六人太常寺卿謝溶生太學生蔣本廡縣學生曹云瑢秦之埠陸之燦劉某其婿也曾孫女二人長適韋洽中啓豐

繼公入翰林與公先後同朝知公審又以養母隱
得親被公之化不忌於心公之喪過吴門既為詩
以弔之鍾珂將以三十七年二月朔日葬公于其
鄉東畔嶺之原而先以墓志請義弗敢辭銘曰
太平元老克承天休日嚴祗敬以告嘉猷公自文
學遂隸天官羣吏之治既詳且殫
帝選明德靖共正直公始親民獨攝諫職上德下
情公釐其間功雖方隅補天下患公勞於外之翰
之屏入為平章老成典型恩命洊至退若無憑乃
心報稱夕惕晨興豈無盤錯公忠不避豈無細過

帝信不忌昔有先正如湯如張公繼厥成行業彌

光世澤之長沐浴高厚易名司勳千秋永久

中大夫詹事府少詹事兼翰林院侍講學士

習先生墓志銘

啓豐少從習先生遊操杖屨者七年見先生檢飭言行動可師法教授生徒本末該貫成材者甚衆平生所事師中心誠服未有過於先生者也先生之卒也啓豐繫官京師越四年歸里拜先生之廬而殯猶在堂啓豐心慼促兩孤治葬具乃以乾隆三十八年正月十六日葬於陸墓帝字圩之阡而屬啓豐為之誌謹按習氏世居江西之新淦明初遷蘇州先生之高祖諱覺曾祖諱冲祖諱鶚父諱

晨兩世積善勤學見重於鄉里封贈如先生官先生諱寯字載展號謐齋年十七為諸生究心經史及先儒語録尤精於科舉之學康熙五十三年舉於鄉五十七年成進士選庶吉士繼入史舘每進呈文字院長覽之未嘗不稱善雍正四年以編脩充順天鄉試同考官是冬奉
命督學湖南時湖南學政奸弊叢積院中新設吏額爭以重利購之先生初抵任同官俱言院無養廉可招納此輩充官用先生曰今以賄收之將何以懲其弊嚴絶之綱紀肅然有請托者理諭之前

布政使宋稚佳聞而嘆曰清官患立崖岸如習公者清而有容世所罕見也與諸生論文諄諄然為之盡如塾師每貢士國子監尤悉心咨訪所舉多一時之傑如祁陽陳公大受其一也在任六年三轉至侍講九年四月還朝十一年遷侍讀學士晋少詹事而先生以父年逾八十遽請假大學士謂之曰

上意方注君盍少留且轉内閣矣先生曰吾父獨一子向所以不即歸者以父命故也今年益高恐終不相見安能姑待耶卒得請歸侍養者六年主

普濟堂白巡撫祁陽陳公增置沙田千餘畝至今賴之先生生以康熙十八年卒于乾隆三十年年八十有五娶董淋人繼娶楊淋人子三人廷亮早歿廷益廷衡女二人適汪均陶大濳銘曰

伊一世之師模兮篤於行而文副之涉沅湘以課士兮晉端尹而踐玉墀胡所施之方大兮眷庭闈而載馳似飛鴻之遠引兮遂終老於江湄憶執經而侍坐兮恍春風之在茲神潛移以寡營兮證懿修以逮期頤俛焉日有孜孜兮既知命而不疑卜昌熾於後裔兮惟德之長又何悲

徵仕郎内閣中書舍人蔣君墓志銘

吾鄉之族大而資饒者首蔣氏蔣氏之族其力學敦仁義好施與不以財為重輕而人亦不能以財重輕之者則首吾同年友敦人君諱應焻字元揆敦人其號也先世自揚徙吳高祖之達奉直大夫贈奉政大夫祖文源廩貢生考觀光康熙四十一年舉人俱贈徵仕郎内閣中書舍人妣張孺人繼妣趙孺人君六歲而孤哀戚如成人方入塾即知學問年十八與余同補博士弟子員曰相與訂交會文竹堂僧舍風雨寒暑無間息每拈題揮紙立

就筆騰墨飽輒冠曹偶文譽隆隆起當是時君之大父昆弟六人並恢大門閭炳耀鄉黨後起者席豐履厚視為故常君獨以樸誠儉約偕華門蓬戶之侶講習道藝就正於老師宿儒人咸重其器識雍正四年與余同舉於鄉乾隆四年會試魁禮經來告余曰吾所以不憚數數往來者為大父母望子孫成進士耳今幸獲第而大父母俱年踰八十吾不可以久留未及朝考而行已而大父母相繼即世君以承重主辦喪葬盡禮追釋服而趙太君亦垂老君自是遂無四方之志矣築書室購書數

萬卷自經史子集百家九流之書靡不手自鉤校甚樂也方大父之病亟也令計者持籍析產君憂勞侍藥物不一注視越兩月不戒於火計者謂所燬適君之貲君亦莫之辯也以是君之產不得與諸從兄弟比而人愈以是重君晚歲家益落窶之泰然君長余二歲與君交最早知君最稔又有姻婭之聯嗚呼君歿矣今應諸孫請誌君墓予能無悲乎既念君生長素封能不以豐約動其心則於生寄死歸之旨豈有疑焉其又奚所牽繫哉君生於康熙三十八年卒於乾隆十九年年五十有六

妻慕孺人先卒子男五人培均崟墀塈女六人孫男四人孫女五人培等以乾隆二十年十一月十五日奉君暨慕孺人柩合葬於長洲縣武邱鄉之新阡銘曰

其質厚其學醇謂俗甚漓而君獨守其真謂天難問而君志已伸覞曠度之無叵識德施之不泯歸幽壙兮卜吉宜有穀兮嗣人

文林郎蒲城縣知縣晉秩中書舍人加二級

頋先生墓志銘

頋先生諱楗字肇聲號隨菴先世自金陵遷蘇州曾祖諱國本明歲貢生有卓行私謚貞孝先生祖諱端考諱潘俱諸生以子濟美官贈通奉大夫先生少力學涉歷經史兼通術數之書屢赴省試不第乃循例謁選吏部初得直隸盐山令引見

憲皇帝目之曰是人風格老成改福建浦城至官屢斷疑獄釋被誣論死者二人時方重勸墾之令浦城故無曠地前官強民報墾已而稅之民苦甚

先生力請上官免其稅邑先賢楊大年真西山兩先生故無專祠先生出俸金建焉期年以母喪歸乾隆七年服闋補陜西蒲城縣蒲號劇邑會前官屢更畱獄至數百事先生取案牘入私衙不經吏手取次審決十年而獄清異時官徵錢糧聽吏收納無冊籍可按先生始造實徵冊設銀櫃令民自封銀投其中吏司會計而已賊殺王之博幼女前令坐其姊母與人通囘而致女死抵死罪者三人先生察其寃為力爭於上官前得雪雖以此見忤不恤也猾賊閆之發行竊數郡縣以賄通上下每

捕者欲蹤輒偵知逃去先生密跡之以他事往突擒之錮於獄又索諸餘賊盡治以法蒲城大寧乃設書院立義學教諸生徒須先輩名文為之式士咸奮於學遇大計上官以才首薦吏部列一等議敘先生久勞于外思得就閒循例為中書舍人既去蒲城人為立去思碑區其聽政之堂曰青天白日先生聞而嘆曰吾為民父母求無愧父母之實而不可得也今若此是重吾愧也因致書新任者令撤去之先生歸里後不復出建祠花溪祀貞孝先生置公田以供祭祀輯譜牒以合族又好為德

於鄉里若賑粥施棺脩橋濬渠諸事卒以身為衆倡所撰詩古文名碧雲堂集雅好碑帖纂金石考二卷以乾隆三十二年九月二十七日卒年六十有五妻何宜人封徵仕郎內閣中書諱燧女也性警敏吾知人情能贊決大事先生在浦城有富人徐納稅銀啓之則假銀也先生欲擿之宜人曰富人顧惜身家決不為此必受他人欺耳若遽擿之其家且破盡少緩焉先生乃密訪之果得造假銀者按其罪後至蒲城前令何故與宜人家通譜牒因遣使道殷勤宜人曰公事未畢豈可以接私親

諭使者退既而何之眷屬羈於蒲時復周其乏宜人通達大體類如此也乾隆十六年十二月十六日卒年五十一子五人長延年先卒次何昌副貢生次曾慶善常塗源女四人長洲學生郭元掄國學生韓穀瑞吴學生韓是升唐維墉其壻也孫八人思任思慈思誠思質思賛思立思振思曲孫女二人曾孫四人諸孫將以乾隆三十六年二月二十日奉先生及何宜人柩合窆於謝晏嶺之西金盆塢先期何昌来乞銘啓豐於先生為婣後輩自壯從先生遊熟知先生服官大節及居鄉事狀銘

何敢辭銘曰

吏道之衰兮人失厥守日中為市兮競利而恐後嗟哉赤子兮孰為父母先生之忠兮民用不欺先生之察兮民罔怨咨先生之勇退兮而民乃永思中年杜門兮其施不卒閨中良耦兮鼓琴與瑟扶顛起廢兮澤流不竭峩峨高嶺兮月照金盆松林翳密兮泉水潺湲勒此銘詞兮千秋弗諼

奉直大夫貝翁墓志銘

貝翁慕庭之歿也將葬孫子模等介其所親乞予銘其墓予謂銘者謚誄之遺非有善行雖親故不得私焉惟翁之善足於已信於人矣豈可無徵於後遂不復以不文辭按狀翁諱紹溥字載南號慕庭世為蘇州人曾祖諱啓祚本姓何其舅氏貝開仲無子取以為嗣更貝姓祖諱珽父諱鉽以商起家翁少長佐理家事強幹自力父有疾視湯藥者三載連遭兩世喪哀毀骨立卜兆於射瀆歲時上冢哀慕不自勝生平自奉澹泊衣無重綺食不兼

味至於見人之急見人之飢寒見公家利民事出其私財即如公家財一不以介意乾隆七年有司建社倉翁首捐穀五百石十二年米價騰貴翁出粟平糶取值減常值三之二曰吾不忍嗷嗷者填溝壑也其同祖戚屬有孤露者撫之如已子既長而婚分產授之中外族姻貧不能衣食嫁娶者必以告死喪不能殮埋者必以告悉猒其欲去百里內外築橋平道路必翁之倡及它利濟事瑣碎不可勝載年六十遇始生之辰諸子奉觴稱壽翁出一篋悉債券謂諸子曰焚之所以為若翁壽也年

六十五得瘰疾疾甚名貝氏何氏子姓諸姻親之黨至牀前欵語良久出金次第分贈下至婢僕罔遺者既乃屬家事命預治棺殮具謂諸子曰吾胸中無掛閡瞑目死矣整衣端坐而逝予初聞翁疾革時事心竊嘆異之及讀翁狀乃知其善之積於中者深非猶夫襲取于外以自文其躬者也妻袁宜人有婦德早卒翁終身不再娶子男子四人長模府學增貢生次琪吴學附貢生次棟候選布政使司理問先歿次桐國學生女子五人長適毛三壽次適國學生張元統次適程承璋次適徐鼎銓

次許字陸耀宗孫男子五人廷榮廷塋廷焱廷熒
廷杰女子十二人翁卒以乾隆三十四年孟春十
七日即以今年孟冬二十六日葬于長洲陸墓高
涇巷之原銘曰

貝之得姓派衍清河吴越之閒族大且多甥實承
祧介茲繁祉財以潤身穀以貽子閭門風尚既汰
而囂惟翁闇然德重不佻家用平均惠于鄉里稱
心而施視人如己自翁之殁遠邇生悲飢者寒者
孰噢咻之嗚呼貝翁無驕者師

文林郎陽江教諭李先生墓志銘

李先生諱德元字犿泰號蔚園其先居福建之上杭明初遷廣東嘉應州程鄉祖諱鄉父諱李開先生為人質厚有經世之志少孤即能自刻苦砥礪名節年二十二補諸生教授里中垂三十年其親承先生指畫者往往成進士去長子直亦早歲入翰林而先生晚乃舉於鄉試禮部中明通榜而已乾隆三年選陽江縣教諭兼署陽春縣教諭名諸生講習文字勸進以德業諸生咸風動有爭訟者為反覆譬解之其貧乏者助之金上官聞其賢每

詢以時務得失先生曰條析風俗患害民生疾苦
農田水利種樹所宜及開礦采金諸事指切利病
具有本末上官頗見采納高郵王尚書時為學使
心識之欲特薦不果乾隆十八年乞休去居一年
子峯出知旌德縣明年調太平迎之官先生謂縣
官民命所係一事苟且即有受其害者凡遇賑荒
平糶諸事必悉心為計畫峯亦善承先生志後峯
以失察人命事被吏議就質皖江先生偕以行時
年八十一矣僦居杜門日對黃山三十六峯整襟
危坐泊如也是冬遂以疾終時為乾隆二十八年

十月三日先生少時嘗攜金出易錢主人誤而倍與之其夜宿舟中明日舟且發矣覺其悞即登岸還之爲諸生學官欲以優行薦固辭曰士有百行豈易盡哉吾有何優而盜虛聲耶性澹泊敝屣不弃食餒必再進嘗謂峰等曰願汝等勿受非分錢吾如是足矣配宋孺人子四長直進士官翰林院檢討次茗副榜舉人次峯舉人官安徽太平縣知縣次峋舉人孫九人逢捷舉人逢會逢建皆太學生逢鼎逢時逢舉逢乾逢源逢暄曾孫八人女一適黄朝衛孫女六曾孫女四啓豐與立同年舉禮

部又同官翰林以是稔知先生今年夏峰以事入
都賫先生行述来乞銘云將以某年月日葬先生
某所啓豐義不敢辭銘曰
稽古儒官風化之首經正民興曰惟善誘末學澆
漓鮮克擔負土苴六經金印懸肘孰反其趨君子
之守孰洪其施君子之有教子為臣盡忠我
后惟
國之祥皤皤黃耇翻然擢蔵脱屣塵垢巀嶪佳城
如山如阜我銘是碑庶其永久

贈文林郎昭文縣知縣康君墓志銘

君諱惇字子厚自號曰還齋世為太原興縣人曾祖諱心月祖諱太雍父諱萬方君性濶達好義内行修化行於鄉人鄉之子弟憚君甚見君至坐者植立袒裎者率避去或遇君督過即不敢聞於其父兄其父兄聞之輒不齒其子弟也君有兄弟四人年既長議分居君拓地建屋數十間既成乃讓諸兄弟而自居故宅人或問之曰長兄吾所事弱弟吾所撫也吾不可以懷安故也故人張成負客責千餘金不能償以憂得危疾君往問之曰子何

憂責吾力能代子償之成叩頭謝曰甚善然成卒
病死君名容語之曰成之責吾已任之矣請焚成
券而立吾券容驚喜曰諾時君家已落卒如約終
君身償至大半及諸子既長乃盡償之君配王氏
善處困自君在時未嘗有愠色君歿後教諸子一
以君志行程之既二子基田基淵仕為縣每戒之
曰吾素安貧無以貧故而累汝志君生平好讀書
為文頃刻就獨不利科舉中歲棄去卒以諸生終
贈文林郎昭文縣知縣其卒也在乾隆四年二月
初四日年五十二以次年二月初八日葬於大園

墚先墓子男三基命國子生基田潮州通判候補府同知基淵嵩縣知縣女一適諸生孫晉烈孫男九毓錚殤銘貽國子生林鈞霖鍾儀鈞麟錚璟珍文鈞嵩鈞孫女二曾孫男三俊泗登泗章泗曾孫女一基田知昭文數年以藁能聞予故心識之頃奉母喪還太原踰年以書來告曰先君之葬也不肖弱不省事墓志之文闕焉今將啓窆以太宜人祔圖所以不朽先君者敢具狀以乞銘遂為之銘曰

井之渫兮人可食也家之肥兮斯及國也瓶之羸

兮我心惻也貽有穀兮子其翼也我銘斯兮為世則也

雲南馬龍州知州吳君墓志銘

吾鄉有修己好善之士曰吳君式亭嘗一試於時人莫不懷之無何去官歸獨以其善施於鄉人君歿既五六年而鄉人之思君者至今未已也君諱三復字式庭號曰南坪世為新安人君曾祖諱鳳奎始遷於蘇州祖諱九貢候選州同知封中憲大夫父諱有聲歲貢生君少而敏慧年十五補諸生旋貢入太學以貲為知州遭父喪不飲酒食肉者三年服闋赴吏部奉

命發浙江海塘董尖山海寧塘工以勞能著聲乾

隆十年除雲龍知州至鎮遠病即告歸居七年仍出補雲龍雲龍有鹽井二異時官私以為利君請於上官而除之既以母王太宜人喪奔歸二十年服闋補馬龍州州為黔滇往来要衝供億繁費君設法調度民以不擾上官或遣吏索藤牀君引吏入卧内示以所卧榻置木板焉吏大驚馳去民有疾苦寃抑必力言於上官得請乃已先後在官二十餘年常以私財佐公用故家日益落二十三年以病發告歸自楊安里移居盤溪棲心淡泊學釋氏之道往来瑞光開元兩剎間以此終老云君好

施與自三黨之親以及故舊其婚嫁死喪飢寒疾病不能自遂者悉有以周之擇地盤門外建普濟堂養老婦之無歸者費金萬餘兩又捐田二百畝其他爲惠於鄉里者多不可勝舉嗚呼何其善也余嘗論之善之積也著於事善之至也純於心著於事者善不得而無也純於心者善不得而有也通乎有無之際者可以語於道矣君之心不可見也試驗之以其事非誠於好善者而能如是乎君卒以乾隆二十九年六月三日年五十九妻陸宜人後四年卒子學祖年十九夭嗣孫鳴盛今將以

三十五年某月窆君於某原而以陸宜人及學祖柩祔焉乃為之志而銘之曰

泉之浸兮何弗濕風之振兮無弗入君之善兮人所急在家滿家邑滿邑反吾真兮龍斯蟄仰華表兮雲中立楊花飄兮被原隰我銘斯墓兮山鬼泣

封奉直大夫待次州同知汪君墓志銘

吾蘇汪氏自休寧来者多饒於財其仁而好施者必歸汪君伯仁君既歿而君之二子又好施州人有興作無小大踵君門而請者相屬也嘗出金千餘再新文廟及他浮屠之宫橋梁道路率先修舉者不可一二數然而二子者皆曰非吾等之能也嗜先人之志也君子聞之曰賢哉伯仁其終不歿矣先是乾隆二十年州人大饑且疫死者枕籍于道而郊野間尤甚甪里故有同仁堂為施棺所君大輸金為助得棺者以千計即買地葬之歲以為

常城中育嬰堂歲久人滿有来者君別令乳母養
之盡三十餘年活兒以百數其有殘疾者資之終
身平居樂赴人之急遇窮交恩意尤至其所加惠
常以他辭致之不欲受者以為恩也嗚呼如君者
所謂積而能散者耶予嘗慨夫人生之戚也以有
財者之好積也好積者之不能為散也一鄉中有
能散者則一鄉之戚者得紓焉由鄉而推之國由
國而推之天下使積者無弗散則戚者無弗紓矣
戚者紓然後禮義有所措而攘奪姦宄之萌絕矣
其去古大同之風何遠哉予故于君之行事而樂

為之志者也君諱士棨伯仁其字自號曰西岩先
世休寧人祖諱世華贈奉直大夫考諱有方贈中
憲大夫始遷於蘇君生三歲母韓太恭人卒又五
年而中憲君亦卒鞠於大母馮太宜人君事大母
如母居喪哭立少勤學已得咯血疾遂棄科舉然
好書録先輩格言為家訓教子孫君二子皆以諸
生貢太學而諸孫亦早歲有文君之教也疾急預
為終制而逝年七十有七時為乾隆二十五年八
月二十日配俞太恭人性寬厚能助君施後六年
而卒二子者長實炳待次儒學訓導封奉直大夫

太常博士次鼎煌授守巡道銜孫十人美基貢生授太常博士銜詞垣貢生待次州同知厚坤府學生畱喈吳學生德壎太學生餘殤者六曾孫五人曾鎮孫詮孫鈞翼鎬翼銘今以三十七年十二月既望葬於木瀆法雲菴之東銘曰

財如川兮壅則害流膏沃兮物所賴拯苦厄兮邦人泰皇降觀兮諸福沛子孫承兮施日大歸山邱兮澤未艾

芝庭文稾卷六

長洲彭啓豐翰文

志銘

光禄大夫太子太師禮部尚書沈文慤公墓

銘

乾隆三十四年秋九月丙戌太子太傅禮部尚書沈公卒於里第大吏疏以聞

天子憫悼作詩誄之

詔贈太子太師入鄉賢祠與祭葬如禮謚曰文慤

公既達立朝凡十年以樸謹淳直當

上意以詩受
上知嘗以詩集請
御序
上欣然允其請親製序畀焉先後
賜詩至四十餘篇
勑公賡和者多矣多至不可勝數公之詩以忠孝
為本以溫柔敦厚為教其中之所懷者未嘗不宣
之於言其見諸言者未嘗不陳之於朝
上以公為誠眷公不衰初公為諸生時與吳中詩
人結社城南城南人競稱公詩從橫山葉氏學業

數稱公詩新城王文簡公與葉善致書於葉亦稱公詩而桐城張公葯齋督學江南尤器公蓋公自爲諸生已有聲而詩名尤焯著云乾隆初舉博學宏詞科廷試被黜四年始舉於鄉年六十有六矣明年成進士選庶吉士七年四月廷試

上顧見公年老詢之知爲東南老名士也授編脩旋

召至内閣給筆札命和消夏詩十章詩成稱

旨自是後

上作詩多命公屬和八年累遷至侍讀學士兼日

講起居注官明年六月晉少詹事充湖北鄉試主
考官明年五月晉詹事
上召見與公論詩學源流升降因謂公曰張鵬翀
才捷於汝風格頗不及汝鵬翀故以詩受知于
上者也明年三月晉內閣學士時夫人俞卒于家
公請假歸將行
上復召見公陳先人遺德乞
恩追封涕泪并下
上憐之即
詔封其三世且

賜詩寵其行明年六月還朝授禮部侍郎入上書
房輔
諸皇子十三年充會試總裁官先是京察時公白
陳不職乞
賜罷舉齊公召南自代至是病噎
上命解職以授齊公而公尋理上書房事明年公
年七十七
上憫公老
命得致仕俾校讐
御製詩集卒事乃行

上謂廷臣曰朕與德潛以詩始以詩終矣嗚呼可
不謂榮哉家居二十年
上常賜詩及諸藥物慰問頻數十六年
上南巡
命仍食侍郎俸二十二年又
南巡進尚書銜三十年又
南巡加太子太傅食尚書俸嘗再入京祝
皇太后萬壽與香山九老會
上命工圖像親作歌以紀之嗚呼
上之知公寧獨謂其工文字而已公嘗和

上讀貞觀政要詩曰我
皇膺圖籙上希軒與虞一心念民瘼午夜猶勤劬
秉燭披往籍作範同盤盂戒偏中乃從弃駁純斯
趣還期弼直者俞哉兼咈吁勿俾魏鄭公擅聲貞
觀初
駕至蘇州
上作詩嘆美閭閻之盛民氣且漸淳也公和詩曰
風俗近華縟少實市廛殷富半安貧又曰頤占易
卦旅風井不詠詩篇大小東義哉其諸古豳風之
志　如四方水旱之災責成牧守補救之義一

一詩
上以是重之
賜詩曰嘉爾臨文不忌箴又曰當前民瘼聽頻陳
世徒見
上遇公之榮而不知公之所以獲
上者有由然矣其他奏對
御前者人莫得聞其見于詩者如此公晚歲主紫
陽書院以詩文導後進有一藝者必獎成之公性
和厚與人交不爲町畦之行不爲逆億與人語款
款不爲斬陗之言然至老而不失所守平居著述

甚富尤畢力於詩詩法漢魏盛唐尤以杜甫為準
的所選漢魏六朝唐明詩數十卷四方學者咸宗
趨焉其自為詩集三十卷古文集三十卷詩餘一
卷俱刊板行於世而矢音集四卷賡和之詩具載
焉讀公詩者咸斂手推服曰事君之道當如公矣
公不獨以詩鳴者也公諱德潛字確士自號曰歸
愚其先祖諱長壽明初自吳興遷蘇州居竹墩傳
十世至公曾祖諱世烈國學生祖諱欽圻長洲學
生能詩考諱鍾彥並贈光祿大夫禮部尚書母褚
氏贈一品夫人妻俞氏贈一品夫人子男一人種

松國學生女二人長歸章樹功次歸計嘉穀孫男
十一人維熙
恩賜舉人維燕維然維壽維杰維煦維魚維點維
默維照維君女六人長歸吳叙倫次歸李曾錫公
生於康熙十二年距卒之年年九十有七將以今
年十二月癸酉葬於元和姜村祖墓先期種松命
其子維熙走告啓豐曰願銘吾先大夫啓豐少以
父執事公嘗從公學詩顧先公宦達謬以文學被
主知乃不獲竭區區之忱如所以稱述公者每讀
公詩未嘗不愧且嘆也雖然銘公者非啓豐之責

而誰責耶銘曰
詩以言志芽姚雲鼓之舞之八伯倶卿雲有爛光
華舒周興雅頌文郁乎豳風流火昌王圖卷阿繼
之一德乎更或作誦清風如周召吉甫先後符中
心欵欵容瞿瞿離騷而降大道蕪天地不交德則
孤空起衰怨誰陳謨我
皇神聖文命敷出納五音政形需和聲鳴盛羣英
趨惟公樸淳古為徒以矢其音志不渝如谷應響
帝曰俞于年侍從飄白鬚皤然攜杖掇林閒時偕
洴雙谿樵漁值我歸老陪坐隅商山洛社相嬉娛

乘雲超忽淩清都蔚然詩敎千秋模我銘斯墓良非諛後有作者其嗣諸

芝庭文稾　卷七

長洲彭啓豐翰文

志銘

資政大夫前巡撫雲南都察院右副都御史正黃旗漢軍都統綏遠城左翼副都統甘公墓志銘

前巡撫雲南都察院右副都御史甘公以乾隆十二年七月戊申卒於揚州其孤士琪等來徵銘按狀公諱國壁字東屏號立軒姓甘氏始祖正宗開寶間爵二等伯食邑江西豐城遂家焉至受和隨

明成祖征遼東世授瀋陽中衛指揮復著籍瀋陽數傳至公王父應魁從
世祖章皇帝入關仕至石匣副將囘為漢軍正藍旗人父文焜由兵部筆帖式歷官至雲貴總督康熙十二年吳三桂反兵不支援絕文焜死之加贈兵部尚書謚忠果事具八旗通志公忠果第六子以難蔭肄業太學期滿
御試擢高等授河南陝州知州陝自經寇亂殘敝甚公撫綏土著招集流亡頓有起色州有泉曰珍珠泉牧豎則流涸久矣一旦觱沸遠近傳異之巡

撫顧公薦於朝除蘇州同知時大吏以賦役不均
題請丈量以委公公遂創清田議十九條行之
聖祖南巡公入覲屢蒙
温語
賜勁節字額命懸忠果祠是冬擢山西平陽府旋
調浙江寧波府首除六縣重耗禁海關水税時趙
公申喬張公泰交相繼撫浙江皆重公是時
聖祖復南巡駐蹕揚州顧問浙江循吏趙首以公
對既幸杭州公迎謁
賜御書朱子詩復書永貞字額諭云汝父盡節朕

未嘗忘此爲汝母書也明年特陞甘山道丁太夫
人憂服闋補山東登萊道削浮苛布寬簡清理庶
獄境内肅然三年擢江蘇按察使又擢山東布政
使其明年擢雲南巡撫時旱疫斗米二千錢公雩
禱時雨立沛獲有秋先是土司每因小忿相仇殺
公飭府縣官調劑撫馭苗猺以安久之撫遠大將
軍會陜兵取藏公籌畫輓運之宜水陸道途出入
便否民得不病而領兵都統違節制運不時達坐
是與總督蔣公同罷官復奉命往軍前効用
憲宗皇帝元年命撤兵乃得由西寧入口時羅卜

藏丹津騷動西寧路絕從者泣相視無人色議取
道四川公曰死生命也誰敢違
旨自藏至西寧無人烟其山盡童若髡拾獸骨馬
糞給炊爨遇雨雪輒斷火食公安之已而達雲南
補軍伍行又八年
召還朝授副都統旋擢正黃旗漢軍都統監造火
藥辦理八旗井田令
皇帝御極之二年補授綏遠城左翼副都統領兵
駐防供職四年坐同官事落職公為人慷慨有大
節好讀書晚而嗜易公餘焚香默玩未嘗釋卷偶

見古人云水止乃澄鏡明斯應遂知所用力久而有省判决如流未嘗有誤所著農圃要覽寔政條要諸書行于世公生於康熙八年卒於乾隆十二年得年七十有九妻王氏封夫人以某年月日合葬於某阡子男子二人士琪陝西延安府同知士瑞淮南儀所同知女子六人孫二人孫女五人銘曰

卓哉甘公夷險一節驥足方展不受繮絏有鳥高飛萬里一瞥西鄙陸梁總戎搗穴裨將踟躕中軍賜玦崎嶇輓運水草盡絕雪山峩峨胡馬悲嘶經

公往返大軍亦撤
皇仁浩淼臣罪湔雪績著
三朝年享耄耋天生偉人不蹈常轍銘諸幽宮千
秋永揭

通奉大夫巡撫湖南都察院右副都御史馮
公墓志銘
乾隆五年閏六月巡撫湖南右副都御史馮公卒
於官時湖南方有征調之役倚公才以辦軍事及
遺疏入
上驚悼
詔予恤典如禮孤子祁等以其冬奉公柩歸於鄉
明年春走使至京師以狀乞予銘按狀公諱光裕
字叔益號損菴世居山西振武衛今籍代州曾祖
如京官廣東布政使祖雲驌官禮科給事中父壅

官廣西南寧同知祖考皆贈通奉大夫公爲人精敏強幹熟於經世之務雍正元年以舉人應薦赴邊知雲南大姚縣至則清逋賦却土官餽遺未一年遷貴州銅仁府同知赴闕引
見時議取古州苗
上詢苗疆情形公謂苗人無知不宜盡殺宜隨機化導令繪版圖
上韙公言復諭有見當直陳公因奏言清浪平溪二衛隸湖南不如改轄於黔爲便
上從其請比公在道即擢思州知府又調永北知

府雲南諸府皆在金沙江南獨永北孤懸江外與蜀連界苗猓竄其中有事則兩界交諉總督命公往勘公輕騎率十餘人抵境羣猓從谷中譟而出挺刃相向衆懼欲走公曰走將安之回策馬直前諭以利害諸猓環跪聽命各散去總督薦其才調麗江知府兼理永北府事俄陞雲南驛鹽道副使時東川烏蒙猓夸叛鎮兵逗遛不進公請於總督夜馳至軍與鎮帥畫策進討平之旋擢按察使東烏初定俘獲累累公盡心聽讞矜全者甚衆

上知公廉幹特授貴州布政使古州苗叛丹江台

拱諸寨皆警徵兵會勦公指畫餽運無愆期招来
流亡給以衣食難民復業又請蠲額徵錢糧以甦
民困會今
皇帝嗣位得
諭旨連蠲三歲賦額黔境以寧乾隆二年入覲返
請免南籠安南二處塩稅裁革婺州濯水二稅口
部議格不行四年春奉
命巡撫湖南鎮筸紅苗亂公集兵攻之擒馘甚多
不三月而奏捷
天子加恩議敘會疾作請假調治聞綏寧苗人勾

結粵猺謀作亂即咨兩粵總督豫籌協捕事已而疾劇遂不起拜遺疏言城綏兩邑僫於兵燹請蠲今年租公至死而不忘勤民如此生平自奉澹泊篤於親故急人之難治官遇事剖决如流無巨細悉身親之湖南壤錯黔粵值苗之蠢羽書旁午每至丙夜不少休愛公者頗引諸葛君食少事煩為戒迄不能改也先是弱冠時居南寧公喪毀瘠致痰癖卒以痰癖終生平好書無所不窺著柴門老樹邨稿詩歌雜文雄駿有奇氣精六書篆籀之學生于康熙二十三年得年五十有七夫人王氏

子二長祁翰林院編修次鄭舉人女五張寧禧王
垂繹羅頊齡范清洪孫孝緒其壻也孫男廷丞廕
生廷正廷工廷立廷奎孫女三以夏六月二十八
日葬于煙旺村之東南原銘曰
漢室名臣二馮為儔世濟其美克奮厥猷損菴挺
生亶明其志兵律素嫻邊圉攸寄黔山矗矗滇水
決決心傾棘長歌冷竹王
天子曰咨往撫南服用集乃勳鋒車其速横戈草
檄行藥閧颸以勤
王事以報

主知欝彼新阡兆食其墨澤流後昆功宗篤弼若
堂若封銘於幽宮凡百有位勗爚蓋忠

資政大夫總督倉場戶部右侍郎蔣公墓志銘

公諱炳，字曉滄，一字晴崖，陽湖人。其先居常州之義興，五世祖敷始遷于府治。曾祖諱士英，祖諱紹元，皆以公貴贈資政大夫；曾祖妣吳氏、祖妣王氏皆贈夫人。考諱梧，嘗仿朱子社倉法行於鄉，封資政大夫；妣張氏，贈太夫人。生子二，公其長也。公自少魁岸，負經濟畧。雍正四年舉順天鄉試，七年考授中書舍人，直軍機處。十年，鄂文端公經畧西陲，請以公偕行，比還，授廣東道御史。乾隆初

上屢詔求直言公上疏極論進退黜陟之宜反覆數千言其大要歸於裨
主德尊國體
上嘉其剴切特
詔部紀録居言路先後凡四年章凡十餘上嘗言守令宜久任以責實效其未滿三年者不得輙行遷擢又言州縣徵銀之弊請飭下有司以部須定額刋示民間俾吏胥無得暗行飛洒又請撤太原保定額外兵以省煩費又請禁按察司删改供招以慎刑獄又言漕務通弊請嚴書吏抑勒斛手浮

收以除民累
上皆勅部議行元年冬擢翰林院提督四譯館太
常寺少卿明年夏以天旱奏請疏滯獄免各關糧
税五月奉
命祭金太祖諸陵路出良鄉房山諸邑見兵民廬
舍多被水還奏請遣官賑卹秋又請除武進陽湖
役田租以甦民困冬以母憂去官五年服除赴京
補原官累遷順天府府尹七年順天旱請緩征新
舊錢糧八年會
上謁

陵條奏調發民車事宜五條行之又請增廠減糶竝給米二百石於養濟院諸處收養流民又請發帑往奉天買豆數萬石由海運至天津俱報可九年春奏直屬有井地悉為上產請飭各州縣給民口糧於少水處掘井既可變磽瘠為膏腴兼可以工代賑是歲夏旱五城設廠糶官粟而遠鄉之赴糶者苦之公請發米四萬石於四路同知處分設四廠以就民便

上遂行之十三年冬授兵部侍郎仍理府尹事十西年請燬直屬淫祠以修義學及養濟院十五年

請發帑給車户置官車平時聽民間私賃遇徭役
調集應用由是畿民之有車馬者益得休息十七
年春奉
命巡撫河南會往歲河決陽武凡水所過諸邑民
不得畊種回請借給口糧籽種及緩征新舊錢糧
各有差是時山西陝西亦皆旱公預儲粟十萬餘
石已而山西檄適至即撥遣之十八年春
上以陽武封邱延津武涉諸邑累被水
諭緩征積欠倉穀公請並緩祥符等十八州縣商
邱永城等五州縣其秋陽武再決堤壞四十餘丈

晝夜堵築閼數日而成民間被水者不待奏報遽發帑給之遂開茆河以灑河流而河患稍息二十年西路兵由河南赴陝公預為備自安陽至閺鄉分十五臺每臺車馬令其一日負載一日空返擇平敞地設營募商為市食兵至復躬往監之兵入境出境歷五十餘日而民間若弗知以父疾請終養

上慰留之夏封公卒持喪歸明年冬再起為河南巡撫中途調湖南二十二年秋前布政使楊灝以侵帑下獄當會審時公以緩決讞不稱

旨謫赴軍臺明年春
召還仍令直軍機處尋出為甘肅布政使公至官會所屬洊飢親往巡勘所奏賑卹事一如在河南時時西陲方用兵徵發旁午公擘畫經費每夜治軍書申旦不昧奏銷三百八十餘案軍務告竣
上念公久勞遂有總督倉場之命而公之心力亦瘁矣公生平善知時務慷慨自奮中外所設施皆有成效每與同僚論天下事條析井辨若指掌上文好獎率後進推挽不餘力里居時置義田三百畝以贍族歲飢輸金以賑鄉人德之督倉四年以

乾隆二十九年十二月十九日卒年六十有七明年秋其孫將歸葬公于其所賚行狀及奏稿數卷乞銘於余余故公同年友又稔知公乃書其大槩歸之夫人陳氏事姑謹能飭其家政年二十七卒祔公葬繼夫人楊氏子四長麟昌翰林院編修先卒次龍昌山西永寧州知州次熊昌户部廣東司主事次騏昌國學生女四壻國學生沈鄭方其史其一未字孫四純裕國學生純禧純耀純祜俱幼孫女三曾孫二壬祥壬喜曾孫女一銘曰

英英蔣公天質挺拔惟靖惟共讜言奮越

天子毗公屢膺節鉞宣敭中外心力單竭公今往矣餘風有眣行蹟在人粲如眉列子孫繼之溯乃貽厥陽湖之里高墳嶭櫱銘兹幽堂垂于来哲

[illegible]庭文稿卷七

十三

奉政大夫澤州府同知宋先生墓志銘

宋先生省齋之喪卜吉於乾隆二十六年秋八月葬於斜塘之墓孤有元先期以狀来乞銘時啓豐方奉太夫人之喪相對閔默泣下沾襟而啓豐於先生從子婿也素親几杖生平行事最悉何敢辭按狀宋氏系出雒陽宋南渡遷長洲累世以仕宦顯曾祖如琮贈文林郎祖之玠贈奉政大夫考德受候選都司斷事與相國文恪公為雁行生丈夫子五先生行四諱勤業字彬来省齋其號也先生幼而端静謹恪無綺襦紈袴之習與吴下名儒

爲師友鏃礪問學恂恂善下里中人士交口稱譽之都司君方謁選卒於京邸先生偕仲兄徒跣北行迎柩歸哀毁僃至事母周太宜人先意承志殫色養侍疾衣不解帶喪葬克慎終昆弟閒怡怡無閒云以樂輸例授順慶府通判平市直嚴緝捕謹保甲攝仁壽縣篆改署南充皆有惠政脩寧遠城工工集而人忘勞雍正十三年量移澤州府同知

恭遇

覃恩晉授奉政大夫贈封二代如其官澤州分駐攔車鎮鎮在太行山脊塗隘而險峻先生捐俸脩

三百八十餘丈人共德之設立義學延名師月集生童課文釋
聖諭廣訓鋟板頒諸全省以為化導先問民疾苦煦煦無倦色遇對簿笞榜掩耳不欲聞其天性慈祥如此乾隆十一年春
聖駕幸五臺百務立辦上官以為能將列名薦牘而先生幡然決計引年歸矣去之日萬民遮道攀衣至有涕泣者先生既歸杜門屏跡然諮訪民間利病遇公事期會必昌言無隱遇宗黨有急則周之友朋匱乏輒贈遺之乾隆二十年吳中飢出粟

以濟性淡薄敝衣疏食以爲常旁無姬妾戒子孫以遠紛華絶奔競爲要務宗姓子弟多通顯令嗣亦登仕籍而先生處之愈歛然妻施宜人有淑德先卒先生卒於乾隆二十五年九月二十日年七十有五子有元太平府通判嗣元國學生爲諸父後孫經邦綸邦銘曰

起家仕族績著循良并州蜀道遺愛孔長飲氷示潔薫聲載揚早賦懸車桒梓徜徉萬石有訓圭臬其鄉胡不耄耋喆人云亡宅此幽墟湖水汪洋子孫嗣顯雲仍永昌

資政大夫戸部右侍郎宋公墓志銘

國家慎簡侍從之臣試以民事洊膺方岳節制之任其人往往能以功名顯世之論者於文學政事每岐而視之非也予鄉侍郎宋公初以翰林屢奉命校士既而敭歷中外得展其幹濟才聖天子方倚毗之遽得疾以終不盡其用是可惜也公之喪既自京師歸越一年孤思仁狀來請曰先大夫葬有期矣敢請銘予乃按狀而志之曰公諱郎綬字逸才一字况梅世為蘇州人曾祖諱王年明諸生祖諱兆鶴歲貢生選授河工州判以二

子官贈刑部郎中再贈翰林院編修考諱照官編修長于經術乾隆初舉博學鴻詞復以薦分纂三禮旋卒於京師累贈山西布政使公年十八為長洲學生又四年舉順天鄉試乾隆元年成進士選庶吉士以父喪歸服闋赴官六年授編修纂修三禮告成總裁咸安宮教習擢侍讀充日講起居注官明年典河南試遂督學湖北已而改山西復還湖北其按士也每導以寔學凡選貢必考其行履衆議既合而後進之以母憂歸服闋補侍講十九年出為川東道再署兩司事恤寃獄治奸宄而民

以請二十一年擢湖南按察使司兼攝糧驛鹽道事公為人通敏善知物情長于應務雖履繁劇而裕如簿書細故初不以假人每有奏議輙報可以故大吏咸重其才頃之擢廣東布政使司其政尚嚴吏民皆慴伏二十五年調山西攝巡撫事減冗兵數百人以河曲移治河保民便之明年授湖北巡撫未幾以前任歸州盜案落職奉命往襄漢閘治隄工二十九年起為西安布政使司旋巡撫廣西時邊地奸民或依阻山谷連夷獠謀蠢動公至探其穴擒巢魁而誅之曰請設流官

於小鎮安以資彈壓用重法以懲奸民安良善
上可之勸民墾荒地歲收穀數萬石居三年入為
兵部右侍郎三十四年調户部明年正月六日陪
祀於
太廟中寒歸越夕而卒年六十公居平儉約無聲
色服御之好躬孝友之行嘗建宗祠置贍族田鄉
黨咸稱之予與公故世交公雖貴益善自下無矜
容每見予執後輩禮唯謹至其議論時務剖決是
非洒洒清辯無滯礙予以是樂與公相接而嘆其
深遠不易測也予既致仕歸冀公久在朝為

王家盡力以贊隆平之治乃未幾而公逝矣悲夫妻蔣氏封夫人子男思仁官簡州知州思義爲從父後先歿思敬府學增生女一適貢生葉樹蕃孫男三人榮林寶琳林爲思義後女二今將以三十七年九月初八日葬于吳縣吳山之陽銘曰

我吳望族系出廣平奕世載德乃昌厥聲公秉夙植嶷然早成衣裳在笥詩禮在庭藝林標幟雞壇主盟金馬玉堂掞藻飛英軺車載馳鑑空水平爲屏爲翰攬轡澄清懷哉郇伯陰雨斯零進秩農部宣勞列卿謂年未耄夙夜浚明曷不少留雲旗上

徂靈兮歸里故友泪傾吴山之陽新築佳城詒爾
孫子繼繼承承幽堂勒石千秋永貞

修職郎南城縣縣丞尤君墓志銘

君諱世學字武書號靜溪先世家無錫諱臣者始遷於蘇州曾祖諱淪太學生以子侗官贈翰林院檢討祀鄉贒祖諱佺諸生贈文林郎父諱琦太學生授州判職贈脩職郎君少有異禀長而善屬文就省試弗售入都試職淂縣丞待選雍正二年督撫舉送河工已而改歸督撫送塩場署餘東大使君請上官曰恤竈户貸以官鈔平價而收之時竈户苦貧多私賣者君故以是為請從之人以為便既而撤還歸舉人班待選還家丁父憂服除乾隆

七年冬以樂善好施例選宿松縣丞十一年婺源被水災上官檄君運安慶諸屬常平米賑之自鄱陽泛舟至彭澤遇大風蕩舟衆皆失色君曰此米乃億萬民命所託

聖天子仁心實加被焉其必無患乃祝曰湖神有靈急来相視頃之風定遂掛帆而渡既至婺源知縣即邀入官舍置酒張樂君謝曰災黎未撫其敢宴飲為樂乎遂納米于倉曉示居民翼日盡散之十二年以薦調臨淮興時官舍食塩取給于市賈君昌言罷之歲饑設法捕蝗為諸縣最頃之署泗

州通判兼理懷遠關務十九年汰臨淮并鳳陽君應歸部選遂家居二十四年選南城縣丞旋署雩都知縣事以安靜為治已復返南城三十年江西大水建昌米價騰貴君請發常平社倉米萬餘石平市價從之市價以平是歲攝縣事明年以疾乞休去官日闔縣人置酒街衢或獻萬民衣及繖同官送者相顧語曰此愛民寔效也君歸又三年卒年七十三妻李孺人繼室施徐二孺人俱先卒子男四秉復國子監生先卒龍光元和學生秉履國子監生秉節女五人皆適士族孫男七人正德其

承重者也孫女六人曾孫二人諸孫将窆君於吴縣甑山之旁先期来乞銘余與君為同學友稔知君遂為之銘曰

枳棘兮栖鸞露宿兮風餐惟為政之子諒兮全令名于蓋棺脱埃塵兮觀化樹松楸兮山下爰啓佑兮後人仰德馨兮無射

奉直大夫待次知州袁君墓志銘

袁氏之先自汝南遷蘇州當明化治間有隱君子者曰介隱先生諱敬生三子長諱鼎嘗為慶符教諭有子諱獻可孫諱東兩世並以孝行著其後五世孫諱志鑑者待次州判贈奉直大夫慷慨有大節好施與鄉之人倚以為重生二子君其長也君諱永涵字森如又號柳邨弱冠遊太學試授主簿以父年老尋歸侍左右父病視湯藥累旬不安席父沒號慟絕而復蘇旋遭母喪既葬廬於墓有弟市遼陽舟溺盡沉諸戚友貨殫家財不能償為所

訟君分財償之事乃已弟有疾醫者各異方莫能決君涕泣禱於天卜得一劑飲之立效乾隆二十一年由江賑例晉知州並為弟輸財得官未及選而弟卒君慟良久自是後常默默不自得以終其身君既篤於倫理又能赴人之急凡族中鰥寡孤獨及戚友婚嫁殯埋之不能辦者周之惟恐後有來乞假者積券成帙已而盡焚之二十八年冬大吏奏修城工君先輸財以助里中有公事輒為衆率先曰往役義也其勇於為善類如此予竊慨吴中巨室競為奢靡馳騁於聲色蒱飲之好或擁財

自衛織畚以市怨於衆不轉瞬而子孫敗之其阽於貧蹙者比比然也惟袁氏世多賢者而君尤善承父志以孝友睦婣任卹之風著於家庭施於州里宜其後之昌熾未有艾歟君卒于乾隆三十二年四月年六十有七配汪宜人歸君半載而殁繼室以其娣能習勤苦教子有法度先君一月餘卒年六十有四子二長廷櫆貢生次廷檮女五一適教諭龔進藩一適刑部司獄董家駒一適州吏目毛學灝一適國子生陶秉印一未字孫二兆熊兆羆孫女二廷櫆將以三十五年十二月十日合葬

於吳縣奉慈山之阡先期來乞銘銘曰

吳右族袁首推世載德沛厥施綿葛藟庇本枝均食飲無寒飢式薄俗敦民彝卜佳城傍奉慈勒貞石無諛辭

今所刻醫書皆名大椿雖其後所改者耶

儒林郎徐君墓志銘

君諱大業字靈胎自號洄溪道人世居吳江祖諱釚康熙朝舉博學鴻儒官翰林院檢討父諱養浩授州同知不就選老於家君性通敏知時務喜豪辯跌宕江湖間自年少時已落落自奇異不肯同于人初學時文薄其道遂覃思周易道德陰符家言久之有契乃旁搜天文地利音律技擊之術精意鍊習得其要領其於醫理尤邃上下數千年窮源達流參稽得失書之于辭沛如也以諸生貢太學尋弃去專以醫治人數應人請往來吳淞震澤

閭曰以曉知諸水源流順逆淺深通塞之故其浚
縣有興作君輒正論鑿鑿持是非有司不能奪常
委曲依從之乾隆二十七年巡撫莊公欲興水利
將開震澤縣七十二港以洩太湖下流水君白言
其五十餘港非太湖下流開且無益又將壞室廬
墳墓不可算數惟附城十餘港為湖下流濬之便
回道有司相視卒從其言時諸大吏稔君才又見
君論事剴直回民之利多所補益咸引以為重會
天子聞其善醫
召之將授以官辭免三十六年再

名卒於京師年七十九
詔賜之金贈儒林郎君平生著書甚具多自得之
言嘗創新樂府曰洄溪道情警動剴切士林誦之
妻周氏繼殷氏子三人長煥次爔次燝孫五人埏
曾祖培埼垣君出自汲水港丁氏故與予為重表
兄弟少而相習既老猶時時往還閒歌詩相贈答
以予平昔戚好之閒求如君之傑然自立者亦已
罕矣子煥自京師以君喪歸將以卒之明年十月
六日葬於吳縣石湖之濱而屬予為之銘銘曰
君之醫世所師陰行善人不知其骨俠其心慈時

屈伸道有之貽厥子昌其施

墓表

朝議大夫翰林院庶吉士韓先生墓表

先生諱孝基字祖昭先世自鳳陽遷長洲曾祖治祖馚皆贈資政大夫禮部尚書父菼官禮部尚書謚文懿先生為文懿第三子少承家學能文章康熙三十八年舉於鄉明年成進士入翰林是時文懿以文章負海内望學者稱曰慕廬先生四方名士爭趨之曰樂與先生昆弟遊既得假歸里旋奉文懿諱免喪後奉母李太夫人十餘年不離左右雍正初

世宗憲皇帝重開明史局總裁疏先生名
名赴闕下以原銜食俸分纂明英宗景帝本紀及列傳數十篇事竣移疾歸公于經善三禮之學于詩歌喜陶淵明自號曰東籬子篤本行事伯兄如嚴師友愛諸弟無間言族黨有匱者以時周之窮無所歸者分以室于朋舊知交尤惓惓焉嗣君彥曾入翰林思以終養告先生鄙書敦勉不許遲之乃乞歸乾隆十六年春
皇上南巡吳中紳士跪迎道左公年八十有八矣步趨康强

上特召見行宮慰問者再自浙回鑾
御書家學耆儒四言以賜之蓋
上每念慕廬先生時為廷臣諭及之故加
恩於先生者如此先生生于康熙三年正月十九
日卒於乾隆十八年正月初八日年九十配范恭
人先卒子六省曾歲貢生彥曾進士司經局洗馬
慶曾舉人内閣中書仕曾太學生萊曾舉人悅曾
太學生出後季弟孫九人承詩太學生承源舉人
承澍承昌承穀承泰承萱曾孫男三女八孫女十
三曾孫女五今以乾隆廿六年月日葬于吴縣之封

阡沈侍郎德潛為之銘啓豐與彥曾同舉於鄉於先生為通家子熟先生行事因為文以表于墓隧之阡

奉直大夫李君墓表

君諱秉鐘字士聲吴縣人也以善行聞於鄉天性淳篤生平少機事遊于賈有士君子之行葢以賈為學者久之有省曰為學之道不外一誠而已因自號誠齋少入塾就傅慎容止進退不踰尺寸習句讀無一字横裂所業書帙歲久嶄然如新長而病瘵弗竟學大父命為賈自是恒居闤闠其進止視在塾時不異也接人和厚未嘗厲聲叱僮僕有來學賈者自五尺以上對之欽欽與人書無急就者隣家失火君方把筆作書從容如平時書竟火

亦熄居常操物奇羸未嘗鬥智巧或為人所欺既覺弗與校也每戒其子曰寧人負我無我負人復曰第言人負我我已負人矣君之自反者如此晚而喜太上感應篇晨起必跪而誦之子大夏好泛覽內外經教君曰汝曾遊思高遠能行淂尺寸否如我老人所誦持一文一義皆可見諸行事也在鄉黨閭遇利濟事必輸金成之而常不欲人知曰陰為善斯成德矣陽為善斯務名而已然則君之闇脩密踐人所不及知者亦已多矣子曰古之學者為己今之學者為人如君者其有合于古之學

者之道與君先世以科名顯自曾祖以下則為賈然皆好施稱善人蓋君之所以成身者有自来矣君卒之年七十有三納粟為太學生以子仁濤授布政司理問得封奉直大夫卒前一夕有微疾既就寢越宿而逝時乾隆三十七年正月九日也君之葬寧都羅生有高為之誌矣其家世子姓不待予而詳也予獨表其言行之懿者以為今之學者告焉

芝庭文稾卷八

長洲彭啓豐翰文

行述

封承德郎左春坊左中允贈光祿大夫吏部右侍郎加一級惕齋府君行述

府君姓彭氏諱正乾字存誠號惕齋先世江西清江人明洪武年徙吴為長洲縣人高祖蓼蔚府君諱汝諧萬歷丙辰進士曾祖敬輿府君諱德先吴庠生祖一菴府君諱瓏順治己亥進士官廣東長寧知縣父南畇府君諱定求康熙丙辰及第官翰

林院侍講兩世皆贈光祿大夫吏部右侍郎府君生於康熙十八年五歲就塾受孝經小學通句讀七歲喪母李太夫人哭踴幾絕越四年一菴府君卒府君體素清削接遭大喪積勞損祟立輔醫藥自持既免喪讀書凉暖率常至夜分前後從顧揆能王友竹二先生學兼躬職家事南畇府君治家嚴諸子有過輒加督笞弗貸獨府君承命順意未嘗致訶責然所以策厲之者甚至要於反本務寔則古昔毋追逐時好張公朴園者南畇府君同年友也督學江南府君視親意欲子弟引嫌不與試

遂遜謝不往久之南昀府君除服詣京師補司業擢侍講公卿爭相引重而恬於仕進即請告歸里閉門集先儒書發其藴導諸來學清風淳德模範鄉國至上達

主聽恩禮有加居三十年而卒也府君自親在時未嘗離左右及居喪盡哀坐卧苫次終三年刻遺文藏於家歲時上冢必伏地長號先是伯兄力仁府君得心疾以卒府君悲悼不自勝孤有疾躬視藥飲教子嚴明常舉先人德業為啓豐兄弟言不令一日廢學出遊娛也自四十歲後不復應科舉

益厲精求寔學

世宗憲皇帝元年

詔舉孝廉方正有司欲以府君應辭不就已而舉

為鄉飲大賓五年啓豐以進士及第列官於

朝蒙

恩進用不次府君益温温惴惴畏盛滿平生每言

守官大義在小心黜已舉達賢俊毋空名受禄及

啓豐居官府君手書飭厲申此意焉所坐齋舍四

壁悉書格言以自儆手錄先儒書積卷帙甚夥尤

喜王少湖先生俟後編終身行之家儉約門無

雜賓博奕之玩不陳於前俳優之技不接於目與人和而有禮春秋佳日具蔬脯醇酒會親朋甥姪昆弟飲食與相娛樂至勸進德業繩過失語言切直聽者為竦然老而病目六經古文日暗誦不廢偶有遺忘輒令童孫讀而聽之往時隣家失火風烈夾道焚府君肅拜而祝之火尋滅又嘗泛舟湖中舟覆以救免乾隆十一年十一月廿六日卒年六十有七以試授州同知雍正十三年

恩封左春坊左中允乾隆十六年贈光祿大夫吏部右侍郎加一級子男二人啓豐啓鎬女三人陸

國瑛陸修鯤宋允康其壻也孫男六人紹謙紹觀紹咸紹升紹晉紹頤女四人一適莊培因一許字錢荃殤一許字蔣煇曾孫男一希韓女一男啓豐泣血敬述

年家子韓彥曾填諱

顯妣太夫人行述

太夫人姓周氏先世自常州遷於無錫翰林院學士緘齋先生第四女也太夫人當生一夕祖母李太宜人于佛前焚香見庭樹上有燈烱然毫末盡照幼讀書通孝經小學年十九歸先大夫惕齋府君事舅南昀府君孝謹時姑李太夫人已前歿不逮養太夫人常自憾也先大夫齋居修學家貧又善病凡祀先飾廬制衣作食問遺親友事太夫人畢任之不欲經先大夫思慮也南昀府君為人威嚴束下尤峻羣子婦雖恐慄不敢有差不稱賢獨

賢太夫人啓豐甫生而有疾哭無聲太夫人置懷中治視勤劬晝夜不自安及稍長自授書讀既而迎師學問供脩脯惟要啓豐補諸生連試省闈不第太夫人輒以義命相寬勞自若也南畇府君卒佐先大夫供殮葬事一如禮雍正五年啓豐始出仕太夫人歲具錢物致京師曰欲兒稱意任職無干求親舊以滋過也啓鎬故習舉業嘗屢試省闈太夫人教之曰名無難也所以居之為難耳啓鎬遂治圃習種藝不復就省試十三年

詔封安人乾隆十年啓豐官刑部侍郎其冬先大

人卒啓豐奔喪居廬太夫人以田宅財物分與啓
豐啓鎬曰吾昔至汝家田不過二頃宅不滿一區
與汝父勤苦五十年一絲一粒不忍弃之故至此
今以付汝等為後人讀書衣食業優饒矣訖三年
啓豐詣
闕還吏部侍郎十六年封太夫人
上顧問啓豐汝母年幾何矣啓豐以實對
御題慈竹春暉四言以
賜焉旋奉
命再督學浙江得迎養太夫人于官二十一年啓

豐上疏乞終養歸又三年太夫人年八十矣而視聽不衰亡何有疾遂不起時□二月之二十八日也太夫人性淳樸不好華飾舉止秩然敬庶姑宜妯娌愛子婦卹孀族常製冬衣給鄰里窮人母過宜人卒未葬持錢目往襄葬事春秋遣人覘其墓保母孫早寡相依三十年年八十餘歿為請旌建坊于墓孫故鄉民而以節著太夫人教之也冢婦歿太夫人慟哭親視殮自是常悲思不已平居痛吳中風俗驕奢人嬉惰身自漚麻績為家人先自晨及夜不休拇指中濕生癭天雨輒痛兒輩

頗諫止曰吾未嘗以為勞也嫁時盛服至今如新
享年八十子男二人啓豐啓鎬其他詳惕齋府君
行述不復著男啓豐泣血述

卷八　六

亡妻宋夫人述

宋夫人行一世為蘇州著姓贈中憲大夫鼎来公女也性仁孝自少端重通孝經小學女誡曉習書計精女工家人稱之年二十来歸舉動一循禮法先大夫　太夫人皆以為賢余為諸生十年夫人操作勤苦不以貧故累予雍正五年余始仕於
朝夫人至京師躬中饋之事時余入直
內廷辰入酉出不暇內顧夫人常質諸簪珥儲錢以待用乾隆二年以　先大夫年近六十夫人歸里為壽居二年其後予奉

命督學浙江遣吏迎　先大夫　太夫人於官夫人隨侍以至奉事謹飭予得一心按試既畢務予還
朝供職十一年冬任刑部侍郎夫人復至京師僅一月而　先大夫訃問至予號泣徒跣子身先行不及治裝夫人一切代理之歸贊葬事嗣後長扶侍　太夫人左右不復從予於京師矣　太夫人嘗當暑卧病夫人徹夜侍不寐進藥上食旋賴以安二十年春予上疏陳情
詔許歸養夫人在家治小園鑿池累石種花木亭

以娱　太夫人而安予居也夫人自經婚嫁以來
家事日益煩子孫日益衆薪柴米穀布帛有無泉
財出入賓客往還宗婣果蔬魚肉之饋一身主之
然于　太夫人前朝夕問起居視寒煖食飲之宜
不以叢雜惰其恪　太夫人常語人曰吾婦為姑
十餘年曾不異為新婦時也夫人治家寬平有方
畧婢僕不敢戲怠娣姒合和閭黨或乞貸不吝困
窮者施與如不及自奉衣不兼采食不重味辟纑
刺繡有餘力則為之四子皆自乳襁抱往来南北
恩愛異甚及授書課讀嚴於師余性卞急夫人輒

從容解之又直白不隱夫人輒諷以靜默終無迕也年五十有七得瘍疾卧床百餘日未嘗譙訶及卒里巷翁媪皆爲嘆息　太夫人哭之慟時乾隆二十三年秋八月二日也子男四人紹謙紹觀紹咸紹升女五人長適莊培因次許字錢荃殤次適蔣煇孫男四人希韓希范希濂希洛　孫女二人一許字毛忠仁

雜著

汶上縣齋座右銘 示紹謙

百里寄命萬夫所望事上接下誠敬是將勤爾職業飭爾紀綱勿務趨走勿事恢張内省幽獨外儆怠荒劒鋒匣斂玉彩匱藏鑒物無私犀照毫芒守土之責在時雨暘神明凛若視爾否臧學孔之禱體文之傷蒲鞭薄罰斗斛平量甘棠永愛民用悦康慰我衰耄箴訓毋忘

瘞仲女銘

海淀之西原有隙地纍纍者皆旅冢也予仲女殤于痘命僕夫往瘞焉時雍正十三年之三月也節屆清明綠楊芳艸間土人皆携麦飯挂紙錢凄然令人魂斷余以未淂上冢為悲又哭吾女而瘞之其可哀也矣女生方五歲字于錢乃為銘曰

女雖幼慧且靈厄於數傷厥生葬諸野宅攸寧歸江南魂冥冥

之廣文稿卷八　十

彭孝女贊有序

余宗人廷光有女曰琯年二十五以乾隆二十五年冬十一月壬寅殉父殁廷光家于吴數客遊頃之家居卧病累月不衰女割腕肉和藥進不聞于人每夜爇香跪堦下籲天祈病瘳廷光卒不起女仰天大哭曰我如此血誠而天不我鑒是絶我也我不欲生矣遂絶食飲父既殮女入厨下取刀截喉死家人環之泣隣里族黨觀者數百人皆泣越一日以線麻殮殯於父柩旁嗚呼其可悲也矣蓼莪之念劬勞風木之思逮

養其能從地下者鮮焉昔曹娥慟父于江濤卒先負尸于湍水事變相激以死傷生宜也如孝女者生則侍帷牀沒則視貝飯是可以無死然彼方果其獨往之行視父蓋棺之日已不復有此身矣何暇知其可否哉彼固未有古今是非之說膠擾于胸中故摯且果如是也乃為贊曰

猗歟孝女秉德維純柔色溫凊井臼是親父疾訴天顥代以身高高天聽誰為上陳空谷幽蘭弗睹陽春視死如歸惟孝成仁碩書彤史為勒貞珉砥礪末俗一髮千鈞閭閻式訓義烈無泯

龔節母贊有序

龔節母沈氏者長洲龔致爵之妻也年十七歸於龔七年而夫歿遺孤繩祖甫兩月沈氏自縊者再以救免舅姑以撫孤大義責之乃不死強起持門户有側室蘇氏者感其志亦相依終身辛苦操作相與慰勞若姊娣然沈氏平居動必依禮法居舅姑喪哭泣稱其服已而繩祖既成立請沈歸愚先生為母立傳又十餘年母年五十九距夫亡之歲三十餘年矣時維乾隆三十七年縣中人士為上其事於有司請

旌其門大吏以聞于
朝報可于是縣中人士過其門者皆嘅然而嘆曰
非獨龔母賢也又難乎其為蘇氏也以彼生長
側微獲侍夫子之日淺且無出腹子以維繫其
身即舍之而去亦誰能禁之而乃甘煢獨冒艱
難之死靡他以與女君共任其撫孤之責詩云
風雨如晦雞鳴不已此古人所致思于君子者
也仁人義士周旋患難不以盛衰存沒二其心
若夷齊之為兄弟羊左之為友擬之若人可以
無愧而龔母之所以得此于蘇氏者其必有以

致之矣乃為賛曰

維筠有節維松有心淩厲雪霜欝彼北林同穴之誓其利斷金程嬰不死立孤自任閨中良友晝績宵砧若堯二女泪染江潯長我提孩竭我棐忱於三十千曰惟德歆剥極斯復

皇天照臨烏頭綽楔

帝命永欽貞風千古垂範來今我為斯賛庶以坊淫

仲弟哀辭

仲弟翼武少余十二歲性退儉不與人爭競未嘗慕仕宦余中年官京師弟常侍　兩大人側不稍離及　兩大人見背余再官京師弟每寄書盛稱田園之樂若惟恐余之久客忘歸也及余致仕還里弟喜甚迎於滸墅甫至家余即往遊其園見夫亭臺踈敞沼渚澄泓廊廡迤折經營䟽鑿之巧備至其所種蒔桃梅芍藥牡丹蘭桂芭蕉梧桐枇杷芙蕖之類靡不具皆吾弟十餘年來心摹手畫以致於斯也越數日招余飲余作詩四章弟倚聲和

之有句云息機花不語得意鳥頻啼又云微哦答流水帶醉倚高柯此可以想其趣也時季父樹山公亦自松溪宦遊歸每數日輙偕至園中賞花命酌甚樂之去年除夕弟患咯血病日劇余頻視之神氣如故而體羸不復能自振矣病中分析家產凡沉旌故舊俱有贈遺彌留時再三欲強起行園力不任而止病八十餘日遂卒年五十有八嗚呼其可哀也已余年老矣既不獲長事我 兩大人所賴同氣兄弟日夕相依矣明發之懷以附於小宛詩人之義而奈何弟竟先我而逝也乃作歌以

哀之曰

閱世兮無常海漚兮電光哀吾生兮頃刻攬天地兮混茫早遺榮兮棄利師仲子兮樂志肯遠涉兮江湖獨盤桓兮衡泌襲野服兮課春耕開場圃兮觀秋成引流泉兮激聒疊文石兮崢嶸會親朋兮朝暮步芳林兮覓句摘碩果兮經霜采名花兮承露謂修齡兮可保願紫荊兮長榮何靈修兮降割痛鶺鴒兮不鳴嗟神逝兮何往風徐來兮月初上辭桂棟兮杳梁倏靈車兮飄蕩離四大兮無依撫情愛兮是耶非速皈心兮正覺指故宅兮來歸

文待詔大水勸農圖跋

右大水勸農圖明文待詔為潘豪士半嵓寫祝枝山記之今歸樂安蔣氏是圖煙雨溟濛蓑笠隱見桔槔之轉如聞聲明宏治正德間吾吳苦水患瀕湖田多沒為沮洳豪士每遇大水捐貲身師畯甿卷葦寔土培基築堤運桔槔數百晝夜不息轉水堤外水殺堤益高雖甚潦而豪士所治乃獨有秋人皆喜豪士之不憚勞苦率人于農以為利于鄉井圖之所由繪也予展是圖因念吾鄉數十年来雍正四年大水浸山塘之半堤十年松江福山多

淹沒乾隆十二年崇明沿海之濱潮災特甚乃吾鄉負郭之田堤圩無圮猶得收歲租之半蓋由水利興脩旱澇有備向之素號磽确者皆變而為沃衍傳曰民生在勤勤則不匱其以時脩治補罅增高善蓄洩俾永無壞是在吾力穡之人尚亦有聞豪士之風而興焉者乎因識是說于後俟勸農者有所採焉

王用卿長春圖跋

吾鄉王用卿先生生當革代之際懷才不仕左圖右史朝哦夕披以終其身今所傳長春圖巾履蕭閒逸情雲上可想見其生平也曾孫深籟裒合名賢題咏裝潢成軸展卷長懷輒為隕涕詩曰雖無老成人尚有典刑其斯之謂歟夫為人子孫而樂溯其祖宗之懿徽則仁孝之心油然而生雖世閱滄桑而流連往蹟不啻同堂相詔語也緬余 高王父敬輿公為前明遺老與先生生同日居同里出處亦同道當其時豈無往來酬贈之雅今更閱

數世已不可考矣吾與深籟追念舊德當日就月将惟述祖足昂傳素業於無窮而勿以區區榮膴相尚也因爲之跋以示兩家子姓云

跋葆璞堂詩集

司空表聖論詩云俯仰即是不取諸隣與道俱往著手成春蓋言左右逢原之樂而無事乎穿穴險固也張無垢讀杜詩至野色更無山閒斷天光直與水相通以為悟理者觸境皆如此此可以破章句之習矣吾師胡滄曉先生精研周易學者莫能尋其際其于雕鑿藻帨之學不屑屑也然和順之積而時發為詩歌理趣高遠自然成體閒或比次經訓聯之以韵語而淵淵乎有邵子擊壤之風焉所謂著手成春者往往而是非先生心平志愉動

息于道觀理熟而資之深未易襲取也古之人不下帶而道存目之所遇化機流行神明不圉有嘿識而心融者詩曰鳶飛戾天魚躍于淵其諸表聖俯仰即是之謂歟記曰天高地下萬物散殊而禮制行焉流而不息合同而化而樂興焉其杜詩野色天光之謂歟讀先生詩者其尚以此意求之

跋趙學齋副憲遺札

楊給諫默堂為諸生時受知於仁和趙學齋先生其澂賞倍至予從先生處索得默堂詩一編風格雋上唫諷不能釋因知先生與默堂相契同於牙曠也先生沒默堂輯往来書札裒成以索弁言憶予為館後進與先生同邸寓晨夕觀劘既同典滇南試軺車唱和氣誼投洽而相勗于學問功業之際者允堪契金石而佩韋弦也星霜屢更老成徂謝予于辛未歲銘先生之墓越明年再視浙學酹酒於墓前不勝宿艸之感惟先生性情肫摯文章

清麗其尺牘振筆疾書非酬應家所能及昔歐陽公喜覽魏晉以来筆墨遺蹟謂其事施於家人朋友之間初非用意而逸筆餘興淋漓揮灑百態橫生使後世想見其人況予與先生出處素心感深存沒閱其遺蹟如聞謦欬默堂其善藏之師弟朋友之誼亦藉此以歸厚也夫

跋邵荀慈集

帝王之文蔟源三代詩書所載雲漢為章其弗可乃已漢代相如子雲孟堅之徒推波助瀾揚葩吐芬往往文勝而質衰諷一而勸百然其善者類能宣上德之逈下情不遠乎典謨雅頌之旨故足貴也自茲以往風氣代變晉宋之際骨幹尚存齊梁而下綺靡日甚至于李唐並推燕許為能以博大之氣攄富麗之辭光華炳然雄視一世後之作者互有師承、家代興諸體漸廢我

朝文教跨越前古騰芳藝林擅聲館閣者多矣而

吾獨有味乎荀慈之文也其論古人有云於綺藻
豐縟之內存簡質清剛之制觀其所作誠踐斯言
華不失寔鍊不傷雅洵足上追李唐遠攀晉宋者
歟荀慈文六卷詩三卷總名玉芝堂集其同年生
王芥子許為之序矣然予未及見也故表而出之
以為學者法

白華集題詞

詩緣情動，情由性生，哀樂異感，歌哭殊致。然庭闈聚順，命酒稱觴，朱顏有喜，歡笑忌言矣。若棄榆就晚，魂斷虁淵，悲風嘯林，攀號無自，十州靈艸，徒寄想於歸墟；三山勝遊，空勞思於慰藉。形神顛倒，出入凄惶，見似聞名，愾然心目，慕慈烏之反哺，類峽猿之三號，瞿瞿有求，即纏綿愈至，皇皇有望，斯激楚無端。屬在秉彝，此性天植，但愚夫愚婦抱沉痛而難宣，與士大夫假名言而可訴。古人幽居廢詩之義，其於倫類自然之情，無容有未盡者。與程君東冶甫臍鄉薦還丁母憂卧苫之餘成詩數首同時陸生梅垞宋生秋崖共賡蓼莪載賡風木淮南阮太史屬為之序予覽其詞旨危苦幽緲愴動凄其上溯風人堪追性始大雅云永言孝思孝思維則吾知作者有以永之矣

續題葛筠珊長林小憩圖

余既為筠珊題長林小憩圖閲一年筠珊南歸中途遘疾既抵家而歿其長子先五日夭上有老母無所恃諸孤方煢煢孑立嗚呼其可哀已筠珊前在京師為英侍郎夢堂卜先人葬地四方以幣聘者踵至頃以將母歸期以不久且復出顧不料其遂至於此也筠珊題時是卷適留夢堂所今取以來予悲夫音容如故而其人已不可復作俯仰蒼茫能無戚戚于中乎系以詞曰

惟大化之回斡兮閲今古如朝昏彼小智之自私

兮昧人生之大源緬達士之卓軌兮齊變化於鵬鯤念之子之蛻去兮淹鴻爪於脩門嗟執袂之無期兮悲挂劍之空存續題詞以紓哀兮庶幽明之可論

跋俞布政使胡公禁戲園碑文

事有衆人安之一人獨從而阻之其安之者初不知阻者之心之苦也或且從而甚之嗚呼流俗之日靡而古道之不復豈不以此哉吾吳近有戲園每招集居人及四方往来者張樂設飲履綦喧闐歌管雲咽燕賞之費日計數百金乾隆三十四年冬布政使胡公偶韓偵知其弊嚴為禁絕立碑於縣衢推本

聖天子六巡江甸㢠念民依諄諄以崇儉戒奢為本務承流宣化者不忍坐視風俗之偷頗吾民節

無益之費留有餘之財庶幾返朴還淳不至外腴中瘠其言甚痛切未幾陞安徽巡撫去去之日搨碑本貽城中士大夫期與後来者相勸勉俾勿弛其禁乃公去不半歲駔儈之徒巧出百計求仍其業開戲園如故一二年来日以滋蔓計城内外不下十餘處盡水陸之産以供廚膳食物騰踴倍於徃時至於暴殄天物傷殘物命亦已甚矣或為之説曰戲園之設於商賈便且市井無業者衣食於此即不禁絶之於吴人固無害予以為不然賓朋會集誠欲省費則杯酒唱酬何不可者至闤闠貿

易之徒力作俱可營生無戲園此輩遂無所得食耶昔在康熙間睢陽湯公巡撫江蘇以移風易俗爲先務其奏毀淫祠疏自叙一年以來寺院無婦女之跡河下無管絃之聲風流令行上下響應豈不美哉惜胡公有湯公之志而力弗之逮焉其及於民者如此而已矣曾不轉瞬而有司輒敗之此可爲太息者也胡公瀕行予曾送以詩云能教歌館停絲竹徧省農郵治稻田亦是徵吾人之公好矣三復碑文因爲之跋冀莅斯土者毋狃於衆人之所安仍復胡公之舊禁庶有合於崇儉戒奢之

意予聞善為治者當為民圖其可久夫以節儉示民者斯可久之道也

跋姚東樵夢遊相海寺佛影潭記

昔李太白有夢遊天姥吟蘓子瞻有前後赤壁記皆託於夢以為文二公蓋超乎凡而入於仙釋之界者今姚君所撰夢遊記彷彿似之所謂寺與潭者境在若有若無之間其真耶抑幻耶夫佛氏有相宗有無相宗相宗滯於有無相宗淪於無二者皆隔於性海夫性海則又何有相無相之可言也天下無真之非幻亦無幻之非真人誠能得性海而遊焉即其體無寺與潭者皆其即相即佛也人不能識性海而遊焉即其實有寺與潭者亦其一

泡一漚也而夢與非夢又奚論焉以爲夢也周官占六夢之吉凶所謂正噩思寤喜懼皆可徵諸實事是也此近於相宗以爲非夢也莊周爲蝴蝶蝴蝶爲莊周所謂君乎牧乎覺而自占其夢亦夢是也此近於無相宗而以語於性海則有間矣夫佛氏有性水真空有性空真水山河大地俱屬客塵清濁淄澠全由業識然則姚君之所夢遊其亦未始非由潭影而識佛離乎相與無相而游於性海之一機也姚君其勿執於有無真幻以求之將又賢于太白子瞻遠矣

贈近文齋主人説

金石之刻最足以垂世而行遠自周秦以来岐陽之鼓嶧山之碑盛稱于世閲唐宋而碑文尤盛紀功銘德往往與史氏相表裏其以鐫石名家者如朱靜藏伏靈芝之徒尤為文苑諸公所引重誠以其藝之難精而傳之可久也近年来吴門所刻金石文輒謀諸穆生大展吾嘗陟栖霞見李鶴峰學使所撰攝山賦穆生為犖石摩勒於大殿中鈎勒精采日星輝耀誠非他手所能及穆生之言曰吾之為此豈一手一足之烈哉聚衆工之能以為能

而先酬其直緩責其成于是遠近翕然相應非以為利也將求如昔者紀功銘德之文刻而傳之以垂百世彼夫持心計權子母俯拾仰取治產積居豈其之所有事哉予聞其言而善之大展幼子士華年髫髾即能世其業嘗刻三希堂法帖四箴波磔縱橫摩勒有法從此探討典籍當由藝而進於道不徒與向所傳朱伏之家爭勝是則善承大展之志匪直以其業而已因為之說以貽穆生兼以勗其子焉